CARTEA FAMILIEI

învățături de la

PĂRINTELE VASILE IOANA

Lui Bogdan, cu drag!

Descrierea CIP a Bibliotecii Naţionale a României
IOANA, VASILE
Cartea familiei/ părintele Vasile Ioana. - Bucureşti : Bookzone, 2021
ISBN 978-606-9748-70-1

2

Grafician copertă: **Cezar Mandă**
Redactor: **Mariana Alexandru**
Tehnoredactor: **Anca Marisac**

Editura Bookzone
Şoseaua Berceni nr. 104, sector 4, Bucureşti
Comenzi şi informaţii:
Telefon: +40 774 091.579; +40 770 584.429
E-mail: office@bookzone.ro
www.bookzone.ro

CARTEA FAMILIEI

învățături de la

PĂRINTELE
VASILE IOANA

Bookzone
BUCUREȘTI, 2021

PREFAȚĂ

Într-o lume agitată, neliniștită, nestatornică, în care foarte mulți nu-și găsesc echilibrul interior sau pacea sufletului, orice sfat înțelept și încurajator constituie o rază de lumină, de speranță și de încredere și este primit cu bucurie de cel care dorește să-și rânduiască viața după dreptate, adevăr, bine și frumos, adică după voia lui Dumnezeu. Cu atât mai mult va avea un efect pozitiv și durabil sfatul primit din partea unui părinte spiritual, al unui duhovnic cu experiență în materie de pastorație, cunoscător, apărător și promovator al valorilor spiritualității ortodoxe.

Cartea părintelui Vasile Ioana poate fi numită, pe drept cuvânt, „carte foarte folositoare de suflet" pentru familiile creștine, dar și pentru tinerii care doresc să se pregătească pentru momentul întemeierii unei familii, deoarece oferă cu multă generozitate și pricepere o paletă largă de sfaturi, de recomandări și de soluții pentru depășirea dificultăților inerente unei căsnicii și pentru descoperirea și redescoperirea miracolului iubirii, „focul" ce trebuie să nu se stingă niciodată în sufletele celor doi soți. Cu optimismul și entuziasmul care-l caracterizează, autorul reușește să transmită, ca de la suflet la suflet, într-un limbaj colocvial, tainele și valorile familiei creștine, confirmate de nenumărate experiențe pe care le-a avut în dialogul pastoral cu enoriaşii săi, ce depăşesc cu mult limitele parohiei sale din centrul capitalei.

Firul roşu care străbate de la un capăt la altul această lucrare este cuvântul Mântuitorului Hristos, cuvântul Evangheliei Sale, care luminează sensul existenţei umane, al familiei întemeiate pe iubire sinceră şi jertfelnică, al cărei Izvor nesecat este Fiul lui Dumnezeu, întrupat ca să descopere lumii iubirea părintească a Tatălui din ceruri, iubirea Sa frăţească pentru cei care Îl primesc şi iubirea sfinţitoare a Duhului Sfânt. Astfel, putem înţelege motivul pentru care familia a fost înţeleasă şi privită de la început de „religia iubirii", religia creştină, ca o reflectare pământească a comuniunii desăvârşite de iubire a Sfintei Treimi.

Cugetările duhovniceşti consacrate tinerilor ajunşi la vârsta maturităţii, ce au în faţă examenul unei alegeri pentru întreaga viaţă, şi pe care autorul le aduce ca argumente solide şi coerente în favoarea unei vieţi moral-spirituale de calitate, înainte şi după căsătorie, provin de la Sfinţii Părinţi, de la duhovnici destoinici din ţara noastră sau din întreaga Ortodoxie. Toate sunt expuse şi interpretate într-un limbaj viu şi expresiv, marcat de încredere în oameni şi de convingerea fermă că aceştia îşi pot modifica oricând în bine viaţa şi obiceiurile, dacă sunt corect sfătuiţi, dar şi capabili de un efort susţinut. Cazurile concrete de tineri care şi-au revenit după experienţe negative, de soţi care şi-au salvat unitatea familiei prin acceptarea şi urmarea unor sfaturi providenţiale oferite de duhovnic sunt extrem de elocvente şi încurajatoare pentru toţi cei care traversează astfel de situaţii dramatice în viaţa lor.

Curajul în faţa încercărilor vieţii pe care vrea să-l insufle tinerilor părintele Vasile presupune însă o necontenită luptă cu tine însuţi prin depăşirea egoismului, care te separă de ceilalţi şi te umple de orgoliu nemăsurat. De asemenea, tinerii au nevoie să-şi dezvolte tăria spirituală în fața necazurilor, să-şi umple inima de sinceritate şi generozitate pentru a fi capabili de altruism, să cunoască şi să aprecieze bucuria jertfei pentru cei din jur şi valoarea prieteniei dezinteresate. În acest scop ei trebuie să redescopere practica rugăciunii, să-şi consolideze legătura cu duhovnicul pe care l-au ales şi să caute să-şi umple inima de bunătate.

„Exempla trahunt", afirmau strămoşii noştri romani; tocmai în acest sens cartea părintelui Vasile abundă în exemple de sfințenie şi de moralitate, începând cu sfinții martiri, cu pustnici, continuând cu monahi din zilele noastre, cu mărturisitori şi apărători ai dreptei credințe, dar şi cu domnitori români şi cu soțiile lor, care au constituit modele de viață aleasă, de credință în Dumnezeu, de dragoste de neam şi țară, de generozitate față de Biserică şi de mănăstiri. Toate aceste exemple sunt permanent actuale şi pot inspira, în mod special pe tineri, dar şi pe cei căsătoriți, să viețuiască în spiritul celor mai frumoase tradiții creştine ale poporului nostru.

Virtuțile autentice ale familiei creştine sunt prezentate în mod elogios, cu exemple concrete, ele fiind mărturia cea mai sigură a unei vieți conjugale, care se desfăşoară cu binecuvântarea lui Dumnezeu, atât soții, cât şi copiii evoluând spiritual prin promovarea capacității de jertfă altruistă, prin slujirea reciprocă, prin ancorarea permanentă în ajutorul lui Dumnezeu. Nu mai puțin elogios sunt înfățişate calitățile sufleteşti ale femeilor creştine, în calitatea lor de soții şi mame devotate, care se jertfesc pentru familie şi care oferă o educație religioasă copiilor, pregătindu-i temeinc pentru viață. Dacă femeile creştine au ca model pe Maica Domnului, bărbații credincioşi pot deveni şi ei virtuoşi, având ca model desăvârşit pe Fiul lui Dumnezeu întrupat, Mântuitorul Iisus Hristos. În egală măsură, părintele Vasile ține să avertizeze pe cei doi soți asupra unor greşeli de conduită pe care le pot face şi care pot conduce la deteriorarea relaţiilor conjugale.

De-a lungul întregii lucrării cu caracter pastoral-misionar, sfaturile oferite cu generozitate de părintele Vasile Ioana tinerilor pulsează de viaţă trăită cu intensitate în căutarea adevărului despre destinul omului, al familiei şi al tinerilor de toate vârstele, o viaţă racordată la valorile credinţei şi spiritualităţii ortodoxe, în care soluţiile problemelor cu care ne confruntăm sunt identificate cu precizie, cu modestie şi expuse într-o modalitate atractivă, palpitantă uneori, care însă angajează pe cititor, infuzându-i speranţă, încredere şi putere de decizie. Fără o asumare directă şi concretă, curajoasă şi tranşantă între bine şi rău, fără o depăşire a sinelui egoist, indiferent de greutăţile celorlalţi sau de propriul destin, fără un efort moral-spiritual onest şi fără o sfătuire înţeleaptă şi continuă din partea unui povăţuitor cu experienţă, aceste sfătuiri veridice şi vitale nu pot fi urmate cu uşurinţă sau nu pot fi duse până la ţinta lor finală, şi anume: schimbarea interioară prin reconfigurarea minţii sau înduhovnicirea ei, prin curăţirea inimii de gânduri, intenţii sau opinii greşite, prin oţelirea voinţei cu ajutorul mijloacelor oferite de spiritualitatea ortodoxă, în special cea filocalică.

Toate aceste sfaturi sau îndemnuri părinteşti sunt rodul unei bogate lucrări pastorale a părintelui Vasile Ioana, cel care a primit o autentică educaţie creştină din copilărie, după propria-i mărturisire, pe care a valorificat-o prin însuşirea unor temeinice cunoştinţe teologice şi prin împărtăşirea din experienţa marilor duhovnici. De aceea consider că această lucrare merită cu prisosinţă interesul cititorilor, dornici să cunoască tainele familiei creştine, care aleg să trăiască viaţa lor în unire cu Hristos şi pentru Hristos!

Pr. prof. univ. ŞTEFAN BUCHIU

Soției mele, Doina, cea care reprezintă pentru mine reperul de soție și de mamă. Prezența ei în viața mea este semnul concret al faptului că Dumnezeu mă iubește.

Fiilor mei: Alexandru, Gabriel și Matei, copii minunați, pe care îi admir, văzându-i că aleg în viață calea corectă a efortului, singurul premergător sigur al reușitei.

De altfel, nu aș fi putut predica sau scrie cu toată convingerea că poți atinge starea de fericire deplină în familie dacă nu aș fi trăit zilnic în familia mea acest nobil sentiment. Prezența Harului lui Dumnezeu aducător de pace și jertfa personală a fiecăruia dintre noi sunt ingredientele pentru binele de zi cu zi din familia noastră.

INTRODUCERE

Dragă cititoare,

Dragă cititorule,

Dacă ar fi să mă nasc de o mie de ori, tot preot aş alege să devin. Spun asta pentru că menirea preoţească, atât de hulită astăzi, îţi oferă şansa să pătrunzi în adâncurile fiinţei umane, să simţi şi să vezi cum se schimbă oamenii. Ca duhovnic, descoperi zilnic că, prin gânduri, atitudini, cuvinte ori fapte, omul devine din demon înger şi, din păcate, din înger demon.

În faţa preotului, la Sfânta Taină a Spovedaniei, unde Însuşi Hristos Domnul primeşte mărturisirea penitentului, omul renunţă la măştile pe care lumea tot mai secularizată l-a învăţat să le poarte, renunţă la ipocrizia generalizată din societate şi alege să se lase descoperit, aşa cum este în realitate. Iese astfel din minciună şi se lasă modelat de harul lui Dumnezeu.

Acesta este începutul: pocăinţa sinceră, adică regretul pentru tot trecutul păcătos urmat de dorinţa de purificare prin Taina Spovedaniei. Aşa se ajunge la momentul adevărului, iar la întrebarea mea directă „Ce te apasă?" ori „Ce este în adâncul sufletului tău?" şi în faţa încuviinţării că „Hristos este de faţă, te ascultă şi, prin harul Duhului Sfânt, te poate vindeca, numai şi tu să-ţi doreşti asta", majoritatea interlocutorilor mei simt o emoţie – acea emoţie care deschide inimi şi conştiinţe.

Din acel moment începe un frumos și totodată anevoios proces de schimbare lăuntrică. Omul ajunge să conştientizeze faptul că la început păcatul a fost dulce şi plăcut, apoi, încet, încet, a devenit o grea povară. Această importantă descoperire poate deveni brusc șansa vieţii lui sau poate rămâne doar o piatră de poticnire. Aici oamenii se împart în două categorii: pe de o parte, cei care realizează şi acceptă că au greşit, căutând să-şi schimbe viaţa cu ajutorul duhovnicului, şi pe de altă parte, cei care, deşi iniţial conştientizează greșeala, nu fac efortul cerut de schimbare şi găsesc permanent alţi vinovaţi pentru ceea ce li se întâmplă, îi judecă mereu pe cei din jur şi evită în mod iscusit să se considere ei înșiși responsabili pentru tot trecutul lor păcătos. Și pentru unii, şi pentru alţii există un mare adevăr: viaţa este un cumul de alegeri libere şi fiecare dintre noi optează zilnic cum să trăiască şi cum să se simtă. În definitiv, calitatea vieţii noastre este dată de alegerile pe care le facem conştient sau inconştient. Prin alegeri, urcăm şi coborâm zilnic. Urcăm prin lucrarea virtuţilor – iubire, răbdare, smerenie, rugăciune, milă creştină ş.a. – şi coborâm prin egoism, ură, depărtare de Dumnezeu şi mai ales prin lipsa disponibilităţii la efort duhovnicesc. La sfârşitul zilei, când constaţi că eşti sus sau jos, să fii sigur că TU şi numai TU ai ales asta. Alegerile te definesc. Să ştii să alegi este adevărata înţelepciune pe care, din păcate, foarte puţini oameni o mai au astăzi.

Cu toate acestea, nu poţi spune că eşti suficient de pregătit să faci *alegeri inspirate*, adică acele alegeri pe care să nu le regreţi apoi. Devii, aşadar, adult fără să ai bine definite criteriile după care ar trebui să faci alegeri.

Pe acest fond cețos, pleci de acasă, pleci în viață... Și dintr-odată în viața ta apare acea persoană care schimbă totul: persoana de care te îndrăgostești și alături de care ai vrea să trăiești toată viața – iubirea vieții tale. Din acel moment totul se resetează: relațiile cu prietenii se schimbă; cu propriii părinți intri într-o etapă nouă, pe tine însuți parcă nu te mai recunoști. Și totul pentru că ai început să iubești...

Momentul acesta e ca o naștere, fiindcă nimic nu mai este la fel ca înainte, totul capătă alte dimensiuni. Ochii parcă văd altfel, toate simțurile se ascut, gândești exagerat de subiectiv, vezi totul prin ochii persoanei iubite, începi să simți că nu-ți mai aparții și că ai face absolut orice ca ea să fie fericită. Ești în sfârșit împlinit,-ă! Aceasta este de departe cea mai frumoasă perioadă din viața ta: tinerețe, exuberanță, dragoste împărtășită, dăruire de sine, comuniune deplină cu ființa dragă. Și astfel viața ta devine o frumoasă poveste de dragoste. Acum intensitatea iubirii a ajuns la cote maxime; totul este idilic, „ca în rai", și nimic nu pare să tulbure armonia în care trăiești alături de iubirea vieții tale.

Minunat ar fi ca această poveste să continue așa la nesfârșit. Pentru unii, lucrurile rămân într-adevăr astfel, însă, din nefericire, pentru majoritatea oamenilor nu se întâmplă așa. La un moment dat, lucrurile încep să se schimbe și, așa cum în rai păcatul a tulburat echilibrul primilor oameni – Adam și Eva –, tot așa se întâmplă și în viața unora dintre noi: apar ispitele de tot felul, slăbiciunile celor doi îndrăgostiți, gândurile rele care înrăiesc treptat inima, iar toate acestea vor duce, cu siguranță, la pierderea stării de bine de la început. Răul care tulbură echilibrul familiei pune încet, încet stăpânire pe calitatea vieții soților și așa se pierde lucrul cel mai important – pacea.

Cum se ajunge aici? Mai întâi, apar discuţiile contradictorii, apoi certurile, jignirile şi, treptat, se instalează o stare generală de rău. Cu toate acestea, în multe situaţii, relaţia dintre soţi nu se destramă din unele motive – fie pentru că iubirea celor doi îi face încă să se poată ierta şi răbda, fie pentru că teama de separare e mai mare decât teama de a continua astfel, fie „de dragul copiilor", fie, poate, dintr-un interes ascuns al unuia dintre soţi. Aşadar, viaţa de familie poate să meargă fie până la despărţire, fie până în veşnicie. Cei doi trec zilnic de la o stare la alta, de la bine la rău, de la pace la război, din rai în iad. Iar toată această alternanţă de stări nu face altceva decât să obosească sufletul omului. Aici oamenii se împart: unii soţi caută soluţii, alţii le ignoră complet, unii aleg să-şi îndrepte viaţa cu ajutorul lui Dumnezeu, alţii nesocotesc mâna întinsă a Creatorului şi continuă să trăiască departe de El, iar viaţa lor şi a celor din jur devine un infern. Asemenea unei boli, răul se instalează treptat şi, odată acceptat, generează fisuri (uneori) iremediabile. Este important, aşadar, să nu-i permiţi răului să-ţi invadeze viaţa, ca apoi să te distrugă. Ca şi în cazul bolilor, tratamentul este cu atât mai eficace, cu cât este administrat mai devreme.

Dacă parcurgi aceste rânduri înseamnă că îţi doreşti să trăieşti după Cuvântul Domnului, să păstrezi starea iniţială de iubire, să fii dispus,-ă să faci permanent schimbări în bine în familie, împrospătând relaţia cu soţul tău/soţia ta, ca atunci când eraţi atât de fericiţi şi credeaţi că povestea voastră de iubire nu se va schimba niciodată.

Ca duhovnic, am cunoscut mulţi tineri care se aflau la un pas de marea despărţire. Din dragoste părintească, am stat de vorbă cu ei, i-am ajutat să înţeleagă mai bine anumite aspecte ale relaţiei lor şi să depăşească acel moment critic. I-am sfătuit să minimalizeze ceea ce îi desparte şi să maximalizeze ceea ce îi apropie, să ierte din inimă greşelile celuilalt[1], privindu-l cu ochi buni, şi să-şi asume responsabil partea lor de vină. Le-am mai spus să renunţe la egoism, să se aplece mai mult asupra nevoilor celuilalt şi, mai presus de toate acestea, i-am îndemnat să se roage neîncetat pentru el. Am avut bucuria să constat că, odată ce au pus în practică sfaturile mele duhovniceşti, viaţa lor s-a schimbat în bine. Au început amândoi să privească spre Dumnezeu, de la Care a şi venit soluţia pentru problemele lor prin Sfânta Taină a Spovedaniei, s-au reîntors cu faţa unul către celălalt, s-au redescoperit şi au conştientizat răul care s-ar fi produs în vieţile lor, dacă s-ar fi despărţit.

Ca să te ajut să înţelegi mai bine taina schimbării tale, îţi dau următorul exemplu: vindecarea sufletească este asemenea unei operaţii. Pregătirea pentru intervenţia propriu-zisă este hotărâtoare. Apoi, în timp ce pacientul se află în starea de somn, medicul scoate răul din trup şi-l vindecă de cumplita suferinţă. Tot astfel lucrează şi duhovnicul tău; odată ajuns la el, intri într-un cadru sacru, simţi emoţia şi căldura prezenţei lui Dumnezeu, îţi deschizi inima, îţi mărturiseşti păcatele, iar preotul, sub inspiraţia Duhului Sfânt[2], îţi oferă soluţii duhovniceşti şi te ajută să-ţi vindeci sufletul şi să-ţi restabileşti echilibrul pierdut.

Aşadar, TU eşti PACIENTUL. Medicul poate fi genial, însă, dacă nu respecţi întocmai reţeta prescrisă de el, nu te vei vindeca.

---

1 Însuşi Domnul şi Mântuitorul nostru Iisus Hristos ne îndeamnă să iubim şi să iertăm greşelile aproapelui nostru: „Că de veţi ierta oamenilor greşelile lor, ierta-va şi vouă Tatăl vostru Cel ceresc." (*Matei* 14 ,6)

2 Duhovnicul este legătura vie între Dumnezeu şi om (vezi Preot profesor Petru Rezuş, „Păstoriţii şi duhovnicul lor", în *Glasul Bisericii*, Anul XIX, nr. 1-2, 1960).

În această carte, ce se vrea a fi un ghid spiritual pentru tinerii de toate vârstele, am selectat o serie de soluții care au dat roade în viața enoriașilor mei și care cred și sper că îți vor fi și ție de folos. În paginile următoare vei descoperi șapte trepte ce te vor ajuta să urci spre starea de la început pe care poate că ai pierdut-o treptat, starea aceea de iubire intensă, de fericire, de pace și de armonie deplină. Apoi, vei afla care este *rolul femeii* și *al bărbatului* în familie, așa cum este ilustrat el în *Sfânta Scriptură* ori în scrierile Sfinților Părinți, cu aplicare directă în contemporaneitate. În ultima parte vei descoperi destinația finală a familiei creștine: *mântuirea prin jertfă și fericirea veșnică* în Împărăția Cerurilor, unde ne vom uni cu El.

PARTEA I

FERICIREA ÎN FAMILIE

Dacă ştiţi acestea, fericiţi sunteţi
dacă le veţi face!
(*Ioan* 13, 17)

Deşi ne dorim cu toţii să fim fericiţi, simţim rar această emoţie în inimile noastre, pentru că, îndepărtându-ne de Dumnezeu şi de iubirea Lui, ne pierdem direcţia şi nu ştim unde şi cum să o căutăm. Credem în mod naiv că banii sau alte posesiuni (case, maşini, terenuri, plăceri mărunte etc.) ne aduc **fericirea**, însă descoperim prea târziu că acestea ne fură perfid cei mai frumoşi ani ai vieţii, ne răpesc tocmai fericirea pe care ne-o promiteau la început. Credem că o găsim apoi la oamenii superiori nouă şi consumăm multă energie admirându-i şi imitându-i. După un timp însă descoperim că nu sunt altceva decât nişte oameni cu neputinţe ca şi noi şi ajungem să fim dezamăgiţi de ei. De asemenea, credem că fericirea se află în plăceri de tot felul – tutun, alcool, relaţii trupeşti nelegiuite, jocuri de noroc, droguri, distracţii etc. –, dar descoperim că ele nu fac altceva decât să ne distrugă echilibrul lăuntric şi sănătatea, să ne epuizeze resursele, să ne depărteze de oamenii dragi şi să ne izoleze de ceilalţi. Cu greu mai scapă omul robit de aceste patimi! Credem uneori că fericirea este în mândria noastră nesăbuită, în dorinţa permanentă de a ne domina aproapele, însă realizăm ulterior că această atitudine a noastră îl îndepărtează de fapt de noi. Mai credem că ne găsim fericirea epatând şi fiind permanent demonstrativi. De pildă, se întâmplă adesea ca la întâlnirile cu prietenii să pozăm în oameni perfecţi, fără griji şi fără necazuri, oameni pe deplin fericiţi şi sănătoşi. Or, nu facem decât să ascundem abil realităţile vieţii noastre. Prezentându-ne altfel decât suntem cu adevărat, ne pierdem pacea, iar această diferenţă dintre aparenţă şi esenţă generează frustrare şi deschide o prăpastie uriaşă înlăuntrul nostru.

Şi oamenii credincioşi pot fi uneori departe de fericire, fiindcă o caută în afara lor sau îşi petrec timpul contabilizând nefericirea altora. Cum se întâmplă aceasta? Considerându-se sau chiar fiind ei înşişi buni creştini şi trăind o stare de fericire ca urmare a credinţei lor, pot aluneca uşor spre păcat; îi judecă pe ceilalţi şi se cred superiori lor.

Şi atunci unde şi cum găsim adevărata fericire?

Dumnezeu l-a creat pe om să poată fi fericit numai în relaţie cu El şi cu aproapele. Alături de Hristos omul este fericit[3], însă, când se îndreaptă spre păcat, îşi pierde pacea, iar în viaţa lui îşi fac loc tristeţea, angoasa, depresia şi alte trăiri negative. Însuşi Mântuitorul Iisus Hristos, aflat pe Muntele Fericirilor, ilustrează definiţia fericirii astfel: fericiţi sunt cei înzestraţi cu virtuţi, cei blânzi şi milostivi, cei „curaţi cu inima", dar şi „făcătorii de pace" (*Matei* 5, 1-12).

3 Vezi şi *Stareţul Varsanufie de la Optina*, Iaşi, Editura Doxologia, 2010.

Cât priveşte viaţa de familie, taina fericirii este să ştii să-l faci fericit pe cel de lângă tine, iar fericirea lui să fie suportul fericirii tale. Din dorinţa sinceră de a-i sprijini pe enoriaşii mei, am identificat şapte trepte care duc către fericirea din sânul familiei şi despre care am să-ţi vorbesc în continuare.

Cum să îţi alegi soţul/soţia

Înainte de a vorbi pe larg despre mijloacele şi soluţiile duhovniceşti pentru redobândirea şi păstrarea fericirii în familie, cred că e util să prezint aici câteva repere pentru cei care urmează să întemeieze un cămin. Dacă vei avea în vedere aceste câteva aspecte, vei face cu siguranţă o alegere mai bună, matură şi înţeleaptă care te va feri mai târziu de urmările neplăcute ale unei decizii pripite sau superficiale.

Alegerea soţului/soţiei este de departe cea mai importantă decizie a vieţii. Spun asta pentru că am întâlnit nenumărate cazuri în care alegerea s-a făcut fie doar dintr-o atracţie fizică, fie din interes material, fie dintr-un impuls de moment, toate acestea ca urmare a unei imaturităţi spirituale, a unei simţiri trecătoare sau a unei gândiri pe termen scurt. Te îndemn ca, atunci când începi să simţi „fluturaşi în stomac" pentru o anumită persoană – pe care o consideri potrivită pentru tine –, să fii atent,-ă la cel puţin şapte aspecte pe care ţi le voi detalia mai jos.

1. Testul sacrificiului

Înainte de căsătorie, inima îţi poate spune ceva, iar mintea altceva. Iată de ce este bine ca, atunci când iei decizia să te căsătoreşti, să îţi analizezi atent **inima**. Este important să simți că nu poți trăi fără ființa dragă, că o iubești enorm și că aceasta îți împlinește viața. Dacă nu simți asta, ar fi bine să amâni momentul căsătoriei până când lucrurile vor ajunge în acest punct sau, poate, să-ți cauți cu mai multă atenție „jumătatea" căreia să-i oferi inima ta. Altfel spus, dacă focul iubirii nu este suficient de puternic, însă faci pasul cel mare și alegi să-ți întemeiezi o familie alături de acea persoană, vei suferi mult în relație. Spun asta pentru că, în timpul căsniciei, vei fi supus,-ă inevitabil la presiuni foarte mari cărora nu le vei putea rezista decât dacă îl iubești pe celălalt „ca pe tine însuți/ însăți".

Situațiile neprevăzute, accidentele, bolile, mersul societății vă pot împinge – pe oricare dintre voi – să vă doriți să ieșiți din relație, să vă abandonați persoana iubită și să vă căutați confortul și binele propriu. Însă, dacă există iubire sinceră și jertfitoare, vei trece peste toate acestea cu răbdare, având convingerea că cel/cea de lângă tine nu îți este alături doar pentru câțiva ani, ci pentru *veșnicie*[4].

Să iubești înseamnă să te jertfești în mod concret pentru cel iubit, de aceea te sfătuiesc să faci pasul cel mare numai atunci când ești convins,-ă că persoana iubită face parte atât de mult din ființa ta, încât vei fi capabil,-ă să te sacrifici oricând pentru ea, dându-ți, într-o situație limită, chiar viața. Ia aminte: *pentru ceea ce merită să trăiești, merită să și mori*! În același timp, este bine să fii convins că, indiferent de împrejurările care se pot ivi de-a lungul vieții, persoana iubită va fi dispusă să se sacrifice, la rândul ei, pentru tine, să te îngrijească, să-ți fie alături în momente grele și să te iubească până la capăt[5].

---

4 „Cel care va răbda până la sfârșit, acela se va mântui." (*Matei* 24, 13)

5 Deși pare greu de înțeles, fericirea fiecăruia dintre noi se regăsește în chiar suferințele vieții; prin îngăduirea necazurilor de zi cu zi, Domnul ne curăță de păcate și ne asigură fericire veșnică, de mântuire

Pe lângă aceste aspecte, e important să te gândești sincer dacă și la cât ești dispus,-ă să renunți pentru fericirea celuilalt. Iubirea înseamnă uneori să renunți la propria plăcere de dragul ființei dragi. De exemplu, ai renunța să urmărești un program TV preferat sau postarea interesantă a cuiva de pe o rețea de socializare și ți-ai ajuta soțul/soția să rezolve o chestiune administrativă din casă? Ai pierde sâmbătă dimineața câteva minute bune de somn ca să-i pregătești soțului/soției micul dejun? Prin urmare, aș vrea să înțelegi că intensitatea iubirii se măsoară în funcție de disponibilitatea la sacrificiu pe care o ai pentru celălalt.

2. Sfătuirea cu duhovnicul și binecuvântarea părinților

Pentru că iubirea este subiectivă, ai nevoie de **opinii obiective** ca să-ți clădești un cămin durabil. Cu alte cuvinte, când iubești, ai putea să nu vezi anumite aspecte pe care alții le pot observa. Cu siguranță, cel mai bun prieten/cea mai bună prietenă îți va putea relata în mod obiectiv ce impact are asupra ta persoana de care te-ai îndrăgostit.

În alegerea persoanei iubite este important să fii înțelept/înțeleaptă și să asculți cu atenție glasurile celor din preajma ta; îți vor spune lucruri pe care, fără îndoială, tu nu le vezi din pricină că ești mult prea îndrăgostit,-ă. Mai întâi, îți recomand să discuți cu duhovnicul tău; el te cunoaște în profunzimile ființei tale și te poate îndruma dintr-o perspectivă duhovnicească. De asemenea, un sfat bun pentru tine îl pot avea părinții tăi; datorită experienței lor de viață și

---

în Împărăția gătită sfinților. (Arhimandritul Serafim Alexiev, *Viața duhovnicească a creștinului ortodox*, Editura Predania, 2006, p. 266)

dragostei cu care te înconjoară, sunt sigur că ar putea fi persoanele potrivite cu care să te sfătuiești în privința acestei alegeri importante din viața ta.

■ *Sfătuirea cu duhovnicul*

În momentul în care decizi să intri într-o relație serioasă, te sfătuiesc să mergi la duhovnicul tău. Sfaturile lui părintești, dar și rugăciunile pe care le va înălța pentru tine îți vor aduce pace lăuntrică, echilibru, bucurie și te vor putea ajuta să iei o decizie bună. Ca urmare a experienței pastorale, duhovnicul are capacitatea să vadă relația ta altfel decât o vezi tu. Culege de la el sfaturi care te vor călăuzi în această situație!

Desigur că ascultarea de duhovnic nu presupune anularea voinței tale, fiindcă numai tu ești stăpân,-ă și responsabil,-ă de propriile decizii. Părintele spiritual îți prezintă realitatea dintr-o perspectivă duhovnicească și obiectivă în același timp. El te ajută să alegi ce e mai bine pentru tine, te povățuiește să-ți urmezi inima și mintea, ca să poți lua marea decizie a vieții tale în mod conștient.

■ *Binecuvântarea părinților*

Este important să te străduiești să primești binecuvântarea părinților. Nu doar pentru că te-au născut, te-au crescut și ai o datorie morală față de ei, ci și pentru că ei sunt cei care te cunosc foarte bine, te iubesc și te vor fericit,-ă: „Copiilor, ascultați pe părinții voștri întru toate, căci aceasta este bineplăcut Domnului.” (*Coloseni* 3, 20)

Însă, ca aceștia să primească toată încrederea ta și să te poată ajuta în mod obiectiv în luarea deciziei de a te căsători, ar trebui să trăiască după Cuvântul Domnului și să fie morali și plini de bune intenții în ceea ce te privește. Un părinte cu adevărat iubitor va simți și va vedea din atitudinile tale dacă ești cu adevărat fericit,-ă sau dacă decizia pe care urmează să o iei este bună pentru tine. Poți beneficia de experiența de viață a părinților tăi și de faptul că mama și tata te cunosc cel mai bine și-și doresc să fii fericit,-ă. Dacă relația ta cu ei este una bazată pe încredere și pe dragoste adevărată, te sfătuiesc să asculți cu atenție părerea mamei și a tatălui tău și să încerci să vezi lucrurile și din perspectiva lor.

Totuși, se întâmplă ca unii părinți să se împotrivească unei relații, fie pentru că văd în mod real și obiectiv anumite probleme în alegerea făcută, fie din pricină că iubirea lor posesivă pentru propriul copil îi determină să fie foarte subiectivi. În astfel de situații, aproape întotdeauna tânărul nu înțelege gestul părinților săi, îi respinge și se îndepărtează de ei.

Când părinții se dovedesc mai degrabă egoiști și posesivi, atunci nu mai ai nevoie de sfatul și de binecuvântarea lor. Dacă vezi că sunt ostili față de ființa iubită, că o resping fără motiv, că nu sunt dispuși să-ți vorbească deschis despre alegerea ta și să-ți aducă argumente, este limpede că nu iubirea pentru tine îi determină să aibă un asemenea comportament. Într-o astfel de situație, ai dreptul moral să alegi singur,-ă.

În activitatea mea pastorală am întâlnit mulți părinți egoiști care nu le-au permis tinerilor să se căsătorească. Motivul: își doreau ca fiii sau fiicele lor să-i îngrijească și să locuiască în continuare împreună cu ei. Acești părinți realizau că, odată ce se vor căsători, copiii vor pleca la casa lor, așa că făceau tot ce le stătea în putință să se împotrivească acestui curs al lucrurilor: se victimizau, exagerau defectele nou-venitului în familie și tot așa. Părinții stăteau astfel în calea fericirii și împlinirii propriilor fii/fiice. Mare păcat!

Unor astfel de oameni iresponsabili și egoiști ar trebui să li se spună răspicat și cu mult curaj: „Mamă și tată, am dreptul să fiu fericit,-ă cu persoana pe care o consider potrivită pentru mine. Nu m-ați născut și crescut să fiu robul vostru. Aș fi bucuros,-oasă dacă v-ați simți împliniți văzându-mă fericit,-ă!" Oricum ar sta lucrurile, e important să fii respectuos,-oasă față de proprii părinți și să ai cu ei o relație firească de iubire la care să se revină fie și după o perioadă de criză familială[6].

3. Testul de presiune

Înainte să faci pasul decisiv, te îndemn să verifici cu multă atenție cum se comportă viitorul soț/viitoarea soție în momente de maximă tensiune – la nervi, sub acțiunea stresului și a presiunilor de tot felul pe care societatea ni le oferă „cu dărnicie". Atunci când presiunea este maximă, când supărarea atinge cote alarmante, un om integru își păstrează **echilibrul, calmul și gândirea limpede.** În schimb, omul slab și dezechilibrat cedează ușor la presiuni, îi jignește pe cei din jur și are accese de mânie sau de enervare. Un astfel de om se va îndrepta, cu siguranță, spre diverse vicii – alcool, droguri, prietenii periculoase, jocuri de noroc –, iar uneori va apela chiar la violență fizică.

Nu te înșela! Un om care acum, când încă nu sunteți căsătoriți, are o astfel de atitudine necontrolată, va face același lucru și în căsnicie. Îndrăgostit,-ă fiind de o astfel de persoană, nu vei avea luciditatea să pui capăt relației – așa cum ar fi normal – și vei nutri speranța că se va schimba cu timpul în bine. Am o veste proastă: oamenii se schimbă extrem de greu (în bine)!

---

6 Pentru detalii despre rolul părinților după ce copiii lor s-au căsătorit, vezi Pr. Evgheni Șestun, *Familia ortodoxă. Sfaturi, cuvinte de învățătură, rugăciuni*, București, Editura Sophia, 2005, p. 170.

Doar o minune poate schimba firea omului şi, desigur, acea minune poate fi credinţa ta. Dacă te consideri sau crezi că poţi fi „făcător de minuni", mergi înainte! Credinţa ta, însoţită de dragoste şi de multă răbdare, îl poate schimba pe celălalt. Trebuie să ştii totuşi că această schimbare nu depinde doar de tine. Dacă însă nu ai calităţile unui făcător de minuni, fii prudent,-ă şi nu intra într-o căsnicie alături de un om dezechilibrat şi neputincios în a se stăpâni şi a se schimba pe sine însuşi. Anii petrecuţi alături de el vor fi un iad.

Fii atent,-ă la felul în care se poartă cu tine persoana iubită şi cum reacţionează ea atunci când, fără voia ta, îi aduci un prejudiciu. De pildă, urmăreşte-i reacţia când îi zgârii din greşeală maşina sau când îi defectezi – tot din greşeală – telefonul sau un alt obiect valoros şi, în general, când au loc situaţii sensibile de acest fel! Dacă într-un moment ca acesta fiinţa iubită va ridica tonul, te va jigni şi se va supăra pe tine înseamnă că nu este omul potrivit. Toate aceste lucruri aparent banale arată care este de fapt caracterul persoanei iubite.

Aşa cum arătam mai sus, caracterul omului se schimbă extrem de greu. Doar Dumnezeu, prin harul Duhului Sfânt, împreună cu efortul susţinut al omului, poate face asta. Iar schimbarea se petrece extrem de rar, aşa că nu îţi face iluzii!

4. Testul puterii

Puterea şi gestionarea acesteia l-au preocupat dintotdeauna pe om. Din nefericire, ca urmare a păcatului protopărinţilor noştri – Adam şi Eva –, mândria[7] îl determină pe om să caute să se poziţioneze mereu

---

7 Despre mândrie ca patima „cea mai vătămătoare" a omului, vezi Sfântul Teofan Zăvorâtul, *Sfaturi înţelepte*, traducere de Florentina Cristea, Editura Cartea Ortodoxă, p. 235.

deasupra celorlalţi, iar această preocupare ajunge să îl încătuşeze, îngustându-i orizonturile.

Ia aminte, draga mea cititoare/dragul meu cititor: *puterea este asasinul iubirii*! Oamenii dornici de putere sunt ghidaţi de un orgoliu foarte mare care îi determină să nu accepte sub nicio formă faptul că greşesc sau că şi celălalt are idei bune. În general, astfel de persoane nu sunt dispuse la dialog. Or, când tirania îşi face loc în familie, ea aduce cu sine multă suferinţă.

Am întâlnit familii în care tiranul îşi exercita puterea asupra tuturor celor din casă, făcându-i să trăiască într-un adevărat iad. În căsniciile în care unul dintre cei doi soţi este avid de putere şi se transformă într-un tiran, Dumnezeu nu-Şi mai găseşte locul.

Dacă viitorul soţ dictează şi consideră că femeia ar trebui să stea doar „la cratiţă", fugi cât poţi de un astfel de om! În spatele acestei optici se află nu doar o persoană egoistă, ci şi un caracter cu o viziune îngustă asupra a ceea ce înseamnă cu adevărat familia, creaţia lui Dumnezeu – bărbatul şi femeia. **Adevărata dragoste înseamnă să nu te consideri superior celuilalt, să-ţi laşi soţul/soţia să-şi pună în valoare calităţile şi să-l încurajezi permanent să facă ceea ce iubeşte să facă,** chiar dacă asta ar putea să însemne sacrificii mari din partea ta.

Omul cu un caracter deosebit îşi va pune în lumină persoana iubită, îi va folosi abilităţile, va avea răbdare cu ea şi va evita să-i evidenţieze defectele. Acesta va vorbi întotdeauna frumos despre persoana iubită, va şti când şi cum să-i valorifice calităţile, asumând-o ca pe sine însuşi: „Să iubeşti pe aproapele tău ca pe tine însuţi!" – ne îndeamnă Mântuitorul Iisus Hristos (*Matei* 19, 19; *Marcu* 12, 31; *Luca* 10, 27). Atitudinea mărinimoasă se va întoarce în favoarea ta, întrucât persoana iubită va înțelege și va aprecia dragostea cu care o înconjori. Te vei bucura astfel de admirația și de prețuirea ei.

Un bun creștin este o persoană tolerantă, ferm convinsă că în căsnicie suntem complementari, că nu este unul mai presus decât altul și că, mai important decât orice, este armonia dintre cei doi.

Viața de familie nu este despre tine sau despre mine, ci despre noi.

5. Testul valorilor comune

Nenumărate familii descoperă după mulți ani și după multe experiențe nefericite că au făcut o alegere greșită. Aceasta se întâmplă mai ales din cauză că soțul și soția nu au fost atenți la **sistemul de valori** al jumătății alese.

Așadar, atenție mare la sistemul de valori al viitorului soț/viitoarei soții și la orizonturile acestuia/acesteia! Vezi ce muzică preferă, cum se comportă în societate, dacă și ce anume citește, cum interacționează cu oamenii, cum își comunică sentimentele și, mai ales, ce fel de relație are cu Dumnezeu. Cel care nu are o relație vie cu Dumnezeu poate oricând să te trădeze sau să te înlocuiască. În schimb, omul cu adevărat credincios te asumă, te iubește așa cum ești și se jertfește pentru tine și pentru viitorii voștri copii.

Am cunoscut o familie în care bărbatul era preocupat de relațiile extraconjugale. Mergea foarte des la petreceri „deocheate" unde se consumau droguri și alcool. În tot acest timp, soția lui îl aștepta acasă, indignată de faptul că bărbatul ei își petrecea vremea într-un anturaj cu preocupări păcătoase. A încercat din răsputeri să-l convingă să renunțe la acest cerc vicios, dar în zadar. Mai mult chiar, bărbatul a decis să înceapă o relație cu una dintre tinerele care făceau parte din anturajul lui. În cele din urmă, familia s-a destrămat, iar femeia a rămas singură, nefericită şi cu povara creşterii celor doi copii.

Dacă ar fi fost mai atentă încă de la început la stilul de viaţă al celui pe care avea să-l ia de bărbat, la orizonturile şi la preocupările lui – care se puteau observa încă de pe atunci –, cu siguranţă că nu ar fi făcut pasul cel mare alături de un asemenea om. La întrebarea mea „De ce ai ales să te căsătoreşti cu el, în condiţiile în care ştiai că este uşuratic?", femeia mi-a răspuns: „De frică să nu rămân singură."

Alege, deci, o persoană cu care să împărtăşeşti aceleaşi valori, ca să fii fericit tot restul vieţii!

6. Testul zgârceniei

Este extrem de important să te căsătoreşti cu o persoană **generoasă,** cu o persoană pentru care banul şi avuţiile nu înseamnă totul. Cel care iubeşte avuţia ajunge de multe ori să dispreţuiască oamenii şi să creadă că orice se poate cumpăra, inclusiv afecţiunea celorlalţi. Or, dragostea nu se cumpără cu bani; ea este nepreţuită. În plus, cel avid după avuţii nu doar că îşi doreşte din ce în ce mai multe posesiuni, ci devine şi foarte zgârcit. Unul ca el nu are disponibilitatea să dăruiască şi nici să se dăruiască.

Dacă vei întâlni un astfel de om, îndepărtează-te cât poţi de el! Va comenta ori de câte ori vei cumpăra ceva, i se va părea totul inutil şi te va separa de prieteni, de oamenii dragi şi de Dumnezeu[8]. De ce? Fiindcă această

8 Într-una dintre învăţăturile sale, Sfântul Nicolae Velimirovici atrage atenţia asupra faptului că: „Orice avuţie, fie în ştiinţă, fie în avere câştigată fără trudă şi în depărtare de Dumnezeu (...), este păcat." (Sfântul Nicolae Velimirovici, *Învăţături despre bine şi rău,* Bucureşti, Editura Sophia, 2006, p. 81)

patimă ascunde un puternic complex de inferioritate, o dorință continuă de a controla totul și o posesivitate greu de îndurat.

Alege să pornești la drum în viață alături de un om mărinimos! Această virtute are în centrul ei grija pentru nevoile celuilalt, atenția pentru binele omului de lângă tine, *disponibilitatea la dialog – izvorul unei căsnicii fericite*[9]. Prin dialog, veți putea lua decizii cu privire la valorile materiale necesare căminului vostru. Împreună veți hotărî să fiți cumpătați sau nu. Și tot împreună veți stabili ce achiziții să faceți, fără patimă și fără subiectivism.

În această privință, vă recomand să alegeți să aveți *un buget comun*. În relația bazată pe iubire nu ar trebui să existe niciodată „banii mei" și „banii tăi". În caz contrar, nu formați o familie în adevăratul sens al cuvântului. Este important să știi că în căsnicie bunurile materiale aparțin ambilor soți. Ideal ar fi să existe în casă un loc în care cei doi să pună banii câștigați prin muncă și apoi să hotărască împreună cu privire la cheltuirea lor.

Banul nu este un scop în sine[10], ci trebuie să ducă la îndeplinirea proiectelor de viață ale familiei. Iar dacă prisosește, este minunat să faceți și milostenie! Sunt atâtea familii nevoiașe, atâția copii bolnavi și bătrâni neputincioși! Întindeți-le o mână, oferiți-le din puținul vostru un ajutor concret: „Fericiți cei milostivi, că aceia vor fi miluiți." (*Matei* 5, 7) Veți fi astfel mâini ale lui Dumnezeu întinse pentru acești oameni sărmani.

Se întâmplă adesea ca, atunci când ai mulți bani, să te simți sigur,-ă pe tine, iar când ai mai puțini să fii mai neliniștit,-ă, mai anxios,-oasă, mai nervos,-oasă.

---

9 Vezi, *infra*, Cap. 2. Rolul comunicării în familie.

10 Vezi și Partea a III-a din prezenta carte, Cap. 13. Bărbatul modern și ispitele lui.

Or, banul nu ar trebui să aibă o astfel de influență în viața ta! Te sfătuiesc să nu te căsătorești cu gândul la averi și nici să te închini la bani! Altminteri, vei ajunge să te înșeli amarnic.

Cunosc atât persoane care aveau foarte mulți bani și și-au întemeiat căsniciile ținând cont de acest criteriu – în cele din urmă, au ajuns să fie nefericiți –, cât și tineri care au început „de la lingură" și astăzi sunt fericiți împreună, fără să facă din acumularea de averi un scop în sine. Își cresc copiii cu dragoste, îi învață să fie generoși și nu ascultă de idolul lăcomiei – banul –, care îngustează foarte mult perspectivele unei vieți spirituale în centrul căreia se află altruismul și mântuirea sufletelor. Oamenii lacomi nu se pot bucura de nimic, pentru că frica le îngheață inima, iar acesta este doar un prim pas spre moartea spirituală.

„Aceasta este soarta celor lacomi de câștig: lăcomia le aduce pierderea vieții." (Pilde 1, 19)

7. Testul legăturii persoanei iubite cu familia ta

Ca păstor duhovnicesc, am observat că unii tineri au două măsuri de judecată: privesc propria familie cu ochi buni, iar pe cea a persoanei iubite cu dispreț. Am auzit foarte des că soacra este „un demon", în vreme ce mama e „un înger". În realitate, nici mama nu e un înger, nici soacra un demon[11]. De aceea, când îți alegi soțul/soția, fii atent,-ă la felul în care îți tratează familia! Dacă va avea încă de la început o atitudine ostilă față de părinții tăi, te asigur că în câțiva ani nu va mai dori să-i vadă, îi va urî și te va îndepărta și pe tine de ei.

11 Dacă vrei să afli ce ar trebui să faci să te înțelegi bine cu socrii, îți recomand volumul publicat de preot Maxim Kozlov, *Familia – ultimul bastion: răspunsuri la întrebări ale tinerilor*, traducere din limba rusă de Eugeniu Rigoti, București, Editura Sophia, 2009, pp. 300–301.

Este important să conştientizezi că persoana iubită nu a venit singură pe această lume, ci a fost adusă în existenţă de nişte părinţi care s-au sacrificat pentru ea. Apoi, e bine să ai înţelepciunea să accepţi că părinţii fiinţei iubite pot fi altfel decât ţi-ai fi dorit tu. Chiar dacă aşa arată realitatea, preţuieşte-i şi găseşte prilejuri să le mulţumeşti că ţi-au dăruit fiinţa cea mai importantă din viaţa ta! Nu îi judeca pentru ceea ce sunt ei astăzi, întrucât nu tu eşti judecătorul lor! Bucură-te şi mulţumeşte-le că i-au dat viaţă persoanei de care te-ai îndrăgostit şi care te face fericit,-ă!

Cinstirea părinţilor soţului/soţiei va întări relaţia dintre voi doi şi va aduce pacea de care aveţi atâta nevoie. Dacă îi vei ponegri, uitând că prin venele lor şi ale fiinţei iubite curge acelaşi sânge, nu faci altceva decât să te depărtezi în duh de alesul/aleasa inimii, să îl/o faci să sufere şi să îi răceşti inima, ceea ce, desigur, nu îţi doreşti.

„Cinsteşte pe tatăl tău şi pe mama ta, ca să-ţi fie bine şi să trăieşti ani mulţi pe pământul pe care Domnul Dumnezeul tău ţi-l va da ţie." (*Ieşire* 20, 12)

Prin urmare, alegerea soţului/soţiei trebuie făcută cu *multă atenţie*, cu *multă rugăciune* şi cu *mult sfat*. Alegând inspirat, vei vedea după ani de căsnicie că nu te-ai înşelat. Însă, în situaţia în care vei alege pripit şi neinspirat, vei realiza repede că ai greşit legându-ţi viaţa de o persoană nepotrivită.

Supunerea alesului/alesei inimii la cele şapte teste de mai sus te va scuti de reproşuri ulterioare. Parcurgerea acestor paşi spre cunoaşterea jumătăţii se face în timp. Aşadar, nu te grăbi să te căsătoreşti până nu vei trece alături de persoana iubită printr-o iarnă rece, printr-o primăvară zglobie, printr-o vară fierbinte, printr-o toamnă tristă, printr-un concediu sau Revelion şi prin tot felul de situaţii neprevăzute care îţi vor arăta adevăratul caracter al alesului/alesei inimii.

Încă un aspect extrem de important: dacă în toată această perioadă (a cunoaşterii) – dar şi în continuare – vei avea o legătură strânsă cu Dumnezeu, vei dobândi o vedere duhovnicească asupra relaţiei, vei observa lucruri tainice la persoana iubită, altfel spus, vei fi inspirat,-ă de Dumnezeu: „Eu sunt Domnul Dumnezeul tău Care te învaţă spre folosul tău şi te duce pe calea pe care trebuie să mergi." (*Isaia* 48, 17)

Aşadar, *crede în Dumnezeu cu toată fiinţa ta! Ascultă cu atenţie vocea Lui blândă din inima ta!*

CAPITOLUL 1

Hristos – Mirele Bisericii – este modelul căsniciei fericite

Dumnezeu a rânduit ca bărbatul și femeia să nu trăiască singuri, ci să se unească și să fie sprijin unul pentru celălalt: „Nu este bine să fie omul singur; să-i facem ajutor potrivit pentru el." (*Facerea* 2, 18)

Cei ce Îl iubesc pe Dumnezeu vor înțelege că persoana aleasă este darul Lui pentru ei și îi vor acorda Sfintei Taine a Cununiei importanța cuvenită: „Pentru că de către Tine se însoțește bărbatul cu femeia. Unește-i pe dânșii într-un gând; încununează-i într-un trup." (Rugăciune din slujba Sfintei Cununii) Prin Cununie, cei doi formează o familie[12]. Iată ce spune Sfântul Ioan Gură de Aur în „Comentariul" său la *Imnul iubirii*, scris de Sfântul Apostol Pavel: „Aceasta înseamnă cu adevărat iubirea: de a nu mai fi cel ce iubește și cel iubit ca doi oameni separați,

---

12 Din perspectiva părintelui Ioanichie Bălan, „familia este izvorul divin al vieții pe pământ, precum Însuși Dumnezeu este singurul izvor al vieții cerești și pământești, prin harul Duhului Sfânt care s-a dat Bisericii (...) Omul nu poate exista și rodi singur, ci numai în comunitate, în familie." (Părintele Ioanichie Bălan, *Călăuza Ortodoxă în familie și societate*, Editura Mitropoliei Moldovei și Bucovinei, pp. 10–11)

ci ca un singur om."[13] Cei doi devin astfel „un trup" (*Matei* 19, 5), după cum spune Însuși Mântuitorul Iisus Hristos.

Draga mea/Dragul meu, odată ce ai făcut alegerea vieții tale și ți-ai deschis inima pentru ființa iubită, L-ai primit de fapt pe Hristos înlăuntrul tău. Atunci când ne lăsăm partenerul să ne intre în inimă, de fapt Îl lăsăm pe Hristos să vină și să ne umple inima de o bucurie negrăită.

Un lucru este cert: *bărbatul și femeia se unesc prin iubire, iar încununarea legăturii dintre ei este Hristos.* El Însuși a participat la o nuntă și a înfăptuit aici prima Sa minune la rugămintea Sfintei Fecioare: „Și a treia zi s-a făcut nuntă în Cana Galileii și era și mama lui Iisus acolo. Și a fost chemat și Iisus și ucenicii Săi la nuntă." (1 *Ioan* 2, 2) Așa cum a participat la nunta din Cana Galileii de acum 2000 de ani, tot astfel participă și astăzi, tainic, la fiecare slujbă a Cununiei, binecuvântând relația de iubire și împlinind neputințele vieții de familie: „Însuți, Stăpâne Preasfinte, primește rugăciunea noastră și precum acolo – în Cana Galileii – și aici, fiind de față cu ajutorul Tău cel nevăzut, binecuvântează nunta aceasta." (fragment din slujba Sfintei Cununii). Precum i-a salvat pe mirii din Cana, transformând apa în vin și rezolvându-le astfel o problemă stringentă, tot așa va veni lângă cei ce-L caută cu credință și îi va sprijini în nevoi și neputințe.

Hristos – Mirele Bisericii – este soluția tuturor problemelor pe care le pot întâmpina cei doi, căci El „este jertfa de ispășire pentru păcatele noastre, dar nu numai pentru păcatele noastre, ci și pentru ale lumii întregi." (*1 Ioan* 2, 2) În plus, bărbatul trebuie să fie pentru soția sa ceea ce Hristos este pentru Biserică. În căsnicie, el are datoria să-și iubească soția precum Hristos a iubit

---

13 Sfântul Ioan Gură de Aur, „Despre iubire", în *Studii Teologice*, nr. 2/2007, pp. 105–119.

Biserica și să se jertfească pentru ea, așa cum Domnul S-a jertfit pentru Biserica Sa. Căsnicia înseamnă să te jertfești pentru cel ales[14]. Acesta este de fapt secretul: *să-L iei drept model pe Hristos*. El a venit pe pământ, a luat crucea în spate, a urcat dealul Golgotei, a fost răstignit, a murit și a înviat. Prin urmare, nu poate exista victoria Învierii fără urcușul Golgotei, iar în căsnicie nu există fericire și mântuire fără jertfă.

Draga mea cititoare/Dragul meu cititor, trebuie să știi că este important să ai disponibilitatea *să dăruiești tu mai întâi,* urmând modelul Domnului nostru Iisus Hristos, Care a spălat picioarele ucenicilor Săi (*Ioan* 13, 5). Iar dacă nu primești pe măsura a ceea ce oferi, să fii sigur că Domnul vede toată jertfa ta și o va răsplăti la vremea potrivită: „Îmi va răsplăti mie Domnul după dreptatea mea și după curăția mâinilor mele îmi va răsplăti mie." (*Psalmi* 17, 23)

Așază-L la cârma vieții tale pe Hristos, Care, dăruindu-Se pe Sine, a câștigat omenirea și a răscumpărat păcatul strămoșesc! La rândul tău, prin jertfă, răbdare și dăruire, vei câștiga atât mântuirea ta, cât și pe cea a ființei iubite.

Din nefericire, există și bărbați/femei care se schimbă cu timpul în rău. Unul dintre soți, dominat de dorințe păcătoase – vicii, egoism, mândrie, neputințe de tot felul –, îi transformă viața celuilalt într-un iad. Am întâlnit această imagine tristă în experiența mea duhovnicească. Femeile care suferă din pricină că soții lor se schimbă în rău nu sunt deloc puține; pentru ele,

---

14 La slujba Cununiei, „mirele și mireasa sunt chemați să își jertfească viețile unul pentru altul, aspect pe care Biserica îl recunoaște ca pe o mucenicie." Așadar, soții sunt mucenici ai Bisericii, lucru evidențiat și de troparele care se cântă în finalul ceremoniei (vezi David și Mary Ford, *Căsătoria, cale spre sfințenie*, București, Editura Sophia, 2007, p. 30).

suferința devine o cruce asemenea celei de pe Golgota. Unele renunță la această cruce și divorțează, altele însă și-o asumă și o duc până la sfârșit de dragul copiilor, al stabilității familiale și cu gândul la Hristos. Totodată, am întâlnit bărbați care au fost victime ale schimbării soțiilor lor, schimbare generată de infidelitate, de indiferență, de neasumare și de orgoliu.

Cei care suferă din această cauză – femei și bărbați deopotrivă – trebuie să știe că Hristos vede în fiecare clipă toată jertfa lor. Lucrurile bune pe care le fac în căsnicie nu sunt doar pentru soț/soție, ci și în numele lui Dumnezeu, fiindcă El este mereu în noi și cu noi; trebuie doar să avem sentimentul profund al prezenței Domnului în viața noastră și să facem totul ca pentru El.

Prin urmare, te sfătuiesc ca mai întâi TU să dăruiești, să iubești și să te jertfești cu gândul că Hristos – Mirele Bisericii – a făcut la fel. Cum să faci asta? Iată câteva sfaturi:

Construiți-vă căminul după cuvântul Domnului!

Iată ce ne îndeamnă Domnul Dumnezeu: „Va lăsa omul pe tatăl său și pe mama sa și se va lipi de femeia sa și vor fi amândoi un trup." (*Facerea* 2, 24) Din păcate, nu sunt deloc puțini acei bărbați care au un atașament exagerat față de mamele lor. Aceștia au crescut în familii în care mama, lipsită, poate, de iubirea soțului sau din slăbiciunea sa de a-și alinta prea mult copilul, și-a revărsat dragostea în mod exagerat asupra lui, generând astfel o relație de dependență care va fi acceptată cu greu de viitoarea soție.

Te sfătuiesc ca, odată ce te-ai căsătorit, să îți construiești relația personală cu părinții în așa fel încât să nu fie afectată legătura cu persoana iubită. Dacă este posibil, locuiţi separat de părinţi şi construiţi-vă căminul, chiar dacă asta ar însemna să staţi pentru o vreme cu chirie într-o garsonieră!

Casa noii familii trebuie rânduită după placul lui Dumnezeu[15] şi al celor doi soţi. Recomand cu multă căldură prezenţa în casă a icoanelor, a candelei aprinse şi a florilor vii. O casă curată, în care totul este aşezat la locul potrivit, îţi creează o stare de pace, în timp ce dezordinea nu face decât să te dezechilibreze emoţional, mental şi spiritual. **Căminul rânduit după Cuvântul Domnului** nu reflectă altceva decât relaţia frumoasă dintre soţi şi legătura vie pe care cei doi o au cu Părintele Ceresc.

Totuşi, nu trebuie să îi neglijezi pe cei care ţi-au dat viaţă şi te-au crescut. Nu uita că vine o vreme când ei îmbătrânesc, iar starea lor de sănătate se deteriorează, aşa că au mare nevoie de tine! În relaţiile cu părinţii posesivi, fii ferm,-ă şi explică-le cât de importantă este pentru tine intimitatea familiei şi, astfel, soţul tău/soţia ta va simţi cât de mult îl/o iubeşti şi că, după Dumnezeu, el/ea este cel mai important/cea mai importantă pentru tine.

Din păcate, există părinţi care, din pricina egoismului, îşi leagă prea mult viaţa de cea a copiilor lor. Am stat de vorbă cu o tânără care mi-a mărturisit că nu reuşeşte să se căsătorească din cauză că îşi iubeşte şi îşi respectă tatăl atât de mult, încât nu poate trece peste opiniile lui cu privire la alesul inimii ei. „Până acum, niciun bărbat nu s-a ridicat la nivelul aşteptărilor tatălui meu", mi-a mărturisit ea. Din această pricină, fata compara orice relaţie de iubire cu legătura strânsă pe care o aveau ea şi tatăl ei, aşa că niciun bărbat nu putea trece de „examenul eliminatoriu" impus de părinte.

15 Pr. prof. Gleb Kaleda, *Biserica din casă*, traducere de Lucia Ciornea, Bucureşti, Editura Sophia, 2006, pp. 165–166.

Tânăra avea acum 40 de ani și se certa des cu tatăl ei din cauză că nu reușise să-și întemeieze un cămin; îi reproșa mereu că nu a încurajat-o să se căsătorească și că, mânat de egoism, a ținut-o legată de casa părintească. În cele din urmă a decis să se mute cu chirie și a reușit să-și întemeieze o familie, însă numai după ce s-a eliberat de relația sufocantă cu tatăl ei.

Prin urmare, dacă ești părinte, te îndemn să-ți crești copiii cu gândul că la un moment dat aceștia vor părăsi casa în care au copilărit și își vor construi propriul cămin alături de sufletele dragi lor, așa cum și pasărea, după ce crește, părăsește cuibul și își face propriul cuib.

Nu trăiți departe unul de celălalt!

Așa cum am spus anterior, modelul pentru relația soț–soție ar trebui să fie legătura Hristos-Biserică. „Bărbaților, iubiți pe femeile voastre, după cum și Hristos a iubit Biserica, și S-a dat pe Sine pentru ea." (*Efeseni* 5, 25) Hristos și Biserica sunt într-o unitate perfectă, de nedespărțit. Biserica Îl are în permanență pe Hristos în centrul ei. Tot astfel trebuie să fie și legătura dintre soț și soție, una indestructibilă și indisolubilă, bazată pe iubire și pe **dăruire reciprocă și neîntreruptă.**

Din nefericire, tot mai multe familii se destramă tocmai din pricina distanței fizice dintre soți. Pe lângă faptul că focul dragostei este mult mai greu de întreținut de la distanță – chiar și astăzi, când avem atât de multe mijloace de comunicare! –, pot apărea și alte pericole pentru viața de familie.

Vă recomand ca, înainte să vă căsătoriți, să vă faceți unul altuia câteva promisiuni ferme, dintre care să nu lipsească aceasta: *Niciodată să nu trăim departe unul de celălalt!* De pildă, dacă unul dintre voi trebuie să plece pentru o vreme în altă țară, celălalt ar fi bine să-l urmeze.

Când cei doi soți sunt departe, demonul poate pătrunde în mintea și în inima oricăruia dintre ei și poate crea numeroase fisuri prin care se pot strecura ispitele și marile păcate. Așa începe declinul unei căsnicii, așa se pierde armonia de la început. Nu lăsați demonul să își facă sălaș înlăuntrul vostru! Rămâneți alături unul de celălalt! Nu acceptați să trăiți mult timp unul fără celălalt, indiferent de motive, după cum nici Biserica nu poate dăinui fără Hristos, Care este Una cu ea[16].

Am cunoscut o doamnă al cărei soț lucra în Italia. După doi ani petrecuți acolo (venea acasă doar de sărbători și în concedii), bărbatul s-a îndrăgostit de șefa lui, fapt pentru care a hotărât să-i propună soției să divorțeze.

Disperată, femeia a venit la mine și mi-a vorbit despre situația prin care trecea, iar eu am sfătuit-o să nu-și piardă nădejdea în Dumnezeu și să se roage la Maica Domnului pentru sufletul lui. Apoi, i-am recomandat să se mute urgent în Italia lângă soțul ei și să acorde o șansă familiei lor, după îndemnul Sfântului Apostol Pavel, rostit la slujba Cununiei[17]. Așa a și făcut: a plecat în Italia, însă nu oricum, ci cu gândul la Hristos, la Maica Domnului și la salvarea propriei căsnicii.

16 „Nunta închipuie unirea tainică dintre Hristos și Biserică" – vezi Anthony Stehlin, *Taina căsătoriei și contracepția. Problema contracepției din perspectiva tradiției dogmatice creștin-ortodoxe*, Editura Doxologia, 2017, pp. 139–140.

17 „Va lăsa omul pe tatăl său și pe mama sa și se va alipi de femeia sa și vor fi amândoi un trup." (*Efeseni* 5, 31)

După rugăciuni fierbinţi şi discuţii îndelungate cu soţul ei, acesta i-a cerut iertare, motivând faptul că nevoile trupeşti l-ar fi împins la infidelitate. Femeia a avut puterea şi înţelepciunea să-i ofere iertarea şi aşa cei doi şi-au salvat căsnicia.

Păcatele se strecoară în sufletul omului când acesta are mult timp la dispoziţie şi când nu există autocontrol şi respect faţă de Legile lui Dumnezeu. Iată de ce este bine să nu treacă niciun moment în care să nu ştii ce face persoana iubită. Faci asta nu ca să o urmăreşti neîncetat, ci ca să-ţi protejezi căsnicia. Iar ca să reuşeşti, este esenţial ca atât tu, cât şi soţul tău/soţia ta să aveţi o legătură strânsă cu Hristos. Când Hristos este de faţă, omul nu mai este în stare să greşească.

Fiorul prezenţei Domnului ajută imens conştiinţa noastră căzută.

Hristos (re)aduce pacea în sânul familiei tale

Aflat pe Muntele Fericirilor, Domnul nostru Iisus Hristos a rostit în faţa mulţimilor prima Sa predică: „Fericiţi făcătorii de pace, că aceia se vor chema fiii lui Dumnezeu." (*Matei* 5, 9) Mai mult decât atât, când Se întâlnea cu ucenicii Săi, Mântuitorul îi saluta cu formula: „Pace vouă!" sau „Pacea Mea v-o dau vouă." (*Ioan* 14, 27) Cât priveşte viaţa de familie, soţul şi soţia au datoria morală să fie unul pentru celălalt „făcători de pace"[18].

De altfel, relaţia cu Dumnezeu se verifică prin aceste două teste: **1.** timpul alocat *rugăciunii* şi gândirii

18 „Făcătorul de pace este cel care dă pacea altuia, însă n-ar putea-o împărtăşi cineva altuia dacă n-ar avea-o el însuşi." (Sfântul Grigore de Nyssa, *Opt omilii la Fericiri*, ediţia I, Editura Anastasia, 1991, p. 101)

la Dumnezeu peste zi, despre care am amintit şi anterior, şi **2.** *pacea* din inima ta. Oamenii care au pace, mulţumire sufletească şi bucurie Îl au pe Dumnezeu înlăuntrul lor.

Iată de ce este important ca cei doi să aspire la **starea de pace,** fiecare în inima lui şi, de aici, la pacea dintre ei. *Dăruind pace, o vei primi.* Relaţiile pline de pace ajută familia să crească. E nevoie de multă răbdare, pentru că pacea nu vine de la sine şi nici imediat. Ea coboară numai atunci când universul tău interior este echilibrat, când îţi iubeşti şi îţi înţelegi aproapele şi, cel mai important, când Îl aşezi pe Hristos în centrul vieţii şi al familiei tale.

Doreşte-ţi pace în familie mai mult decât orice altceva! E atât de multă răutate în lume, atât de multă agitaţie... Ne certăm, ridicăm tonul, vânăm greşelile celorlalţi şi îi urâm pe semenii noştri. Nu trebuie să aducem şi în sânul familiei această stare de nemulţumire generalizată din societate, o societate din care lipsesc tot mai mult pacea şi înţelegerea.

De ce să trăim în ură, în zbucium şi în răutate, de vreme ce Dumnezeu ne-a creat din iubire şi aşteaptă de la noi să ne iubim unii pe alţii şi să avem pace în inimi?! „Cel ce nu iubeşte n-a cunoscut pe Dumnezeu, pentru că Dumnezeu este iubire." (*1 Ioan* 4, 8)

Oamenii care comunică cu Dumnezeu prin rugăciune şi prin participarea la Sfânta Liturghie capătă pace în suflet, iar sentimentele lor bune sunt mai intense. Mai întâi trebuie să Îl iubeşti pe Tatăl Ceresc, Cel Care ţi-a dat viaţă; iubindu-L pe Dumnezeu din toată inima ta şi cu toată fiinţa ta, pacea te va învălui şi îl vei putea iubi sincer şi pe aproapele tău. Alege, aşadar, să fii mereu în har, şi astfel soţul/soţia şi toţi ceilalţi membri ai familiei tale se vor hrăni din pacea ta!

Cum să procedezi? Foarte simplu! Fii blând,-ă şi răbdător,-toare cu persoana iubită şi cu copiii voştri, vorbește-le pe un ton potrivit, oferă-le sprijin atunci când au nevoie de tine! Toate acestea nu vin din altă parte decât de la Domnul nostru Iisus Hristos: El a fost blând și răbdător în suferințe, pilduitor și sprijinitor pentru atâția oameni.

Comportă-te în așa fel încât ființa aleasă să aibă încredere în tine. Potrivit *Dicționarului universal al limbei române*, ediția a VI-a (Lazăr Șăineanu, 1929), cuvântul „încredere" are la bază „credința": încrederea este „acțiunea de a te încrede în cineva", adică de „a te lăsa în buna *credință* a altuia", „a-ți pune *credința*" în cineva. Așadar, dacă soțul sau soția are încredere în tine înseamnă că tu manifești o credință nestrămutată în ceva ce este dincolo de lumea aceasta materială, adică în Bunul Dumnezeu.

CAPITOLUL 2

Comunicarea în familie[19]

Comunicarea prin cuvânt este darul de mare preț al lui Dumnezeu pentru om. Cuvântul nu are doar formă, adică sunetele din care este alcătuit, ci și conținut, mai exact, sens, înțeles. El este încărcat energetic, astfel că prin cuvânt omul poate să mângâie sau să blesteme, să aline suferința celuilalt sau să îl afunde în cele mai cumplite dureri sufletești. Un simplu cuvânt poate să lege prietenii durabile sau să ducă la dezbinare, la ură și chiar la războaie. Lumea întreagă a fost creată prin cuvânt: „Și *a zis* Dumnezeu: «Să fie lumină!» Și a fost lumină." (*Facere* 1, 3)

Potrivit *Marelui dicționar de neologisme* (MDN 2000), termenul „comunicare" și cuvântul vechi bisericesc „cuminecare" au o rădăcină comună: cuvântul latinesc *communicare*. Prin comunicare nu transmitem doar simple informații, ci ne și „cuminecăm" cu ceilalți, ne unim cu ei prin cuvânt, ne „împărtășim" cu ei[20].

---

19 Vezi cele șapte reguli ale comunicării dintre soți în Charlie W. Shedd, *Scrisori către Filip, sfaturi unui tânăr căsătorit*, București, Editura Bizantină, 2011, pp. 33-36.

20 A se vedea și sensul învechit al cuvântului „a se cumineca", „a se uni" în *Micul dicționar academic*, Ediția a II-a, 2010.

Rolul comunicării este esențial atât în relațiile sociale, cât și în cele personale, familiale. Calitatea vieții de familie este dată de calitatea comunicării dintre soți; contează mult felul în care cei doi își împărtășesc gândurile, își exprimă sentimentele, își cer sfaturi sau iau decizii împreună. Iată de ce este esențial să fim buni ascultători, dar să și putem să ne mărturisim gândurile, trăirile și emoțiile.

Spre deosebire de femei, care au abilitatea să vorbească, să povestească și să își deschidă mai ușor inima, bărbații comunică mai puțin, se exprimă mai greu și, potrivit unor studii recente, au mai puține gânduri decât femeile. Cercetătorii au demonstrat că un bărbat are în medie 60 000 de gânduri pe zi, în timp ce o femeie, 80 000 de gânduri. Întrucât au în medie mai puține gânduri decât femeile, bărbații sunt tentați să comunice mai puțin în familie.

Îi sfătuiesc pe bărbați să spună ce gândesc, să vorbească mai mult cu soțiile lor, să fie mai dornici de comunicare; altminteri, soțiile lor vor crede că le ascund ceva, fapt ce duce inevitabil la pierderea păcii din familie.

Iată unde duce lipsa de comunicare:

Apare cicăleala

Atunci când în familie se naște o chestiune care necesită dialog, iar bărbatul nu comunică suficient, femeia începe să devină insistentă, îi reproșează diverse lucruri în încercarea de a-l determina să vorbească. La rândul lui, bărbatul se apără, își ridică un zid și alege să se închidă în sine, fapt care o provoacă și mai mult pe femeie; nu tace până când nu îl determină cumva pe soțul ei să spună ceva. Așa se naște *cicăleala*, situație care tulbură liniștea și armonia din familie.

Îi sfătuiesc încă o dată pe bărbați să fie deschiși, răbdători și să exprime tot ce simt și ce gândesc, iar pe femei le îndemn să nu fie insistente atunci când văd că soțul nu pare pregătit să vorbească despre un anumit subiect. Numai așa vor păstra pacea în familie.

Diferențele majore de exprimare dintre bărbați și femei

Organizația Mondială a Sănătății a descoperit, în urma unui studiu recent, unele modificări în ceea ce privește media de viață a bărbaților și a femeilor: femeile trăiesc în medie 78,62 de ani, iar bărbații doar 71,18 ani. Conform aceluiași studiu, cauzele pentru care bărbații mor mai devreme sunt atât consumul mare de alcool și de tutun, cât și *carențele de exprimare*. După cum arătam mai sus, bărbatul nu își deschide inima, nu comunică suficient, ci păstrează înlăuntrul lui toată presiunea unei zile de muncă. Ajunge astfel să se îmbolnăvească, fără să realizeze lucrul acesta. Poate că nu este întâmplător faptul că 82% dintre persoanele care fac infarct sunt bărbați.

Dragă frate întru Hristos, dacă vrei să ai o viață mai lungă, vorbește mai mult cu soția ta! Este atât de frumos ca, odată ajuns acasă, să stai la povești cu ea, să îi spui ce ai trăit în acea zi, ce te apasă, ce planuri ai. E un timp prețios care vă va aduce mai aproape. Cât privește femeile, acestea au datoria să creeze un cadru de iubire propice dialogului, să renunțe la insistențe, la presiune, la cicăleală și la tonul ridicat, să încerce să aibă mai multă răbdare cu soții lor și să-i aștepte să comunice așa cum pot și când pot. În felul acesta, pacea din sânul familiei nu se va pierde, iar cei doi vor putea realiza mult mai multe lucruri frumoase împreună.

Cearta – „boala" comunicării

În viață se întâmplă adesea să avem discuții contradictorii – doar suntem diferiți, nu-i așa? Este important totuşi să facem diferenţa dintre o discuţie contradictorie şi o ceartă. Într-o *discuţie contradictorie* trebuie să primeze *argumentele* şi, astfel, ea va lua sfârşit fără să inflameze prea mult spiritele, ajungându-se în final la un consens[21]. În schimb, când apare *cearta*, apar şi jignirile, cuvintele urâte, grele, care lasă răni adânci în inima celuilalt, răni care poate că nu se vor mai vindeca vreodată.

Ca să eviţi astfel de momente, trebuie stabilite câteva reguli esenţiale. De pildă, *tonul* pe care se discută este foarte important în familie (şi nu numai). Este bine ca niciunul dintre cei doi să nu folosească un ton agresiv. Orice încercare de acest fel din partea unuia dintre soţi trebuie semnalată imediat de celălalt. De asemenea, nu trebuie tolerate cuvintele jignitoare sau umilinţele din partea soţului/soţiei, în caz contrar, ele generează multă suferinţă în inima celuilalt.

Nu uita că **o familie este clădită pe iubire şi pe respect,** aşa că astfel de situaţii nu îşi au locul între doi oameni care se iubesc: „Din gura voastră să nu iasă niciun cuvânt rău, ci numai ce este bun, spre zidirea cea de trebuinţă, ca să dea har celor ce ascultă." (*Efeseni* 4, 29)

Dacă se întâmplă ca soţul sau soţia să vină supărat,-ă, lăsă-l/-o să se calmeze, ca să eviţi cearta! Poate că a avut o zi proastă la locul de muncă, poate că nu se simte bine sau are o neîmplinire. Răbdarea face foarte mult bine în astfel de situaţii: „Când cineva e cuprins de patima

---

21 Preotul rus Pavel Gumerov consideră că „disponibilitatea de a te sfătui cu omul drag întăreşte foarte mult căsnicia şi ajută la găsirea hotărârilor necesare." (Pr. Pavel Gumerov, *Conflictele familiale: prevenire şi rezolvare*, traducere din limba rusă de Adrian Tănăsescu-Vlas, Bucureşti, Editura Sophia, 2013, pp. 106–107); „Este necesar ca soţii să fie mai legaţi unul de celălalt, decât de părinţi. Aceasta este legea Facerii." (Pr. Pavel Gumerov, *El şi ea: în căutarea armoniei conjugale*, traducere din limba rusă de Adrian Tănăsescu Vlas, Bucureşti, Editura Sophia, 2014, pp. 261–262)

mâniei, indiferent ce ai zice, va fi în zadar. E mai bine să taci și să spui în minte Rugăciunea lui Iisus."[22] Apoi, în mod inteligent și la timpul potrivit – timpul acela în care celălalt este dispus să te asculte –, vorbește-i soțului tău/soției tale cu dragoste despre subiectele sensibile din viața voastră!

Iată acum câteva soluții pentru a trăi în armonie alături de omul drag:

Nu lua niciodată decizii de unul/una singur,-ă!

Regula de aur a unei familii fericite este **luarea deciziilor de comun acord.** De pildă, ea vrea să petreacă vacanța în Turcia, în vreme ce el preferă Grecia. Atât concediul în Turcia, cât și cel în Grecia costă 2 000 de euro. Ce e de făcut? Dacă niciunul dintre ei nu renunță la dorința lui, decizia nu trebuie luată în acel moment. În caz contrar, se va naște conflictul.

L-am întrebat odată pe înțeleptul părinte Nicodim Ravaru, care a trăit în Sfântul Munte Athos, cum să facem să luăm decizii corecte în familie, iar el mi-a răspuns așa: „Cel mai credincios trebuie să conducă; acesta este mai înțelept, pentru că este luminat de Duhul Sfânt și ia cele mai bune decizii". Întrucât se hrănesc din relația lor cu Dumnezeu, femeile sunt de multe ori mai inspirate în luarea unor hotărâri importante. Sigur că și bărbații pot fi mai luminați. Esențiale sunt, așa cum spuneam, limpezimea și obiectivitatea care vin din legătura vie cu Dumnezeu.

Mai mult chiar, în familie (și nu numai) este esențial **să accepți și părerea celuilalt.** Se întâmplă frecvent să avem sentimentul că numai ce spunem noi

---

22 Cuviosul Paisie Aghioritul, *Viața de familie. Cuvinte duhovnicești*, vol. IV, București, Editura Evanghelismos, 2003, p. 49.

Cât privește viața de familie, taina fericirii este să știi să-l faci fericit pe cel de lângă tine, iar fericirea lui să fie suportul fericirii tale.

este adevărat. Or, viața și desfășurarea ulterioară a lucrurilor ne arată că nu e deloc așa. E firesc și benefic ca și celălalt să își susțină punctul de vedere, iar de aici pot decurge discuțiile și rezolvările fericite pentru orice problemă apărută: *„Fără mânie și părtinire", dialogul ajută la găsirea adevărului.*

Este foarte important să acceptăm că suntem imperfecți și că în unele situații ființa iubită poate avea o soluție mai bună pentru chestiunea pe care o avem de rezolvat. *Dacă ești de acord cu ea, te smeresti*, înțelegi, accepți și consimți că nu ai întotdeauna dreptate – un lucru firesc de altfel.

Cei care au numai certitudini și își susțin inflexibil și categoric punctele de vedere – chiar și atunci când acestea nu sunt realiste – dau dovadă fie de prostie și de îngustime a minții, fie de mult orgoliu. Când spui „Eu am dreptate!", „E cum zic eu!", „Facem cum spun eu!", nu faci decât să-i îndepărtezi pe toți de lângă tine, mai cu seamă pe ființa iubită, cea mai afectată de un asemenea comportament.

Prin urmare, ține cont de puterea argumentului! Spunându-i soțului tău/soției tale: „Ai dreptate, dragul meu/draga mea!", te smerești în fața adevărului obiectiv și contribui astfel la păstrarea sau la restabilirea păcii dintre voi.

Ascultă-ți aproapele și oferă-i soluții!

Dacă îți iubești cu adevărat soțul/soția, ascultă-l/-o cu toată inima! Fii alături de el/ea atunci când are o problemă de discutat sau când simți că un necaz îl/o apasă! Neliniștea lui/ei nu trebuie să te lase indiferent,-ă...

Poți fi cel mai bun prieten/cea mai bună prietenă pentru soția ta/soțul tău. Este suficient ca, atunci când simte nevoia să-şi deschidă inima, tu să laşi totul, să i te aşezi alături şi s-o/să-l asculţi cu drag. Te transformi astfel în „paratrăsnetul" atât de necesar pentru energiile acumulate în timp de către persoana iubită şi îi faci un mare bine.

În plus, nu ezita să încerci să-i oferi şi sfaturi (dacă consideri oportun acest lucru) şi vei contribui în felul acesta la găsirea de soluţii pentru frământările interioare ale omului drag! Răsplata va veni îndată: soţul sau soţia te va copleşi cu dragostea lui/ei şi se va (re)instala între voi liniştea atât de dorită.

CAPITOLUL 3

Fidelitatea – premisa unei căsnicii fericite

Din experienţa mea de duhovnic, îţi pot spune că una dintre cele mai mari dureri din viaţa de familie o reprezintă *infidelitatea*. Acest păcat este cauza principală care duce la ruperea relaţiilor de iubire şi a căsniciilor, afectând însăşi temelia vieţii de familie. Suferinţa provocată de infidelitate este atât de mare, încât poate aduce cu sine depresii, anxietate, boli şi chiar sinucideri.

M-am întrebat adesea de ce apare acest mare păcat în sânul familiei, întrebare pe care mi-o adresează şi cei ce se află într-o astfel de situaţie, iar aceştia nu sunt deloc puţini din nefericire. În urma discuţiilor cu cei căzuţi în acest mare păcat, am descoperit că omul ajunge să-şi trădeze persoana iubită în primul rând din **lipsa unui autocontrol.** De aici lucrurile se diversifică: în cazul unora, păcatul se naşte din pricina poftei care ajunge să îi domine şi să le ghideze alegerile şi faptele. În cazul altora, el apare pe fondul unor interese materiale, al unor neînţelegeri constante cu persoana iubită, dintr-o neasumare a realităţilor din familie ori din laşitatea de a lupta pentru binele căsniciei. Aşa cum spuneam, infidelitatea este cauzatoare de multă durere pentru întreaga casă; suferă nu doar persoana înşelată, ci şi copiii, familia extinsă şi chiar cel/cea care înşală.

Poate fi vindecat acest păcat? Sigur că da, însă cu câteva condiţii: cel care a greşit să recunoască aceasta, să regrete sincer fapta, să-şi dorească din toată inima să se îndrepte şi să renunţe la păcat. La rândul ei, persoana înşelată să aibă puterea să ierte şi să-şi asume cele întâmplate cu multă iubire.

Cum apare infidelitatea

Pe un fond de slăbiciune duhovnicească, însoţit de motivaţii mai mult sau mai puţin reale, omul îşi îndreaptă atenţia de la persoana iubită spre altcineva, crezând în mod eronat că aceasta din urmă îi împlineşte nevoile. Unde este însă *marea înşelare* care se ascunde aici? Amantul/amanta nu creează presiuni asupra celei/celui care înşală, întrucât această patimă se reduce numai la consumarea punctuală a plăcerii din legătura amoroasă, fără consecinţele care derivă dintr-o relaţie asumată. Pentru amant/amantă, problemele şi frământările vieţii nu au nicio relevanţă; importante sunt doar plăcerile înşelătoare: relaţiile trupeşti nelegiuite, banii şi alte interese.

Spre deosebire de amant/amantă, soţul/soţia îşi implică fiinţa iubită – aşa cum este şi firesc – în absolut toate problemele căsniciei: bunul mers al gospodăriei, educaţia copiilor, relaţiile cu rudele etc. Lipsa asumării căsniciei, cu tot ce implică ea, este o realitate care îi determină mai cu seamă pe unii bărbaţi să iasă din relaţia legiuită şi să intre într-o legătură care să nu implice obligaţii majore.

Ţinând cont de aceste mari diferenţe dintre soţ/soţie şi amant/amantă, infidelitatea poate să fie considerată doar o supapă de eliberare a unor energii negative existente în familie, motiv pentru care relația extraconjugală ajunge să fie privită chiar ca ceva benefic pentru căsnicie. Atenție! Aici este înșelarea!

Omul infidel nu conștientizează gravitatea greșelii sale și consideră că numai celălalt este vinovat pentru alegerea făcută de el. Cu alte cuvinte, se dezvinovățește, spunând că ar fi fost împins de situația de acasă să își părăsească familia. Vede la tot pasul defectele celuilalt, se victimizează, își răcește inima și își găsește tot felul de motive să fugă de responsabilitățile familiei. Se înstrăinează astfel de **esența vieții de familie – menirea de a-i face fericiți pe ceilalți.**

Cu timpul însă, cel/cea care săvârșește păcatul descoperă că nu se mai poate opri și, găsind o serie de pretexte, se depărtează tot mai mult de soție/soț și de copii, iar relațiile cu familia extinsă se răcesc și ele. Deși dulce la început, păcatul infidelității produce un mare dezechilibru mental și spiritual ce are drept primă consecință *separarea de restul familiei.* Suferința pricinuită de această mare patimă este suportată, așa cum am mai spus, de toți ai casei: soți, copii și familia extinsă deopotrivă. Doar o minune mai poate salva un astfel de om! Și asta numai dacă celui/celei ce a fost prins/-ă în această capcană i se trezește conștiința, realizează că stricăciunile generate de păcat sunt infinit mai mari decât plăcerile lui vinovate și face efortul să renunțe la păcat și să-și repare greșeala.

Cum afli dacă ești înșelat,-ă

În cazul în care constați că ființa iubită nu mai este atentă la nevoile tale și la bunul mers al familiei, că gândurile ei sunt departe de universul căminului și că, deși este prezentă fizic în casă, se află cu mintea în altă parte, se naște în inima ta o primă suspiciune, fapt pentru care ar trebui să verifici discret unele realități. Ca să te ajut, îți propun câteva *teste/întrebări* prin care să poți afla dacă soțul/soția te înșală sau nu.

Iată care sunt acestea!

- Mai răspunde la nevoile tale intime?
- Îți mai acordă atenție?
- Le mai acordă atenție și timp copiilor voștri?
- Își petrece timp departe de casă, invocând nevoi „stringente" în afara căminului?
- Lipsește nejustificat de acasă și există timpi în care nu știi unde se află cu adevărat?
- Simți că te minte, ca să-și acopere absența îndelungată din sânul familiei?
- Este recalcitrant/-ă când îi adresezi întrebări directe și se aprinde din absolut orice, pierzându-și repede cumpătul?
- Te critică în permanență, fiind nemulțumit/-ă de ceea ce faci?
- Risipește sume de bani fără să le poată justifica?

După ce ai parcurs cu atenție lista de mai sus și ai identificat la jumătatea ta unele posibile abateri, este bine să purtați o discuție și, păstrându-ți calmul, să o determini să-ți spună adevărul și numai adevărul. Dacă persoana iubită îți risipește orice urmă de îndoială și îți dovedește dragostea și sinceritatea ei, îți vei putea recăpăta liniștea. Nu te înșală. În caz contrar, păstrează-ți calmul, roagă-te, ia-ți timp pentru a-ți pune ordine în gânduri și amână puțin luarea unei decizii!

După ce te-ai sfătuit cu duhovnicul, va trebui să iei o decizie importantă: fie alegi să aplici *iubirea* și *iertarea*, cu gândul la copiii voștri, la dragostea pe care i-o porți celui/celei de lângă tine, la tot ce v-a adus împreună, însă cu condiția ca el/ea să promită că iese din relația extraconjugală și că nu va repeta greșeala comisă, fie aplici *dreptatea*. În această situație, îți asumi dreptul moral dat de *Sfânta Scriptură* de a te separa de cel/cea care a înșelat legământul de iubire și de fidelitate: „Oricine va lăsa pe femeia sa, în afară de pricină de desfrânare, săvârșește adulter." (*Matei* 5, 32)

Mărturiile Bibliei

În Biblie stă scris cu litere de aur: „Să nu fii desfrânat!" (*Ieșire* 20, 14; *Deuteronom* 5, 18) Este porunca dată lui Moise pe Muntele Sinai de Însuși Domnul Dumnezeu pentru întregul popor iudeu și pentru întreaga umanitate. Dumnezeu a spus aceasta, fiindcă știa că numai cei ce sunt curați cu trupul și cu sufletul pot intra liberi într-o legătură sfântă cu El și se pot mântui.

De asemenea, Sfântul Apostol Pavel dă o sentință necruțătoare la care ar trebui să se gândească orice om aflat pe punctul de a comite acest păcat: „Aceasta s-o știți bine, că niciun desfrânat, sau necurat, sau lacom de avere, care este un închinător la idoli, nu are moștenire în împărăția lui Hristos și a lui Dumnezeu." (*Efeseni* 5, 5) Ce înțelegem de aici? *Omul care alege să fie infidel își pune în pericol mântuirea.* Este un adevăr pe care e bine să îl privești în față: numai cei eliberați de patimi, adică descătușați de păcate prin pocăință sinceră, merg în Împărăția lui Dumnezeu, de aceea îți recomand să te pocăiești, spovedindu-te și împărtășindu-te cât mai des. Și, odată ajuns în sufletul și în trupul tău, Hristos te va curăți și te va ține departe de greșeală. *Alege-L, deci, pe Dumnezeu, nu păcatul!*

Prezența deasă la duhovnic, însoțită de împărtășirea cu Trupul și cu Sângele Domnului, îți va întări conştiinţa şi încet, încet va alunga orice gând păcătos. Vei simţi atunci că bucuria iertării venite de Sus, precum şi bucuriile trăite în normalitate lângă cei dragi îţi vor fi suficiente pentru a fi cu adevărat fericit,-ă.

Revenind la ce spunea Sfântul Apostol Pavel, gravitatea păcatului infidelităţii este foarte mare, pentru că prin asemenea patimi omul îşi creează *idoli*. Bunăoară, pentru un/o desfrânat,-ă, amanta/amantul devine „idol" însufleţit pe care îl preţuieşte mai mult decât orice; este în stare să sacrifice totul pentru el şi să se pună în slujba lui cu toată energia pe care o are. Tot astfel şi pentru un lacom de avere, posesiunile devin adevăraţi idoli. Această răsturnare a valorilor face ca Dumnezeu să nu mai ocupe locul central în inima omului – o grea pierdere pentru el! Omul care alege să Îl urmeze pe Hristos va dori să smulgă spinii greşelilor din inima lui prin Taina Sfântă a Spovedaniei şi Îi va face din nou Acestuia sălaş înlăuntrul lui prin împărtăşirea cu Sfântul Trup şi Scumpul Sânge la Cina euharistică Sfânta Liturghie.

Nu-ţi pune mântuirea în pericol pentru o plăcere de o clipă! Păstrează-ţi inima curată, ca să-L poţi primi mereu pe Hristos înlăuntrul tău!

Cum poţi evita infidelitatea

Pentru prevenirea marii patimi a infidelităţii, am identificat câteva soluţii despre care am să-ţi vorbesc în continuare.

Rezolvă-ţi problemele căsniciei prin dialog!

Când simţi că dragostea scade în intensitate, încearcă să vezi de ce se întâmplă asta! Vorbeşte cu soţul tău/soţia ta, spuneţi-vă unul altuia nemulţumirile, comunicaţi-vă deschis aşteptările, încercaţi să vă aplecaţi asupra nevoilor celuilalt şi în felul acesta lucrurile se vor schimba în bine!

Aşa cum arătam în capitolul anterior, salvarea căsniciei depinde foarte mult de *dialogul* dintre soţi. Stând de vorbă unul cu celălalt, veţi putea readuce iubirea la starea iniţială şi vă veţi bucura din nou de pace şi de armonie. Atenţie însă la felul în care comunici cu soţul tău/soţia ta! Când abordezi subiecte atât de sensibile – cum este şi cel de faţă –, asigură-te mai întâi că ai toată atenţia şi empatia celuilalt, căci altfel rişti să obţii contrariul. *Dialogul sincer* poate fi, deci, *soluţia ieşirii din impas*, însă numai cu următoarele condiţii: interlocutorii – în cazul nostru, cei doi soţi – să găsească *timpul potrivit* şi să folosească *tonul potrivit*, să încerce să ajungă la *adevăr* fără să-l jignească sau să-l rănească pe celălalt şi să-l determine să-şi mărturisească deschis greşeala.

Atenţie la prieteniile cu persoane de sex opus!

Prietenia cu o persoană de sex opus este firească. Dacă însă la un moment dat vei simţi o atracţie păcătoasă faţă de aceasta, fii foarte atent,-ă! Cel rău îşi poate face loc printr-o astfel de fisură şi vă poate conduce pe amândoi spre păcatul infidelităţii.

Nu sunt deloc puţine exemplele de „binevoitori"/ „binevoitoare" (colegi, şefi etc.) care, atunci când află că cineva trece printr-un moment greu în căsnicie, folosesc acest prilej să se apropie cu aşa-zise sfaturi prieteneşti; în realitate însă scopul lor este altul: să se strecoare în viaţa celui aflat în suferinţă. Atenţie mare la astfel de oameni! Aceştia vor profita de vulnerabilitatea ta de moment, ca să se apropie de tine nepermis de mult. Şi de aici până la păcat mai este doar un pas.

Cum să eviţi astfel de situaţii? Nu îţi deschide inima în faţa oricui şi nu da detalii cu privire la viaţa ta intimă! Singurele persoane potrivite să te asculte şi să te sfătuiască sincer sunt, în opinia mea, soţul/soţia, părinţii, duhovnicul şi prietenii foarte apropiaţi. Cum poţi avea încredere în anumite persoane? Înainte de toate, asigură-te că persoana căreia i te destăinui are puternice *repere morale* în aşa fel încât să nu se folosească de problemele tale din căsnicie ca să-şi atingă anumite scopuri!

Referitor la prieteniile apropiate dintre persoane de sex opus, marii duhovnici, precum părintele Cleopa, părintele Paisie Olaru şi părintele Simion de la Mănăstirea Sihăstria, recomandau ca o femeie să nu stea niciodată singură cu un bărbat într-un loc în care ar putea apărea păcatul trupesc. Altfel spus, dacă o persoană de sex opus te invită într-un spaţiu închis – într-o cameră de hotel de pildă – în care nu mai este nimeni de faţă, pretinzând că vrea să îţi vorbească despre problemele de la locul de muncă sau despre oricare alt subiect, refuză respectuos această invitaţie! În caz contrar, te asigur că îţi va fi mai greu să faci faţă ispitei odată ajunşi acolo. Este mai sănătos să se supere aşa-zisul prieten/coleg „binevoitor" că nu ai răspuns afirmativ la invitaţia lui decât să ajungeţi în situaţii compromiţătoare.

O tânără angajată a unei bănci mi-a povestit că, după o şedinţă prelungită, şeful a invitat-o la un hotel să continue acolo „discuţiile". Înţelegând scopul ascuns al propunerii, fata a refuzat categoric, evitând astfel să cadă în păcatul desfrânării.

Dăruiește și dăruiește-te fără să ai așteptări! Domnul te vede și te apreciază. EL vede în fiecare secundă a vieții voastre tot efortul depus și îți va răsplăti cu Împărăția Lui.

Sfinţii Părinţi ne atrag atenţia asupra faptului că, atunci când apare prilejul de a păcătui, jumătate din păcat este deja făcut. Prin urmare, nu accepta să se nască prilejul să cazi în păcat şi, cu siguranţă, vei rămâne curat![23]

„Oare poate pune cineva foc în sânul lui fără ca veşmintele lui să nu ardă? Sau va merge cineva pe cărbuni fără să i se frigă tălpile? Aşa este cu cel ce se duce la femeia aproapelui său." (*Pilde* 6, 27-29)

Prieteniile cu persoane de sex opus nu sunt întotdeauna de evitat. Există şi situaţii în care aceste relaţii pot fi extraordinare, însă numai cu o condiţie: să fie curate şi sincere. Am întâlnit nenumărate astfel de cazuri care au fost factori de creştere duhovnicească pentru cei doi.

Mitropolitul Antonie de Suroj are o vorbă frumoasă în acest sens, care te poate ajuta: „Când bărbatul îşi găseşte o mireasă, el nu mai este înconjurat de bărbaţi şi femei, ci de oameni."[24]

Apleacă-te mai mult asupra nevoilor celuilalt!

Infidelitatea poate să apară şi din cauza comportamentului nepotrivit al celuilalt, a presiunilor permanente, a tonului ridicat, a umilinţelor la care este supus, a sforţării firii celuilalt. Soţul sau soţia nu este obligat,-ă să-ţi suporte răutatea, ura, invidia, mândria, mojicia şi toate celelalte deviaţii de comportament.

---

23 Protoiereul Vasilie Zenkovskii subliniază că „fidelitatea este o mare forţă, care cimentează relaţiile familiale" (...), ea trebuie să aibă reazim în dragostea vie." (Protoiereu Vasilie Zenkovskii, *Cum să întemeiem o familie ortodoxă*, Bucureşti, Editura Sophia, 2011, pp. 152–153)

24 Mitropolitul Antonie de Suroj, *Taina iubirii*, Bucureşti, Editura Sophia, 2009, p. 59.

Amândoi formați o familie și aveți datoria să vă faceți viața fericită unul altuia și astfel să vă mântuiți unul prin celălalt. Nu trebuie să vă chinuiți reciproc, nici să vă transformați existența în iad. Din păcate, mulți oameni, fără să realizeze asta, fie își ignoră complet soții/soțiile, punându-se pe ei și nevoile lor mai presus de nevoile și de cerințele celuilalt, fie îi tratează – așa cum am mai spus – într-un mod complet nepotrivit.

Am stat de vorbă cu o credincioasă care mi-a spus: „Părinte, nu mai pot! Sunt disperată! Soțul meu bea, miroase a alcool, îmi vorbește urât, folosește un ton ridicat și mă jignește mereu. În schimb, am un vecin care se comportă cu mine foarte frumos, mă admiră, îmi aduce flori și diferite daruri, îmi vorbește respectuos și îmi zâmbește tot timpul. Încep să mă gândesc mai mult la el decât la soțul meu și asta mă sperie. Mi-e teamă să nu mă îndrept spre păcatul infidelității. Ce să fac, părinte?" I-am răspuns astfel: „Dragă doamnă, nu uitați că la Taina Sfintei Cununii i-ați făgăduit fidelitate soțului dumneavoastră înaintea lui Dumnezeu pentru tot restul vieții, așa încât primul lucru pe care ar trebui să-l faceți este să vă rugați mult pentru el, să-l iubiți așa cum este și să identificați motivul pentru care a ajuns în această stare. Cu siguranță că nu ați făcut încă tot ce vă stă în putință ca să-l ajutați. Vă sfătuiesc să aveți o discuție cu el, să-i identificați nevoile, frustrările, frământările și astfel veți descoperi adevăratele motive pentru care a început să bea și să se comporte urât cu dumneavoastră. Așezați-vă lângă el și încercați să-i împliniți dumneavoastră aceste nevoi! Fiți dumneavoastră tratamentul lui antidepresiv, lumina și bucuria vieții lui!"

Am mai sfătuit-o să vorbească mai mult cu el folosind un ton cald și *să se aplece mai mult asupra nevoilor lui* sufletești, și încet, încet soțul se va schimba în bine. Trebuie doar să aibă multă răbdare, iar cu ajutorul lui Dumnezeu își va readuce bărbatul la starea dintru început. I-am subliniat ca în tot acest timp să se roage pentru el așa:

„O, Doamne Preabunule, Tu mi-ai dat un soț al zilelor mele pe pământ, părtaș sorții mele și sprijinul meu în vremea călătoriei acestei vieți. Fă să cunosc că el se îngrijește de mine și ajută-mă să nu întristez niciodată zilele lui, nici să fiu nemulțumitoare față de cel care mă sprijină și mă îngrijește (...)" (*Rugăciunea soților*)

După un timp, femeia a venit iar la mine, însă de data aceasta fericirea i se citea pe chip. Mi-a spus că soțul ei a renunțat treptat la viciu și s-a reîntors cu fața către ea. „Părinte, în toată această perioadă eu am fost cea care a greșit; îmi judecam și îmi certam soțul fără să realizez că prin atitudinea mea nu făceam altceva decât să-l împing spre băutură. Acum nu-i mai creez presiunea judecății mele, îi vorbesc frumos și înlocuiesc nevoia lui de băutură – care venea de fapt din lipsă de afecțiune – cu persoana mea. Îi acord mai multă atenție, comunicăm mai mult, facem sport împreună, mergem la cumpărături, ieșim în oraș cu prietenii și ne bucurăm unul de celălalt. În cazul meu, prin dialog, răbdare și rugăciune, dragostea a învins și sunt foarte fericită!"

Iată, dragul meu cititor/draga mea cititoare, cât de important este să fii atent/-ă la nevoile celuilalt. Iar dacă se întâmplă ca omul iubit să cadă în păcatul infidelității, poate fi și din vina ta. De ce? Pentru că nu ai comunicat suficient cu el, nu ați petrecut timp împreună, nu ai empatizat la nevoile lui fizice, nu i-ai fost alături în momentele grele, nici nu l-ai ascultat cu dragoste, ci ai preferat să-l judeci și să-l respingi.

„Dacă soțul tău săvârșește adulter din pricina refuzului tău, nu doar că nu vei trage folos din înfrânarea ta, fiindcă e o înfrânare după voia ta egoistă, în afara voii lui Dumnezeu – nu doar că nu vei trage folos din înfrânarea ta, ci și adulterul soțului tău va fi păcatul tău!”[25]

Nu uita că sunteți unul lângă altul prin alegere liberă, așa că ar fi bine să trăiți împreună alegând să fiți fideli din dragoste, nu din nevoie! Ai grijă ca alesul/aleasa inimii tale să nu ajungă să spună: „Nu mai pot trăi alături de tine!” Rezolvă la timp problemele apărute în căsnicie și fii atent,-ă la nevoile reale ale omului drag! Numai așa păcatul poate fi oprit. Ia aminte! Nimeni nu iese dintr-o relație de prea mult bine!

Sfinții – modele vii pentru noi

În încheierea acestui capitol, aș vrea să îți dau un exemplu de familie creștină, model de curăție trupească și sufletească[26]. Este vorba despre Sfinții Petru și Fevronia din Muron (Rusia) a căror icoană ne veghează pe mine și pe soția mea. Cei doi L-au slujit pe Dumnezeu și au devenit sfinți ocrotitori ai familiei creștine.

Aflându-se odată pe un vapor, Fevronia, o fată foarte frumoasă, a fost dorită de căpitanul vasului. Când bărbatul s-a apropiat mai mult de ea, aceasta i-a atras atenția că soția lui se află prin apropiere, însă el a insistat. Atunci, Fevronia l-a invitat la proră și l-a supus unui test,

---

25 https://www.familiaortodoxa.ro/01/02/2013/o-perspectiva-duhovniceasca-a-legaturilor-dintre-soti-ii/

26 Vezi și Epilogul din acest volum, în care am încercat să zugrăvesc poveștile de viață ale altor familii de sfinți, adevărate pilde pentru noi toți.

cerându-i să bea apă din Volga atât din partea stângă, cât şi din partea dreaptă a fluviului. L-a întrebat apoi dacă simte vreo diferenţă în ce priveşte gustul apei. Căpitanul, uimit de acest fapt şi neînţelegând scopul întrebării, i-a răspuns că nu. Atunci sfânta i-a spus: „Şi noi, femeile, suntem toate la fel, ca şi apa aceasta din care tocmai ai gustat. Nu este nicio diferenţă între noi. Mergi, aşadar, la soţia ta, iar eu mă voi duce la soţul meu, Petru, căci ei ne-au fost hărăziţi de Dumnezeu ca să ne însoţească în veşnicie!”

Preaiubită cititoare/Preaiubite cititorule, să fii sigură/sigur că, atunci când Hristos este cu tine şi cu persoana dragă, veţi avea mai multă răbdare unul cu celălalt, veţi înţelege că prezenţa lui Dumnezeu în casa voastră înseamnă un program de rugăciune comună, mai înseamnă să fiţi blânzi, să vă respectaţi, să nu ridicaţi tonul ori să nu vă jigniţi. Te îndemn să respecţi toate aceste sfaturi, fiindcă numai aşa pacea se va aşterne peste căminul vostru, iar Maica Domnului vă va acoperi cu Sfântul ei Acoperământ. Şi nu uita: „Taina aceasta [a Cununiei – n.n.] mare este, iar eu zic în Hristos şi în Biserică.” (*Efeseni* 5, 32)

„Cinstită să fie nunta întru toate şi patul nespurcat..” (*Evrei* 13, 4)

CAPITOLUL 4

Trăirile interioare ale celor doi soţi

Despre emoţii şi gânduri

Emoţia – cuvânt ce provine din latinescul *emovere, emotum*, care înseamnă „a mişca, mişcat"[27] – este atitudinea noastră faţă de realitate, reacţia noastră afectivă la ceea ce vine spre noi din exterior, o trăire intensă care ne modifică starea generală, o „mişcare a sufletului"[28]. Potrivit *Sfintei Scripturi*, sediul emoţiei şi al activităţii conştiente este *inima* şi tot ea este locul întâlnirii noastre cu lumea nevăzută a lui Dumnezeu: „Să iubeşti pe Domnul Dumnezeul tău, *cu toată inima ta*, cu tot sufletul tău şi cu tot cugetul tău." (*Matei* 22, 37) Un prim strat de interpretare a acestei înşiruiri – inimă, suflet, cuget – ne arată limpede că omul ar trebui să-L iubească pe Dumnezeu cu tot ce are el mai de preţ: simţire, viaţă, gândire.

Lucrarea credinţei este un exerciţiu de simţire, de trăire, căci nu-L putem vedea pe Dumnezeu cu ochiul

27 *Dicţionarul limbii româneşti*, 1939.

28 *Ibidem*.

liber. Şi totuşi, în marea Lui iubire pentru noi, Dumnezeu a creat un loc în care să-L putem întâlni: *inima noastră*.

Energia Lui necreată (harul) coboară în inima omului numai în măsura în care şi el îşi doreşte acest lucru. Aşa cum ne invităm un prieten în casă şi ne pregătim să-l întâmpinăm, tot astfel ar trebui să-L invităm şi pe Dumnezeu – cu dragoste şi cu inima curată. Şi, odată sosit harul Lui înlăuntrul nostru, totul se va schimba: „Dacă Mă iubeşte cineva, va păzi cuvântul Meu, şi Tatăl Meu îl va iubi, şi vom veni la el şi vom face locaş la el." (*Ioan* 14, 23)

Dumnezeu ni se revelează numai în măsura în care Îl iubim şi ne dorim din inimă să fim cu El. În caz contrar, nu ne invadează spaţiul lăuntric, fapt pe care El Însuşi îl spune: „Iată, stau la uşă şi bat; de va auzi cineva glasul Meu şi va deschide uşa, voi intra la el şi voi cina cu el şi el cu Mine." (*Apocalipsa* 3, 20)

Ca să înţelegi mai bine taina aceasta, imaginează-ţi că lumea ta lăuntrică este asemenea unei case, iar gândurile sunt ca nişte entităţi – bune şi rele – care aşteaptă la uşă. Depinde numai de tine pe cine vrei să inviţi în „casă". Ia seama însă: „Gândul [rău] vine ca un hoţ, iar tu îi deschizi uşa, îl bagi înlăuntru, începi discuţia cu el şi, după aceea, acela te fură."[29]

În relaţia dintre soţi, **cel care deţine cheia casei sufletului tău este nimeni altul decât alesul inimii tale.** I-ai oferit-o prin iubire, aşa încât poate intra şi ieşi oricând. Responsabilitatea faţă de soţ/soţie este foarte mare; prin atitudinile, gesturile, faptele ori cuvintele noastre îl putem bucura sau întrista, mângâia sau răni uşor, lumina sau întuneca.

29 Sfântul Paisie Aghioritul, *Cuvinte de nădejde celor fără de nădejde*, Bucureşti, Editura Sophia, 2008.

Există o strânsă legătură între minte şi suflet, între gând şi sentiment[30]. Fiecare gest şi fiecare atitudine sau faptă sunt precedate de un gând. Gândul cel bun înnobilează inima omului, în vreme ce gândul cel rău, odată acceptat, generează păcatul: „Căci dinăuntru, din inima omului, ies cugetele cele rele, desfrânările, hoţiile, uciderile." (*Marcu* 6, 21) Suntem, aşadar, *suma gândurilor noastre!*

Nu de puţine ori, un gând, o emoţie, o apreciere, o rugăciune sau o simţire în duh au asupra noastră un impact mult mai puternic decât cuvintele. În acest sens, Sfinţii Părinţi ne sfătuiesc să avem mare grijă la „paza minţii" noastre: „Prin gânduri ne înălţăm şi tot prin gânduri ne coborâm. Dacă ocrotim în mintea noastră gândurile rele – scădem, iar dacă înmulţim gândurile cele bune – ne ridicăm", ne arată Părintele Teofil Părăian[31].

Lupta cu propriile gânduri viclene nu e deloc uşoară, însă „atât timp cât Îi vom cere ajutorul lui Dumnezeu cu frică, credinţă, nădejde şi dragoste" – după cum spunea Sfântul Teofan Zăvorâtul[32] –, le vom putea birui şi „pentru orice respingere a gândurilor rele este

30 Daniel Goleman, *Inteligenţa emoţională*, ediţia a III-a, Bucureşti, Editura Curtea Veche, p. 56.

31 Ala Rusnac, *Cugetări duhovniceşti. Din înţelepciunea Părinţilor contemporani*, vol. II, Chişinău, Editura Epigraf, 2011, p. 143.

32 „Tu sileşte-ţi puţin gândul să se rupă de cele din afară şi, aducându-te în inimă, trezeşte acolo adevărul Învierii, în toată lărgimea, adâncimea şi înălţimea sa, ca să nu te arăţi bucurându-te numai pe dinafară, ci şi în tine însuţi să porţi duhul bucuriei care ţâşneşte dinlăuntru ca un izvor de apă luminoasă ce saltă din adâncurile pământului." (Sfântul Teofan Zăvorâtul, *Tâlcuiri din* Sfânta Scriptură *pentru fiecare zi din an*, Bucureşti, Editura Sophia, 2011, p. 33)

o cunună care ne așteaptă", spunea părintele Arsenie Papacioc într-un interviu din 12 septembrie 2008. Cum să alungăm gândurile rele și să fim încununați cu Lumina harului lui Dumnezeu? Răspunsul este simplu: spunând cât de des putem rugăciunea inimii: „Doamne Iisuse Hristoase, Fiul lui Dumnezeu, miluiește-mă pe mine, păcătosul."

Starețul Tadei, un sfânt părinte de la Mănăstirea Vitovnița (Serbia), a scris o carte splendidă pe care ți-o recomand cu multă căldură: *Cum îți sunt gândurile, așa îți este și viața* (București, Editura Predania, 2006). Iată care este ideea centrală a acestui volum: „Cum sunt gândurile cu care ne îndeletnicim, așa ne este și viața. Acela care are gânduri bune, acela are simțirea lăuntrică a păcii și liniștii; pe cel neliniștit poți să-l pui și în rai, și tot i se va părea că nici acolo nu îi este bine."[33]

Bunicul meu, căruia îi datorez ceea ce sunt astăzi, lupta cu gândurile proprii și, fără să-și dea seama, mi-a transmis și mie modul său de a înfrunta răul. Când venea asupra lui un gând rău, spunea: „Pleacă de la mine, gândule! Nu te primesc!" Prin urmare, *tu alegi ce fel de gânduri accesezi*. Și încă ceva: când ești singur,-ă cu gândurile tale, efectele lor se răsfrâng doar asupra ta, însă dacă ești parte dintr-o familie, ar trebui să ții cont că gândurile tale negative pot afecta liniștea și echilibrul acesteia.

Emoțiile

Emoțiile pozitive sunt generatoare de atitudini și fapte extraordinare. Numai un om cu o lume interioară frumoasă și cu inima caldă poate să aibă răbdare cu persoana iubită în momente grele ori să o aștepte cu drag

33 Vezi și Starețul Tadel, *Pace și bucurie în Duhul Sfânt*, București, Editura Predania, 2010, p. 130.

acasă, fără să se afunde în iadul suspiciunii. În relația dintre soț și soție, emoțiile preponderente sunt: *iubirea*, *fericirea* generată de *atenție* și *de apreciere* din partea ființei iubite, nevoia de *siguranță*, *surprinderea* și – nu în ultimul rând – *emoția rugăciunii comune*.

Nevoia de iubire[34]

Prima și cea mai importantă este *nevoia de iubire*. Sfântul Maxim Mărturisitorul definește iubirea ca fiind „o dispoziție bună a sufletului, care-l face pe om să nu prefere nimic altceva mai mult decât să-L cunoască pe Dumnezeu."[35]

Esența vieții noastre este să oferim iubire și să fim iubiți. Acest sentiment unic a schimbat oameni, a generat război sau pace, a luminat vieți întunecate, a salvat suflete pierdute. De aceea, *familia ar trebui să se clădească pe iubire.*

„Dragostea îndelung rabdă; dragostea este binevoitoare, dragostea nu pizmuiește, nu se laudă, nu se trufește. Dragostea nu se poartă cu necuviință, nu caută ale sale, nu se aprinde de mânie, nu gândește răul. Nu se bucură de nedreptate, ci se bucură de adevăr. Toate le suferă, toate le crede, toate le nădăjduiește, toate le rabdă." (*I Corinteni* 13, 4-7)

---

34 Dintre nenumăratele scrieri patristice duhovnicești despre iubirea și armonia din familie, îți recomand: Părintele Arsenie Papacioc, *Despre armonia căsătoriei*, ediție îngrijită de ieromonah Benedict Stancu, Constanța, Editura Elena, 2013; Părintele Nicolae Tănase, *Soț ideal, soție ideală*, Sibiu, Editura Anastasis, 2011; Preot Gheorghe Calciu-Dumitreasa, *7 cuvinte către tineri*, Editura Anastasia, 1996; *Cum să întemeiem o familie ortodoxă. 250 de sfaturi înțelepte pentru soț și soție de la sfinți și mari duhovnici*, București, Editura Sophia, 2011.

35 Sfântul Maxim Mărturisitorul, *apud* Ieromonah Arsenie Boca, *Cărarea Împărăției*, ediția a V-a, Deva, Editura Sfintei Episcopii Ortodoxe Române a Aradului, 2006.

Unii tineri cred că a iubi înseamnă numai să primeşti, să te bucuri în mod egoist de celălalt atunci când acesta îţi slujeşte şi să ai un confort al vieţii. Or, experienţa mea de duhovnic mă îndeamnă să îţi spun că iubirea este cu totul altceva: ea presupune sacrificiu, dăruire de sine, smerenie, răbdare, înţelepciunea de a evita conflictul, dar şi diplomaţia prin care să minimalizezi răul şi să maximalizezi binele. Prin urmare, nu este despre ceea ce primeşti, ci despre ceea ce eşti pregătit,-ă să dăruieşti.

Ia aminte! **Într-o familie fericită, soţii se întrec în a se iubi şi a se dărui unul altuia.**

Fericirea

Fiinţe sensibile, cu toţii avem nevoie de starea aceasta nobilă care se obţine printr-un cumul de factori ce ţin de voinţa personală, de lumea în care trăim, dar şi de modul în care facem alegerile. Nu putem vorbi despre fericire în absenţa unei relaţii vii cu Dumnezeu.[36] Ce aduce fericire în inima persoanei iubite?

Aprecierea

Când ne-am îndrăgostit, în mod sigur am apreciat multe calităţi la persoana iubită, fapt care ne-a determinat să facem pasul decisiv. În viaţa de familie apreciem şi suntem apreciaţi. Fii tu primul/prima care îşi apreciază soţul/soţia, scoţându-i în lumină virtuţile!

36 Cuviosul Filothei Zervakos ne asigură că numai cei ce practică poruncile lui Dumnezeu sunt cu adevărat fericiţi: „Adevărata fericire nu constă din demnităţi, nici din odihna trupului. Adevărata fericire este virtutea. Cei ce luptă pentru a dobândi virtuţile şi pun în practică poruncile lui Dumnezeu sunt cu adevărat fericiţi." – Andrei Andreicuţ, *Cuvintele Bătrânilor*, Ediţia I, Alba Iulia, Editura Reîntregirea, 2004, p. 32.

De pildă, dacă soția te așteaptă acasă cu o supă caldă, apreciază-i efortul și felul în care a gătit, și în felul acesta îi vei răsplăti toată munca depusă! De asemenea, când soțul tău, dragă cititoare, se întoarce obosit de la serviciu, apreciază-i osteneala, iar el va înțelege că îi vezi jertfa și strădania prin care contribuie la confortul familiei voastre! Gesturile acestea aparent banale întăresc legătura de dragoste dintre voi. Așa știi că cel/cea de lângă tine te iubește și îți apreciază eforturile.

La polul opus se află nenumărate familii în care femeia muncește mult, iar bărbatul, pe lângă faptul că nu îi vine în ajutor, nu face nici cel mai mic gest de apreciere pentru efortul depus de ea. Acest aspect generează durere în inima femeii și o determină să devină răutăcioasă, recalcitrantă și nervoasă. Lipsa aprecierii duce inevitabil la tristețe, apare o fisură în căsnicie, iar persoana privată de aprecierea ființei iubite se va refugia, cu siguranță, într-un alt univers – prietenii nepotrivite, folosirea irațională a rețelelor de socializare, alcool, tutun, mania cumpărăturilor, consum de pornografie etc. Nu doar femeile sunt victime ale neglijenței soților lor; există, fără îndoială, și exemple de bărbați care muncesc din zori și până în noapte ca să-și susțină familia, în vreme ce soțiile lor le creează presiuni și nu le apreciază munca istovitoare.

Și pentru unii, și pentru alții am un singur sfat: *Nu deznădăjduiți! Dumnezeu vede în fiecare secundă a vieții voastre tot efortul depus și vă va răsplăti în Împărăția Lui.* Așadar, *dăruiește și dăruiește-te fără să ai așteptări! Domnul te vede și te apreciază.*

Atenția

Nici nu știi cât de important este ca persoana iubită să fie atentă la ceea ce spui ori la ceea ce faci. Sunt convins că îţi doreşti să fii ascultat,-ă, la fel se întâmplă şi în cazul fiinţei iubite; şi ea are nevoie de câteva clipe de atenţie din partea ta, aşa încât te îndemn să îţi asculţi soţia/soţul, ca să te poţi implica mai mult în universul ei/lui.

În special femeile au mare nevoie de atenţie din partea soţilor lor, însă aceştia, preocupaţi prea mult de aspectele din afara căsniciei – locul de muncă, hobby-urile, întâlnirile cu prietenii etc. –, nu mai au capacitatea necesară de a le acorda atenţia cuvenită. De aceea, îi sfătuiesc pe bărbaţi să petreacă timp alături de soţiile lor şi aşa vor avea parte de zile minunate în familie. Iar când se întorc acasă după o zi grea de muncă, să renunţe la telefon, la televizor sau la laptop şi să se aplece mai mult asupra nevoilor acestora, să le asculte, să le dea un sfat, să râdă împreună cu ele şi să manifeste interes faţă de întâmplările prin care au trecut pe durata zilei. Timpul petrecut umăr lângă umăr – deşi limitat, din cauza ritmului alert în care trăim – va deveni o importantă sursă de pace şi de bucurie pentru cei doi.

Şi pentru doamne am un sfat: deşi lumea bărbaţilor este atât de diferită de a lor, ar trebui să le acorde mai multă atenţie. Poate că nu le face plăcere să vorbească despre politică, războaie, sport, maşini ori tehnologie, dar, dacă soţii lor vor să le spună ce mai e nou într-unul dintre aceste domenii, ar fi bine să-şi ia un răgaz şi să-i asculte, fiindcă nu vor pierde nimic, dimpotrivă, vor întări relaţia dintre ei.

Nevoia de siguranţă

Una dintre nevoile de bază ale oamenilor este *siguranţa*. Aceasta provine din teama de situaţii neprevăzute, de instabilitate ori de potenţiale pericole. În familie, bărbatul are rolul de protector, el este izvor de linişte şi de siguranţă pentru cei dragi şi tot el poate

Esența vieții noastre este să oferim iubire și să fim iubiți. Acest sentiment unic a schimbat oameni, a generat război sau pace, a luminat vieți întunecate, a salvat suflete pierdute. De aceea, familia ar trebui să se clădească pe iubire.

interveni atunci când unul dintre membrii familiei se află în pericol, jertfindu-se din dragoste pentru el.[37] Tată și soț deopotrivă, bărbatul rezolvă toate problemele casei, are răspuns la toate întrebările, caută și găsește soluții la situațiile critice, ocrotește, sfătuiește, acționează în caz de urgență, apelează la specialiști, dacă este nevoie. *Bărbatul* împlinește mai mult *nevoia de siguranță*, în timp ce *femeia* se îngrijește de *latura afectivă* a membrilor familiei.

Bărbatul are datoria morală să aducă pace acolo unde este război, liniște acolo unde este furtună. Modelul său este Însuși Mântuitorul Iisus Hristos, Cel Care i-a liniștit pe apostolii ce se temeau de furtună: „Și, iată, furtună mare s-a ridicat pe mare, încât corabia se acoperea de valuri; iar El dormea. Și venind ucenicii la El, L-au deșteptat zicând: «Doamne, mântuiește-ne, că pierim.» Iisus le-a zis: «De ce vă este frică, puțin credincioșilor?» S-a sculat atunci, a certat vânturile și marea și s-a făcut liniște deplină." (*Matei* 8, 24-26)

Subliniez faptul că numai bărbatul care are o relație vie cu Dumnezeu poate fi izvor de liniște și de încredere pentru toți cei din familie. Te poți baza pe cuvântul lui, îi poți cere sfaturi și te poți sprijini pe umărul lui. În același timp, femeia virtuoasă cu inimă bună și iubitoare hrănește, așa cum spuneam, setea de stabilitate afectivă a membrilor familiei ei. Bunăoară, când copiii pleacă la studii, mama le spune: „Iubirea mea pentru voi este eternă. Vă puteți sprijini pe ea oricând.", în vreme ce tatăl îi asigură: „Iubirea mea pentru voi este infinită. Oricând aveți nevoie de mine, sunt acolo." Și astfel copiii pornesc

---

37 „Să fii bărbat, înainte de toate, înseamnă să fii om. Să iubești și să te jertfești pentru ceilalți, să fii sprijinul și nădejdea celorlalți. Bărbatul adevărat este acela care ia asupra sa partea cea mai dificilă din viața familiei și rezolvă primul problema care se ivește. Este cineva care este întotdeauna responsabil pentru cuvintele și faptele sale și are grijă de cei din jurul său." (www.doxologia.ro/familie/casatorie)

la drum cu siguranța că părinții le sunt adevărate surse de dragoste și de sprijin afectiv și material. Așa vor depăși mai ușor obstacolele vieții, preluând modelul părinților lor.

Nevoia de surprindere

Cu siguranță, cea mai puternică bucurie pe care i-o poți produce soțului tău/soției tale este *surpriza*. Ea generează stări de bine și exprimă cel mai fidel sentimentele tale de dragoste față de jumătatea ta. Fiecare mic gest din partea ta aduce un zâmbet pe chipul ființei dragi și întărește relația dintre voi.

Îți recomand, așadar, să-ți surprinzi cât mai des persoana iubită. Cum să faci asta? Iată câteva sfaturi pentru domni: vino acasă cu un buchet de flori, cu un parfum, cu o bijuterie preferată de ea! Iar când ești plecat, trimite-i un mesaj de dragoste, arătându-i astfel că te gândești la ea! Dacă îi place arta, oferă-i un bilet la teatru, la Operă sau mergeți împreună la o expoziție de pictură! De asemenea, dacă iubește natura, oferă-i o scurtă vacanță într-un loc îndrăgit de ea! Prin aceste gesturi de iubire, o faci fericită și o asiguri de dragostea ta.

Pentru doamne am următoarele sfaturi: surprinde-ți soțul intrând în universul lui și ascultându-l cu răbdare când acesta îți vorbește despre pasiunile pe care le are, apoi oferă-i un dar din zona preocupărilor lui! Bunăoară, dacă este pasionat de fotbal, cumpără-i un bilet la meciul echipei favorite! Dacă citește cărți istorice, fă-i un astfel de dar, iar dacă este fascinat de lumea automobilelor și dorește să-și cumpere un model nou de mașină, susține-i visul și ajută-l să și-l împlinească, dacă desigur acest lucru nu afectează bugetul familiei! În plus, când vine obosit de la serviciu, surprinde-l cu un pahar de vin, cu o bere sau cu felul preferat de mâncare! Toate aceste gesturi îl vor bucura mult şi vor aduce în familia voastră pacea şi echilibrul mult dorite.

Emoția rugăciunii[38]

Cea mai importantă componentă din viaţa omului este, fără doar şi poate, legătura lui vie cu Dumnezeu. Când îţi alegi soţia/soţul, fii atent,-ă la relaţia pe care o are ea/el cu Dumnezeu! Când ambii soţi trăiesc în duh, legătura lor cu Dumnezeu este mult mai puternică, iar dacă se întâmplă ca unul dintre ei să fie mai slab în credinţă, celălalt îl va ridica îndată.

Este ideal să te căsătoreşti cu o persoană care are o relaţie vie cu Dumnezeu, iar cea mai bună dovadă în acest sens este *timpul alocat rugăciunii*. Urmăreşte cât şi cum se roagă viitorul soţ/viitoarea soţie şi-i vei descoperi nobleţea sufletească şi disponibilitatea la jertfă! Dacă persoana de care tocmai te-ai îndrăgostit nu este deloc interesată de latura spirituală a vieţii, îţi dau un sfat: nu face pasul cel mare! E mai bine să suferi puţin acum decât o viaţă întreagă, întrucât, în cazul în care te vei căsători cu o persoană rece şi insensibilă, aceasta te va ţine departe de Dumnezeu – un mare chin pentru sufletul tău! Dacă totuşi te-ai căsătorit deja cu o persoană care nu are valori spirituale, ideal ar fi să încerci să o apropii treptat de Dumnezeu.

Cum poţi face asta? Oamenii răspund mai degrabă la fapte decât la cuvinte. Altfel spus, fii tu însuţi/însăţi model de credinţă pentru omul necredincios de lângă

---

38 Sfântul Paisie Aghioritul consideră că rugăciunea are mare putere în familie: „Să nu neglijeze cu totul rugăciunea. Precum în război, dacă te afli noaptea singur pe o înălţime şi înconjurat de vrăjmaşi, tragi câteva focuri de armă, ca să se înfricoşeze aceia şi să nu te asalteze, aşa şi aceştia să tragă câteva focuri, ca să se înfricoşeze aghiuţă şi să fugă." (Cuviosul Paisie Aghioritul, *Cuvinte duhovniceşti IV. Viaţa de familie*, Editura Evanghelismos, 2003, p. 167)

tine! Roagă-te, fii sensibil,-ă la nevoile lui și ale celor din jur, fiindcă numai prin practicarea credinței vei deveni mai bun,-ă, vei inspira încredere, vei aduce pace în familie și nu numai. Văzându-ți comportamentul impecabil, alesul/aleasa inimii tale va căuta să afle care este izvorul tuturor acestor fapte. Atunci îi vei arăta cu modestie că toate darurile pe care le ai vin de la Dumnezeu și din relația vie cu El. În felul acesta îți vei convinge persoana iubită să te urmeze. Ai grijă să faci asta fără prea multe cuvinte. Ține post fără să epatezi, fii bun,-ă fără să evidențiezi asta, păstrează-ți calmul în situații critice fără să faci caz de virtuțile tale!

Emoția rugăciunii nu o poate simți decât cel care iubește. Cel care se roagă mult iubește mult. Cel care se roagă puțin iubește puțin: „Rugăciunea este rodul bucuriei și al mulțumirii, este alungarea întristării și a descurajării."[39]

Rugăciunea comună de la sfârșitul zilei

Cea mai puternică emoție a trăirii cu Dumnezeu este generată de *rugăciunea comună*. Este bine ca bărbatul și femeia să aibă mintea luminată și inima caldă și iubitoare, iar relația vie cu Dumnezeu va contribui în mod hotărâtor la pacea familiei lor și îi va da o cu totul altă dimensiune. Pentru păstrarea acestei legături, vă îndemn să vă rugați împreună; numai așa veți avea o familie fericită și binecuvântată de Dumnezeu. Este atât de frumos seara, când cei doi soți sting luminile din casă, se așază în genunchi unul lângă celălalt în fața icoanelor, aprind lumânarea, se iau de mână și înalță rugăciuni

39 Evagrie Ponticul, *apud* PS Calinic Argatu, episcop al Argeșului și al Muscelului, *Veșnicia de zi cu zi*, București, Editura Curtea Veche, 2006, p. 90.

fierbinţi pentru ei, pentru familia lor, pentru prieteni şi cunoscuţi, dar şi pentru lume, în general!

Iată ce ne spune mitropolitul Vladimir al Asiei Centrale: „Căsătoria este înaripată prin rugăciune, prin cereri către Atotputernicul Ziditor pentru trimiterea de ajutor haric, şi este luminată prin mulţumiri ale copiilor credincioşi faţă de Tatăl Ceresc pentru fericirea ce le-a fost dăruită."[40] Veţi simţi atunci cum vă învăluie harul lui Dumnezeu, acela va fi cel mai sfânt moment al zilei, adevărată sursă de bucurie duhovnicească.

● Deciziile să vă fie însoţite de rugăciune!

Atunci când cei doi soţi au de luat o decizie importantă, este esenţial ca unul dintre ei să spună cu credinţă: „Hai să ne rugăm şi ne va lumina Dumnezeu!" În acel moment, opriţi-vă din orice altă activitate, rugaţi-vă cu smerenie şi veţi simţi, fără îndoială, cum harul Domnului coboară asupra voastră, vă luminează şi vă ajută să luaţi cea mai bună decizie.

Nu uita că Dumnezeu acţionează în vieţile noastre prin invocare!

● Cinstiţi duminica prin rugăciune şi prin odihnă!

Prezenţa amândurora la **liturghia duminicală** este deosebit de importantă pentru liniştea căminului. În timpul slujbei, revărsarea harului dumnezeiesc este atât de puternică, încât întreaga zi va fi una a bucuriei, bucurie ce va lumina şi peste săptămână.

Prin definiţie, duminica (lat. „Dominica Dies", adică „ziua Domnului") este ziua bucuriei şi a odihnei

---

40 ****Cum să întemeiem o familie ortodoxă: 250 de sfaturi înţelepte pentru soţ şi soţie de la sfinţi şi mari duhovnici*, traducere de Adrian Tănăsescu-Vlas, Bucureşti, Editura Sophia, 2011, pp. 32–33.

spirituale în care Îl cinstim pe Dumnezeu, așa încât vă îndemn să o dedicați Sfintei Liturghii și rugăciunii.

- „Binecuvântează, Doamne, bucatele acestea și pe noi, robii tăi!"

Când vă așezați la masă, nu uitați să vă rugați împreună, rostind *Tatăl nostru*. Harul lui Dumnezeu se va coborî între voi și va binecuvânta bucatele și sufletele voastre. De asemenea, nu vă ridicați de la masă până nu înălțați câteva gânduri de mulțumire pentru hrana pe care Dumnezeu v-a dăruit-o:

„Slavă Ție, Doamne, slavă Ție, Sfinte, slavă Tie, Împărate, că ne-ai dat nouă bucate spre veselie. Umple-ne pe noi și de Duhul Tău cel Sfânt, ca să ne aflăm înaintea Ta bineplăcuți și neînfruntați, când vei răsplati fiecăruia după lucrurile sale."

- Rugați-vă la începutul lucrului!

Dacă mergeți împreună spre locul de muncă, nu uitați de rugăciunea ce se rostește la începutul lucrului și atunci Dumnezeu vă va călăuzi pașii, vă va lumina ziua și vă va inspira în toată munca voastră:

„Doamne, Iisuse Hristoase, Fiule, Unule-Născut al Tatălui Celui fără de început, Tu ești Cel ce prin gura proorocului Tău David ai zis: «Ieși-va omul la lucrul său și la lucrarea sa până seara.» Tu ai zis și prin gura fericitului Pavel apostolul: «Cel ce nu vrea să lucreze, nici să nu mănânce.» Și iarăși Tu ai zis cu preacurată gura Ta: «Fără de Mine nu puteți face nimic.» Doamne, Doamne, ascult din tot sufletul și din toată inima dumnezeieștile Tale cuvinte și cu umilință alerg la bunătatea Ta: ajută-mi mie, păcătosului, cu darul Tău, să săvârșesc lucrul ce încep acum: în numele Tatălui și al Fiului și al Sfântului Duh. Amin."

În misiunea mea de preot, am întâlnit oameni care, aflați în mașină în drum spre locul de muncă, rosteau pe rând rugăciunea inimii: „Doamne, Iisuse Hristoase, Fiul lui Dumnezeu, miluiește-mă pe mine, păcătosul!” Se așterneau în acele clipe o pace și o bucurie nespusă. Bucuria venea din faptul că timpul acela era *un timp sacru*; nimeni nu mai bârfea, nimeni nu mai ridica tonul, ci toți, într-un gând, trăiau momente de emoție sfântă.

● Pașii să vă fie călăuziți de rugăciune!

În momentul în care plecați într-o călătorie, rostiți o rugăciune, iar Dumnezeu va trimite asupra voastră înger călător, povățuitor și sprijinitor. Iată o **rugăciune de călătorie:**

„Doamne Iisuse Hristoase, Dumnezeul nostru, Cela ce ești Calea, Adevărul și Viața, și ai călătorit împreună cu sluga Ta, Iosif, precum și cu cei doi ucenici care au mers la Emaus, Însuți Stăpâne, călătorește și cu mine, robul Tău, binecuvântând călătoria mea. Trimite-mi mie înger păzitor, precum lui Tobie, să-mi fie povățuitor și să mă ferească nevătămat de toată întâmplarea cea rea și astfel cu pace, sănătate și cu bună sporire, să mă întorc întru ale mele și toată viața mea să preamăresc prea cinstit și de mare cuviință numele Tău, al Tatălui și al Fiului și al Sfântului Duh. Amin.”

● Rugăciunea – salvarea aproapelui

Dacă unul dintre membrii familiei tale trece printr-o suferință, te sfătuiesc cu multă căldură să-l sprijini nu doar oferindu-i medicamente, hrănindu-l, chemând o ambulanță etc., ci și printr-o rugăciune rostită din tot sufletul tău. În felul acesta suferindul își va reveni mai ușor.

„Mântuiește-l, Doamne, precum știi, ca un bun și iubitor de oameni, și rânduiește Tu toate spre folosul său. Că noi neputincioși suntem și nu îl putem ajuta, dacă nu ne vei lumina cu harul Tău."

Iată, draga mea cititoare/dragul meu cititor, câte beneficii are o rugăciune îndreptată din inimă spre Dumnezeu! Rugăciunea aduce un fior sfânt în relația dintre soți (și nu numai) și creează premise pentru lucrarea virtuților.

„Bucurați-vă pururea, rugați-vă neîncetat!" (*I Tesaloniceni* 5, 16-17).

CAPITOLUL 5

Iertarea renaște relația dintre soț și soție

Înainte să vorbim despre iertare și împăcare, cred că ar ajuta să cercetăm care sunt cauzele duhovnicești profunde ce conduc la neînțelegeri și la rupturi în căsnicie, precum și care sunt motivele care fac de obicei dificilă obținerea iertării atunci când apar aceste greșeli. Un prim lucru pe care nu trebuie să-l uităm atunci când ne gândim la armonia din familie este că „sănătatea" unei relații este strâns legată de **sănătatea sufletească** a fiecăruia dintre cei doi. Altfel spus, la originea problemelor din familie se află de fapt problemele pe care unul dintre soți (uneori chiar amândoi) le are în plan spiritual. În familie, păcatul personal nu rămâne doar păcat personal, ci se răsfrânge asupra celuilalt și a relației în ansamblu.

Mergând puțin mai în profunzime în căutarea cauzelor, descoperim că la originea fiecărui păcat se află – mai evidentă sau mai ascunsă – aceeași cauză care stă și la originea răului din lume, și anume *mândria*. Ea a fost cea care i-a „ademenit" pe Adam și pe Eva în rai să încalce prima poruncă dată de Dumnezeu omului. Ispitiți de cel rău, primii oameni au început să se vadă altfel decât erau în realitate, au făcut loc în ei unor așteptări și aspirații nerealiste, au ajuns să vadă totul deformat ca urmare a ispitirii şi apoi au căzut cu uşurinţă în păcat, abandonând fidelitatea şi ascultarea faţă de Dumnezeu[41]. Aşadar, mândria l-a despărţit pe om de Dumnezeu şi a adus prejudicii uriaşe întregii umanităţi, de la începuturile ei până astăzi şi mai departe, până la sfârşitul veacurilor.

Unde poate duce mândria

Efectele distructive ale mândriei, atât în viaţa interioară a fiecăruia dintre noi, cât şi în cea socială, sunt numeroase. În primul rând, mândria îl determină pe om să se creadă cauza existenţei sale, uitând că el este de fapt efectul iubirii infinite a lui Dumnezeu. De aceea mândria îl îndreaptă pe om spre sine, adică generează egoismul, iar acesta din urmă îl determină să se autoizoleze şi să se înstrăineze de tot ce-l înconjoară. Omul egoist vrea să aibă totul doar pentru el, or, lumea creată de Dumnezeu înseamnă împărtăşirea bucuriei, iubire şi comuniune.

Mândria[42] aduce foarte multă suferinţă în sufletul omului, ea poate să declanşeze chiar boli psihice, întrucât deformează realitatea şi îl aşază pe om într-o lume imaginară, închipuită de mintea lui. Omul mândru trăieşte o dramă personală, fiindcă în realitate epatează de cele mai multe ori, ca să ascundă o suferinţă interioară, o frustrare, o neîmplinire. Asta îl determină să devină suspicios cu semenii, să se supraevalueze în comparaţie cu ei şi să se comporte în consecinţă. Toate acestea nu fac decât să-i tulbure sufletul şi să-l îndepărteze de Dumnezeu şi de oameni.

---

41 Vezi *Facerea* 3, 1-6.

42 Sfântul Ioan Gură de Aur ne atrage atenţia asupra faptului că „mândria este moartea virtuţilor şi viaţa păcatelor", în vreme ce „smerenia este moartea păcatelor şi viaţa virtuţilor". (Ala Rusnac, *Cugetări duhovniceşti. Din înţelepciunea sfinţilor*, vol. I, Chişinău, Editura Epigraf, 2009, p. 172)

Cum îți poți da seama că ești mândru

Citește, cu atenție, fiecare dintre următoarele întrebări:

- Te gândești permanent la felul în care te privesc ceilalți?
- Te dezvinovățești mereu și îi consideri pe ceilalți vinovați de ceea ce ți se întâmplă?
- Te superi ușor?
- Îți umilești semenii, căutând tot timpul să le arăți cât de răi sunt ei și cât de bun ești tu?
- Te lauzi, vorbind adesea despre faptele tale bune, asemenea fariseului din *Evanghelie*?
- Îi judeci aspru pe ceilalți?
- Îți dorești să deții doar tu controlul asupra realităților care te înconjoară?

Dacă ai răspuns cu „da" la cel puțin una dintre aceste întrebări înseamnă că ai putea fi aproape de păcatul mândriei și că ar trebui să lupți să scapi de această mare patimă care îți afectează viața personală și relațiile cu ceilalți.

Cum să lupți împotriva mândriei[43]

Înainte de orice, este esențial ca, în urma unui dialog onest cu tine însuți, să realizezi cât de mult te afectează păcatul mândriei și să-ți dorești din toată inima **să devii smerit:** „Mândria umilește pe om, iar de cinste are parte cel smerit." (*Pilde* 29, 23) Odată început acest complex

43 „Ca să înlături mândria, trebuie să te rogi cu lacrimi, să nu disprețuiești pe nimeni și să primești necazurile cele fără de voie." (Sfântul Talasie Libianul, în *Filocalia*, vol. 4, Sibiu, Tipografia Arhidiecezană, 1948, p. 29)

proces de purificare a minții și a inimii, te vei așeza în Adevăr, pentru că smerenia nu este altceva decât *realism*[44] *optimist*. Spun „realism", întrucât smerenia nu te lasă să trăiești în închipuire, gândind despre tine mai mult decât ceea ce ești, și „optimist", adică să nu gândești despre tine mai puțin decât ceea ce ești: copil iubit al lui Dumnezeu.

Fiind în adevăr, omul smerit este conștient că Dumnezeu, în marea Lui iubire pentru el, nu îl lasă să se afunde în mândrie, ci îi oferă permanent prilejul să se ridice și să reia totul într-un mod nou, constructiv. Omul smerit are o privire realistă și echilibrată, se situează undeva la mijloc, între o prea mare încredere în sine și o totală neîncredere și deznădejde.

Observă, așadar, cu mare atenție micile „înfrângeri" din viața ta și nu te grăbi să le consideri „adevărate dezastre"! S-ar putea să ai surpriza să constați că acele concluzii venite în urma înfrângerii sunt mai prețioase decât ar fi fost victoria care te-ar fi infatuat.

ÎPS Bartolomeu Anania are un cuvânt ce mi-a rămas în suflet pentru întreaga viață: „Când te găsești în fundul prăpastiei, să nu disperi, iar dacă ai ajuns în vârful muntelui, să nu amețești. Și să știi că această a doua primejdie este mai mare decât cea dintâi, pentru că în fundul prăpastiei apelezi la rugăciune ca izvor de putere. În schimb, când ai ajuns în vârful muntelui, uiți de ea."[45]

Însuși Iisus Hristos, Mântuitorul și modelul nostru suprem, ne-a învățat lecția smereniei de la nașterea și până la moartea Sa pe cruce. Deși a venit pe pământ ca

---

44 Părintele Sofronie Saharov, citat de părintele Rafail Noica într-o conferință, vorbește și el despre importanța smereniei pentru omul credincios și despre faptul că îl păstrează lucid, ancorat în realitate: „Mândria încearcă să-și închipuie o lume și să trăiască în ea. Smerenia primește lumea așa cum a zidit-o Dumnezeu."

45 Mitropolitul Bartolomeu Anania, *Experiența închisorilor comuniste*, 1996, interviu audio, min. 23.

Fiu al lui Dumnezeu, a ales să Se nască într-o peşteră întunecată şi rece, înconjurat de animale, iar nu într-un palat maiestuos, aşa cum poate că ar fi fost firesc pentru un împărat. Mai mult decât atât, a suferit cu smerenie hulirea, batjocura, loviturile şi cumplita moarte pe Cruce, ca noi să fim salvaţi. Hristos a ales deliberat acest mod smerit de a fi, ca să ne arate un exemplu viu despre cum ar trebui să ne raportăm cu adevărat la noi înşine, la lume şi la Dumnezeu: să rămânem ancoraţi în realitate şi să avem un echilibru duhovnicesc.

Smerenia lui Hristos este modelul suprem de slujire şi de iubire, fiindcă El S-a lăsat pe Sine, ca să ne salveze pe noi, oamenii. Aşa ar trebui să facem şi noi cu lumea noastră înconjurătoare: să lăsăm nevoile şi dorinţele proprii într-un plan secundar şi să ne punem mai mult în slujba celui de lângă noi, să ne aplecăm asupra nevoilor lui şi să-i salvăm astfel sufletul.

Domnul ştie cât de greu este pentru omul îmbătat de mirajul mândriei să se smerească şi să îşi asume Crucea după modelul Lui. De aceea, într-unul dintre cuvintele Sale, numeşte atitudinea smerită, înţelegătoare şi iertătoare a creştinului „jug": „Luaţi jugul Meu asupra voastră şi învăţaţi-vă de la Mine că sunt blând şi smerit cu inima şi veţi găsi odihnă sufletelor voastre." (*Matei* 11, 29) „Jugul" Lui nu este altceva decât faptul de a ierta pe cel ce îţi greşeşte cu gândul că, iertându-l, i-ai putea salva sufletul, iar tu vei primi „odihnă", adică pace sufletească. Deşi acest mod smerit de a fi este uneori greu de asumat, el rămâne calea cea mai autentică şi soluţia cea mai bună pentru o relaţie armonioasă cu ceilalţi. Cât priveşte blândeţea, ca model indicat de Iisus, Domnul nostru, ea se reflectă cel mai bine în felul în care te porţi cu aproapele tău – delicat, neagresiv –, astfel încât acesta să poată găsi lângă tine pacea care vindecă suflete.

În prima Sa predică rostită pe Muntele Fericirilor, Mântuitorul ne-a ajutat să înțelegem că întâiul gest al smereniei autentice și calea spre eliberarea de răul din noi este *capacitatea omului de a ierta*. Și rugăciunea *Tatăl nostru*[46] conține următoarea axiomă: „Și *ne iartă* nouă greșelile noastre, precum și noi *iertăm* greșiților noștri." Ce vrea să ne arate Dumnezeu prin asta? „Omule, – ne-ar spune El –, așa cum Eu îți iert ție atât de multe păcate, iartă și tu celui ce-ți greșește, căci greșelile lui față de tine sunt mult mai puține și nu atât de grave ca greșelile tale față de Mine! Dacă vrei să primești iertarea Mea, aștept ca și tu să oferi iertarea. Și astfel vei fi ca Mine, așa cum te-am construit să fii: ca Mine!"

Iertarea este cea mai bună dovadă a prezenței lui Dumnezeu înlăuntrul nostru: „a ierta este în esență un atribut dumnezeiesc, iertarea omenească apărând în consecință ca încă o probă a prezenței suflului divin în făptură."[47]

Hristos Domnul, aflat în chinuri cumplite, umilit și lovit, a avut puterea să-i ierte din toată inima pe cei ce I-au pricinuit atât de mult rău, rugându-L și pe Tatăl ceresc să facă același lucru: „Părinte, iartă-le lor, că nu știu ce fac." (*Luca* 23, 34), iar exemplul Său a fost preluat de nenumărații martiri care și-au vărsat sângele pentru mărturisirea și apărarea credinței creștine și care, în timp ce erau sfâșiați în chinuri cumplite, se rugau pentru cei ce le pricinuiau tot acest rău.

În concluzie, omul smerit trăiește în adevăr, este sănătos mental și spiritual și *iartă din toată inima*, fiind conștient de faptul că prin iertare poate să vindece și să

46 Despre puterea rugăciunii *Tatăl nostru*, vezi Arhimandritul Teofil Părăian, *Pași pe calea duhovnicească, convorbiri realizate de părintele Sabin Vodă*, Alba Iulia, Editura Reîntregirea, 2010, p. 78.

47 Nicolae Steinhardt, „Treptele iertării", în *Jurnalul fericirii*, Iași, Editura Polirom, 2008.

se vindece, în vreme ce omul mândru se poziționează permanent deasupra celorlalți și nu poate ierta greșelile aproapelui. Un astfel de om nu se gândește nicio clipă la vindecarea celuilalt și își pricinuiește mult rău sieși și celor din jur.

Omul smerit este altruist, are o relație specială cu Dumnezeu, iubește din toată inima și este iubit, iartă și este iertat. Numai un om smerit și iertător cu cei care i-au greșit poate cere, la rândul lui, iertarea lui Dumnezeu pentru propriile greșeli, iertare pe care o primește prin harul Sfintei Spovedanii.

Dintr-o infinită iubire pentru noi și cunoscând neputința noastră, Dumnezeu ne-a oferit darul neprețuit al iertării prin mijlocirea Sfinților Apostoli: „Cărora veți ierta păcatele, le vor fi iertate și cărora le veți ține, vor fi ținute." (*Ioan* 20, 23) La rândul lor, apostolii le-au transmis preoților prin hirotonie moștenirea primită: „Nouă, preoților, Iisus nu ne-a dat și darul tămăduirii minunate, cum Îl avea El și cum îl dă la puțini din sfinți, din vreme în vreme; ne-a dat însă un dar mai mare: al iertării păcatelor! Nu l-a dat îngerilor, dar l-a dat oamenilor."[48]

Omul care se pocăiește sincer prin Taina Sfântă a Spovedaniei și alege să-și schimbe viața în bine primește de la Dumnezeu darul sfânt al iertării, al unui nou început de viață sfântă, prin mijlocirea duhovnicului.

Ca și în relația cu Dumnezeu, unde cererea și primirea iertării de către om sunt esențiale pentru continuarea legăturii de iubire cu El, și în relațiile sociale căutarea și oferirea iertării au un rol foarte important.

48 Părintele Arsenie Boca, *Omul, zidire de mare preț,* Editura Credința strămoșească, 2002, p. 72.

Cu atât mai mult e valabil acest lucru în familie, întrucât *puterea iubirii se măsoară în capacitatea omului de a-şi ierta soţul/soţia.* Aşa cum Dumnezeu te iartă pe tine, şi tu ar trebui să-ţi ierţi fiinţa dragă din toată inima, fără regrete, fără condiţii. Prin iertare, nu faci altceva decât să-I urmezi exemplul lui Dumnezeu. Şi aşa toate fărădelegile îţi vor fi iertate şi ţie de către El: „Întreaga noastră viaţă produce continuu păcate. Păcătuim permanent cu gândul, cu inima, în general, cu toate simţirile trupeşti şi duhovniceşti ale sufletului. Gândiţi-vă ce mare «producţie» de păcate avem! Dacă iertăm aproapelui nostru păcatele, anulăm toată această producere a păcatelor."[49] Dar pentru că noi nu suntem ca Dumnezeu, iertăm greu sau doar cu condiţia să primim ceva în schimb. Iar când greşim, îi cerem greu iertare celui de lângă noi, considerând că el ar trebui să ne ierte fără condiţii.

Aşa cum arătam mai sus, *cheia iertării este smerenia.* Rostind cuvântul „Iartă-mă!", harul Duhului Sfânt coboară şi-i deschide inima celuilalt. Altfel spus, prin iertare se restabileşte echilibrul dintre voi. Se întâmplă totuşi ca de foarte multe ori să apară orgoliul şi să nu vrem să spunem: „Iartă-mă!" Te îndemn să renunţi la orgoliu şi să te smereşti, iar dacă tu ai greşit cu ceva, să-i ceri numaidecât iertare din toată inima soţului tău/ soţiei tale! În plus, nu-ţi judeca cu asprime fiinţa iubită! Iart-o când greşeşte, ca să primeşti şi tu, la rândul tău, iertarea! „Nu judecaţi, ca să nu fiţi judecaţi. Căci cu judecata cu care judecaţi, veţi fi judecaţi, şi cu măsura cu care măsuraţi, vi se va măsura. De ce vezi paiul din ochiul fratelui tău, şi bârna din ochiul tău nu o iei în seamă?" (*Matei* 7, 1-3)

---

49 Avva Efrem Filotheitul, *Sfaturi duhovniceşti*, Galaţi, Editura Egumeniţa, 2012.

Cine iubeşte cu adevărat poate să ierte, însă cine nu poate să ierte iubeşte puţin. Prin urmare, *iertarea verifică intensitatea iubirii*, iar „dragostea acoperă mulţime de păcate”, după cum spunea Sfântul Apostol Petru (*I Petru* 4, 8).

În familiile de credincioşi există un ritual ce se săvârşeşte în fiecare duminică şi cu ocazia sărbătorilor de peste an. Înainte să plecăm la Sfânta Liturghie, ne cerem iertare unii altora. În familia mea, chiar fiul nostru cel mic face asta, deşi greşeşte cel mai puţin. Momentul în care ne adunăm toţi în hol, ne îmbrăţişăm şi ne spunem „Iartă-mă!” îmi provoacă întotdeauna o emoţie sfântă ce mă ajută să intru în starea de pace propice Sfintei Liturghii.

Iertarea este o mare taină; prin cuvintele „Iartă-mă!”, se deschid cerurile: „Soarele să nu apună peste mânia voastră. (...) Fiţi buni între voi şi milostivi, iertând unul altuia, precum și Dumnezeu v-a iertat vouă, în Hristos.” (*Efeseni* 4, 26, 32)

Am primit o lecţie de viaţă foarte frumoasă de la doi tineri dragi sufletului meu. Ei mi-au spus că, de fiecare dată când au discuţii contradictorii, nu adorm până nu își cer iertare unul altuia, indiferent cine a greşit sau care este intensitatea greşelii: „Momentul împăcării generează o emoţie frumoasă, care aduce bucurie serilor noastre şi nu numai!”, au mărturisit ei.

În general, femeile nu pot rămâne mult timp în stare de tensiune, întrucât își doresc ca viaţa lor și a celor din jur să fie trăită în pace și în armonie. Spre deosebire de ele, unii bărbaţi – din fire mai activi şi, din păcate, mai puţin preocupaţi de latura sensibilă a relaţiei – nu consideră că ar trebui să facă ceva ca să iasă imediat din conflict şi nu depun nici cel mai mic efort să restabilească echilibrul. Există însă şi cazuri fericite, mă refer la acei bărbaţi înduhovniciţi care, odată ce a apărut o discuţie contradictorie cu persoana iubită, simt o nevoie acută de împăcare cu aceasta, asumând faptul că restabilirea echilibrului dintre ei vine doar în urma unui dialog onest izvorât dintr-o smerenie autentică.

Scopul iertării este îndreptarea. De aceea Iisus Hristos, după ce i-a iertat păcatele unui om, i-a spus: „Iată că te-ai făcut sănătos; de acum să nu mai păcătuieşti, ca să nu-ţi fie ceva mai rău." (*Ioan* 5, 14) Cu alte cuvinte, cel care a greşit trebuie să conştientizeze aceasta şi să nu uite că, odată ce a primit generoasa iertare, ar fi bine să nu mai greşească, ci să se gândească la cel care l-a iertat. Fii, aşadar, un izvor de iubire şi de iertare şi vei primi, cu siguranţă, dragostea, admiraţia şi aprecierea familiei tale!

Iertaţi-vă greşelile unul altuia, apreciaţi-vă unul pe celălalt, judecaţi cu dragoste, fiindcă numai aşa veţi putea păstra echilibrul şi starea de pace în relaţia voastră!

În încheierea acestui capitol, îţi ofer câteva **soluţii** însoţite de exemple de viaţă care te vor ajuta să înţelegi că iertarea aduce pace şi bucurie în familie.

- În timpul unei discuţii aprinse, *fii tu primul,-a care spune „Iartă-mă!"* Nu privi înapoi, nu reproşa! În caz contrar, rişti să-ţi pierzi pacea, care este mai preţioasă decât dreptatea, şi să amplifici inutil tensiunea. Vei putea continua discuţia şi lămuri unele aspecte mai târziu, când nu va mai exista aceeaşi tensiune între voi.

- Când a apărut o neînţelegere cât de mică între voi, *prioritatea trebuie să fie redobândirea echilibrului prin iertare.* Viaţa fără iertare nu este plăcută lui Dumnezeu. Însuşi Domnul nostru Iisus Hristos le recomandă celor ce Îl urmează acestea: „Deci dacă îţi vei aduce darul tău la altar şi acolo îţi vei aduce aminte că fratele tău are ceva împotriva ta, lasă darul tău acolo, înaintea altarului, şi mergi întâi şi împacă-te cu fratele tău şi apoi, venind, adu darul tău." (*Matei* 5, 23-24). Altfel spus, atunci când vii la biserică şi îţi aminteşti că eşti certat,-ă cu aproapele tău, împacă-te mai întâi cu el şi apoi vino în casa Domnului! Mai de folos este pentru sufletul tău să găseşti soluţii la conflictul existent decât să vii la biserică, hrănindu-ţi în mod fals conştiinţa şi prezentându-te lumii ca „un bun creştin". Dacă nu iubeşti şi nu ierţi, nu te poţi numi creştin. Întemeietorul creştinismului tocmai de aceea a venit pe pământ: *să iubească, să ierte şi să ne înveţe şi pe noi să facem asta.*

- *Prin iertare, Îl vei alege întotdeauna pe Hristos.* Când te îndrepţi spre scaunul de Spovedanie, dorind să primeşti darul sfânt al iertării şi să te poţi împărtăşi cu Trupul şi Sângele Domnului, te vei întâlni permanent cu o condiţie *sine qua non*: *să-ţi ierţi aproapele.* Însuşi duhovnicul, înainte să se împărtăşească, iese în faţa poporului şi îi cere smerit iertare: „Iertaţi-mă, fraţilor!", apoi rosteşte cu dragoste: „Dumnezeu să vă ierte şi să vă binecuvânteze! Sănătate sufletească şi trupească să vă dăruiască!"

Am stat de vorbă cu o tânără al cărei soţ era o persoană extrem de temperamentală; se supăra din orice, nu-l mulţumea nimic din ce făcea ea, era permanent nervos și gata oricând de discuții contradictorii. În ciuda unui astfel de comportament, bărbatul reușea uneori să-i ceară iertare soției pentru gesturile sale necontrolate, însă ea nu putea să-l ierte și îi făcea mereu tot felul de reproșuri folosind un ton ridicat; crea, la rândul ei, tensiune în casă, fapt ce o neliniștea profund.

Dorind să aflu care dintre cei doi soți avea o mai mare parte de vină, pentru a putea găsi apoi o soluție la problema lor, am întrebat-o: „Cât la sută crezi că este el vinovat și cât la sută tu?" Tânăra mi-a răspuns fără să stea prea mult pe gânduri: „El este vinovat în proporție de 95%, iar eu doar 5%." I-am dat apoi următorul sfat: „Fă tot posibilul să elimini cele cinci procente ale tale și vei vedea cum o mare parte dintre cele 95 de procente ale lui se va diminua."

Întrebându-mă cum să facă asta, i-am răspuns: „Timp de o lună încearcă să nu-i reproșezi absolut nimic soțului tău; petrece-ți ziua în tăcere și în rugăciune! Iată ce spune Sfântul Ioan Gură de Aur: «Iartă din toată inima! Când vei ierta totul, le vei câștiga pe toate.» Cere-I lui Dumnezeu să-ți dea putere, am mai îndemnat-o eu, apoi intră în universul soțului tău și vei înțelege că o mare parte dintre tulburările lui au legătură și cu atitudinea ta față de el și de valorile lui! Când vei conștientiza atât neputințele lui, cât și pe cele ale tale, abia atunci îl vei putea ierta cu adevărat. Nu deznădăjdui! Gândește-te la Hristos, Cel Care i-a iertat pe cei ce L-au omorât!"

După un timp, femeia s-a întors la mine să-mi spună că a reușit să-și înțeleagă soțul și că relația lor s-a îmbunătățit semnificativ. M-am bucurat mult pentru ei și I-am dat slavă lui Dumnezeu, fiindcă Și-a revărsat harul asupra acestei familii aflate la început de drum.

CAPITOLUL 6

Bucuria din familie se construieşte, nu se obţine gratuit

Unul dintre factorii care contribuie decisiv la luarea hotărârii de a fi împreună cu o anumită persoană îl reprezintă găsirea în celălalt a acelor valori care rezonează cu fiinţa noastră. Iată de ce ne concentrăm atenţia încă de la începutul relaţiei mai ales asupra lucrurilor comune (care ne unesc), evidenţiem şi apreciem în mod subiectiv acele calităţi ale fiinţei iubite cu care simţim că ne identificăm, fapt ce sudează legătura de iubire dintre noi. Prin urmare, pentru pacea căminului pe termen scurt şi lung este esenţial ca soţii să aibă **pasiuni, aspiraţii şi idealuri comune.** Tocmai de aceea începutul relaţiei de iubire este încântător, fiindcă visurile celor doi se întâlnesc şi lucrurile comune par să primeze în faţa celor specifice, diferite sau chiar contradictorii.

Totuşi, în foarte multe cazuri pacea de la început, care ar fi trebuit să continue sau chiar să crească, scade în intensitate odată cu trecerea timpului, iar calitatea vieţii de familie se deteriorează treptat, lăsând locul unor resentimente şi stări profund negative.

Este esențial să fii conectat permanent la ceea ce e mai bun și mai frumos pe acest pământ: dobândirea harului lui Dumnezeu! Și, odată pogorât harul în inima ta, viața îți va fi un lung șir de binecuvântări, iar pașii ți se vor îndrepta ușor, ușor spre Veșnicie.

De ce se întâmplă toate acestea? Plecând de la ceea ce am spus deja, din experiența de duhovnic îți mărturisesc că erodarea multor relații se petrece fie din cauză că valorile comune care i-au apropiat pe cei doi nu erau cu adevărat împărtășite de soț și soție, fie pentru că aceste valori au ajuns să nu mai fie îmbrățișate de unul dintre cei doi, fie, poate, pentru că se schimbă atenția de pe lucrurile comune pe cele diferite, specifice fiecăruia, ceea ce duce inevitabil la o distanțare sufletească. Tocmai de aceea, atunci când apar astfel de schimbări, este important să nu uiți ce înseamnă cu adevărat viața de familie.

Viața de familie înseamnă să i te oferi celuilalt, să te străduiești să dăruiești mai mult decât pretinzi de la celălalt, să pui în prim-plan binele soțului tău/soției tale, să maximalizezi lucrurile care te apropie și să minimalizezi ceea ce te poate separa de persoana iubită, iar prin dragostea pe care i-o porți să o poți ridica cu ajutorul harului dumnezeiesc, astfel încât familia să se poată menține, iar tu și soțul tău/soția ta să vă puteți mântui prin jertfă[50]. Ieșirea din starea de jertfă, generată de egoism, este prima cauză care alungă pacea și armonia din familie.

O a doua cauză ar putea fi indisponibilitatea unuia dintre soți de a accepta trăirile și sentimentele celuilalt ca pe ale sale. În momentul în care unul dintre soți simte că celălalt nu rezonează cu valorile lui, se naște o fisură între cei doi. De asemenea, diferențele mari de concepții spirituale pot duce la răcirea relației. Atunci când numai unul dintre soți merge pe calea lui Dumnezeu, acesta nu are cum să-și împărtășească bucuriile duhovnicești cu celălalt și de aici, dacă nu există suficient tact, discernământ și răbdare din partea celui credincios, se poate naște

---

50 Arhimandritul Epifanie numește căsătoria „o călătorie spre mântuire și sfințenie" (Arhimandrit Epifanie I Teodoropulos, *Crâmpeie de viață*, București, Editura Evanghelismos, 2003, pp. 134–135).

o distanţare între cei doi. Voi detalia în continuare acest aspect.

Indiferent de cauzele care duc la răcirea relaţiei, nu trebuie uitată următoarea imagine-simbol. Aşa cum un constructor proiectează o casă şi apoi o zideşte cărămidă cu cărămidă, tot astfel „se clădeşte" şi starea de bine din familie. Ea presupune un continuu exerciţiu de răbdare, de înţelepciune şi de sacrificiu reciproc şi *se construieşte pas cu pas.*

Cum să menţinem pacea şi bucuria în familie

Ca să menţinem pacea şi bucuria în sânul familiei, este bine să ţinem cont de două dimensiuni: cea *orizontală* şi cea *verticală*. Pe *orizontală*, un rol important îl au **micile surprize** pentru fiinţa iubită, cum ar fi: un dar simbolic[51], o floare, o invitaţie la o piesă de teatru sau la un concert etc. Îţi recomand, printre altele, să îţi inviţi persoana iubită la o plimbare în mijlocul naturii, să faceţi sport împreună şi să vă bucuraţi de fiecare clipă petrecută unul lângă celălalt.

Statul în casă foarte mult timp poate să aducă ispite şi tensiuni, de aceea te sfătuiesc să găseşti locuri noi pe care să le vizitezi împreună cu fiinţa dragă. Mergeţi la biserică, la teatru ori la cinema! Alegeţi să călătoriţi, să vă cunoaşteţi ţara, obiceiurile şi să călcaţi pe urmele sfinţilor şi ale strămoşilor voştri! Altfel spus, este suficient să ai doar un dram de imaginaţie şi de creativitate ca să generezi armonie în familia ta.

Pe *verticală*, pacea şi bucuria vin din **relaţia vie cu Dumnezeu.** Cel mai credincios dintre soţi ar trebui

---

51 Ţine cont totuşi de faptul că adevărata bucurie nu izvorăşte din aspectele materiale, ci din relaţia strânsă cu Dumnezeu: „Oamenii au ajuns să agonisească o mulţime de bunuri, în schimb, li s-au împuţinat bucuriile." (F.M. Dostoievski, *Fraţii Karamazov*, vol. 1, ediţia I, Bucureşti, Editura Adevărul Holding, 2011)

să aibă înțelepciunea să-și mărturisească pacea și bucuria care vin în urma întâlnirilor lui cu Dumnezeu, întâlniri din timpul rugăciunilor personale sau în urma participării la Sfânta Liturghie.

Mi-a povestit o credincioasă cum și-a convins soțul să meargă în casa Domnului fără să-i aducă argumente de tot felul. Femeia nu făcea altceva decât să se întoarcă acasă de la biserică liniștită, calmă, radioasă – lucruri absolut firești pentru un bun creștin – și să se comporte cu soțul ei cu foarte multă căldură, cu răbdare și cu dragoste nemărginită. Văzându-i comportamentul, bărbatul i-a spus într-o bună zi: „Vreau și eu să merg cu tine la biserică, fiindcă văd că vii de acolo liniștită. Pare că faci un soi de terapie în acel loc." Atunci femeia i-a răspuns: „Da, dragul meu, fac sacroterapie!" Ca să întăresc cele arătate mai sus, iată ce ne spune Sfântul Apostol Pavel: „Bărbatul necredincios se sfințește prin femeia credincioasă și femeia necredincioasă se sfințește prin bărbatul credincios." (*I Corinteni* 7, 14)

Există, din păcate, și contraexemple. Sunt doamne care, deși merg frecvent în casa Domnului, fac mătănii și se roagă mult în fața sfintelor icoane, considerându-se „credincioase practicante", când se întorc acasă se comportă într-un mod total opus stării pe care ar fi trebuit să o aibă. De cele mai multe ori soții unor astfel de femei le reproșează, spunându-le: „De ce să merg la biserică de vreme ce mă uit la tine și observ că, în loc să devii mai bună, judeci totul cu asprime, ai un ton ridicat, îți bârfești prietenele, invidiezi și uneori ești mândră și îngâmfată?!"

Legat de acest aspect, ar trebui spus că există și oameni fățarnici care, înainte de căsătorie, arată lumii că merg pe calea lui Dumnezeu, pozează în ființe evlavioase, însă în realitate nu fac decât să-și urmărească un anumit scop: acela de a lăsa o impresie bună, de a se apropia de ființa iubită și de familia acesteia. După ce își ating „obiectivul” și se căsătoresc, acești fățarnici se schimbă radical – de fapt redevin ei înșiși, din îngeri demoni. Am întâlnit multe doamne care mi-au mărturisit cu tristețe că imediat după căsătorie soții lor și-au schimbat radical comportamentul în această privință.

Prin urmare, dacă alegi să mergi pe calea lui Dumnezeu, este obligatoriu ca acest lucru să se reflecte zilnic în faptele, în atitudinile, în gesturile și în cuvintele tale. Omul cu adevărat credincios este o bucurie pentru cei ce îl întâlnesc, iar ceea ce îl face să poarte acest titlu – de om credincios – ar trebui să fie faptele lui, nu (doar) vorbele. Un astfel de om nu-și dorește să rănească pe nimeni, să înșele ori să batjocorească.

Slavă Domnului că de-a lungul timpului au existat mii de oameni care s-au purtat aidoma lui Iisus Hristos: au fost blânzi, iubitori și iertători, și-au purtat crucea cu răbdare și cu demnitate, fiind o bucurie și o mângâiere pentru cei din jurul lor. Acești oameni sunt numiți sfinți – „sfințiți sau nesfințiți” –, iar viețile le-au fost consemnate de către ucenici, cei care s-au bucurat primii de parfumul sfințeniei lor.[52]

Revenind la bucuria și la echilibrul din familie, întâlnesc adesea tineri căsătoriți care își doresc să se întoarcă la pacea de la începutul relației căsniciei lor, însă nu știu cum să facă acest pas. În urma discuțiilor cu ei am identificat câteva **soluții** care te vor ajuta și pe tine să-ți restabilești echilibrul pierdut. Unele sfaturi

52 Vezi Arhimandrit Ioanichie Bălan, *Viețile sfinților*, 12 volume, Editura Mănăstirea Sihăstria.

surprind aspecte mici din viața de zi cu zi a unei familii, însă în realitate ele reprezintă detalii foarte importante cu un efect surprinzător de mare.

Zâmbește! E gratuit!

Oamenii sunt în mare măsură oglinda noastră; acțiunile și atitudinea lor ne reflectă pe noi, cu bune și cu rele. De aceea, modul în care ne percep depinde foarte mult de felul în care ne adresăm noi lor, dar și de cum ne comportăm cu ei. Un rol important în păstrarea stării de bine din familie îl are zâmbetul nostru care se oglindește pe chipul celuilalt. „Zâmbetul este primul semn de iubire”[53] pe care îl transmitem celor din jur.

Amintește-ți chipul luminos și zâmbetul cald al Maicii Domnului din icoana „Betleemița” aflată în Biserica Nașterii din Betleem! În fața acestui scump odor și în zâmbetul Măicuței Sfinte regăsim multă iubire, empatie și bucurie, sentimente ce izvorăsc din legătura ei cu Fiul ceresc și pe care ni le transmite cu generozitate și nouă, privitorilor și închinătorilor.

Prin zâmbet, oamenii își deschid inima caldă și încălzesc, la rândul lor, inimile reci ale celor din jur: „Cu arma bunăvoinței ne-ai încununat pe noi.”, spune proorocul David (*Psalmi* 5, 12). Așadar, **bunăvoința cucerește inimi.** De ce numește psalmistul bunăvoința „armă”? Pentru că atitudinea binevoitoare are puterea să pătrundă și să deschidă o inimă rece, dar și să diminueze intențiile negative ale cuiva față de tine. Printr-un zâmbet curat, izvorât dintr-o atitudine binevoitoare, îl poți împiedica pe cel de lângă tine să-și manifeste răutatea: „Precum un ascet care, fără să-l vadă cineva, folosește întregii lumi, căci valul rugăciunii sale îi înrâurește pe

53 Michiela Poenaru, *Eu te-am făcut, eu te omor. Ghidul bunelor maniere pentru părinți*, București, Editura Coresi, 2010, pp. 158–159.

ceilalţi, împărtăşeşte lumii Duhul Sfânt, tot astfel şi *voi să vă răspândiţi iubirea, fără să aşteptaţi răsplată, cu iubire, răbdare, zâmbet* (...)”[54]

Mi-a povestit cineva că, atunci când s-a mutat într-un nou apartament, a fost întâmpinat cu ostilitate de un grup de vecini. În pofida comportamentului lor maliţios, bărbatul le-a zâmbit din prima clipă în semn de apropiere şi de dragoste faţă de ei. Cu alte cuvinte, ignorând atitudinea ostilă a vecinilor, omul respectiv a folosit „arma bunăvoinţei” şi, în scurt timp, şi-a transformat vecinii în prieteni.

● *Fii spiritual,-ă!*

Dacă eşti spiritual,-ă, vesel,-ă şi luminos,-oasă, toţi cei din jurul tău vor fi, la rândul lor, bucuroşi să întâlnească un om ca tine. Dacă, dimpotrivă, te întorci acasă posomorât,-ă şi abătut,-ă, cu siguranţă, cei dragi vor simţi asta şi se vor întrista şi ei, căutând să stea cât mai departe de tine.

Prin natura sa, omul care Îl iubeşte pe Dumnezeu şi pe aproapele său este bucuros şi are chipul luminos:

„Sufletul care a fost atins de iubirea de Dumnezeu mereu se bucură, este vesel, saltă şi dansează, fiindcă se odihneşte în iubirea Domnului, precum se odihneşte călătorul lângă izvor. Nimic din necazurile lumii nu-i poate lua liniştea şi pacea lui şi nici nu-i poate lua bucuria şi fericirea în care se află.”[55]

---

54 Părintele Porfirie Kafsokalivitul, *Ne vorbeşte părintele Porfirie*, Editura Egumeniţa, pp. 306–307.

55 Presb. Dionisie Tatsis, *Sfântul Nectarie. Învăţături alese*, Galaţi, Editura Egumeniţa, 2012, p. 42.

Un om vesel, plin de viață este un om bun, căci „oamenii care au dragoste și bunătate se aseamănă cu îngerii care transmit bucurie și veselie, oriunde s-ar afla", spunea Sfântul Paisie Aghioritul[56].

De-a lungul vieții, am cunoscut oameni cu un înalt nivel duhovnicesc – adevărați sfinți – care mai cu seamă în relațiile interumane erau deosebit de veseli, glumeau, râdeau, așa încât, dacă s-ar fi întâlnit cu cineva care nu îi cunoștea, acea persoană s-ar fi putut sminti de-a binelea. În realitate însă sufletele lor erau libere ca păsările cerului, bucurându-se neîncetat de unirea cu Dumnezeu, unire din care își trăgeau seva de energie binefăcătoare. Acești oameni minunați pe care am avut șansa să-i întâlnesc împlineau cu adevărat cuvântul Sfântului Apostol Pavel: „Bucurați-vă pururea. Rugați-vă neîncetat." (*I Tesaloniceni* 5, 16-17)

I-am povestit bunicului meu despre ei, iar el mi-a spus: *„Nu poți să te bucuri pururea decât dacă te rogi neîncetat."* Prin urmare, secretul permanentei bucurii pământești și cerești este să te desprinzi din ghearele necontenitelor griji lumești pe care cel rău ți le propune neîncetat și, cu multă dibăcie, și să trăiești doar cu gândul și cu inima la Domnul Hristos.

● *Renunță la egoism!*

Egoismul este boala care afectează iubirea. Nu de puține ori ne iubim mai mult pe noi înșine decât pe celălalt și îl transformăm într-un „instrument" pentru împlinirea propriilor nevoi. Așa arată egoismul,

56 Ala Rusnac, *Cugetări duhovnicești. Din înțelepciunea Părinților contemporani*, vol. II, Chișinău, Editura Epigraf, 2011, p. 41.

cel care „îl dezumanizează pe om” – după cum spunea Dostoievski[57]. Iar Valeriu Gafencu ne amintește că: „Prin egoism și tendință de dominare, omul e lup pentru om; prin virtute și luminarea harului, omul e Hristos pentru om.”[58]

Egoistul este o persoană îngustă: „Relațiile umane devin dificile atunci când «eu» se află mai presus de «tu».”[59] Or, fuga de egoism aduce un mare beneficiu în relație – și anume integrarea completă și profundă a universului celuilalt în universul propriu.

Dacă vrem să obținem și să păstrăm adevărata iubire, secretul este să renunțăm în primul rând la egoism și să ne aplecăm mai mult asupra nevoilor aproapelui, ca și când acestea ar fi ale noastre. Prin urmare, te îndemn să renunți la egoism. Știu că e greu, fiindcă „cea mai grea luptă în viața aceasta nu este alta decât biruirea de sine” care „duce la propășirea binelui” (părintele Arsenie Boca)[60].

Am un prieten al cărui bun obicei este să-și sune soția înainte să ajungă acasă de la serviciu și s-o întrebe ce ar dori să-i cumpere din oraș, fiind astfel foarte atent la nevoile ei. Mi-a povestit că uneori, fiind foarte obosit, i se întâmplă să nu mai vrea să o sune, întrucât își dorește să se îndrepte mai repede spre casă și să se odihnească puțin. Și totuși, din dragoste pentru ea, bărbatul reușește

57 F. M. Dostoievski. *Frații Karamazov*, vol. 1. București, Editura Adevărul Holding, 2011.

58 Ioan Ioanolide, Întoarcerea la Hristos. *Document pentru o lume nouă*, ediția a II-a, Bacău, Editura Bonifaciu, 2012, p. 491.

59 ****Maica Gavrilia, asceta iubirii*, București, Editura Episcopia Giurgiului, 2014, p. 501.

60 Ala Rusnac, *op. cit*, p. 109.

de fiecare dată să-şi alunge egoismul, îşi calcă astfel peste propria nevoie – dorinţa de odihnă – şi zăboveşte câteva clipe în oraş să-i cumpere soţiei lui dragi cele trebuincioase.

Ferice de omul care are capacitatea să-şi înfrunte egoismul şi confortul propriu şi să intre în starea de jertfă! Mântuitorul ne-a spus limpede că la Judecata de Apoi vom da socoteală despre cât şi cum am făcut pentru aproapele nostru, iar nu pentru noi înşine.

- *Simplifică-ţi viaţa şi petrece mai mult timp în familie!*

În zilele noastre, societatea de consum ne împinge tot mai mult spre împlinirea unor aşa-zise nevoi. Le numesc astfel pentru că nu de puţine ori ele nu ne sunt cu adevărat necesare. Totuşi, ca să le împlinim, consumăm multă energie, resurse şi mai ales mult *timp* din viaţă. Aşa se face că, deşi familia ne vrea alături, nu avem vreme pentru ea. Suntem tot mai ocupaţi, tot mai stresaţi, aşa că ar fi bine să învăţăm să mai spunem şi „nu" problemelor din afara căsniciei şi să selectăm din multitudinea de situaţii cu care ne confruntăm doar ceea ce este cu adevărat important pentru noi. Un lucru este cert: Dumnezeu şi membrii familiei noastre trebuie aşezaţi înaintea altor priorităţi.

Este esenţial **să-ţi simplifici viaţa**, evitând lucrurile care îţi răpesc prea mult timp şi care nu-ţi dau posibilitatea să te dedici lui Dumnezeu şi familiei. Aşadar, pentru un om credincios care ţine cu adevărat la familia sa, *ierarhia nevoilor* ar trebui să arate astfel: **1.** relaţia cu Dumnezeu; **2.** familia şi **3.** cariera. Trebuie doar să ai puterea să selectezi ceea ce este cu adevărat important pentru tine şi pentru cei dragi. *Fă-ţi timp şi păstrează energie pentru familia ta!*

A venit la mine o tânără care lucra într-o multinațională. Avea un program foarte încărcat (muncea până seara târziu), dar și salariul era pe măsură. Cu toate acestea, îi lipsea un lucru de mare preț: timpul petrecut alături de soțul ei minunat și de cei doi copii ai lor. Din cauză că pleca la serviciu cu noaptea-n cap și se întorcea seara târziu, tânăra își vedea foarte rar copilașii, iar acest lucru îi pricinuia multă durere sufletească. Soțul ei, care avea un program mai flexibil la locul de muncă, era cel care se ocupa de copii: îi ducea și îi aducea de la grădiniță, se juca cu ei, le pregătea masa, îi scotea la plimbare, în vreme ce ea se întorcea acasă extenuată și își găsea copilașii adormiți.

Înduioșat de starea în care se afla această mamă nefericită, am sfătuit-o să-i propună superiorului ei un program mai scurt cu două ore, chiar dacă asta avea să însemne scăderea salariului. Așa a și făcut. S-a întors la mine peste o lună; avea chipul luminos și, printre lacrimi, mi-a spus: „Vă mulțumesc, părinte! M-ați ajutat să-mi recapăt fericirea! Acum îmi petrec mai mult timp cu copiii și cu soțul meu; ei sunt darurile lui Dumnezeu pentru mine! La întoarcerea mea acasă, mă așteaptă toți cu brațele deschise, iar eu am vreme să-i ascult, să le pregătesc cina, să-i întreb cum le este la grădiniță. Acum simt că trăiesc cu adevărat și sunt tare fericită! Cele două ore câștigate au însemnat enorm pentru mine și pentru căminul meu!"

● *Ieși urgent din relațiile „toxice"!*

Fiecare dintre noi are la un moment dat relații interumane în afara familiei – mă refer la prieteni/prietene. Uneori, legăturile cu astfel de persoane pot deveni „toxice”, în sensul că ar putea să influenţeze în rău relaţia dintre soţi, iar acest lucru este valabil atât în cazul bărbaţilor, cât şi în cel al femeilor.

Dacă simţi că prietenia cu o anumită persoană generează asupra familiei tale un rău cât de mic, renunţă urgent să te mai întâlneşti cu ea! Altminteri, te va determina treptat să-ţi priveşti soţul/soţia altfel decât este în realitate. Ia aminte: *adevăratele prietenii de familie sunt cele unanim acceptate.*

A venit la mine o doamnă care mi s-a plâns că soţul ei petrece prea mult timp împreună cu prietenii şi neglijează problemele familiale. Era foarte dezamăgită şi frustrată din această pricină. Ca să o liniştesc, am sfătuit-o să-l aducă şi pe bărbatul ei la biserică, să stăm de vorbă toţi trei şi să găsim împreună o soluţie potrivită pentru ei. Aşa au şi făcut. În discuţia cu ei le-am recomandat să se întâlnească în special cu prietenii comuni, pentru că aceste legături ajută mai mult relaţia lor decât întâlnirile cu persoane cu care se vede doar unul dintre ei. De asemenea, i-am sfătuit cu multă căldură să se roage la sfinţii ocrotitori ai familiei, de pildă Sfinţii Petru şi Fevronia din Murom, şi ei îi vor ajuta să depăşească acel moment delicat.

După o vreme, doamna a venit să-mi mulţumească pentru sfat. Mi-a mărturisit că ieşirile cu prietenii comuni le fac mult mai bine decât acele întâlniri ale soţului ei care, de cele mai multe ori, îl influenţau negativ.

Fără concurenţă în casă!

Mediul social – mai cu seamă cariera – ne împinge spre o permanentă concurenţă: suntem în competiţie cu colegii de la birou, cu vecinii, cu prietenii, uneori chiar cu soţul/soţia, fapt ce ne creează o continuă stare de agitaţie. Tot mai mult oamenii se află într-o permanentă nelinişte, într-o permanentă dorinţă de a fi primii. Vor să fie cei mai buni, să iasă în evidenţă cu orice preţ, să fie văzuţi şi apreciaţi de ceilalţi, să aibă multe *like*-uri pe reţelele de socializare etc. Şi aşa se naşte mândria, care atrage după sine dorinţa de epatare şi înlătură dragostea şi empatia.

În opinia mea, familia nu trebuie să fie mediu concurenţial, deoarece aşa încep să se răcească inimile. Concurenţa în viaţa de familie este tulburătoare; generează stări profund negative de ambele părţi, conduce la conflicte în care unul are rolul de „torţionar", iar celălalt de „victimă".

Se întâmplă adesea ca unul dintre soţi, având, poate, un standard mai ridicat, mai multă pricepere sau (doar) mai multe exigenţe într-un anume domeniu, să intre în competiţie cu celălalt şi să-i ceară mereu lucruri pe care acesta poate nu reuşeşte să i le ofere în acel moment sau la nivelul aşteptărilor lui. De aceea te îndemn să nu confunzi viaţa socială (de la birou, de pildă) cu viaţa personală (din familie). Susţine-ţi persoana iubită, nu o judeca pentru neputinţele ei şi mai ales fii conştient,-ă de faptul că *fiecare dintre noi este copil iubit al lui Dumnezeu, iar în faţa iubirii Lui toţi suntem egali!*

Aşadar, pe de o parte, fii înţelegător,-oare şi răbdător,-oare cu neputinţele celui de lângă tine, iar, pe de altă parte, bucură-te pentru reuşitele lui, intră în universul lui în aşa fel, încât să simtă că din dragoste ai ales să faci asta! Numai aşa veţi avea pace în casă.

Cunosc o doamnă care ori de câte ori soţul ei avea un succes profesional se întrista cumplit şi îl invidia din toată inima. Slujba pe care ea o avea nu îi oferea acelaşi prilej de a evolua, nici de a fi apreciată de superiorii săi la fel cum era soţul ei. O măcina starea în care se afla, aşa că a venit la mine disperată să-mi ceară ajutorul.

I-am spus că, deşi superiorii nu-i apreciază efortul depus, totuşi trebuie să ştie că Dumnezeu vede ceea ce face şi îi va răsplăti El toată osteneala. Am îndemnat-o, de asemenea, să-şi amintească de promisiunea făcută în urmă cu mulţi ani în faţa Sfântului Altar faţă de cel pe care l-a ales să-i fie alături toată viaţa: i-a făgăduit atunci multă iubire, dăruire de sine şi respect.

A reflectat un timp la cuvintele mele şi, cu ajutorul rugăciunii şi al dorinţei de schimbare, a început să-şi aprecieze mai mult soţul, să fie bucuroasă pentru reuşitele lui profesionale şi să se raporteze mai mult la Dumnezeu decât la aprecierile superiorilor ei, înţelegând că Domnul vede jertfele ei.

Relaţiile trupeşti – binecuvântate de Dumnezeu

Ca o căsnicie să fie trainică, relaţia trupească dintre soţ şi soţie trebuie să fie binecuvântată de Dumnezeu[61]: „Dă-le, Doamne, bună înţelegere sufletească şi trupească!” – aceasta este rugăciunea pe care o rostim noi, preoţii, la fiecare slujbă de Cununie. Sfântul Apostol Pavel face lumină cu privire la acest subiect. Iată ce spune el:

„Bărbatul să-i dea femeii iubirea datorată, asemenea şi femeia bărbatului. Femeia nu este stăpână

---

61 Atenţie însă: „Taina căsătoriei e aceea care sfinţeşte plăcerea pentru facerea de copii. Să nu ne scape faptul că, precum am spus şi mai înainte, scopul omului este să se nevoiască să devină sfânt ca Dumnezeu, ca să poată astfel câştiga Împărăţia Cerurilor. (....) Scopul, şi al căsătoriei, la asta se reduce: la mântuirea soţilor şi a fiilor lor, deci nu simplu la facerea de copii, şi cu atât mai puţin la desfătarea trupească. Facerea de copii nu este biletul pentru Rai, contribuie însă la dobândirea lui.” (Arhimandrit Epifanie I. Teodoropulos, *Crâmpeie de viaţă*, Bucureşti, Editura Evanghelismos, 2003, pp. 137–138)

pe trupul său, ci bărbatul; asemenea nici bărbatul nu este stăpân pe trupul său, ci femeia. Să nu vă lipsiți unul de altul, *decât cu bună învoială pentru un timp*, ca să vă îndeletniciți cu postul și cu rugăciunea, și iarăși să fiți împreună, ca să nu vă ispitească satana, din pricina neînfrânării voastre. Și aceasta o spun ca un sfat, nu ca o poruncă." (*I Corinteni* 7, 3-6)

Să le luăm pe rând!

Pe de o parte, din acest citat reiese faptul că avem *datoria morală* să îi dăruim, sub toate formele, iubire persoanei căreia i-am promis dragostea noastră pentru tot restul vieții în fața Sfântului Altar. Se întâmplă totuși ca, fiind copleșiți de problemele vieții cotidiene și obosiți de cerințele din ce în ce mai apăsătoare ale societății, să neglijăm această datorie la care face referire și Sfântul Apostol Pavel și să ne refuzăm soțul/soția în chiar clipele în care dorește să-i fim alături atât spiritual, cât și fizic. Pe de altă parte, nu trebuie să uităm că *la temelia căsătoriei* stă *jertfa de sine*: „Femeia nu este stăpână pe trupul său, ci bărbatul. Nici bărbatul nu este stăpân pe trupul său, ci femeia." **În numele iubirii, nu-ți mai aparții, ci i te dăruiești cu totul celuilalt.**

Cât privește ritmul relațiilor trupești dintre soți, am fost întrebat de mulți dintre enoriași ce înseamnă cuvântul Sfântului Apostol Pavel „pentru un timp" (*I Corinteni* 7, 5). Le-am răspuns că este bine să existe înțelegere și respect reciproc asupra acestui aspect. Astfel, dacă unul dintre soți își dorește ca celălalt să-i fie alături, acesta din urmă este bine să intre în stare de jertfă și să accepte, chiar dacă nu este și dorința lui. Dragostea jertfitoare ne ajută să înțelegem neputința celuilalt, scutindu-l de alte păcate: „(...) și iarăși să fiți împreună, ca să nu vă ispitească Satana, din pricina neînfrânării voastre. Și aceasta o spun ca un sfat, nu ca o poruncă." (*I Corinteni* 7, 5) Altfel spus, apostolul ne sfătuieşte ca relaţia trupească să aibă un ritm normal, pentru a evita eventualele ispite cauzate de refuzul îndelungat al unuia dintre soţi.

Părintele Arsenie Boca are un cuvânt lămuritor în această privinţă: „În legătură cu relaţiile trupeşti, *nici abuzul, nici refuzul.*"[62] „Abuz" se referă la faptul că persoana iubită nu ţine cont de ritmul şi de disponibilitatea celuilalt, de neputinţele, de durerile şi de starea lui generală şi îi cere să i se dăruiască „acum". „Refuz" înseamnă ca unul dintre soţi să neglijeze complet nevoile fizice ale fiinţei iubite, invocând permanent motive reale sau ascunse. „Refuz" se referă şi la faptul că, deşi unul dintre soţi vede că este dorit de celălalt, îi cere totuşi să se abţină, făcându-l să sufere. Refuzul categoric şi îndelungat îl va împinge cu siguranţă pe celălalt spre alte păcate de care amândoi soţii vor fi responsabili. Decizia privitoare la ritmul relaţiilor trupeşti se ia, aşadar, de comun acord. Este important să se ţină totuşi cont de dorinţele şi de starea generală a celor doi.

Referitor la postul trupesc, consider că ar trebui să existe un consens în legătură cu acesta. Pe de o parte, este bine ca soţul să înţeleagă nevoia reală de postire a femeii şi să-şi înfrâneze pornirile trupeşti (sigur, dacă acest lucru este posibil), iar, pe de altă parte, soţia să conştientizeze ritmul dorinţelor trupeşti ale bărbatului ei şi să nu-l refuze în mod sistematic (dacă poate). În caz contrar, îl va conduce spre alte păcate, cum ar fi autosatisfacerea, infidelitatea ori consumul de pornografie.

Ce facem în situaţia în care bărbatul este necredincios şi nu doreşte să ţină deloc post? În astfel de situaţii,

---

62 „La convieţuirea căsătoriţilor, nu-i bun nici abuzul, nici refuzul. Abuzul îl atinge pe soţ, refuzul pe soţie, dar şi pe soţ." (Părintele Arsenie Boca, *Tinerii, familia şi copiii născuţi în lanţuri*, ediţia a III-a, Editura Credinţa strămoşească, 2009, p. 32.)

femeia trebuie să fie înţeleaptă şi să poarte un dialog cu bărbatul ei, stabilind de comun acord timpul potrivit pentru relaţia intimă. Prin dialog, bărbatul va înţelege că pentru bucuria spirituală a soţiei lui trebuie să se abţină „un timp". La rândul ei, femeia este bine să se jertfească şi să nu-l supună pe bărbat la post fizic în afara voinţei lui sau peste puterile lui. Altminteri, bărbatul va considera calea credinţei una plină de restricţii şi se va îndepărta şi mai mult atât de soţie, cât şi de Dumnezeu.

Prin Sfânta Taină a Cununiei eşti dator,-oare înaintea lui Dumnezeu să-i oferi persoanei iubite o relaţie trupească armonioasă. Tot ce trebuie să faci este să nu te îndepărtezi de Hristos, să comunici deschis cu omul drag şi să stabiliţi de comun acord o regulă la începutul postului. Cât le priveşte pe femei, acestea ar trebui să-şi roage bărbaţii – credincioşi sau necredincioşi – să le înţeleagă atunci când postesc, cu scopul de a se împărtăşi sau de a participa duminica la Sfânta Liturghie.

Nu doar postul poate fi o barieră între bărbat şi femeie, ci şi alte situaţii. De pildă, majoritatea femeilor au multe pe umeri: se ocupă de creşterea şi de educarea copiilor, de gospodărie, merg la serviciu şi, astfel, îşi neglijează (uneori) soţul. Or, o femeie jertfitoare are înţelepciunea să lase loc şi pentru relaţia cu soţul ei. Sfântul Ioan Gură de Aur spunea: „Cel care îşi ajută aproapele să fie fericit este mai mare decât cel care înviază morţii." Iar „dacă soţul tău săvârşeşte adulter din pricina refuzului tău, nu doar că nu vei trage folos din înfrânarea ta, fiindcă e o înfrânare după voia ta egoistă, în afara voii lui Dumnezeu – nu doar că nu vei trage folos din înfrânarea ta, ci şi adulterul soţului tău va fi păcatul tău!" (Sfântul Ioan Gură de Aur). **Prin urmare, datoria bărbatului şi a femeii este să se iubească, să se preţuiască reciproc şi să răspundă unul altuia la nevoile trupeşti şi sufleteşti.**

CAPITOLUL 7

Răbdarea izvorăşte din pace, din smerenie şi din iubire

În familie este vitală următoarea *„vitamină duhovnicească"*: **răbdarea.** De altfel, sănătatea sufletească şi trupească a omului – în general – este influenţată de prezenţa sau de lipsa răbdării. Răbdarea este sinteza mai multor virtuţi: iubirea, smerenia şi pacea inimii. Ea este asemenea unui fruct care creşte într-un copac. Însă, pentru ca rodul să crească şi să se coacă, e nevoie ca pomul să fie hrănit şi îngrijit.

În viaţă apar de multe ori situaţii neplăcute care nu sunt deloc conforme cu principiile, cu aşteptările şi cu dorinţele tale. Uneori, acestea dispar la fel de repede cum au apărut, alteori dăinuie mult timp. Uneori poţi să le influenţezi sau să le schimbi în bine, alteori nu. Uneori poţi să te sustragi în vreun fel şi să te pui la adăpost, alteori nu. De aceea, singura soluţie ca să poţi rezista şi rămâne neafectat de toate aceste neplăceri este să cultivi virtutea răbdării.

Totuşi este foarte simplu să (ne) spunem „Ai răbdare!"; mai greu e însă de pus în practică această virtute în viaţa de zi cu zi, mai ales în societatea modernă tot mai dinamică. Omul de azi nu mai are răbdare. Totul

Iertați-vă greșelile unul altuia, apreciați-vă unul pe celălalt, judecați cu dragoste, fiindcă numai așa veți putea păstra echilibrul și starea de pace în relația voastră!

trebuie să se întâmple acum, ca și când ar apăsa pe butoanele unei telecomenzi. Și toate astea pentru că e tot mai grăbit să-și ducă la îndeplinire cât mai multe așa-zise nevoi pe care singur și le generează. Presiunea din ce în ce mai mare pe care omul modern și-o asumă din dorința de a face cât mai multe lucruri și de a deține controlul asupra tuturor realităților vieții îl face să fie mai stresat, mai agitat și, desigur, mai puțin răbdător. Cu alte cuvinte, omul de azi L-a detronat pe Dumnezeu și s-a pus pe sine pe tron, asumându-și benevol această presiune uriașă care, în cele din urmă, îl epuizează.

Lipsa răbdării reprezintă de fapt folosirea haotică a libertății pe care ne-a dăruit-o Bunul Dumnezeu, iar haosul acesta în care trăim azi îndepărtează de la noi harul Duhului Sfânt, Care este esența vieții. În opinia mea, **virtutea răbdării, cea care influențează mult în bine viața de familie, trebuie cultivată în egală măsură de cei doi, indiferent de cum și de ce face celălalt.**

Răbdarea este un fel de autoprotecție pe care o activezi în fața realităților neplăcute venite dinspre soț/soție sau dinspre ceilalți oameni. Altfel spus, nu realitățile sunt cele care îți aduc pacea în familie sau, dimpotrivă, îți pricinuiesc mult de rău, ci modul în care tu însuți/însăți le resimți, mai acut sau mai senin. Omul credincios este mai răbdător, pentru că harul pe care îl are înlăuntrul lui îl face să vadă mult mai senin toate realitățile lumii, nu doar pe cele plăcute. El știe că de la Dumnezeu vin toate și fiecare situație are rostul ei în formarea sa ca om. Așadar, pe de o parte, fiecare dintre cei doi trebuie să se străduiască să cultive răbdarea care izvorăște din iubire și, în același timp, întreține iubirea, iar, pe de altă parte, trebuie să se preocupe să nu pună pe celălalt o presiune pe care nu ar putea să o ducă sau să o rabde.

Beneficiile medicale ale răbdării

Oamenii de știință, medici și psihologi deopotrivă, au demonstrat că cel care rabdă mai mult este mai sănătos, în vreme ce omul nerăbdător și nervos își afectează creierul, fapt ce duce în primul rând la pierderea creativității. Apar astfel starea de nervozitate și angoasa. Mai mult decât atât, s-a dovedit că lipsa răbdării poate genera creșterea pulsului și a tensiunii arteriale, cauzând chiar probleme ale aparatului digestiv (stomac, colon). **Alege, deci, să fii răbdător,-toare, fiindcă numai așa vei avea sănătate trupească și pace în inimă!**

Descoperim cu bucurie oameni în vârstă care, datorită răbdării lor, au îmbătrânit frumos. Sunt blânzi, calmi, buni și răbdători, au chip luminos și voce caldă; numai argintul de pe tâmple le trădează vârsta, căci altfel sunt plini de viață, se plimbă, fac sport și se bucură de sănătate trupească și sufletească. Am întâlnit astfel de ființe blajine – o adevărată bucurie pentru noi toți!

Relația cu Dumnezeu

Răbdarea este un dar de la Dumnezeu; ea se naște abia în momentul în care începi să înțelegi cât de importantă este relația vie cu Tatăl, relație ce se manifestă prin rugăciune, prin smerenie și prin pace. Începe-ți ziua cu o rugăciune rostită din inimă: „Doamne, ajută-mă astăzi, dă-mi harul și puterea Ta, căci vreau să-Ți slujesc și să Te preamăresc!" Rugăciunea îți dă o stare de pace, fiindcă harul Domnului se coboară în inima ta. „Pace vouă!", spunea Însuși Mântuitorul Iisus Hristos când Se întâlnea cu ucenicii Săi. În plus, toate formulele de salut reprezintă un îndemn la pace. Apariția unei situații neplăcute în viața ta nu te mai afectează atât de mult când inima îți este învăluită de pacea divină care se naște din rugăciune și din legătura ta vie cu Dumnezeu: „Iar roada Duhului este dragostea, bucuria, pacea, îndelungă-răbdarea, bunătatea, facerea de bine, credința." (*Galateni* 5, 22)

Omul cu adevărat credincios este și răbdător. Un exemplu în acest sens îl reprezintă miile de pelerini care așteaptă ore întregi la coadă ca să se închine sfinților dragi. În timp ce stă la rând, creștinul se roagă, vorbește cu cerul, cu sfinții, cu Dumnezeu și astfel timpul așteptării trece ca o clipă. Omul cu adevărat credincios înțelege că relația cu Dumnezeu nu schimbă obligatoriu realitățile exterioare ale vieții sale, ci modifică felul lui de a se raporta la aceste realități. Nu lumea exterioară ție o schimbi când ești credincios,-oasă, ci pe cea lăuntrică. Ca ucenic al Domnului, începi să privești oamenii mai mult din perspectiva Lui împăciuitoare și generoasă. Te „molipsești" de modul prin care Dumnezeu vede lumea și pe oamenii din ea. Prin urmare, te sfătuiesc să te preocupi în primul rând de creșterea și de aprofundarea universului tău spiritual, ca să nu mai fii afectat,-ă de toate neregulile care se petrec zilnic în societatea contemporană și care nu au legătură directă cu tine. Implică-te – în măsura în care trebuie și poți să faci asta –, iar dacă vei constata că efortul tău nu schimbă în bine mersul lucrurilor, ține-te departe, păstrează-ți pacea și concentrează-te asupra lucrurilor pe care le poți schimba în bine! Și încă ceva: însoțește-ți acțiunile cu multă rugăciune, cu răbdare și cu perseverență!

Empatia naște răbdare

Subliniez încă o dată faptul că este esențial să renunțăm să ne gândim doar la propriile nevoi și să ne aplecăm mai mult spre cele ale aproapelui nostru. Așa cum o mamă pune pe primul plan nevoile copilului ei, revărsând asupra lui pace și dragoste, tot astfel ar trebui să procedăm și noi cu semenii noștri. Fiind empatic,-ă, poți să înțelegi și să accepți mult mai ușor felul de a fi – diferit sau uneori deranjant – al celuilalt. „A te pune în pielea celuilalt" te ajută să-ți alungi gândul de judecată și să dobândești virtutea răbdării. E fundamental să nu te grăbești să îți judeci soțul/soția și să ripostezi îndată ce te simți deranjat,-ă de cuvintele sau de atitudinile lui/ei. Încearcă mai întâi să vezi dacă nu cumva starea și faptele ființei iubite pot avea o explicație, dacă nu cumva chiar tu ai generat purtarea ei sau poate că sunt lucruri din exterior care l-au făcut pe cel drag să reacționeze astfel.

Nu prea există acțiune care să nu fie, la rândul ei, determinată de o altă acțiune. Prin răbdarea și pacea ta, poți fi paratrăsnetul care descarcă energia acumulată de celălalt și în felul acesta rupi cercul vicios care s-ar perpetua, dacă ai riposta imediat. În astfel de situații, **răbdare înseamnă amânare, tăcere, discreție, uitare.**

Să avem răbdare cu cei din jur: cu bătrânii care vorbesc mai greoi din pricina vârstei și a bolii, cu copiii care se poartă energic și gălăgios într-un mod specific vârstei lor, cu ceilalți șoferi, cu chelnerii care poate că sunt foarte ocupați, cu funcționarii de la ghișee care au mult de lucru și cu toți oamenii, în general! În timp ce așteptăm, de exemplu, să beneficiem de un anumit serviciu, în loc să ne pierdem cumpătul, am putea mai bine să ne rugăm pentru ei. Ne-ar folosi și nouă, și lor. În felul acesta, vom dovedi multă înțelegere pentru frații noștri întru Hristos, căci da, toți cei din jurul nostru – colegi, prieteni, rude, funcționari, bătrâni sau tineri, persoane culte sau mai puțin culte –, cu toții sunt frații noștri. Să-i privim cu empatie, cu răbdare, cu dragoste și cu bunătate, așa cum îi privește și Dumnezeu și cum ne privește și pe noi!

Graba și supraaglomerarea ucid răbdarea

Nu încerca să faci multe lucruri deodată din dorința de a obține cât mai multe beneficii într-un timp scurt, fiindcă, din lăcomie, vei putea pierde esențialul! De exemplu, te înșeli atunci când crezi că poți vizita o țară în doar două-trei zile sau un oraș într-o singură zi. Dacă te hotărăști să vizitezi un oraș, păstrează-ți pacea! Plimbă-te la pas pe străzile lui, intră în muzeele reprezentative, stai de vorbă cu localnicii, gustă din bucuria locului aceluia, petrecând acolo câteva zile, nu doar două-trei ore!

Nu te grăbi să faci cât mai multe lucruri! Graba ucide pacea, iar mai binele este dușmanul binelui.

Suferința – „școala" răbdării[63]

Mă plec respectuos în fața celor aflați în suferință. Suferința este „școala" răbdării. Când boala sau necazurile îl copleșesc pe om, ritmul vieții lui se schimbă; îngenuncheat de atâta durere, omul se oprește din goana de zi cu zi și privește neputincios spre lucrurile esențiale ale existenței lui – spre cele spirituale.

În căsnicie, suferința unuia dintre soți poate fi un moment de cotitură pentru viața de familie. Aș spune că asemenea situații sunt ca un test pentru iubirea lor: dacă dragostea este puternică, vor ieși mai întăriți și mai apropiați din această încercare, însă dacă dragostea, răbdarea și compasiunea lipsesc, atunci relația se poate

---

63 Prin răbdare se ușurează suferința. Ia aminte la cei ce suferă îndelung de vreo boală: atât de mult s-au deprins cu acea boală prin răbdare, încât parcă nici nu o mai simt; și, dimpotrivă, prin nerăbdare boala se înmulțește, cum ne dă de înțeles însăși viața noastră." (Sfântul Tihon de Zadonsk, *Lupta între carne și Duh*, Galați, Editura Egumenița, 2011, p. 180)

nărui pur şi simplu. Când intri într-o legătură de iubire, trebuie să îţi asumi persoana iubită cu tot trecutul şi cu tot viitorul ei, indiferent cum va arăta! Trebuie să-i rămâi fidel,-ă şi iubitor,-toare „la bine şi la greu".

Este dificil să ai răbdare şi să îţi păstrezi pacea atunci când suferi tu însuţi/însăţi, pentru că boala nu îţi afectează doar corpul; ea îţi schimbă dispoziţia şi te face uneori să nu mai vezi ieşirea din impas. La fel de dificil este să ai răbdare alături de cel care suferă, să îl încurajezi, să îl sprijini în continuare, să fii la dispoziţia lui atunci când are nevoie. Dragostea ar trebui să se vadă şi mai pregnant în momentele grele. Te îndemn ca, atunci când simţi că nu mai ai răbdare, să te gândeşti – fie şi pentru o clipă – la cei care suferă mult mai mult decât tine, de pildă la mamele care veghează lângă patul copilaşilor lor bolnavi.

Îmi aduc aminte cu drag de o fetiţă de treisprezece ani bolnavă de cancer. Am vizitat-o la spital, fiindcă dorinţa ei cea mai mare era să mă vadă. Întinsă pe pat, cu chipul palid de boală, mi-a zâmbit şi din ochişorii ei aproape stinşi a curs o lacrimă izvorâtă din bucuria de a mă vedea. M-a strâns încet de mână, atât... La căpătâiul acelui înger de copil stătea fiinţa-i cea mai dragă – mama. Câtă răbdare avea acea femeie îndurerată! Dragostea era cea care o făcuse atât pe mamă să aibă această răbdare uriaşă ce îi dădea putere să-şi îngrijească copilul şi să meargă mai departe cu propria suferinţă, cât şi pe copilă să simtă puţină speranţă în suferinţa prin care trecea.

În aceeaşi zi am întâlnit şi alţi părinţi ai căror copilaşi, bolnavi şi ei de cancer, aşteptau să plece la ceruri. Cu toţii mi-au mărturisit că nu se dezlipeau de lângă pătuţurile lor şi că fiecare mişcare a micuţilor le mai alina din suferinţă.

În suferinţă, omul capătă putere. Descoperă în el resurse nebănuite. Să nu uităm că durerile trupeşti au creat sfinţi! Suferinţa purifică, iar un exemplu în acest sens îl reprezintă cei care au pătimit cumplit în închisorile comuniste[64] – mă refer aici la Arsenie Boca, Arsenie Papacioc, Nicolae Steinhardt, dar şi la părinţii din „Rugul aprins". Toţi aceştia – şi mulţi alţii – au petrecut zece-cincisprezece ani în închisorile comuniste, iar după ce au fost eliberaţi, s-au întors acasă plini de dragoste, cerându-le celor din jur: „Să nu ne răzbunaţi!" (Mircea Vulcănescu) Asta au învăţat ei la „şcoala" suferinţei! Exemplul lor ne arată că omul este capabil să răspundă cu bine la rău şi ne mai arată cât de frumoşi devin cei care Îl au pe Dumnezeu ca model şi îşi rabdă cu credinţă şi speranţă suferinţele.

Din perspectivă creştină, inclusiv violenţa defensivă este de evitat, pentru că te răneşte pe tine în primul rând. Violenţa, ca răspuns la violenţă, nu poate duce decât la o nouă violenţă. De aceea, toleranţa şi atitudinea împăciuitoare sunt de dorit în toate situaţiile vieţii.

Stăruinţa – secretul reuşitei

Răbdarea are efecte concrete în viaţa ta şi a celor dragi ţie. Cel care are mai multă răbdare are şi mai multe şanse să reuşească în proiectele sale. Succesul durabil

---

64 Îţi recomand, în acest sens, câteva lucrări care zugrăvesc atmosfera grea prin care au trecut preoţii şi alţi intelectuali români în temniţele comuniste: Vasile Vasilache, *În temniţă cu Iisus Hristos. Amintiri din închisorile comuniste,* Editura Eikon; Oliviu Botoi, Dragoş Ursu, *Caietele Memorialului Aiud,* Alba Iulia, Editura Reîntregirea; Pr. Nicolae Cătălin Luchian, Adrian Nicolae Petcu, *Clerici şi mireni mărturisitori din Arhiepiscopia Iaşilor, în închisorile comuniste (1945–1964),* Iaşi, Editura Doxologia.

în viață e strâns legat de capacitatea de a construi cu stăruință și tenacitate fiecare etapă. Amintește-ți de începuturile relației tale cu persoana iubită! Știi bine cât de mult a contat pentru ceea ce sunteți astăzi răbdarea pe care ai avut-o să pregătești fiecare nou pas. Însă de multe ori, după câtva timp de la debutul relației, obișnuința și rutina pot face ca răbdarea față de celălalt să se mai diminueze. De aceea te sfătuiesc să încerci din când în când să îl vezi și să îl tratezi pe celălalt ca atunci când erai la începutul relației și construiai cu răbdare legătura de iubire pe care o ai acum și pe care azi o consideri un fapt firesc. Acest „joc" te va ajuta să te descoperi, pe de o parte, nerăbdător,-toare și netolerant,-ă de multe ori cu lucrurile mici pe care celălalt le face, iar pe de altă parte, foarte permisiv,-ă și aprobator,-toare cu propriile greșeli și scăpări.

Îți dau câteva exemple care să te ajute să conștientizezi cât de importantă e stăruința pentru reușita în viață. J. K. Rowling, autoarea seriei *Harry Potter*, a scris această carte și, dorind să o publice, a mers din editură în editură, însă fără izbândă. Cu toate acestea, perseverența scriitoarei a ajutat-o mult, căci a unsprezecea editură căreia i s-a adresat i-a publicat volumele. Rezultatul a fost, așa cum știți, unul covârșitor: seria *Harry Potter* s-a vândut în peste 400 de milioane de exemplare în întreaga lume! J. K. Rowling a devenit astfel o scriitoare consacrată nu doar datorită talentului literar, ci și stăruinței ei.

La fel a procedat și Edison, inventatorul becului; a lucrat la acest proiect îndrăzneț timp de șaptesprezece ani, iar astăzi o lume întreagă se bucură de lumina electrică datorită inteligenței și perseverenței acestui om cu răbdare de fier care a reușit 11 000 de invenții în viața sa.

Într-o zi, a venit la mine o studentă și mi-a spus că vrea să se angajeze cu orice preț, însă nu reușește acest lucru. Am întrebat-o câte CV-uri a depus. „Vreo cinci...", mi-a răspuns ea. „Foarte puține!" am exclamat eu. Am sfătuit-o să depună 100 de CV-uri și, cu răbdare, să meargă la toate interviurile la care va fi chemată. Mai mult, am îndemnat-o să fie nelipsită de la Sfânta Liturghie, să se spovedească, să se împărtășească și să se roage stăruitor la Maica Domnului să o sprijine în acest demers. După un timp, mi-a spus că la al 34-lea CV a fost angajată. Așadar, stăruința ei, însoțită de rugăciune și de unirea cu Hristos prin Sfintele Taine, a dat roade.

Iată de ce nu este bine să te grăbești spunând: „Nu am nicio șansă!" Crede în șansa ta până la ultima suflare, acționează și nu-ți pierde nădejdea, căci Dumnezeu aduce lumină celui deznădăjduit, pace celui tulburat, sprijin celui neputincios și nu rușinează pe cel răbdător! Atunci când încetezi să crezi că mai există o soluție, acea soluție piere într-adevăr. În schimb, când rămâi încrezător în sprijinul real al lui Dumnezeu, orice barieră ar fi în calea ta, ea va putea fi depășită, dacă acest lucru este cu adevărat folositor pentru viața ta. „Prin răbdarea voastră veți dobândi sufletele voastre" (*Luca* 21, 19), spunea Domnul nostru Iisus Hristos.

Gândurile și paza minții

Răbdarea este o virtute strâns legată de lumea noastră interioară, de lumea gândurilor în care stăruim zilnic. Așa cum am mai spus, îți recomand să te lupți cu gândurile negative, astfel încât ele să nu pună stăpânire asupra ta și să-ți dea o stare de neliniște. Atunci când lași gândurile rele să intre și să zacă în mintea ta, vei ajunge, cu ușurință, să justifici răul pe care îl faci, să îi judeci și să îi acuzi pe ceilalți pentru răul pe care îl trăiești, să cauți să răzbuni răul făcut de alții. Pe scurt, gândurile rele vor ajunge să îți „paralizeze" mintea care nu va mai gândi firesc, ci va deforma realitatea. În sprijinul acestei lupte permanente dinăuntrul nostru, Sfântul Paisie Aghioritul ne oferă un secret: „Creștine, ia-ți o bază de date de gânduri bune, trăiește cu ele în sinea ta și contrapune-le celor rele!"[65]

Respinge gândurile negative care vin să te determine să renunți la eforturile duhovnicești ce presupun multă osteneală și multă răbdare! Nu lăsa gândurile urâte să te controleze! Bucură-te de tot ce e frumos în jurul tău, rostind cât poți de des rugăciunea inimii: „Doamne, Iisus Hristoase, Fiul lui Dumnezeu, miluiește-mă pe mine, păcătosul!" Numai așa vei fi dăruit,-ă de Dumnezeu cu virtutea răbdării și vei primi harul Duhului Sfânt. Și, odată primit darul răbdării, vei simți profund dorința de a trăi mai mult înlăuntrul tău decât în afară; vei fi mai atent,-ă la emoțiile și la trăirile tale interioare, te vei putea bucura mai mult de aproapele tău, de minunile Creației, de un zâmbet, de o îmbrățișare. Întreaga ta ființă va fi plină de iubire și lumină. Gândul la Dumnezeu în rugăciune permanentă te va face să privești oamenii cu mai multă bunăvoință și înțelegere. Vei înțelege că **soluția pentru pacea ta vine din interior, și nu din afară.**

Indiferent cum se va comporta soțul tău/soția ta cu tine și cu cei din jur, păstrează-ți pacea primită în dar de la Dumnezeu! Ea va stinge focul ce vine uneori dinspre celălalt. Răbdarea înseamnă bunătate, înseamnă să te abții să faci răul pe care ai putea să îl faci. Răbdându-l pe celălalt, faci un bine, nefăcând nimic (rău)!

---

65 Cuviosul Paisie Aghioritul, *Mica filocalie*, Galați, Editura Egumenița, 2009, pp. 56–57.

PARTEA A II-A

ROLUL FEMEII ÎN FAMILIE

„Femeie" înseamnă «împărătească dăruitoare». (Arhim. Arsenie Papacioc)

Pentru început, voi arunca o scurtă privire asupra rolului pe care l-a avut femeia în istoria umanității, de la origini până în contemporaneitate. La începuturile acestei lumi, protopărinții noștri, Adam și Eva, trăiau fericiți în grădina Edenului, bucurându-se de natură ca de cel mai frumos dar al lui Dumnezeu pentru ei. În această stare de fericire deplină, a apărut însă ispita care, odată acceptată, le-a adus celor doi căderea în prăpastia păcatului.[66] Dacă Adam și Eva ar fi rezistat ispitei păzind cuvântul lui Dumnezeu, cu siguranță că s-ar fi întărit mai mult în credință și nu ar mai fi ajuns în noroiul păcatului. Spun asta, întrucât orice ispitire poate duce fie la căderea, fie la întărirea în virtute a celui ispitit.

---

66 Vezi Ieromonah Serafim Rose, *Cartea Facerii, crearea lumii noi și întâiul om: perspectiva creștin-ortodoxă,* traducere din limba engleză de Constantin Făgețan, ediția a II-a, revizuită, București, Editura Sophia, 2011, pp. 127–128.

Cu toate acestea, ispita Evei a părut tare greu de refuzat, deoarece cuprindea atât o latură metafizică – cunoaşterea Binelui şi a Răului (*Facerea* 3, 5) –, cât şi una fizică – „rodul pomului este bun de mâncat şi plăcut ochilor la vedere şi vrednic de dorit" (*Facerea* 3, 6). Aşadar, putem vorbi aici despre *orgoliu* şi *voluptate*, două mari păcate cu care se luptă femeia de la naşterea ei şi până la mormânt. După ce Eva s-a lăsat ispitită şi l-a împins şi pe bărbat să cadă în păcat, a primit de la Dumnezeu, ca urmare a alegerii ei, faptul de a fi dominată de bărbat: „(...) atrasă vei fi către bărbatul tău şi el te va stăpâni." (*Facerea* 3, 16) Totodată, Dumnezeu, în marea Lui iubire pentru (primii) oameni, le-a promis eliberarea, care va veni tot printr-o femeie: „Aceasta îţi va zdrobi capul, iar tu îi vei înţepa călcâiul." (*Facerea* 3, 15)

Cine este eliberatoarea de sub nefericita înrâurire a păcatului asupra vieţii umane? Însăşi **Preacurata Fecioară Maria**[67], cea care L-a născut pe Mântuitorul Iisus Hristos, Eliberatorul nostru din robia păcatului. Femeia care o urmează pe Maica Domnului şi trăieşte asemenea ei – în curăţie şi în smerenie – va cunoaşte atât fericirea pământească, cât şi pe cea cerească, în timp ce femeia care va trăi după modelul Evei, ghidându-şi viaţa exclusiv după orgoliu şi desfătare, va cunoaşte nefericirea şi pe pământ, şi dincolo de mormânt.

Ca urmare a căderii Evei în păcat, femeia a fost considerată sclavă în Antichitate[68]; avea un statut inferior în societate şi era supusă cu totul bărbatului ei. Acesta

67 Holly Apostle Convent, Dormition Skete, *Viaţa Preasfintei Născătoare de Dumnezeu şi Pururea Fecioarei Maria*, ediţie îngrijită de părintele arhimandrit Constantin Chirilă, traducere din limba engleză de monahia Theodora Videscu şi Constantin Fădur, Iaşi, Editura Doxologia, 2013.

68 Flavius Josephus, *Antichităţi iudaice*, vol I-II, traducere, note şi indice de nume de Ion Acsan, Bucureşti, Editura Hasefer, 2001.

din urmă avea drept de viață și de moarte asupra femeii, fără ca ea să se poată apăra sau să-și exprime vreun punct de vedere cu privire la bunul mers al lucrurilor din familie și din societate. În tradiția iudaică, femeii nu i se dădea nici măcar dreptul să intre în sinagogă să se roage, iar dacă se apropia de un astfel de loc, trebuia să stea cât mai ferită în spatele unor paravane, ca să nu fie văzută de preoți și de ceilalți bărbați. Cu toate acestea, datorită farmecului ei natural și calităților aparte, femeia a fost dintotdeauna adorată, iubită de bărbat, recunoscându-i-se rolul extrem de important în perpetuarea neamului omenesc, dar și influența pe care o poate exercita asupra vieții și a deciziilor bărbatului și asupra bunului mers al societății.[69] Ca o dovadă a inegalității din societatea antică, dar și ca o recunoaștere indirectă a puterii femeii de a influența – de data aceasta, în mod negativ – viața comunității, atunci când se întâmpla ca o femeie să cadă în păcatul desfrânării, fie înainte de căsătorie, fie în timpul căsniciei, și fapta era descoperită, era omorâtă cu pietre, fără nicio judecată.

Încă de la început, creștinismul produce o schimbare esențială în ceea ce privește statutul și rolul femeii în societate.[70] Odată cu venirea pe pământ a lui Iisus Hristos, femeia a fost ridicată la rangul de „împărăteasă dăruitoare" prin Maria, mama Sa. Poziția ei centrală în lucrarea de întrupare a lui Dumnezeu evidențiază prețuirea și încrederea pe care Acesta i-o acordă femeii. Mai mult decât atât, spre finalul operei Sale mântuitoare, Iisus Hristos, aflat pe Crucea Golgotei, în prezența Maicii Sale și a ucenicului iubit, Și-a îndreptat privirea spre Ioan și i-a spus: „Iată mama ta!" Și astfel Fiul

---

69 Vezi *III Ezdra* 4, 14-15.

70 Sfântul Ioan Gură de Aur, „Femeia creștină", în *Bogățiile oratorice ale Sfântului Ioan Gură de Aur*, Oradea, Editura Pelerinul român, 2002.

lui Dumnezeu a dăruit-o pe Maria întregii umanităţi, ca model suprem de mamă şi de femeie creştină. Virtuţile ei – curăţia, smerenia, rugăciunea, jertfa şi iubirea – au devenit tot atâtea trepte pe care femeia de astăzi să poată urca spre Împărăţia lui Dumnezeu.

Totodată, în timpul misiunii pe pământ, Hristos a avut numeroase convorbiri cu diverse femei pe care le-a apreciat pentru credinţa şi calităţile lor. În apropierea Sa, pe lângă ucenici, s-a aflat în permanenţă un grup însemnat de femei credincioase care L-au urmat cu dragoste şi loialitate, I-au ascultat învăţăturile şi apoi L-au plâns cu lacrimi amare în clipele suferinţei Lui pentru păcatele noastre. Aceste femei au rămas lângă Domnul pe tot drumul Crucii şi pe Golgota şi tot ele I-au aşezat apoi trupul în mormânt. **Femeile Mironosiţe**[71] sunt apreciate în Evanghelii pentru credinţa, fidelitatea, statornicia, luciditatea, fermitatea şi curajul lor. Uneia dintre aceste femei i S-a arătat Iisus pentru prima dată după ce a înviat din morţi; este vorba despre **Maria Magdalena,** cea care, venind a treia zi de dimineaţă la mormântul Mântuitorului, l-a găsit gol şi un înger i-a vestit marea bucurie. Ea a devenit apoi vestitoare neînfricată a Învierii hristice: „Şi a venit Maria Magdalena, vestindu-le ucenicilor că L-a văzut pe Domnul (...)" (*Ioan* 20, 1, 18)

O altă femeie care I-a arătat Mântuitorului toată dragostea ei a fost **Veronica**, despre care ştim din Sfânta Tradiţie. Întâlnindu-L pe Via Dolorosa sub povara crucii, tânăra credincioasă I-a şters faţa plină de sânge cu mahrama ei curată. Chipul lui Iisus a rămas impregnat pe năframa albă, ca dovadă a purităţii şi a dragostei ei pentru Hristos. Şi astfel, prin dragostea

---

71 Vezi şi un articol recent de-al meu despre Sfintele Femei Mironosiţe: https://doxologia.ro/cine-au-fost-femeile-mironosite.

unei femei, a luat naştere prima icoană creştină – Sfânta Mahramă –, ce ni-L înfăţişează pe Iisus Hristos.

De-a lungul istoriei, au existat nenumărate alte femei minunate care le-au urmat pe Maica Domnului şi pe Femeile Mironosiţe, dovedind o putere uriaşă de jertfă. Ele şi-au închinat viaţa lui Hristos şi au arătat întregii lumi că a fi cu El înseamnă atât dobândirea bucuriilor cereşti, cât şi înţelepciunea de a face alegeri inspirate aici, pe pământ. Amintesc aici miile de martire ale primelor veacuri creştine, printre care **Sfânta Muceniţă Tecla, Sfânta Muceniţă Lucia, Sfânta Muceniţă Cecilia, Sfânta Ecaterina, Sfânta Varvara,** dar şi rolul providenţial pe care l-a avut **Sfânta Împărăteasă Elena** în descoperirea Locurilor Sfinte din Ierusalim. De asemenea, nu pot să nu mă gândesc la pelerina **Egeria**, cea care a adus o mărturie vie despre importanţa spirituală a pelerinajelor din zorii creştinismului. Să nu uităm nici de miile de cuvioase, de monahii ori de schimnice care au vieţuit în mănăstiri sau în pustie, s-au rugat neîncetat şi au mijlocit la Dumnezeu pentru iertarea păcatelor lumii. Acestea toate, în frunte cu Maica Domnului, rămân adevărate repere pentru viaţa femeii creştine.

Şi în istoria poporului român[72] s-au remarcat numeroase femei deosebite, adevărate chipuri de lumină şi exemple de viaţă creştină. Dintre acestea, o amintesc pe **Despina Doamna,** soţia lui Neagoe Basarab. Nicolae Iorga o numeşte pe doamna Despina „unul din cele mai curate chipuri de doamne române"[73]. Despina a avut o viaţă în care bucuria s-a împletit

72 Constantin Gane, *Amărâte şi vesele vieţi de jupânese şi cucoane. Boieroaice din Moldova şi Ţara Românească în veacurile XVI-XIX*, Colecţia „Istorie cu blazon", Bucureşti, Editura Corint, 2016.

73 Nicolae Iorga, *Femeile în Istoria Neamului Nostru*, Bucureşti, Editura Cartex, 2018.

adeseori cu suferința. Împreună cu soțul ei, a ctitorit Mănăstirea Curtea de Argeș, dar și Schitul Ostrov. S-a călugărit în 1545 și a luat numele de monahia Platonida, urmându-L cu dragoste pe Hristos Domnul până la trecerea din această lume. Suferința pierderii celor dragi a apropiat-o mult pe doamna Despina de Maica Domnului. Ea însăși face această paralelă, așa cum se vede și în una dintre icoanele pe care le-a comandat; în icoană este reprezentată Maica Domnului purtând în brațe trupul Mântuitorului coborât de pe Cruce. În partea stângă a icoanei doamna a pus să fie pictată ea însăși ținându-l pe brațe pe Theodosie, fiul ei mort mult prea timpuriu. Pentru a vedea măreția sufletului acestei doamne, reproduc aici un mic fragment din Însemnările monahiei Platonida: „Alături de domnul Neagoe am aflat mărgăritarul cel mai scump și singura vistierie ce nu se poate fura de nimeni: dragostea lui Dumnezeu. Căci aceasta este bucuria statornică și plinătatea cea fără lipsă a inimii."[74]

O altă icoană de româncă minunată este doamna **Marica Brâncoveanu**[75], soția și mama Sfinților Martiri Brâncoveni, care, din dragoste pentru Dumnezeu și pentru țară, a ctitorit numeroase lăcașuri de cult, adevărate comori ale ortodoxiei românești. Printre cele mai reprezentative se numără Mănăstirea Surpatele (județul Vâlcea) și Biserica Sfântul Nicolae „Dintr-o zi" (București). Remarcăm și în acest caz o asemănare impresionantă între Marica Brâncoveanu și Sfânta Fecioară Maria, fiindcă prin inimile celor două femei brave „a trecut sabie". La praznicul Adormirii Maicii

---

74 Neagoe Basarab, *Însemnările Monahiei Platonida*, Editura Bonifaciu, 2012.

75 Arhimandrit Arsenie Papacioc, *Doamna Maria Brâncoveanu. Tainica biruință a lacrimilor*, Constanța, Editura Fundația Sfinții Martiri Brâncoveni, 2014.

Domnului, în anul 1714, doamna Brâncoveanu își pierde soțul și pe cei patru copilași, aceștia fiind omorâți prin decapitare de către sultanul Ahmed al III-lea pe malul Bosforului, tot așa cum Maica Domnului își văzuse Fiul agonizând pe crucea Golgotei. Și ce poate fi mai dureros pentru o mamă și o soție iubitoare? Și totuși credința profundă și ancorarea puternică în Dumnezeu le-au făcut pe amândouă să nu-și piardă speranța și încrederea în puterea divină care îi întărește și îi mângâie pe cei aflați în suferință. Marica Brâncoveanu este, așadar, un exemplu pentru modul în care a trăit credința atât în vreme de prosperitate și pace, cât și în suferință și strâmtorare.

De asemenea, o figură aparte pentru spiritualitatea românească o reprezintă **Sfânta Teodora de la Sihla**[76]. Aceasta a trăit șaptesprezece ani într-o peșteră de lângă Mănăstirea Sihla, hrănită doar de păsările cerului. A viețuit în sfințenie și contemplație, fiind un adevărat reper pentru miile de măicuțe ce au ales să-L urmeze pe Hristos.

Le amintesc aici și pe primele regine ale României – **Regina Elisabeta (Carmen Sylva)** și **Regina Maria**, soția Regelui Ferdinand Întregitorul. Deși botezate într-o altă confesiune decât cea ortodoxă, cele două și-au iubit nespus de mult țara de adopție, i-au respectat poporul, cultura, obiceiurile, tradițiile și credința strămoșească, ambele alegând să-și boteze copiii în Biserica Ortodoxă.[77]

Regina Elisabeta, îndurerată de pierderea unicului ei copil, Principesa Mărioara, răpusă la doar trei anișori

76 Arhim. Ioanichie Bălan, *Sfânta Teodora de la Sihla, floarea duhovnicească a Moldovei*, Editura Mănăstirea Sihăstria, 2004.

77 *Maria, Regina României, Țara pe care o iubesc,* traducere de Maria Berza, București, Editura Humanitas, 2016.

de scarlatină[78], a împodobit cu slove de aur şi cu picturi alese o carte sfântă ce cuprinde cele 12 Evanghelii care se citesc în Joia Mare. Minunata lucrare se află astăzi la Mănăstirea Curtea de Argeş, locul de odihnă în Domnul a familiei regale.

La rândul ei, Regina Maria, impresionată de ritualurile Bisericii Ortodoxe, a petrecut clipe de o rară sfinţenie în biserici şi mănăstiri vechi din România în care poposea în timpul lungilor partide de călărie, iar în 1926, la praznicul Bunei Vestiri, suverana a trecut la ortodoxie prin Taina Sfântă a Mirungerii şi a Euharistiei.

Principesa Ileana, cea mai mică fiică a Principilor Moştenitori Ferdinand şi Maria ai României, s-a călugărit în 1965, luând numele de maica Alexandra, şi a înfiinţat prima mănăstire ortodoxă din Statele Unite ale Americii, la Ellwood City. Copil fiind, nu se temea de moarte; a vegheat la căpătâiul frăţiorului ei iubit, Mircea, până când acesta a trecut la Domnul la doar patru ani, răpus de febră tifoidă[79]. Ileana petrecea timp îndelungat în biserică, se ruga şi vorbea cu Iisus, Care, pentru ea, era o prezenţă vie.

Din fericire, în activitatea mea pastorală întâlnesc numeroase femei care urmează repere adevărate, asemenea celor de mai sus, şi aleg să trăiască cu Hristos şi pentru Hristos în orice împrejurare a vieţii lor. Sunt creştine trăitoare, soţii, surori, mame sau bunici iubitoare, adevărate candele de lumină pentru familie şi pentru naţiune. Îmi doresc să avem cât mai multe astfel de femei creştine, pentru că ele pot schimba în

78 Filip-Lucian Iorga, *Copilărie regală*, colecţia „Istorie cu blazon", Bucureşti, Editura Corint, 2016, pp. 33–36.

79 Filip-Lucian Iorga, *op. cit*, pp. 58–61.

bine lumea în care trăim, aşa cum spunea Sfântul Ioan Gură de Aur: „Daţi-mi o generaţie de mame bune creştine şi voi schimba faţa lumii." Prin urmare, nu Eva – suflet mândru – ar trebui să fie modelul suprem al femeii de azi, ci Maica Domnului, căci pe ea a slăvit-o, a urmat-o şi imitat-o întreaga ceată a femeilor sfinte din toate timpurile.

CAPITOLUL 8

Maica Domnului – modelul femeii creștine

Voi vorbi în continuare despre felul în care femeia creştină de azi se poate inspira din modelul Maicii Domnului; Fecioara Maria a devenit pentru omul căzut o scară de lumină ce l-a ridicat de pe fundul prăpastiei întunecoase în care se afundase prin păcat. Înzestrată cu virtuţile cele mai alese care au adus cerul pe pământ – virtuţi pe care Eva le-a ignorat cândva –, Maria l-a împăcat pe om cu Dumnezeu: „Pentru aceasta Domnul meu vă va da un semn: Iată, Fecioara va lua în pântece şi va naşte fiu şi vor chema numele lui Emanuel." (*Isaia* 7, 14). Îţi propun să aflăm care sunt acele virtuţi cu care a fost împodobită Maria şi care L-au convins pe Dumnezeu să coboare din înaltul cerului şi să Se întrupeze în pântecele acestei minunate femei.

Smerenia

Când Arhanghelul Gavriil i-a adus vestea cea mare, Maria avea doar cincisprezece ani, însă, spre deosebire de Eva, care din mândrie a mâncat din Pomul vieţii, dorind să se asemene cu Dumnezeu, aceasta s-a smerit şi a acceptat planul divin transmis de înger: „Iată roaba Domnului. Fie mie după cuvântul tău! (...) Că a căutat spre smerenia roabei Sale." (*Luca* 1, 38, 48) Maria a înțeles că tot binele din viața ei vine numai de la Dumnezeu și a acceptat planul Lui ca pe un dar de mare preț. S-a pus în slujba Sfintei Treimi cu toată ființa ei, fără să știe de mai înainte ce înseamnă acest lucru ori dacă va fi ușor sau greu de împlinit. S-a încrezut cu evlavie în cuvântul lui Dumnezeu, iar smerenia i-a adus pace în suflet și multă blândețe, calități ce i-au luminat chipul, așa cum îl vedem și noi astăzi în sfintele icoane.

Preluând modelul Maicii Domnului, femeia creștină din zilele noastre ar trebui să fie **smerită, blândă și răbdătoare** și, ori de câte ori este tentată să-i judece aspru pe ceilalți, să se gândească mai întâi la ea însăși și la păcatele ei. Să încerce să fie consecventă cu alegerea de a-L sluji pe Dumnezeu și pe cei din jurul ei, fie buni, fie răi, devenind ea mai întâi pentru aceștia lumină călăuzitoare. Tocmai smerenia și asumarea cu credință o vor lumina și o vor ajuta să se jertfească pentru cei din jur, să se aplece asupra nevoilor acestora, să le înțeleagă neputințele și să le întindă o mână de ajutor – firește, atunci când acest lucru este posibil. Altfel spus, în acest prim sens, smerenie înseamnă asumare a misiunii sfinte pe care o are în mijlocul familiei sale sau în grupul său de prieteni, disponibilitate spre jertfă și ieșire iubitoare și neprefăcută în întâmpinarea nevoilor celorlalți.

În plus, dacă femeia se bucură de succes, să accepte cu smerenie că reușita și faima nu i se datorează ei întru totul, ci vin ca urmare a dragostei și a mărinimiei lui Dumnezeu față de ea. Nimeni nu poate face nimic de unul singur; fiecare succes din viața noastră, fie el cât de mic, este darul lui Dumnezeu pentru noi. Singuri nu am putea urni nici măcar un fir de nisip. De aceea este bine ca la fiecare început de lucru să ne plecăm genunchiul în fața icoanei și să rostim smeriți o rugăciune către Dumnezeu. Ajutorul Lui va veni îndată ca dar izvorât din infinită iubire pentru noi, iar noi nu vom uita adevărul esențial: „toată darea cea bună și tot darul desăvârșit de sus este, pogorându-se de la Părintele luminilor" (*Iacov* 1, 17).

Curăția

O altă mare virtute a Maicii lui Dumnezeu este curăția trupească și sufletească, motiv pentru care este numită în rugăciuni și în acatiste „Fecioară preacurată" sau „pururea Fecioară neprihănită". În planul dumnezeiesc, alegerea momentului venirii în lume a Fiului lui Dumnezeu a depins de găsirea unei ființe preacurate care să devină „gazdă" a Dumnezeului celui Viu. La „plinirea vremii", Tatăl ceresc a găsit printre oameni această ființă atât de pură, încât să Se poată coborî din Înaltul Cerului prin Duhul cel Sfânt și să Se sălășluiască în pântecele ei. Dumnezeu, fiind curat, nu S-ar fi putut sălășlui decât în pântecele unei ființe curate. În întruparea Mântuitorului s-au întâlnit fericit două forme de curăție: cea dumnezeiască și cea omenească, în persoana Fecioarei Maria.

Este însă limpede că Dumnezeu nu a văzut la Maria doar puritatea trupească, ci mai ales pe cea mentală și spirituală: „Maria a fost fecioară nu doar cu trupul, ci și cu mintea, printr-o dragoste sinceră, unde nu este loc nici pentru fățărnicie, nici pentru falsitate."[80]

Cum a reușit tânăra Maria să dobândească această virtute? În primul rând, încă de la vârsta de trei ani copilul mult dorit și așteptat al Sfinților și Dumnezeieștilor Părinți Ioachim și Ana, primit de ei ca dar al rugilor

80 Sfântul Ambrozie al Milanului, *Despre fecioare*, *apud* Stefano de Fiores, *Maria, mama lui Iisus*, Salamanca, 2002, p. 160.

fierbinți, a fost dus în templu, şi nu oriunde, ci în Sfânta Sfintelor, unde a trăit în rugăciune, în pace şi în ascultare de mai-marii templului. În toată această perioadă s-a umplut de harul Duhului Sfânt, aflându-se şi ea, împreună cu întregul popor iudeu, în aşteptarea venirii lui Mesia pe pământ. În scurt timp, fără să cunoască planul lui Dumnezeu, a devenit ea însăşi „vasul ales" în care S-a sălăşluit Hristos-Mesia.

Aşadar, purificarea omului este un *crescendo* care vine ca urmare a răbdării, a ostenelii şi a perseverenței lui încununate de darurile Duhului Sfânt. Iar toate acestea se pot realiza doar în ambianța plină de sfințenie a „templului", a Bisericii lui Dumnezeu. De aceea, curăția trupească şi sufletească se dobândeşte şi se păstrează atunci când rămânem aproape de viața Bisericii, participând activ la slujbele ei şi dobândind harul pe care ea ni-l transmite.

După cum spuneam mai sus, țelul femeii de astăzi – căsătorite sau nu – ar trebui să fie acela de a atinge sfințenia prin virtuțile Maicii Domnului, iar una dintre aceste virtuți – poate, cea mai importantă – este **curăția sufletească şi trupească.** „Căci voia lui Dumnezeu aceasta este, sfințirea voastră: să vă feriți de desfrânare; fiecare dintre voi să ştie să-şi stăpânească trupul în sfințenie şi cinste" (*I Tesaloniceni* 4, 3-4), ne povățuieşte Sfântul Apostol Pavel. Viața curată trebuie să fie un deziderat atât pentru tinerele fete până la căsătorie, cât şi pentru femeile deja căsătorite, pentru cele care, din diverse motive, (încă) nu sunt căsătorite ori pentru femeile rămase văduve.

În cazul tinerelor fete, e important să înțeleagă că ar trebui să se străduiască să-şi păstreze fecioria ca pe un dar de preț al lui Dumnezeu.[81] Și asta pentru că de cele mai multe ori părăsirea curățeniei fizice este dublată (uneori precedată, alteori urmată) de pierderea inocenței sufletești și de intrarea într-un stadiu al existenței în care influența și degradarea păcatului sunt tot mai puternice, iar atenția la vocea lăuntrică a lui Dumnezeu, care ne cere să rămânem curați și liberi, cum am fost creați, e tot mai scăzută. În plus, din experiența mea de duhovnic pot spune că nu sunt puține situațiile în care pierderea curăției în timpul unei relații în care totul se petrece într-un ritm prea accelerat sau concentrat exclusiv pe aspectul fizic al legăturii dintre cei doi a fost o mare dezamăgire și o amintire care fac de multe ori dificilă intrarea cu încredere într-o relație de iubire serioasă. Prin efortul de a rămâne curate, în ciuda contactului cu o societate murdară, dominată de sexualitate, aceste femei se aseamănă cu Maica Domnului, iar harul lui Dumnezeu se coboară permanent asupra lor, încălzindu-le inima cu lumină și iubire. Păstrarea curăției până la căsătorie pare astăzi ceva tot mai greu de împlinit. În plus, relațiile multiple premaritale cauzează multe neajunsuri atunci când unul dintre soți ajunge să se căsătorească. Nu de puține ori infidelitatea din căsnicie este legată de superficialitatea și de varietatea relațiilor premaritale. De asemenea, viața de familie presupune de multe ori perioade în care va trebui să te înfrânezi. Dacă acest lucru nu a fost exersat și înainte de nuntă, va fi greu de pus în practică în timpul căsătoriei, atunci când diversele situații o pot cere.

81 Iată ce ne spune Sfântul Ioan Gură de Aur: „O femeie e mult mai dorită când o cunoaște doar tânărul cu care s-a unit prin căsătorie, îndrăgostirea e mai caldă, apropierea dintre soți mai adevărată și iubirea mai autentică când tinerii se căsătoresc cu o atât de mare prevedere." (Sfântul Ioan Gură de Aur, *Părinți, copii și creșterea lor*, Editura Panaghia, 2009)

Nu acceptați să trăiți mult timp unul fără celălalt, indiferent de motive, după cum nici Biserica nu poate dăinui fără Hristos, Care este una cu EA.

O soţie poate să rămână curată trupeşte şi sufleteşte în primul rând prin fidelitate faţă de soţul ei – relaţia trupească firească cu soţul ei nu este considerată necurăţie – şi prin neimplicarea în acţiuni imorale: prietenii păcătoase cu persoane de sex opus, care depărtează harul lui Dumnezeu de la ea. Să fii curată înseamnă să nu iniţiezi tu nimic în privinţa unei relaţii cu un alt bărbat şi nici să accepţi avansurile care vin din partea lui. Iar respingerea acestor „tentaţii" se realizează mai întâi în minte, unde se şi produce prima dată păcatul. Totodată, soţia trebuie să ştie că ea este cumva responsabilă şi de curăţia soţului ei. Prin felul ei de a fi femeia poate să ignore voit sau să ajungă, din neglijenţă, să nu împlinească nevoile soţului ei şi astfel să îl îndepărteze pe acesta progresiv de ea şi să îl împingă să caute în altă parte ceea ce ar fi trebuit să găsească în cadrul vieţii de familie.

În plan sufletesc, odată ce femeia şi-a întemeiat o familie alături de fiinţa iubită, ea are menirea să-L aducă pe Dumnezeu în centrul preocupărilor tuturor membrilor familiei. O viaţă curată în familie se păstrează printr-o relaţie strânsă cu Dumnezeu, prin Biserică. E ştiut că aportul soţiei este în această privinţă unul hotărâtor, ea fiind de cele mai multe ori mai deschisă spre cuvântul lui Dumnezeu decât soţul său. Dumnezeu lucrează în inima femeii căsătorite care, prin dragoste, jertfă şi răbdare, se umple de harul Duhului Sfânt şi dăruieşte din lumina primită de ea şi celor din jur.

În cazul femeilor (încă) necăsătorite, nici acestea nu ar trebui să fie cu sufletul neîmpăcat, pentru că şi ele pot fi foarte bogate şi împlinite prin relaţia vie cu Dumnezeu. Femeile necăsătorite credincioase Îi pot acorda lui Dumnezeu cele mai preţioase daruri pe care le posedă – timpul, mintea, inima şi trupul lor – şi se pot uni cu El, devenind astfel „mirese" ale lui Hristos. E forma lor de curăţenie trupească şi sufletească. Şi ce poate fi mai nobil decât să fii încă din viaţa aceasta într-o nuntire cu Mirele Bisericii? Ele pot să-şi găsească împlinirea şi printr-o altfel de slujire decât cea matrimonială, prin punerea în slujba celorlalţi, în fapte concrete şi în rugăciune.

Îţi dau un exemplu despre diversitatea slujirilor pe care le poate avea o femeie. Printre nenumăraţii prieteni ai familiei mele se află şi o măicuţă fecioară care vieţuieşte de ani buni într-una dintre mănăstirile de la noi. Ne veghează pe toţi ai casei cu rugăciunile ei neîncetate și cu dragoste deosebită, iar când ne întâlnim cu ea şi ne întreabă ce mai facem, cum o mai ducem, fiecare dintre noi trăieşte emoţia studentului în faţa unui mare dascăl; măicuţa este pentru noi toţi acel reper de conştiinţă morală și de puritate în faţa căruia ne-am dori să avem numai răspunsuri bune. Stând de vorbă cu măicuţa noastră, ne simţim mici, neputincioşi, plini de păcate şi împovăraţi de grijile acestei lumi trecătoare, în vreme ce ea, cu chipu-i blând, ne priveşte cu un zâmbet senin şi ne dă curaj să mergem mai departe pe calea mântuirii, amintindu-ne de infinita iubire a lui Dumnezeu. După fiecare întâlnire, rămâne în inimile noastre parfumul iubirii ei curate; plecăm spre casă făgăduindu-ne nouă înşine să fim mai buni și mai atenţi la felul în care ne comportăm, să ne smerim mai mult și să ne păstrăm inimile curate, indiferent de presiunile care vin asupra noastră. Noi toţi simţim că măicuţa este cumva îngerul nostru păzitor și că, deşi se află acolo, în mănăstire, departe de zbuciumul acestei lumi, prin rugăciunile ei şi prin grija pe care ne-o poartă, este parte din familia noastră. Ce aş vrea să înţelegi de aici, preaiubită cititoare, este că măicuţa despre care ţi-am vorbit – ca multe altele, de altfel – nu a ales să meargă în mănăstire din egoism şi să se roage doar pentru ea; deşi departe fizic, trăieşte realităţile prietenilor din lume ca pe ale ei; empatizează cu necazurile lor și îi ajută cum știe ea mai bine – cu rugăciuni înălțate zi și noapte către Dumnezeu.

Iată care poate fi rostul femeii aparent singure pe pământ! Spun „aparent", întrucât nu este deloc singură. Ea – ca noi toți, de altfel – trebuie să fie conștientă că la fiecare pas este însoțită și ocrotită de Dumnezeu, că poate vorbi cu sfinții – cei mai sinceri și curați prieteni ai oamenilor – și că se poate bucura de flori, de păsări, de animale și de firul ierbii în care se simte prezența lui Dumnezeu. Un prieten cu cerul nu rămâne mult timp singur în lume, pentru că legătura sa cu cele sfinte va crea o legătură și cu oameni din jurul său prin canalul cel mai autentic al sfințeniei – rugăciunea.

De-a lungul vieții am întâlnit multe femei necăsătorite, o mare parte dintre ele mi-au devenit prietene bune, surori în Hristos Domnul. Au ales să trăiască în lume și și-au dedicat viața lui Dumnezeu. Cum reușesc să facă asta? Prin dragoste de aproapele, prin participarea neîntreruptă la viața Bisericii și printr-o conduită morală impecabilă. Dau mărturie despre ele că sunt foarte puternice în Duh. De unde vine aceasta? Din faptul că Hristos Domnul este foarte prezent în viețile lor, cel puțin la fel de prezent ca în viețile multor femei căsătorite și cu copii. Și unele, și altele pot ajunge, în funcție de disponibilitate, la unirea cu Hristos. Cum? Cele căsătorite prin jertfa permanentă pe care o fac pe altarul familiei, iar cele necăsătorite prin timpul sacru alocat relației vii cu Hristos și rugăciunii pentru ceilalți.

Îți mai fac o mărturisire despre felul în care femeia necăsătorită poate să atingă sfințenia. În anii tinereții mele, ca diacon al Vrednicului de pomenire Teoctist Patriarhul, mergeam la Mănăstirea Antim, la părintele Sofian. Întâlneam acolo mulți ucenici ai părintelui, printre care și câteva femei foarte evlavioase care mi-au povestit că odinioară fuseseră viețuitoare ale unor așezăminte monahale și că, deși acum trăiau în lume, continuau să-L slujească pe Hristos cu aceeași dragoste fierbinte. Le-am întrebat de ce au renunțat la haina monahală, iar ele mi-au răspuns cu tristețe că se numără printre victimele terorii comuniste, fiind alungate din mănăstire prin decretul 410 emis în 28 octombrie 1959. Atunci, 92 de așezăminte monahale au fost închise, iar peste 4 500 de călugări și călugărițe, alungați.

Impresionat de povestea lor, l-am întrebat și pe părintele Sofian despre tristul eveniment din istoria Bisericii Ortodoxe Române prin care trecuseră și aceste femei, iar părintele mi-a explicat că ceea ce trăiau ele acum este cunoscut sub numele de „călugărie albă". Alungate din mănăstire – cel mai drag loc al sufletului lor –, aceste femei minunate, curate, bune și evlavioase au fost încadrate în câmpul muncii, mai exact la fabricile din București, însă asta nu le-a împiedicat să continue să viețuiască asemenea monahiilor, respectând programul de rugăciune din mănăstire (săvârșirea Celor 7 Laude) și rugându-se neîncetat pentru poporul român aflat atunci în clipe de grea încercare.

Revenind în contemporaneitate, subliniez încă o dată că rolul femeii necăsătorite este acela ca prin rugăciune sinceră și implicare activă în viața proprie și a prietenelor ei căsătorite să încerce să contribuie la întărirea în credință a acestora din urmă. Cum? Le ajută să conștientizeze că, așezându-L pe Hristos în centrul tuturor preocupărilor lor, vor fi cu mult mai câștigate decât dacă vor pune în prim-plan aspectele materiale ale vieții în detrimentul relației vii cu Dumnezeu. Iar uneori, în măsura în care au mai mult timp liber, își pot sprijini concret prietenele cu îndatoriri de familie.

Bucuria

O altă mare virtute a Maicii Domnului este bucuria. Primind în pântece pe Însuşi Dumnezeu, Maria a rostit cu bucurie: „Măreşte sufletul meu pe Domnul. Şi *s-a bucurat* duhul meu de Dumnezeu, Mântuitorul meu." (*Luca* 1, 46-47) Femeia creştină, smerită şi cu chipul luminos, este bucurie pentru ea însăşi şi pentru cei din jurul ei. De unde izvorăşte această emoţie? Din relaţia ei vie cu Dumnezeu. Oricât de grea ar fi viaţa, oricâte furtuni şi prăpăstii ai întâlni în cale, încrede-te în Bunul Dumnezeu, şi El îţi va întinde o mână, te va ridica indiferent cât de adâncă va fi prăpastia în care te afli. Iar după nenumărate încercări, va urma, cu siguranţă, bucuria duhovnicească prin pocăinţă: „Încredinţaţi-vă lui Dumnezeu celui bun, celui tare, celui viu şi El vă va povăţui la odihnă. După încercări urmează bucuria duhovnicească."[82] Aşadar, nu din satisfacerea egoului, nici din impunerea părerilor proprii, din aşezarea prin slavă deşartă deasupra altora ori din agonisirea de bunuri sau din alte lucruri pământeşti vine bucuria, ci din **legătura strânsă şi sinceră cu Hristos Domnul.**

Am cunoscut foarte multe femei înduhovnicite care îi contaminau pe toţi cei din jur cu veselia lor. Aveau chipurile luminate de o bucurie nespusă izvorâtă din curajul de a-şi fi încredinţat întreaga viaţă lucrării lui Dumnezeu. În acelaşi timp, am descoperit că există şi femei care, deşi mărturisesc că merg pe calea lui Dumnezeu, nu sunt cu adevărat fericite; în faţa primei ispite cad şi se împotmolesc în tristeţe, fapt ce dovedeşte credinţa lor (încă) prea slabă, lipsa disponibilităţii pentru lupta duhovnicească, neîncrederea în lucrarea Lui, ezitarea, şovăirea pe drumul îngust al mântuirii.

---

82 Sfântul Nectarie al Pentapolei, *Învăţături*, Bucureşti, Editura Evanghelismos, 2009, p. 17.

Cred cu tărie că omul cu adevărat credincios este mereu vesel, pentru că are siguranța lucrării lui Dumnezeu în viața lui și asta îi alungă întristarea de fiecare zi. Și orice necaz ar avea acest om, își va pune nădejdea în Tatăl ceresc, fiind sigur că numai El îl va ajuta să depășească acel moment dificil. Omul credincios, bun și iubitor are chipul luminos, iar ochii – ferestre ale sufletului – sunt mereu senini. Astfel de oameni „se aseamănă cu îngerii", după cum spunea Sfântul Paisie Aghioritul, nu se tem de nimic, fiindcă sunt siguri că Dumnezeu îi poartă mereu pe brațele Sale ocrotitoare. Singura lor frica este să nu-L supere pe Dumnezeu, să nu greșească în fața Lui și să nu se abată de la calea mântuitoare.

Femeia creștină – căsătorită sau nu – care va cultiva această stare de bucurie dobândită din legătura profundă cu Dumnezeu va fi, cu siguranță, percepută ca o prezență pozitivă și agreabilă de toți cei din jur. În schimb, de femeia supărăcioasă, negativistă și acră toți se vor feri... Prin urmare, tu singură alegi cum vei fi percepută de ceilalți, un om vesel și agreabil sau o persoană ursuză și neplăcută.

Rugăciunea

Din Sfânta Tradiție aflăm că Maria a început să se roage la Bunul Dumnezeu încă de mică. A fost întâmpinată în templu cu mare bucurie de vestiții preoți ai timpurilor acelora, în frunte cu Zaharia, tatăl Sfântului Ioan Botezătorul – Înaintemergătorul Domnului – și dusă în Sfânta Sfintelor, ca să se sfințească pe sine. Și tot Sfânta Tradiție ne arată că Maria, fiind în curăție trupească și sufletească și petrecând timp îndelungat în rugăciune, era hrănită de un înger trimis din ceruri. Puterea rugăciunii ei a fost atât de mare, încât Dumnezeu a ales să Se sălășluiască în pântecele ei preacurat.

Asemenea Mariei, femeia de azi ar trebui să se roage mai mult lui Dumnezeu și să se „conecteze" în har cu El; numai așa Dumnezeu va trimite în inima ei pacea Sa, o va ocroti, o va inspira să ia decizii bune și îi va călăuzi fiecare pas în viață. Nu rugăciunea grăbită, superficială, cu mintea în altă parte este bineplăcută lui Dumnezeu, ci acea rugăciune sinceră, curată, profundă, rostită din toată inima și cu toată ființa. De aceea, gândul înălțat la Dumnezeu – fie și într-o rugăciune scurtă, rostită însă de mai multe ori pe zi – te ajută să ai o stare de prezență continuă, o relație permanentă cu Dumnezeu. Nu împlinești astfel o datorie; rugăciunea ta nu rămâne o formalitate, ci îți hrănește constant sufletul și te ajută să ai gândul mereu la Dumnezeu și să te raportezi la El în toate acțiunile tale de peste zi.

De asemenea, este bine ca femeia creștină să păstreze o legătură directă cu Maica Domnului, adresându-i mai multe rugăciuni pe zi. Iată câteva exemple de rugăciuni închinate Măicuței Sfinte: *Acatistul Bunei Vestiri*, *Acatistul Acoperământului*, *Paraclisul Maicii Domnului*, *Cuvine-se cu adevărat*, *Bucură-te, ceea ce ești plină de dar!...*, *Împărăteasa mea cea preabună...* și altele. Prin acest exercițiu spiritual de mare forță, Maica Domnului va fi mereu în atenția ta ca un model de urmat, îți va veni în ajutor și te va întări să poți urma modelul ei și să depășești toate încercările puse în cale de cel viclean.

Iubirea

Ca o încununare a celorlalte virtuți ale Maicii Domnului, din toate gesturile ei discrete și din cuvintele decisive transpare iubirea puternică pentru Dumnezeu, virtutea cea mai înaltă care stă la temelia vieţii şi a învăţăturii creştine. Iubirea este scară către cer, dar şi liant între semeni, este cel mai nobil sentiment cu care a fost înzestrată fiinţa umană, iar modelul suprem de iubire îl reprezintă Însăşi Preasfânta Treime: „Dumnezeu este iubire şi cel ce rămâne în iubire rămâne în Dumnezeu şi Dumnezeu rămâne întru el", aşa cum spunea în urmă cu două milenii Sfântul Apostol şi Evanghelist Ioan (*I Ioan* 4, 8).

Inspirată de iubirea treimică, Maica Domnului a devenit izvor nesecat de dragoste şi de generozitate, fapt ce reiese şi din relatarea unui episod semnificativ din viaţa ei pe pământ. Pe când se afla la nunta din Cana Galileii împreună cu Iisus, Maria a observat că se terminase vinul şi, din dragoste pentru oameni, a mijlocit către Fiul ei săvârşirea unei minuni. Acesta însă i-a spus Maicii Sale: „Încă n-a venit ceasul Meu." (*Ioan* 2, 4) Maria i-a sfătuit discret pe cei care slujeau să facă după cum îi va învăţa Iisus. Şi astfel Mântuitorul, la îndemnul Maicii Sale iubitoare, a săvârşit mai înainte de vreme prima minune, transformând apa în vin. Mesajul „Să faceţi orice vă va spune «Iisus»!" (*Ioan* 2, 5) a devenit unul universal; este îndemnul Maicii Domnului pentru întreaga lume, este crezul vieţii ei, fiindcă numai urmând cuvântul Mântuitorului vom ajunge toţi în Împărăţia lui Dumnezeu.

Preluând modelul de iubire al Mariei, femeia creştină devine, la rândul ei, mijlocitoare pentru cei din jur. Din dragoste curată se roagă pentru ei, caută soluţii la diferite probleme, este dornică să ajute, se dăruieşte pe sine fără să aştepte ceva în schimb şi tot ea se hrăneşte din bucuria lor, ca rod al jertfei nepreţuite.

Femeia iubitoare este balsam pentru toți cei din jur. Cu iubire privește în ochii soțului și ai copiilor ei și tot cu iubire le mângâie fruntea obosită ori le alină suferințele trupești și sufletești. Dragostea nețărmurită este cea care o îndeamnă să plece genunchiul la rugăciune pentru ei și tot cu dragoste îi povățuiește atunci când greșesc. Nu vei vedea urmă de egoism în inima acestei femei; va renunța complet la sine și se va dedica semenilor cu o forță harică incredibilă, împlinind astfel cuvântul Mântuitorului: „Să vă iubiți unul pe altul, precum v-am iubit Eu." (*Ioan* 15, 12)

Așa cum Maica Domnului iluminează din dragoste întreaga lume, din Antichitate până la sfârșitul veacurilor, tot astfel și femeia creștină, inspirată de ea, va putea să lumineze cu iubirea ei lumea în care trăiește zi de zi.[83]

Credința

Credința este esența vieții. Te îndemn să crezi tot mai mult în puterea lui Dumnezeu, în lucrarea Lui pe pământ, dar și în viața de după viață. Credința este ancoră pentru viața ta; prin ea vei reuși să străbați încrezător greul vieții și să învingi tot răul care vine spre tine, indiferent de magnitudinea lui. Când Arhanghelul Gavriil i-a vestit Mariei că va naște un fiu, aceasta nu s-a îndoit, ci și-a manifestat doar nedumerirea: „Cum va fi aceasta?", însă a crezut cu tărie în cuvintele lui, deși se știa „fără de nuntă". Ce anume a determinat-o pe copila de numai cincisprezece ani să nu pună la îndoială mesajul divin? *Credința* și *cunoașterea Scripturilor*. În toată copilăria ei Maria descoperise din sursele iudaice taina venirii lui Mesia pe pământ și Îl aștepta și ea pe Eliberatorul trimis de Dumnezeu pentru dezrobirea oamenilor din

83 „Iubirea pe toate le înțelege și se jertfește pe sine. Sufletul se împotrivește tuturor celor ce se fac din constrângere. Iubirea atrage harul lui Dumnezeu." (Porfirie Kafsokalivitul, *op. cit.*, p. 163)

păcatul strămoşesc. Ea îşi cultivase credinţa prin citirea textelor sfinte şi printr-o viaţă de sfinţenie în templul din Ierusalim unde îşi întărise încrederea în cuvântul lui Dumnezeu. Altfel spus, întărirea în credinţă se face prin cultura Duhului, printr-o permanentă îmbogăţire lăuntrică, prin lecturi sfinte, dar şi prin împrietenirea cu oameni care au credinţă mai puternică ce te poate inspira şi pe tine.

Credinţă înseamnă, în primul rând, încredere. Maria avea încredere în Dumnezeu şi în mesagerul Lui, de aceea a primit atât de natural cuvintele îngerului care o anunţa petrecerea unui fapt cu totul supranatural. Cel ce iubeşte cu adevărat poate să înţeleagă uşor ce înseamnă să crezi în Dumnezeu. Credinţa înseamnă abandonarea benevolă în braţele iubitoare ale Tatălui ceresc şi urmarea fidelă a Sa. Credinţa te face să ai încredere în ceea ce Dumnezeu ţi-a promis, te face să poţi privi cu speranţă dincolo de orizontul uneori întunecat al realităţilor imediate ale vieţii. „Credinţa este încredinţarea celor nădăjduite, dovedirea lucrurilor celor nevăzute." (*Evrei* 11, 1)

Tot astfel femeia creştină; dacă are credinţă, poate să pătrundă mai uşor tainele vieţii, acceptând ceea ce El trimite asupra ei şi trecând dincolo de aparenţe. Femeia credincioasă este mult mai puternică, fiindcă se leagă de cer, şi nu de cele pământeşti. Credinţa, evlavia şi trăirea în adevăr devin pentru ea tot atâtea trepte spre Împărăţia lui Dumnezeu, iar aici, pe pământ, sunt balsam pentru rănile sufleteşti şi trupeşti, dar şi iluminare prin care percepe mai uşor rosturile vieţii.

Femeia fără credinţă se loveşte de imediatul neprietenos, se tulbură văzând răul la tot pasul, în vreme ce femeia credincioasă are puterea să înfrunte acest rău, își asumă realitățile înconjurătoare și se implică cu mult curaj în luptă, după modelul Maicii Sfinte, care a zdrobit „capul balarului". Răul nu poate fi biruit decât de Bine. Nu poți înfrunta Răul decât dacă te alipești de Dumnezeu, sursa Binelui. Puterea ta vine de la El.

Cum să dobândim darul atât de prețios al credinței? Nu există un singur răspuns la această întrebare. Ca orice dar, credința ne este oferită de Dumnezeu, însă noi putem să facem ceea ce ține de noi, și anume să ne cultivăm sufletul să fie vrednic de acest dar. În acest proces continuu suntem chemați să descoperim tot mai mult lucrarea lui Dumnezeu în lume și în noi. Vom găsi peste tot urmele iubirii Lui pentru noi și vom descoperi astfel că a crede este de fapt un răspuns la iubirea dintâi a lui Dumnezeu față de noi toți și fiecare în parte. De multe ori, apropierea de Dumnezeu și începutul credinței se produc printr-un alt om, printr-un cuvânt pe care îl auzim sau îl citim, printr-un eveniment marcant din viața noastră. Uneori începutul credinței poate să fie foarte intens, alteori Dumnezeu ni Se descoperă progresiv, în funcție de disponibilitățile noastre lăuntrice și de capacitatea noastră de a iubi. Or, cum Îl iubești mai mult pe Dumnezeu, dacă nu prin iubirea de semeni?

Credința este ca o scânteie care aprinde și întreține focul relației vii cu Tatăl ceresc. Odată aprins focul iubirii, acesta se întreține prin participarea activă la viața Bisericii, fiindcă mai ales acolo, în casa Domnului, Duhul Sfânt se revarsă asupra credincioșilor, chemat cu dragoste și cu speranță de către toți cei prezenți în jurul Sfântului Altar – slujitori și enoriași deopotrivă.

Credința din inima noastră este asemenea unei semințe: crește și rodește treptat, fiind udată cu lacrimi şi cu păreri de rău pentru păcate – pocăinţa adevărată – şi hrănită cu rugăciune profundă – candela de veghe a familiei. Pe măsură ce omul se apropie de Hristos şi-I face loc în viaţa lui, se schimbă în bine şi devine cu adevărat o fiinţă înduhovnicită şi apoi îndumnezeită prin lucrarea harului. În plus, dragostea de Dumnezeu o putem manifesta în fiecare clipă a vieţii noastre prin grija pe care le-o acordăm celor de lângă noi, prin fapte bune, prin milă creştină şi prin empatie faţă de cei aflaţi în suferinţă. Să ne amintim ce spunea Sfântul Apostol Iacob: „Credinţa fără fapte este moartă." (*Iacov* 4, 20) Altfel spus, omul credincios are inima bună şi caldă şi nu rămâne indiferent la nevoile aproapelui. Te îndemn, preaiubită cititoare, să te implici cu dragoste în cât mai multe activităţi filantropice, să oferi din puţinul tău celui care nu are, să alini o suferinţă fie şi cu o vorbă bună, să semeni pace şi speranţă în inimile celor din jurul tău şi astfel vei fi bineplăcută în faţa Domnului nostru Iisus Hristos şi iubită de cei dimprejurul tău. În urma săvârşirii unei fapte bune, să fii sigură că Dumnezeu îţi va oferi în schimb căldura iubirii Lui care îţi va încălzi inima şi te va motiva către următoarea faptă bună şi tot aşa, până la sfârşitul vieţii acesteia şi începutul celei veşnice în Împărăţia Lui. Şi încă ceva: nu uita de cuvintele Domnului: „Credinţa ta te-a mântuit!" (*Matei* 9, 22) Dacă se întâmplă să se abată norii grei ai necazului asupra ta, să suferi de o boală oarecare, numai credinţa nestrămutată te va lumina să pătrunzi înţelesurile adânci ale situaţiei dificile prin care treci. Şi astfel vei duce mai uşor povara durerii. Sau când cei dragi din familia ta vor fi cuprinşi de boală, de durere sufletească sau vor cădea în deznădejde, nu ezita să te rogi sincer pentru ei şi, în felul acesta, vei mijloci la Bunul Dumnezeu şi vei deveni scară pentru mântuirea lor!

Prin credinţa şi prin dragostea ei, femeia îi sfinţeşte pe toţi ai casei. Bunăoară, dacă îşi îndeamnă cu dragoste copiii să rostească o rugăciune înainte de masă, acestora li se va întipări în inimă momentul tainic trăit împreună, resursă pentru clipele grele de mai târziu. Dacă, de asemenea, soţia doreşte să ţină post şi stabileşte prin dialog sincer şi deschis cu soţul ei acest lucru, bărbatul va deveni, poate, mai atent la aspectele spirituale ale vieţii.

Familia ai cărei membri au credinţă în inimă fie şi „cât un grăunte de muştar" – după cum spunea Însuşi Mântuitorul Iisus Hristos[84] – este o oază de pace, de linişte şi de echilibru. Mergând pe calea mântuirii şi avându-L pe Domnul permanent alături, membrii ei vor cina, cu siguranţă, împreună cu El în Împărăţia Cerurilor la finalul luptei pământeşti – ţelul spre care ar trebui să tindă fiecare familie.

Speranţa

În întreaga istorie a lumii, Dumnezeu ne-a oferit semne ale iubirii Sale, ale grijii Sale permanente pentru noi, chiar şi atunci când am greşit şi I-am întors spatele. Cuvintele de mustrare, evenimentele care par a fi pedepse ale lui Dumnezeu sunt de fapt moduri prin care a încercat trezirea oamenilor din starea în care ajunseseră şi conştientizarea consecinţelor păcatului asupra omenirii. Toate acestea au fost prilejuri oferite de Dumnezeu pentru a îndrepta greşelile făcute, dar şi motive de încredere în iubirea Sa faţă de noi. Au fost dovezi că Dumnezeu va fi alături de noi şi ne va ajuta mereu să ieşim din primejdiile mari, dar şi din cele

84 „Căci adevărat grăiesc vouă: Dacă veţi avea credinţă în voi cât un grăunte de muştar, veţi zice muntelui acestuia: Mută-te de aici dincolo, şi se va muta; şi nimic nu va fi vouă cu neputinţă." (*Matei* 17, 20)

mici, în pofida vinovăției noastre față de El. Iar cea mai mare dovadă de dragoste a lui Dumnezeu față de om a fost venirea pe pământ și sacrificarea până la cumplita moarte pe cruce a Fiului Său, Iisus Hristos – Lumina cea adevărată, bucuria și nădejdea noastră, a tuturor.

Văzându-și Fiul răstignit pe cruce, Sfânta Fecioară și-a asumat rostul cumplitei suferințe și nu și-a pierdut nicio clipă speranța. A știut că El este Mesia și că menirea Lui pe pământ este eliberarea lumii de sub jugul păcatului. Încrederea ei puternică în Dumnezeu hrănea și speranța că suferința sa și a Fiului mult iubit are o finalitate. Chiar și în momentele cele mai grele pentru un om, Maria nu a căzut în deznădejde, ci a rămas cu privirea spre cer, plină de speranță; îndurerată, dar nu copleșită de durere; tristă, dar nu fără mângâiere, sentimente izvorâte din încrederea în Fiul ei dumnezeiesc.

Dacă păcatul a venit în lume prin Eva, speranța ne-a fost adusă în dar de la Dumnezeu prin Fecioara Maria. Ea este cea prin care oamenilor le-a fost oferită din nou speranța izbăvirii și tot ea este cea a cărei viață o putem privi ca pe un continuu îndemn la încredere în iubirea lui Dumnezeu, chiar și în momentele cele mai grele. În ea ne punem speranța pentru iubirea ei mare față de noi, semenii ei, și pentru puterea pe care a primit-o de la Fiul său, după ridicarea ei cu trupul la cer. Maica Domnului este cea mai cunoscută și mai iubită femeie de pe pământ, ea este scară către cer și tot ea este cea care a ridicat și continuă să ridice milioane de suflete din stricăciunea păcatului, mijlocind la Hristos, Fiul și Dumnezeul ei.

La rândul ei, femeia creştină ar trebui să-şi educe în aşa fel speranţa în lucrarea nevăzută a lui Dumnezeu, încât să conştientizeze că, dincolo de suferinţele acestei vieţi, ca urmare a noianului de greşeli în care ne afundăm cu toţii zi de zi, se află fericirea cea veşnică spre care trebuie să privească mereu cu dor şi cu încredere. Trebuie doar să nu-şi piardă speranţa, să se roage cu lacrimi la Bunul Dumnezeu pentru iertarea păcatelor şi să-i iubească sincer pe cei de lângă ea. De altfel, acest îndemn este valabil pentru noi toţi, bărbaţi şi femei deopotrivă, căci cu toţii suntem copii iubiţi ai lui Dumnezeu. Aşa cum Maria şi-a văzut speranţa împlinită prin Iisus, tot astfel şi femeia creştină de astăzi: îşi vede speranţa împlinită prin mijlocirea Măicuţei Sfinte către Hristos Domnul, fiindcă El este nădejdea noastră, a tuturor, „nădejdea vieţii veşnice şi a răsplăţii veşnice."[85]

Oare cum ar putea femeia de azi să-şi păstreze speranţa într-o lume tulburată de incertitudini, de stres, de nelinişti? Sfântul Ioan de Kronstadt vorbeşte despre patru mijloace care „garantează" nădejdea creştină: „rugăciunea – mai cu seamă cea deasă –, mărturisirea sinceră a păcatelor, citirea cuvântului lui Dumnezeu şi, mai ales, împărtăşirea cât mai deasă cu De-viaţă-făcătoarele Taine, cu Trupul şi Sângele lui Hristos."[86]

O fiinţă lipsită de speranţă este veşnic nefericită, suferă cumplit, se tulbură şi vede numai răul din viaţa ei. O astfel de persoană se simte singură şi abandonată,

85 Sfântul Ioan de Kronstadt, *Despre tulburările lumii de astăzi*, Bucureşti, Editura Sophia, 2004, p. 73.

86 Sfântul Ioan de Kronstadt, *Viaţa mea în Hristos*, Bucureşti, Editura Sophia, 2005, p. 432.

iar tabloul existenţei ei este pictat în nuanţe sumbre. Or, o creştină adevărată nu îşi pierde niciodată nădejdea în Bunul Dumnezeu, fiind convinsă că El, prin mijlocirea Sfintei Fecioare şi a tuturor sfinţilor, îi este călăuză pe drumul vieţii, dar şi dincolo de această lume, fiindcă este ferm convinsă că, după trecerea ei în Împărăţia cea veşnică, se va bucura de mântuirea sufletului.

De-a lungul vieţii am cunoscut multe femei care, deşi susţineau că sunt credincioase „practicante", totuşi în faţa unor necazuri – de pildă, o boală sau o trădare – îşi pierdeau nădejdea, plângeau amarnic, se vedeau pe marginea prăpastiei şi, în felul acesta, îi tulburau cu starea lor şi pe toţi cei din jur. Am stat de vorbă cu fiecare în parte şi am încercat să le ajut cu un sfat părintesc; le-am vorbit despre miile de mucenici care au înfruntat suferinţa cu nădejdea în viaţa veşnică promisă de Mântuitorul Hristos. Vieţile şi curajul acestor sfinţi mucenici păreau să le dea putere şi, după câteva minute de dialog duhovnicesc, plecau de la mine cu chipul luminos, semn că îşi recăpătaseră puţin speranţa mult dorită. Şi tot aşa până când, cu ajutorul lui Dumnezeu, depăşeau acel mare necaz ori îl resimţeau ca pe ceva mult mai uşor de dus.

Pe de altă parte, experienţa de duhovnic mi-a scos în cale şi numeroase femei cu adevărat credincioase, deşi erau împovărate de greutăţile vieţii – unele slăbite de boală ori tare sărmane, fără un loc de muncă stabil, altele cu soţi care le umileau şi le agresau verbal sau chiar fizic. Mi se rupea inima când le întâlneam. Din ochii lor trişti se scurgeau lacrimi fierbinţi, însă în acei ochi mai vedeam ceva: licărul de speranţă care nu le părăsea niciodată şi le dădea putere să lupte cu realităţile cumplite din vieţile lor. Una dintre ele mi-a mărturisit că suferea de o boală gravă despre care medicii spuneau că nu poate fi vindecată. Deşi la aflarea unei astfel de veşti mulţi dintre noi poate că s-ar tulbura şi s-ar cufunda în tristeţe, aşteptându-şi temători așa-zisul sfârșit, totuși acea femeie nu și-a pierdut speranța; și-a adunat toate puterile și a strigat cu toată ființa ei la Măicuța cea bună, rugând-o să-i vină în ajutor. Nu trecea zi de la Dumnezeu fără ca ea să se roage, să facă acatiste, să se închine la icoane și, poate mai presus de toate acestea, să facă milostenie. După un timp, starea ei de sănătate s-a îmbunătățit, analizele medicale erau din ce în ce mai bune, iar ea se simțea parcă purtată în brațe de... Cineva. Era, cu siguranță, Măicuța Sfântă, care nu o părăsise nicio clipă și care mijlocise pentru tămăduirea ei.

O altă femeie, al cărei fiu era slab la învățătură și nu se preocupa câtuși de puțin de carte, mi-a povestit că a reușit să-l aducă pe drumul cel bun cu ajutorul Sfintei Fecioare și al altor sfinți mijlocitori la care se ruga mereu. Peste ani, copilul ei a reușit să obțină o bursă de studii în străinătate, iar astăzi este un reputat medic – o mare bucurie pentru biata lui mamă care a petrecut, poate, nopți la rând în rugăciune pentru îndreptarea fiului rătăcit.

Ce trebuie să înțelegi de aici, preaiubită cititoare, este faptul că nici măcar una dintre aceste femei – iar ca ele sunt mii – nu și-a pierdut nădejdea, deși ar fi avut toate motivele să o facă. Au continuat să spere și să se încreadă în Bunul Dumnezeu, știind că El și numai El deține puterea absolută. Astfel de persoane Îl roagă pe Dumnezeu să le rezolve problemele prin care trec, însă au și maturitatea duhovnicească să accepte orice fel de deznodământ, având speranță neclintită în Dumnezeu la bine și la greu.

Oricât de greu îți pare urcușul vieții și oricâte lacrimi ai vărsa din pricina neputințelor tale sau ale celor dragi, nu deznădăjdui! Credința, speranța și dragostea îți vor aduce pacea aici, pe pământ, și viața veșnică în ceruri.

CAPITOLUL 9

Femeia – candela aprinsă a familiei

Potrivit *Noului dicționar al limbii române* (NODEX 2002), termenul românesc „femeie" provine din latinescul *familia*, așadar, femeia are un rol esențial în clădirea unei familii. Nu putem vorbi despre familie în absența femeii! Ea este mireasă aleasă de bărbat, soție iubitoare și tot ea a primit de la Dumnezeu neprețuitul dar de a fi mamă.

Inimă caldă și iubitoare, femeia a fost creată de Dumnezeu ca să aline greutățile bărbatului, să-i fie sprijin și să-i aducă bucurii. Tot femeia, în calitate de mamă, petrece zile și nopți lângă patul copilașului, trăiește fiecare emoție a lui, îl îngrijește când este bolnav, îi veghează și îi călăuzește fiecare pas în viață, îl povățuiește și, dacă e cazul, devine blând judecător al lui. Fire sensibilă și iubitoare, femeia este de cele mai multe ori mai aproape de Dumnezeu, reușind să-i încălzească inima și bărbatului ei: „bărbatul necredincios se sfințește prin femeia credincioasă" (*I Corinteni* 7, 14). Tot ea este conștiința vie a familiei și *candela aprinsă* a casei, luminându-i și îndreptându-i din dragoste pe soț şi pe copii atunci când aceştia greşesc ori au nevoie de sprijinul ei.

Femeia – sursa vieţii

Aşa cum spuneam mai sus, prima femeie şi prima mamă a fost Eva, al cărei nume se tâlcuieşte prin „Viaţă". Păcatul săvârşit de Eva în Rai a fost răscumpărat tot prin intermediul unei femei: Maica Domnului, cea care este numită şi „Noua Evă" şi „Maica Vieţii", fiinţa desăvârşită care L-a purtat în pântecele ei curat pe Fiul lui Dumnezeu şi care L-a născut apoi în peştera din Betleem, oferindu-L lumii.[87] Prin Eva, Dumnezeu ne transmite viaţa biologică, iar prin Pruncul Maicii Domnului ni se oferă viaţa cea veşnică. Aşadar, din iubire pentru femeie, Dumnezeu i-a oferit acesteia *darul sfânt al naşterii de prunci.* Cât de minunat este pentru o mamă să-şi ţină în braţe rodul iubirii ei, fiinţa căreia i-a dat viaţă, pe care a aşteptat-o timp de nouă luni şi căreia i-a simţit fiecare zbatere! O femeie se simte cu adevărat împlinită în momentul în care aduce pe lume un suflet de om, o făptură gingaşă, zămislită din dragostea reciprocă a celor doi părinţi, dar şi din nemărginita iubire a lui Dumnezeu pentru ei.

Sub presiunea societăţii sau a mediului imediat, unele femei amână sau refuză să dea viaţă unui copilaş. Fac asta fie din teamă, fie pentru că văd copilul şi creşterea lui ca pe o povară apăsătoare şi ca pe o înşiruire interminabilă de griji şi de responsabilităţi necunoscute, fie pentru că se gândesc la costurile creşterii unui copil, fie pentru că socotesc copilul o ameninţare pentru stilul lor de viaţă şi pentru fericirea din familie, fie pentru că îl consideră o piedică în dezvoltarea lor profesională, ori

---

87 Iată ce spune părintele Arsenie Papacioc: „Femeia trebuie preţuită (...), pentru că mai întâi ne reprezintă o femeie în Împărăţia Cerurilor: Maica Domnului." (Părintele Arsenie Papacioc, „Femeia, comoară de mare preţ", în *Apostolat în Ţara Făgăraşului*, nr. 18/iulie 2008, p. 9)

pentru că văd lumea înconjurătoare ca pe un mediu tot mai puţin propice pentru buna educare a unui copil. Din experienţa mea de tată a trei copii şi din cea de duhovnic, îţi pot spune că toate calculele şi teoriile legate de copil îţi sunt date peste cap atunci când ajungi să ai un prunc. Nu poţi şti ce înseamnă cu adevărat creşterea unui copil decât atunci când ai unul. Te îndemn, aşadar, să ai mai multă încredere în Dumnezeu, Care lucrează prin voi şi Care vrea să vă facă partenerii Săi în actul minunat al procreării.

Din nefericire, există multe femei care aleg să pună capăt vieţii unui copilaş aflat deja în pântece. Mă refer la acele tinere care, fie obligate de soţi sau de părinţi, fie din proprie iniţiativă, decid să facă o întrerupere de sarcină, crezând că în felul acesta vor îndepărta o povară grea din viaţa lor. În cazul unora, decizia este luată cu uşurinţă, pentru altele însă este un pas greu, îndelung cumpănit[88]. Indiferent de situaţie, după acest moment apar un mare gol, o nespusă tristeţe şi multă părere de rău. O, Doamne! Nimic nu e mai dureros decât aceasta! Cum poţi să opreşti tu, omule, o viaţă pe care ai primit-o ca dar de la Părintele lumii?! Este o crimă![89]

88 Iată aici mărturia unui medic cu privire la traumele pe care le lasă avortul asupra femeilor: „Niciodată un om care a trecut printr-o astfel de procedură (avort) nu mai este acelaşi om, sunt convins de asta. Şi am avut în cabinet fete tinere care au venit la cinci ani, la şapte ani după un avort, acum căsătorite, şi nu puteau să mai rămână însărcinate. Şi, când discutam cu ele despre trecutul lor, le întrebam: «Aţi avut vreo întrerupere de sarcină?», iar ele spuneau: «Da» – şi ochii lor se plecau, nu că erau ruşinate, ci le simţeam durerea. Este inimaginabil." (doctor Ionel Cioată în *Familia Ortodoxă*, nr. 74, martie 2015)

89 „Femeia ucigaşă de copii şi plină de păcate să-şi plângă toată viaţa păcatele, cu post şi cu lacrimi şi prin milostenie, să se îngrijească de copii orfani şi de bolnavi, după sfatul duhovnicului ei." (Arhimandrit Ioanichie Bălan, *Părintele Paisie Duhovnicul*, Iaşi, Editura Doxologia, 2010, p. 79)

Am stat de vorbă cu multe tinere aflate într-o astfel de situaţie. Una dintre ele, însărcinată în câteva săptămâni, mi-a spus că sarcina a venit „întâmplător”, că „nu a fost nimic planificat” şi că şi-ar dori să mai aştepte câţiva ani, ca să avanseze în carieră sau să-şi cumpere împreună cu soţul ei o locuinţă mai mare. Deşi nu mi-a mărturisit-o deschis, am înţeles că atât ea, cât şi soţul ei îşi doreau să nu păstreze sarcina...

„De unde ştim noi când trebuie să vină un suflet pe pământ şi cum putem decide noi asta? Oare planul acesta ne aparţine nouă sau lui Dumnezeu?” – am întrebat-o eu. La auzul acestor vorbe, tânăra a stat puţin pe gânduri. I-am vorbit apoi despre faptul că Dumnezeu a înzestrat-o pe femeie cu darul sfânt al vieţii, dar şi despre emoţia nemăsurată pe care o trăieşte o mamă când îşi ţine copilaşul la piept. Am mai sfătuit-o ca, împreună cu soţul ei, să stea de vorbă cu alte femei – prietene sau rude apropiate – care au dat naştere unor copii şi să le întrebe ce simt când îşi privesc pruncul în ochi, când îl leagănă sau când îi ascultă gânguritul. I-am spus să se roage neîncetat la Maica Domnului şi să citească acatiste şi rugăciuni îndreptate către sfinţii ocrotitori ai familiei creştine. Cu siguranţă, Bunul Dumnezeu se va milostivi de sufletele lor şi va revărsa harul Duhului Sfânt peste acest cămin.

A făcut întocmai, iar în scurt timp a revenit la mine alături de bărbatul ei. Amândoi erau liniştiţi şi luminoşi şi mi-au mărturisit cu bucurie că abia aşteaptă să devină părinţi. Copilaşul a venit pe lume aşa cum a rânduit Bunul Dumnezeu, l-am botezat, iar acum este nelipsit din casa Domnului. Cu timpul, mama lui a avansat în plan profesional, aşa cum îşi dorea, iar locuinţa a fost şi ea schimbată. Să nu împiedicăm, deci, planurile lui Dumnezeu şi să preţuim darul sfânt al vieţii!

Mama – sfânta din viaţa noastră

Pentru copil, mama este „candela aprinsă” din viaţa lui, ea este călăuzitoarea şi povăţuirea lui, este înger pe pământ. Altfel spus, mama este totul pentru copil – izvor de viaţă, de iubire, de jertfă, de empatie şi de iertare.

Cu siguranţă că au rămas adânc întipărite în sufletul nostru acele clipe din fragedă pruncie când, bolnavi fiind, mama ne veghea la căpătâi, vărsa lacrimi şi înălţa rugi fierbinţi pentru însănătoşirea noastră grabnică. Iar când redeveneam sănătoşi, tot mama ne purta pe braţele ei neobosite – „primul Rai al fiecărui om” (ÎPS Ioan Selejan) –, ne legăna, iar noi adormeam în cântecu-i dulce. Altă dată, ne plimba pe uliţa satului sau pe aleile vreunui parc, ţinându-ne atent de mână.

Mai târziu, mama ne supraveghea jocul, iar duminica şi la sărbători ne îndrepta paşii spre casa Domnului, învăţându-ne primele rugăciuni pe care le rosteam stâlcit din pricina vârstei fragede. Primii ani de şcoală i-am petrecut tot sub oblăduirea mamei; ea se îngrijea de pregătirea ghiozdanului şi a hainelor de şcoală şi, printre multe alte treburi, se preocupa ca noi să învăţăm bine şi să avem rezultate bune. Mama trăia aceleaşi emoţii ca şi ale noastre la fiecare lucrare de control şi apoi la fiecare examen pe care îl susţineam la absolvirea unui ciclu de studii, se bucura sau se întrista, în funcţie de rezultat, şi ne încuraja, îndemnându-ne să urcăm necontenit pe drumul vieţii.

Crescând şi întemeindu-ne propria familie, mama ne veghează mai departe, se bucură şi acum de reuşitele noastre, suferă alături de noi, ne dă sfaturi înţelepte şi nu ezită să ne sară în ajutor atunci când este cazul. Acum a devenit bunică, astfel că își continuă menirea de înger pe pământ, ocrotindu-i cu dragoste pe toți cei dragi.

Mama este sfânta din viața noastră, cea dintâi ființă gata oricând să se jertfească cu multă răbdare pentru noi. În plus, ea îl ține pe copil în adevăr. Adevărurile pe care le emite o mamă sunt de cele mai multe ori acceptate de el fără nicio barieră. De aceea responsabilitatea ei este uriașă, mai ales în perioada 0–7 ani, când se pun bazele educației copilului. O mamă nu doar că își crește copilul în adevăr, ci se și hrănește cu adevăr, așa încât, la rândul ei, vrea ca fiul/fiica să nu o mintă niciodată, să nu-i ascundă nimic, deci să o țină numai în adevăr.

Tot ea își învață copilul că adevărul trebuie însoțit de iubire. Ființa fragedă trebuie crescută în dragoste și în armonie, în pace, în adevăr și în rugăciune[90]. Să le fim recunoscători mamelor noastre pentru tot ceea ce suntem noi astăzi!

Copilul este asemenea unei flori; îngrijită cu iubire și cu blândețe, floarea va crește frumos. Dar, de va fi abandonată, aruncată într-un colț al casei, ignorată, uitată, se va ofili, pierzându-și strălucirea și delicatețea. Te îndemn, dragă mămică, să nu-ți tratezi copiii cu indiferență, să nu-i jignești, să nu ridici tonul la ei, să nu-i ignori! În caz contrar, îi vei îndepărta de tine și îi vei determina să nu mai țină seama de cuvântul tău.

Atunci când copilul a greșit cu ceva – a luat o notă mică la școală, a spart din neatenție un obiect din casă, a vorbit necuviincios etc. –, spune-i aceasta cu blândețe și explică-i cum ar trebui să se comporte mai departe: să fie mai conștiincios, mai atent, mai respectuos. Copilașii

---

90 „Mama ar trebui să încerce să fie întotdeauna în pace și în stare de rugăciune atunci când își hrănește pruncul, în așa fel încât el să primească nu numai hrana trupească, ci și duhovnicească." (Maica Magdalena, *Sfaturi pentru o educație ortodoxă a copiilor de azi*, Sibiu, Editura Deisis, 2006, pp. 29–30)

trataţi cu răceală, crescuţi în teroare, în stres, cu pedepse peste pedepse sau privaţi de un dialog sincer şi cald vor deveni însinguraţi, frustraţi, introvertiţi, trişti şi vor refuza să le mai comunice părinţilor propriile trăiri.

Istoria Bisericii noastre ne dă nenumărate pilde de mame creştine, iubitoare, înţelepte şi jertfitoare, toate preluând modelul Fecioarei Maria, Maica lui Dumnezeu. Dintre acestea, le amintesc aici pe Emilia – mama Sfântului Vasile cel Mare –, pe Nona – mama Sfântului Grigorie Teologul –, pe Antuza – mama Sfântului Ioan Gură de Aur[91] –, pe Monica – mama Fericitului Augustin –, dar şi pe Marta – mama Sfântului Simeon Stâlpnicul. Dacă vom parcurge vieţile acestor mari sfinţi ai Bisericii, vom afla în ce mod le-au călăuzit mamele lor paşii spre sfinţenie.

Cunosc copii, astăzi adulţi, care îşi privesc mamele ca pe adevărate icoane ale vieţii lor; le înconjoară cu dragoste, le respectă, le preţuiesc şi le întind o mână de ajutor la nevoie. Din păcate, am întâlnit şi multe mame nefericite din pricină că fiii sau fiicele lor nu le mai acordă atenţie, deşi ele şi-au sacrificat cei mai frumoşi ani ai vieţii lor pentru ei. Le vizitează foarte rar şi întotdeauna pe fugă, le vorbesc răstit, nu le iau în seamă când acestea încearcă din iubire să le dea un sfat. Câtă durere se află în inimile acestor femei! Pare că toată jertfa lor de odinioară a fost uitată, ştearsă cu buretele... E foarte trist! Când stau de vorbă cu ele, am un singur cuvânt de mângâiere: „Fiţi fără grijă, preaiubite mame! Bunul Dumnezeu nu uită şi nu şterge binele pe care l-aţi făcut copiilor voştri! Continuaţi să vă rugaţi pentru

---

91 Atanasie I. Skarmoghiani, *Mamele eroine ale Sfinţilor Trei Ierarhi*, Galaţi, Editura Egumeniţa, 2018.

ei şi, cu siguranţă, din mila Prea Sfintei Treimi, îşi vor îndrepta din nou paşii spre casa părintească!"

Ce vreau să înţelegi de aici este că nu e bine să-ţi întristezi fiinţa care ţi-a dat viaţă şi care s-a jertfit pentru tine! E mare păcat în faţa lui Dumnezeu să o dispreţuieşti pe cea care te-a crescut şi te-a legănat, a pierdut nopţi pentru tine, a plâns şi s-a rugat mult pentru binele tău! Nu uita de una dintre *Cele 10 Porunci*: „Cinsteşte pe tatăl tău şi pe mama ta, ca să-ţi fie ţie bine şi să trăieşti ani mulţi pe pământul pe care Domnul Dumnezeu ţi-l va da." (*Ieşirea* 20, 12)

Ia aminte! Lacrima mamei arde locul unde cade. Suferinţa ei este atât de puternică, încât străpunge cerurile. De aceea, copiii care îşi ignoră mamele şi le fac viaţa un lung şir de suferinţe, se lipsesc – fără să conştientizeze acest fapt – de un mare bine: rugăciunea şi binecuvântarea lor. Cum se poate una ca asta? Îţi dau un exemplu: când vorbeşti cu mama ta la telefon, ai grijă să o înveseleşti: adu-i veşti bune despre tine, pune-o la curent cu planurile tale ori vorbeşte-i despre clipele minunate din viaţa ta şi interesează-te de sănătatea ei! Te asigur că, după ce va închide telefonul, va rosti cu inima plină de bucurie: „Ajută-l, Doamne, pe copilul meu, luminează-l, ocroteşte-l şi dăruieşte-i înţelepciune!" În schimb, dacă te răsteşti la mama ta, o jigneşti, i te adresezi necuviincios, îi vorbeşti pe fugă, nu-i spui nimic despre tine şi nici măcar nu-ţi pasă că este bolnavă şi că are nevoie de sprijinul tău, aceasta se va cufunda în tristeţe, se va tulbura, va plânge şi va pierde harul rugăciunii. Te rog să-ţi faci mama fericită, să-i luminezi zilele, să o iubeşti nespus şi te asigur că toate acestea se vor întoarce înzecit în favoarea ta!

Femeia – liantul familiei

Femeia are darul să-i unească pe toţi ai casei şi să alunge neînţelegerile dintre soţ şi copii. Spun asta întrucât se întâmplă ca în unele familii bărbatul, fire mai pragmatică, mai ancorată în treburile zilnice, să fie mai distant faţă de copii, să-i certe mai uşor, să le impună anumite reguli ori să-i pedepsească mai aspru când aceştia greşesc. În astfel de situaţii delicate, pe care copilul le resimte ca pe un adevărat cataclism produs în sânul familiei – plânge, se închide în camera lui, refuză să vină la masă etc. –, intervine femeia. În calitatea ei dublă – de mamă şi de soţie iubitoare – încearcă să stea de vorbă atât cu copilaşul, cât şi cu soţul ei. Îi arată fiecăruia cu mult tact partea lui de vină, le vorbeşte despre moralitate şi, alergând când la unul, când la celălalt, reuşeşte de cele mai multe ori să readucă atât zâmbetul pe chipul înlăcrimat al copilului, cât şi blândeţea în inima bărbatului. Imaginea celor trei îmbrăţişaţi sau în jurul mesei de seară dovedeşte că dragostea şi calmul femeii au învins.

Blândeţea este atributul femeii care o ajută să depăşească astfel de situaţii. După cum spune Sfântul Apostol Petru, cea mai mare podoabă a omului, mai cu seamă a femeii, este „duhul blând şi liniştit" (*I Petru* 3, 4). Legătura dintre membrii unei familii – mamă, tată şi copil/copii – ar trebui să fie una indestructibilă; nimic din ce este omenesc să nu tulbure liniştea căminului! Asemenea Preafintei Treimi, **mama, tata şi copilul/copiii trebuie să trăiască în iubire nemărginită şi să conştientizeze că fiecare dintre ei are un rol semnificativ în micul univers numit familie.**[92]

92 Doctorul Virgil Stroescu mărturisea într-un interviu că: „Familia este ambasada cerului pe pământ."

Nu sunt deloc puţine acele doamne care se plâng că soţii lor îi resping pe copii, îi ceartă fără să-i povăţuiască, îi pedepsesc pentru cea mai mică greşeală. Aceste femei trăiesc adevărate drame, căci nu ştiu cum să (re)înnoade legătura dintre copii şi taţii lor. Am încercat să le ajut cu sfaturi părinteşti, le-am spus că la ele se află cheia. Important este să se păstreze în harul Duhului Sfânt, să fie calme şi să reverse atât asupra copilului care a greşit, cât şi a soţului toată dragostea lor. Altfel spus, să nu judece cu asprime, minimalizând aspectele ce îi despart şi maximalizând ceea ce îi apropie! Nu rezolvi nimic, dragă soră întru Domnul, dacă în astfel de momente delicate ridici tonul la soţul tău, îi reproşezi că s-a purtat brutal cu cel mic sau, dimpotrivă, îţi verşi şi tu furia asupra copilului. Numai căldura din inimă şi blândeţea din glas vor urni munţii din loc, iar cei doi se vor împăca şi vor înţelege câtă durere aduce disputa în sânul familiei. În unele cazuri sfaturile mele au dat roade, fiindcă de la o vreme femeile respective erau mult mai liniştite, simţind că ele pot fi un adevărat liant în familiile lor.

Așa cum un constructor proiectează o casă și apoi o zidește cărămidă cu cărămidă, tot astfel «se clădește» și starea de bine din familie. Ea presupune un continuu exercițiu de răbdare, de înțelepciune și de sacrificiu reciproc și se construiește pas cu pas.

CAPITOLUL 10

Femeia modernă și valorile creștine

Femeia modernă se confruntă cu nenumărate provocări, majoritatea dintre ele cauzate de societatea de consum în care trăiește. Dezvoltarea economică și tehnologică accelerată din ultimele decenii, precum și noile relații și realități sociale care au apărut odată cu această dezvoltare și-au pus, desigur, amprenta și asupra gândirii și stilului de viață al femeii contemporane. Așa se face că astăzi femeia este adesea anxioasă, nervoasă, stresată, iar cauzele care conduc la astfel de stări sunt multiple: poziția pe care o are femeia acum în societate – mult mai vizibilă și mai solicitantă –, accentul pus pe carieră și pe dezvoltare personală, competiția în plan profesional și munca în exces sunt doar câteva dintre ele.

Mărturisesc cu durere că am întâlnit în activitatea mea de preot nu puține exemple de femei care, ghidându-și viața mai mult după modelul Evei, trăiesc mânate exclusiv de orgoliu și se află într-o continuă competiție atât cu ele însele, cât și cu lumea din jur. Este foarte trist că se întâmplă așa, însă trebuie să fim înțelegători cu ele, fiindcă vina nu le aparține numai femeilor, ci și societății tot mai secularizate în care își duc viața.

Femeile la care mă refer aici fac eforturi uriașe să țină pasul cu lumea, altminteri, cred ele, ar fi stigmatizate și ironizate de aceasta. Din păcate, se întâmplă rar să vedem astăzi o femeie pe deplin fericită, liniștită, împlinită și mulțumită cu ce i-a oferit Bunul Dumnezeu. Lucrul acesta se întâmplă pentru că Dumnezeu este foarte rar chemat în viața unora dintre aceste femei (de două-trei ori pe an, la Paști și la Crăciun ori la vreo nuntă sau la vreun botez la care participă), și asta nu pentru că El refuză să le fie alături, ci pentru că ele, în goana în care trăiesc, Îl ignoră ori Îl așază la sfârșitul listei de priorități și amână mereu momentul în care să dea importanță și nevoilor spirituale. Așa se face că, din cauza programului foarte încărcat, unele dintre femeile contemporane se roagă foarte puțin, superficial ori în grabă – de multe ori chiar deloc. Iar lipsa unui program duhovnicesc consistent și constant face loc tot mai mult în sufletul femeii unor vulnerabilități care îi afectează viața personală și socială.

Ispitele femeii moderne

Stând de vorbă cu foarte multe enoriașe, am identificat câteva ispite cu care se confruntă femeia de azi: *puterea, trecutul, cochetăria* și *alegerea greșită a modelelor de viață*, ispite pe care le voi detalia mai jos[93].

✓ *Puterea*

Într-o lume marcată de spiritul de competiție, în care emanciparea (firească și așteptată) a femeii se produce accelerat la tot mai multe niveluri, dorința de a deține puterea sub orice formă este tot mai mult realizabilă și, în același timp, tot mai tentantă; tentantă

93 Urmărește aici interviul integral cu maica Siluana Vlad despre ispitele femeii de azi: https://www.youtube.com/watch?v=bFIqRdcEzQc.

pentru sentimentul în sine de control și de putere asupra unor realități înconjurătoare, dar și pentru avantajele care decurg din ea. Așa se face că unele femei care dețin această forță mentală și emoțională au astăzi prilejul și cadrul să-și evidențieze calitățile. Este un lucru lăudabil și bine-venit, căci această putere vine tot de la Bunul Dumnezeu. Esențială rămâne însă dozarea ei și felul în care femeia și-o manifestă în societate: „Modul specific al femeii de a-și manifesta puterea este tandrețea, ajutorul, slujirea semenilor. Totul este ca inima ei să fie conectată la Dumnezeu." (maica Siluana Vlad)

Problema poate să apară tocmai atunci când puterea o scoate pe femeie din această stare specifică ei, când o defeminizează și o dezumanizează chiar, când atingerea și păstrarea puterii ajung scopuri în sine și se realizează prin mijloace incorecte sau necolegiale. Cu alte cuvinte, deținerea puterii de către femeie poate fi ceva rău atunci când puterea îi modelează atât de mult caracterul, încât la serviciu și apoi acasă ea rămâne în aceeași poziție autoritară și ajunge din ce în ce mai inflexibilă, severă, critică, nemulțumită și perfecționistă. Nu tonul ridicat, nu cearta sau lovitul în masă o transformă pe femeie într-o ființă puternică, dimpotrivă, acest fel de comportament îndepărtează harul Duhului Sfânt și aduce cu sine foarte multă suferință atât pentru ea, cât și pentru cei din familie, pentru colegi sau prieteni.

Dorința femeii moderne să dețină mereu controlul o obosește, o defeminizează și îi generează un stres permanent, o presiune interioară extraordinară. Or, dorința de a controla și a domina realitățile înconjurătoare este în fond o formă de necredință, de mândrie și de negare a valorii celorlalți. E limpede că numai o femeie fără credință va dori să dețină controlul absolut asupra realităților din jurul ei, în vreme ce femeia credincioasă are convingerea că Dumnezeu este prezent tainic în toată existența ei și a celor din jur, că le călăuzește fiecare pas și că îi inspiră în tot ceea ce fac.

Pe lângă această formă de „ispită" (a puterii autoritare), ce o poate afecta în special pe femeia care are calitățile necesare pentru a deține puterea și chiar ajunge să o aibă, întâlnesc deseori și opusul ei. E vorba de ceea ce experimentează femeile care nu sunt (încă) într-o poziție de conducere, nu dețin puterea, dar și-o doresc foarte mult și își otrăvesc astfel existența cu această dorință neîmplinită care le parazitează și paralizează gândurile, atitudinile și acțiunile. Se întâmplă acest lucru fie pentru că nu au, poate, calitățile necesare, fie pentru că nu a venit încă momentul pentru așa ceva.

Soluția împotriva dorinței exagerate și obsesive de a deține controlul este, desigur, **smerenia**. De această virtute – înțeleasă drept convingere sinceră că tot ceea ce ești și ai este rezultatul conlucrării tale cu Dumnezeu și că totul în viața pământească este trecător și schimbător – ai nevoie și atunci când ești sus, când conduci și ai reușite, dar și când te afli la poalele piramidei, când reușitele întârzie să apară, deși te străduiești mult. În acest sens, smerenia reprezintă acceptarea propriilor neputințe și punerea lor la picioarele lui Dumnezeu. De vei striga la Tatăl ceresc „Doamne, eu nu pot singură. Te rog, ajută-mă Tu!", Duhul Sfânt ți Se va pogorî în inimă și va revărsa asupra ta liniștea de care ai atâta nevoie. Nu uita, dragă cititoare, că numai primindu-L pe Hristos Mirele în inima ta smerită vei deveni cu adevărat puternică! Oferă-I Lui neputința ta și El va veni la tine și-ți va da putere din puterea dumnezeiască!

✔ *Trecutul*

Se întâmplă adesea ca în discuțiile contradictorii care apar uneori între soți unele femei să invoce diferite fapte mai puţin plăcute din *trecutul* bărbaţilor lor. Le amintesc acestora greşeli făcute de ei cu mulţi ani în urmă, comportamente necuviincioase faţă de ele sau faţă de copiii lor şi multe astfel de lucruri neplăcute. Şi toate cu un singur scop: să se răzbune pe soţi, să-i umilească, să-i şicaneze sau să-i pună într-un con de umbră. Şi această mare capcană, a raportării permanente la trecutul negativ al celuilalt, are la origine tot mândria.

Ca să-şi vindece sufletul de o astfel de patimă, cum este dorinţa de a lovi cu „piatra trecutului" în inima soţului ei, mai înainte de toate femeia trebuie să înţeleagă că e nevoie de o schimbare în modul ei de a gândi şi de a simţi. În momentele în care alesul inimii i-a greşit cu ceva şi îi este greu să-l ierte, să-şi amintească de faptul că Însuşi Hristos Domnul, din iubire nemărginită pentru oameni, i-a iertat pe toţi aceia care I-au pricinuit atât de mult rău. Mai presus de toate, Iisus l-a iertat pe Petru, cel care, deşi fusese mai mare între apostoli şi foarte apropiat de Domnul, se lepădase de El de trei ori[94], şi l-a reaşezat în demnitatea de apostol. La rândul nostru, ar trebui să preluăm exemplul Mântuitorului şi să-i iertăm din toată inima celui care ne-a greşit cu ceva în trecut. **Iertarea** vindecă sufletul omului, atât pe al celui iertat, cât şi pe al celui care iartă.

Apoi, aşa cum Dumnezeu îi iartă şi femeii tot trecutul păcătos prin Sfânta Taină a Spovedaniei, tot astfel şi ea ar trebui să se străduiască să-i ierte trecutul bărbatului ei, cu condiţia ca acesta din urmă să nu repete greşelile. Prin urmare, întâiul pas spre iertare – uneori şi cel mai greu – este să nu-i mai aduci reproşuri celui ce ţi-a greşit cândva. Până să ştergi din inimă, şterge măcar de pe buze orice urmă de reproş. E un fapt verificat de experienţa

---

94 „El [Petru] însă a tăgăduit, zicând: «Nici nu ştiu, nici nu înţeleg ce zici.» Şi a ieşit afară înaintea curţii; şi a cântat cocoşul." (*Marcu* 14, 68)

universală că reproșul nu ajută nici pe cel rănit, nici pe cel ce a rănit. Cu cât ești mai departe în timp de momentul în care sufletul ți-a fost rănit de vreo greșeală a soțului tău, mai ales când aceasta nu s-a repetat, cu atât ar trebui să te gândești că, aducând mereu în discuție acel fapt, nu faci nimic altceva decât să reaprinzi un foc stins. În schimb, dacă greșeala din trecutul soțului revine în actualitate, atunci e nevoie din partea femeii de o atitudine fermă și în același timp iubitoare, însoțită de un dialog deschis – pe cât posibil, pașnic și fără reproș. Și, odată iertat, e de datoria bărbatului să încerce să-și îndrepte greșeala; mai întâi, să renunțe la ea și, astfel, soția va aprecia dorința lui de schimbare în bine și va putea, la rândul ei, să treacă mai ușor peste rana cauzată de greșeala lui. Mai există un aspect important pe care aș vrea să-l amintesc aici: de regulă, bărbații cărora li se reproșează în mod frecvent fapte din trecutul îndepărtat (și pe care nu le-au repetat în prezent) se înstrăinează treptat de soțiile lor, întrucât consideră că nu e corect și nici benefic un asemenea tratament. Prin aceste reproșuri repetate se poate ajunge la răcirea relației dintre soți și chiar la despărțire. În astfel de situații este bine să nu uităm un lucru esențial: **trăind prezentul în har, nu ar trebui să ne mai aducem aminte de trecutul mai puțin fericit din viața noastră sau a celor dragi nouă.** Cu Hristos în inimile noastre și în toată existența noastră răul se va estompa, iar noi vom trăi în pace și în iubire, dând slavă lui Dumnezeu pentru toate.

✔ *Mânia*

Atunci când nu sunt ascultate de cei din jur și nu se ține cont de părerea lor, când întâmpină o poziție diferită de a lor, iar presiunea asupra lor crește, se întâmplă tot mai des ca unele dintre femeile moderne să-și piardă cumpătul, pacea interioară și să ridice tonul, dând astfel naştere unor adevărate conflicte. Şi nu mă refer aici doar la situaţiile delicate din familie, ci şi la toate acele ocazii în care femeia ajunge să reacţioneze instinctiv, necontrolat, fiind cuprinsă de furie. Chiar dacă „explicabilă" din cauza presiunii şi a frustrărilor acumulate, această atitudine nu aduce nimic bun pentru nimeni.

Există femei aflate în diferite posturi de conducere care ridică tonul la subalternii lor, sunt tot timpul într-o tensiune care pune presiune şi pe ele, şi pe cei aflaţi în subordine, crezând că în felul acesta îşi consolidează autoritatea în faţa lor sau că pot rezolva diversele probleme care se ivesc la locul de muncă. Uneori această atitudine este ceva impulsiv, alteori însă ea este intenţionată, chiar dorită pentru plusul de autoritate pe care se crede că îl aduce. În primul caz, impulsivitatea are legătură cu temperamentul pe care îl are cineva, cu anumite predispoziţii înnăscute care, dacă nu sunt bine şi la timp controlate, pot duce la izbucniri cu urmări regretabile. În a doua situaţie, irascibilitatea are legătură cu stima de sine, cu părerea bună sau proastă despre sine şi cu încercarea de consolidare a acesteia în faţa propriei conştiinţe şi a celorlalţi. Uneori izbucnirile mânioase sunt o *formă de apărare*, ca răspuns la frustrare, la nereuşită, la agresiune, alteori însă sunt o *formă de atac* în încercarea de a impune autoritar o anumită idee, o anumită convingere.

Un lucru este însă cert: creştina adevărată nu apelează la mânie, indiferent din ce motiv ar face-o; dimpotrivă, „arma" ei eficientă este **„duhul blândeţii şi al răbdării".** Cultivarea unei vieţi creştine te va ajuta foarte mult să poţi să-ţi ţii mânia sub control. Vei cunoaşte astfel cât de vătămătoare este pentru tine şi pentru ceilalţi această stare de continuă iritare; vei învăţa treptat să te abţii să spui sau să faci lucruri la mânie pe care mai apoi le vei regreta; vei afla cum să eviţi situaţiile tensionate și cum să fii înțelegătoare cu ceilalți; te vei obișnui să nu te mai grăbești să-i judeci pe cei care îți greșesc sau nu fac lucrurile cum ți-ai dori tu; vei începe să te interesezi mai întâi de cauzele care i-au determinat să procedeze într-un anumit fel înainte de a te scandaliza și a reacționa agresiv; vei simți că starea de rugăciune ajută foarte mult pentru păstrarea păcii interioare.

Când cel de lângă tine are o neputință, te îndemn să te apleci cu dragoste asupra problemei lui (chiar dacă îți este subaltern) și să-l ajuți să depășească acel moment critic. Nu uita că oamenii sunt egali în fața lui Dumnezeu, deci pentru El nu există ierarhii, suntem toți copii iubiți ai Părintelui ceresc. Cu ce drept să ne mâniem pe fratele nostru întru Hristos? Oare suntem noi cu adevărat mai presus decât el? Scara ierarhică, de multe ori arbitrară și efemeră, e importantă oare și în fața lui Dumnezeu?

Femeia care se află într-un post de conducere nu are dreptul să se comporte agresiv cu subalternii ei, să ridice tonul și să fie mânioasă, mai ales când aceștia, din cauza unor neputințe sau a unor probleme personale, nu duc la îndeplinire anumite sarcini așa cum și-ar dori ea. Îi recomand, așadar, unei astfel de femei să fie mai înțelegătoare și mai empatică și să încerce să se aplece spre nevoile fiecăruia dintre angajați. Și astfel Duhul Sfânt nu o va părăsi niciodată, Se va pogorî în inima ei și îi va da tăria să-i sprijine pe cei aflați în dificultate.

Cum spuneam și mai sus, furia poate să apară și ca o reacție în fața nedreptății suferite și a altor forme de manifestare a răului pe pământ, însă, când simțim că suntem copleșiți de această mare ispită și că nu mai putem să o stăpânim, să strigăm repede la Dumnezeu și să-L rugăm pe El să ne vindece sufletul. Nu trebuie să ne lăsăm cuprinși de mânie, sufocați și conduși de ea: „Doamne, vindecă sufletul meu! Vino, Doamne, și mă ajută să scap de furia care m-a cuprins! Pacea Ta dă-mi-o mie, Doamne!"

Îţi fac o mărturisire: când bunicii mei se aflau pe punctul de a avea o discuţie contradictorie, indiferent de motiv, unul dintre ei se oprea brusc, nu mai rostea nici măcar o vorbă nepotrivită. „Dacă vorbesc acum, o să-mi pară rău mai târziu", gândea cel care alesese calea tăcerii şi a rugăciunii; şi în felul acesta pogora pacea între ei şi le dădea puterea şi înţelepciunea să rezolve prin dialog problema ivită. Aşadar, tot ceea ce trebuie să facă femeia care se lasă uşor condusă de mânie este să încerce să-şi converteasscă sentimentele negative. Cum? Prin harul lui Dumnezeu. Să strige la Tatăl ceresc în acele clipe şi, cu siguranţă, duhul rău al furiei va pleca de la ea şi va lăsa loc blândeţii şi iubirii de semeni. Să nu uităm că Dumnezeu ne-a lăsat pe pământ cu un scop: să devenim lumini pentru cei din jur, să creştem duhovniceşte, să fim mai buni şi mai înţelepţi, iar dorinţa de creştere duhovnicească este germenele fericirii noastre.

În final, am un cuvânt pentru femeile care au îmbrăţişat misiunea de **dascăl**. Ca păstor de suflete, am cunoscut şi profesoare care mi-au mărturisit că uneori ridică tonul la elevii lor din diferite motive, fie pentru că acestia nu şi-au făcut (bine) tema, fie pentru că nu au fost atenţi la explicaţiile oferite etc. Îmi doresc foarte mult ca profesorul să conştientizeze că nu este un simplu „furnizor" de informaţii, ci are şi o datorie morală faţă de copilaşii din bănci: aceea de a-i forma ca oameni, de a le transmite valori umane, de a pune o cărămidă la formarea generaţiilor de mâine. Astfel, dascălul ar trebui să-şi privească elevii cu mai multă dragoste şi îngăduinţă, să încerce să identifice şi să înţeleagă motivele reale care i-au determinat, poate, să nu-şi facă tema ori să fie neatenţi: poate că au fost bolnavi, poate că părinţii lor s-au certat cu o seară înainte ori poate că există în viaţa lor probleme care îi neliniştesc, poate că există activităţi extraşcolare care îi distrag de la învăţat. O discuţie deschisă cu ei – în pauză sau după ore – poate ajuta mult mai mult decât punerea la punct în faţa celorlalţi. Sunt, din păcate, atât de multe cazuri de copii cu situaţii familiale dificile în ţara noastră! De ce să rănim noi, adulţii, cu tonul nostru ridicat o inimă de copil şi aşa tristă şi îndurerată? Sigur că există şi elevi care nu prea se „îndeletnicesc" cu învăţătura, însă ei pot fi motivaţi altfel, nu cu ţipete şi cu ameninţări de tot felul, ci cu o vorbă bună, cu răbdare şi cu metode didactice atractive, adaptate felului tot mai diferit de a fi al copiilor de astăzi, ca să-i apropie câtuşi de puţin de tainele educaţiei.

✔ *Cochetăria*

O altă mare ispită cu care se confruntă femeia modernă o reprezintă cochetăria. Astăzi mai mult ca oricând, frumuseţea feminină este atât de mult promovată, încât a devenit cumva un simbol, sinonim cu reuşita, cu succes, cu împlinirea şi cu fericirea. De aceea „industria" frumuseţii, a întreţinerii şi conservării acesteia se dezvoltă tot mai mult, ajungând să fie una din marile componente ale economiei mondiale. Totuşi aprecierea crescută pentru aspectul exterior al femeii a făcut ca aceasta să resimtă şi o tot mai mare presiune de a fi acceptată, validată şi apreciată în plan social, în funcţie de acest criteriu exterior.

Frumuseţea naturală este, desigur, darul lui Dumnezeu, dar ce nu trebuie însă pus în slujba păcatului. Dacă te aranjezi pentru soţul tău, acest lucru nu poate fi ceva greşit, însă dacă te porţi într-un fel anume, te machiezi sau te îmbraci provocator ca să atragi (în mod păcătos) privirile celor din jur, atunci îţi pui frumuseţea în slujba păcatului.

Chiar şi când vin la biserică unele femei aleg să se machieze în exces sau să poarte haine care le scot în evidenţă anumite părţi ale corpului. Întrebate de ce optează pentru astfel de îmbrăcăminte şi pentru machiajul strident, ele mărturisesc sincer că în felul acesta se simt mai bine cu ele însele. Acest răspuns surprinzător ne arată, pe de o parte, cât de mult ne căutăm validarea exterioară în funcţie de criteriile altora şi, pe de altă parte, cât de mult legăm fericirea de lucruri exterioare. E aproape un truism să spui că nu de frumuseţea trupului ar trebui să se îngrijească femeia creştină cel mai mult, ci de cea a sufletului. „Podoaba voastră să fie nu cea din afară: împletituri ale părului, cununiţe de aur sau purtare de haine scumpe, ci să fie fiinţa cea tainică a inimii, întru nestricăcioasa podoabă a duhului blând şi liniştit, ceea ce e de mare preţ înaintea lui Dumnezeu. Că aşa se împodobeau odinioară şi sfintele femei care nădăjduiau în Dumnezeu." (*1 Petru* 3, 3-5) Cu alte cuvinte, adevărata frumuseţe „creşte pe măsură ce te împodobeşti cu darurile Duhului Sfânt" (maica Siluana Vlad). Rostul nostru este să ne mântuim sufletele, destinaţia noastră este cerul, iar calea este Hristos Domnul. Podoabele care încununează viaţa unei femei ar trebui să fie virtuţile ei: curăţia sufletească, iubirea de Dumnezeu şi de aproapele, smerenia, jertfa, empatia, mila creştină. Există totuşi şi situaţii în care puţin machiaj (discret şi decent) poate fi necesar, fiind cerut de anumite cutume sociale; mă refer la acele femei care lucrează la birou, în companii aeriene, în corporaţii sau în televiziune ori care participă la conferinţe şi la alte activităţi unde se impune o anumită ţinută.

Ţine minte, preaiubită cititoare: **Dumnezeu ne judecă după scopurile pe care le urmărim în viaţă.** Bunăoară, dacă scopul pentru care te pregăteşti la început de zi este unul curat, nu e greşit să foloseşti puţin machiaj, însă dacă te fardezi doar pentru a-ţi hrăni mândria sau pentru a atrage în mod păcătos pe alţii, atunci ar fi bine să nu faci asta. Mândria aduce cu sine multă suferinţă. Or, nu cred că ai nevoie de aşa ceva. Iar de păcatele de orice fel pe care le provoci prin ţinuta ta „admiratorilor" tăi eşti şi tu responsabilă.

Când Hristos este în inima ta, când ai o relaţie vie cu El şi trăieşti avându-L pe El în centrul existenţei tale, acest lucru se reflectă şi în lumina de pe chipul tău, lumină care te înfrumuseţează nespus. Hristos te vrea autentică, nu vrea să laşi modele şi tendinţe exterioare care să îţi afecteze atât de mult felul de a fi, încât să te înstrăinezi de tine însuţi şi de El.

✔ *Alegerea greşită a modelelor de viaţă*

Foarte multe femei care trăiesc în modernitate îşi aleg modelele din viaţa socială – actriţe celebre, cântăreţe în vogă, vedete de televiziune, manechine, personaje politice feminine cunoscute –, uitând însă de reperele fundamentale ale creştinătăţii. Nu spun că nu există actriţe sau vedete minunate, remarcabili oameni de cultură şi adevărate femei creştine, însă, din păcate, acestea sunt foarte rare, iar tinerele din ziua de astăzi nu spre ele îşi îndreaptă cel mai des atenţia, ci spre acele femei care trăiesc ghidate în special de orgoliu, aleargă după frumuseţile trecătoare ale lumii şi sunt într-o permanentă goană după celebritate. Aceste modele facile, atât de promovate în social media, sunt însă adevărate capcane pentru tinerele de azi. Din experienţa de duhovnic şi de om care cunoaşte multe vedete de televiziune, îţi pot spune că sub aparenta lor fericire şi bunăstare se ascund uneori multă tristeţe şi singurătate.

Reamintesc că modelul suprem al femeii creştine este Maica Domnului. Cum se poate apropia o tânără modernă de Sfânta Fecioară? Renunțând să privească cu ochi admirativi și dornici ceea ce este lumesc (frumuseți trecătoare, aspecte materiale, faimă etc.) și prin multă rugăciune. Iar dacă ar fi să se oprească asupra unei femei din viața reală care să o inspire și pe care să o poată considera călăuză, ei bine, acea ființă ar trebui să fie un **model de virtute.** Ar putea fi mama, bunica, străbunica, o mătușă, o profesoară dragă, dar și o actriță ori un om de radio sau de televiziune. Cred că este important ca această femeie-model să aibă puterea să se adapteze la orice situație ivită în calea ei, fără să uite însă de adevăratele valori morale: dragostea de Dumnezeu și de oameni, smerenia, iertarea și jertfa de sine. Toate aceste daruri sunt mântuitoare și pentru modelul tău, și pentru tine.

Mai are femeia modernă valori creștine? Se mai apropie ea de modelul Maicii Domnului sau al altor sfinte? Este femeia de azi un reper pentru generațiile viitoare? La toate aceste întrebări voi încerca să răspund în cele ce urmează, plecând de la exemple întâlnite de-a lungul experienței mele pastorale. Și pentru că trăim într-o lume a contrastelor, voi aduce în fața ta atât prototipul creștinelor autentice, cât și pe cel al femeilor care au ales o altă cale decât cea spirituală. Nădăjduiesc totuși ca acestea din urmă să fie din ce în ce mai puține și îmi doresc ca femeile al căror model este Eva să se poată îndrepta cu timpul spre minunata cărare a mântuirii deschisă nouă de Măicuța Sfântă.

Înger protector versus „femeie-arici"

Femeia iubitoare și iertătoare este îngerul protector al familiei. Ființă jertfitoare și dăruitoare, ea se aseamănă cel mai mult cu Dumnezeu prin dragostea infinită pe care o revarsă asupra celor din jur – soț și copii deopotrivă. Chipul ei este luminat de harul lui Dumnezeu, iar brațele îi sunt gata oricând să ocrotească și să dăruiască iubire necondiționată. Are menirea să aducă pacea și armonia în familie, iar prezența ei e o adevărată bucurie pentru întreaga casă.

La polul opus se află „femeia-arici", o ființă rece, veșnic nemulțumită, respingătoare și egoistă. În conversațiile zilnice – indiferent de tema abordată –, folosește un ton ridicat ca să obțină ceea ce își dorește, reproșează continuu și se enervează din orice. Ei bine, da, din păcate există și persoane mânate de mândrie, de egoism și de răutate...

„Femeia-arici" este bine să știe că atunci când ridică tonul în discuțiile cu soțul ei ridică și acesta un zid de apărare, ajunge chiar să o judece aspru pentru comportamentul neadecvat și se îndepărtează ușor, ușor de ea. O astfel de femeie își tratează și copiii cu răceală, are pretenții uriașe de la ei, îi ceartă uneori chiar fără motiv, îi pedepsește aspru și nici nu își rezervă timp să stea de vorbă cu ei, să le asculte problemele și să le dea sfaturi. Față de așa-zisele prietene manifestă invidie, se bucură în sinea ei pentru necazurile lor și o întristează și cel mai mic succes al acestora. Nu este sinceră, devotată, iubitoare, caldă, dimpotrivă: bârfește și vede doar „gunoiul din grădina altuia", nu și „bârna din ochiul ei". Așadar, prin atitudinea ei, prin comportament, gesturi sau ton, „femeia-arici" ajunge în cele din urmă să-și îndepărteze soțul, copiii și prietenii, se închide în sine și devine anxioasă, chiar depresivă.

Ca duhovnic, am cunoscut atât creştine adevărate, îngeri de femei, mame şi soţii iubitoare, cât şi fiinţe reci, respingătoare, cu inimi închise – este adevărat, mult mai puţine decât primele. Dintre acestea din urmă, unele îşi doreau cu ardoare să facă o schimbare în viaţa lor, să devină mai bune, mai calde şi mai iubitoare, însă nu ştiau ori nu îndrăzneau să facă primul pas. Văzându-le râvna spre înduhovnicire şi înţelegând că singure nu pot găsi calea cea adevărată, le-am sfătuit cu dragoste părintească să încerce să-şi coboare aşteptările de la ceilalţi şi **să se aplece mai mult asupra nevoilor şi neputinţelor celor dragi, să-i înţeleagă, să fie mai răbdătoare cu ei** şi astfel vor evita prăpastia dintre ele şi toţi ai casei. Bunăoară, dacă se întâmplă ca soţii lor să vină acasă obosiţi şi nervoşi din pricina problemelor de la locul de muncă, să fie ele cele care să le alunge întristarea, să aducă pace şi bucurie în inimile bărbaţilor lor cu o vorbă bună, cu o atitudine prietenoasă şi cu multă empatie. De asemenea, faţă de copii să manifeste dragoste şi înţelepciune şi să-i povăţuiască cu blândeţe şi cu răbdare. Iar când aceştia le împărtăşesc din experienţa trăită alături de colegii lor la şcoală sau la locul de joacă, să-i asculte cu atenţie. Dacă copilul a greşit cu ceva, nu tonul ridicat sau pedeapsa aspră îl va ajuta să-şi înveţe lecţia din acea întâmplare, ci dojana izvorâtă din dragoste.

Prin urmare, femeia trebuie să se comporte faţă de membrii familiei ei cu mult tact, să aibă inimă caldă şi multă înţelepciune. În plus, „femeia-arici" poate să renunţe la „ţepii" care îi împietresc inima prin multă rugăciune, prin smerenie şi printr-o înţelegere obiectivă faţă de realităţile neplăcute ale vieţii, realităţi pe care ea însăşi nu le poate schimba decât într-o anumită parte.

Le îndemn pe femeile stresate, nemulţumite de ceea ce sunt ori neîmplinite **să mediteze mai mult asupra lucrurilor frumoase din viaţa lor,** fiindcă sunt convins că nu sunt deloc puţine! Să aprecieze, de pildă, că au o slujbă, că sunt iubite de soţi şi de copii, că au ce pune pe masă şi că nu sunt împovărate de vreo boală necruţătoare sau de vreun handicap grav care să le transforme viaţa într-un lung şir de suferinţe! Să-I dea slavă lui Dumnezeu că sunt sănătoase şi că pot munci să-şi crească în linişte copiii! Dacă se vor gândi la toate acestea, se vor apleca mai mult asupra problemelor reale cu care se confruntă alţi oameni şi vor fi mai atente la cei din jur, mai empatice, inimile lor se vor încălzi şi vor deveni mai bune. Suferinţele cu care se confruntă mii de oameni din jur le vor ajuta să înţeleagă ce înseamnă să trăieşti cu adevărat în întuneric, în durere trupească şi sufletească, în singurătate... Sunt sigur că în faţa acestor realităţi crunte vor începe să înţeleagă că sunt multe motive să fie bucuroase şi mulţumite de propria viaţă şi se vor transforma şi ele din „arici” în îngeri luminoşi.

Femeie trăitoare în adevăr versus Femeie trăitoare în imaginar

Femeia care trăieşte în adevăr este mulţumită de toate darurile cu care a înzestrat-o Părintele lumii, are chipul luminos, este senină, zâmbitoare şi frumoasă. Să trăieşti în adevăr înseamnă să nu pleci cu uşurinţă urechea la „minciunile” lumii înconjurătoare care ne dictează de multe ori nevoile, creează ierarhii neverosimile, promovează valori şi modele efemere, pune presiuni puternice să ne conformăm unor tendinţe exterioare. Or, Dumnezeu vrea ca femeia să rămână autentică, să fie consecventă valorilor sale, să acţioneze conform gândirii sale şi să se lase ghidată de cuvintele Lui veşnic valabile, nu de principii contextuale, pur omeneşti.

Femeia care iubește adevărul este mereu mulțumită de felul cum arată și conștientă că Dumnezeu l-a creat pe om după chipul și asemănarea Lui. Cine Îl urmează pe Dumnezeu își asumă și părțile negative ale vieții sale și, prin Taina Spovedaniei, Îi mărturisește smerit aceasta, având însă mare încredere în puterea Lui de a schimba ceea ce nu este bun la ea. Pe de o parte, femeia care trăiește în adevăr nu uită ceea ce este ea cu adevărat și își cunoaște limitele, fără să se lase însă copleșită de nemulțumiri, frustrări și depresie. Pe de altă parte, rămâne încrezătoare că, prin relația vie cu Dumnezeu, poate fi mai bună decât este în acel moment, însă fără să trăiască în iluzie și în așteptări nerealiste. Acest echilibru esențial este dat tocmai de legătura ei cu Dumnezeu care o ajută să nu cadă în deznădejde atunci când privește la trecutul mai puțin fericit, nici să își facă speranțe false când privește la viitorul încă incert. În schimb, femeia care trăiește în imaginar fuge de ea însăși, nu acceptă realitatea și se ascunde mereu după aparențe – ceea ce este foarte trist! Ea evaluează trecutul într-un mod distorsionat, extrem de critic, iar de la viitor are așteptări neverosimile, trăind permanent în minciună.

Una dintre preocupările pentru care femeia de astăzi ajunge, sub presiunea contextului social, să se înstrăineze de modul ei autentic de a fi este interesul deosebit pentru felul cum arată și pentru modul în care este percepută de ceilalți. Studiile demonstrează că din această pricină multe dintre femeile cu vârsta peste 35 de ani suferă, se tulbură și cad în depresie, fiind marcate de trecerea ireversibilă a timpului care își lasă amprenta asupra bietului trup neputincios. Veșnic neîmpăcate cu aspectul lor, își creează realități false, cum ar fi, de pildă, machiajul exagerat ori operațiile estetice care în multe dintre cazuri nu își au rostul. Cele care aleg să se machieze strident sau să-și schimbe aspectul prin diferite metode medicale Îl jignesc pe Dumnezeu, întrucât nu preţuiesc înfăţişarea pe care le-a oferit-o cu atâta dragoste.

În mod surprinzător, mi s-a întâmplat să văd femei care confundă chiar casa Domnului cu un adevărat podium; vin la biserică machiate excesiv şi împodobite cu fel de fel de bijuterii, uitând parcă scopul pentru care se află acolo. Or, nu venim în sfintele lăcaşuri ca la o paradă de modă; rostul nostru în biserică este cu totul altul. În acest loc sfânt ne simţim mai mult ca oriunde copii iubiţi ai lui Dumnezeu, ne întâlnim cu Hristos Domnul, uniţi în rugăciune şi în iubire. În acele momente sacre mintea şi ochii trupului şi ai sufletului ar trebui să fie îndreptate în sus, spre înaltul cerurilor, iar nu spre noi înşine, spre stânga sau spre dreapta, ca să îi admirăm sau – mai grav – să îi criticăm ori să îi invidiem pe ceilalţi.

Nu spun că nu e bine să îmbrăcăm haine frumoase când venim la biserică, dimpotrivă. Însă nu trebuie să exagerăm! Te îndemn, deci, să ai o măsură în toate! Spun asta, întrucât chiar şi prin felul în care te prezinţi în sfântul lăcaş îţi exprimi cinstea faţă de Dumnezeu. Nu uita că trupul este trecător; este doar „cort" pentru suflet, cum spunea mitropolitul Dosoftei[95]. Nu de trup ar trebui să ne îngrijim mai cu seamă în această viaţă pământească, ci de suflet, fiindcă el este nemuritor. Domnul şi Mântuitorul nostru ne aşteaptă la porţile raiului cu sufletul curat, luminos şi neîntinat, în vreme ce trupul putrezeşte sub povara păcatului.

Iată, aşadar, cum ar trebui să se împodobească femeia creştină, cea care alege calea mântuirii şi se fereşte de marile ispite contemporane: „Aprinde-te de Duhul Sfânt, dă-ţi cu parfumul rugăciunii, spală-te cu

95 „Că fiind răsăpite a noastre corturi, ádecă trupurile, şi iarăş închegate, de roada agonisitei noastre atunce ne vom îndulci prăznuind în corturile, sălaşele ceale veacinice." (Dosoftei, *Parimiile preste an*, Iaşi, 1683, ed. Mădălina Ungureanu, Iaşi, 2012)

Spovedania, hrănește-te cu Mântuitorul și cere bucurie de la Dumnezeu și atunci vei fi frumoasă pentru privirea duhovnicească."[96]

Am cunoscut o tânără care avea în jur de treizeci de ani. De ceva timp începuse să evite să mai iasă din casă, din cauză că se considera „foarte urâtă". Renunțase la slujbă și locuia cu părinții, petrecând mult timp în camera ei fără să scoată o vorbă. Prefera să trăiască în tăcere, evita să-și privească chipul în oglindă și să se întâlnească cu alți tineri de vârsta ei. Deși cei dragi – părinții și prietenii care îi mai rămăseseră alături – o încurajau și încercau din răsputeri să o ajute să-și recapete încrederea în sine, depășind această mare ispită, fata se încăpățâna să creadă despre ea că este „cea mai urâtă din lume". În cele din urmă, și-a făcut curaj și a venit la mine; mi-a povestit printre lacrimi drama în care trăia. Am ascultat-o cu atenție, apoi am întrebat-o dacă a zâmbit vreodată în toată această perioadă. Mi-a răspuns că nu ar avea motive să facă asta. Atunci, i-am vorbit despre creația lui Dumnezeu și despre faptul că noi, oamenii, suntem concepuți din dragoste după chipul și asemănarea Lui. I-am mai spus că se vede „urâtă" din cauză că sufletul ei este trist. „Frumusețea, draga mea, vine din interior, lumina și căldura sufletelor noastre se revarsă asupra chipului, ochii sunt oglinda sufletului, iar zâmbetul ne împodobește și mai mult."

Am sfătuit-o să se bucure de tot ce e în jurul ei și să zâmbească des. În plus, am rugat-o să vină în fiecare duminică la biserică, să se roage neîncetat, să se îndrepte spre scaunul Spovedaniei și să-L primească pe Hristos

96 Monahia Siluana Vlad, *Meșteșugul bucuriei*, vol. II, Iași, Editura Doxologia, 2009, p. 76.

în inima ei. Numai aşa chipul ei va deveni mai luminos şi mai senin. Cu ajutorul Bunului Dumnezeu şi al celor dragi din jurul ei, tânăra şi-a recăpătat încrederea în sine, a început să-şi conştientizeze calităţile, să se aprecieze mai mult şi încet, încet s-a reintegrat în societate; s-a întors la locul de muncă şi şi-a făcut noi prieteni. Acum nu mai pune prea mult preţ pe aspect, este mulţumită de felul cum arată şi Îi dă slavă lui Dumnezeu pentru toate.

Dincolo de aspect, mulţi dintre noi trăim deseori în imaginar din cauza eforturilor uriaşe pe care le depunem pentru a ne prezenta în faţa colegilor şi a cunoscuţilor altfel decât suntem în realitate. Pozăm în oameni fericiţi şi împliniţi când de fapt suntem, poate, dominaţi lăuntric de tot felul de frustrări şi neîmpliniri. Această atitudine nu înseamnă să fii pozitiv şi optimist! Pozitiv cu adevărat este cel care îşi asumă pe deplin felul de a fi fără să-şi ascundă – chiar şi de sine însuşi – părţile mai întunecare şi care, cu ajutorul lui Dumnezeu, se străduieşte să aducă Lumina în acest întuneric lăuntric, lumină izvorâtă din optimism. Iar optimismul vine din încrederea în lucrarea lui Dumnezeu în el.

Lumea de astăzi trăieşte foarte mult în imaginar. Pentru multe femei viitorul trebuie să arate aşa cum văd în filme sau cum au citit şi auzit la alţii. Desigur, e bine să ne facem planuri şi să credem în visurile noastre, însă nu în modul absolut în care o facem acum şi nu exclusiv după criteriile altora. Trăind în imaginarul irealizabil sau imposibil, ratăm de multe ori prezentul posibil. Tocmai de aceea, relaţia cu Dumnezeu ne menţine în adevăr, pentru că ne fereşte de „strălucirea înşelătoare a lumii", de trăirea nostalgică în trecut şi de aşteptarea iluzorie a viitorului.

Femeia credincioasă ştie că cel mai important moment este cel prezent în care poate acţiona şi schimba lucrurile ce trebuie şi pot fi schimbate. Aşadar, preaiubită cititoare, acordă importanță aspectelor frumoase din viața ta, iar pe cele mai puțin plăcute lasă-le în urmă! Nu uita că Dumnezeu este Cel Care îți veghează fiecare pas și tot El îți apreciază eforturile și îți acoperă neajunsurile! Iată de ce este absolut inutil să-ți canalizezi energia prezentându-te lumii căzute altfel decât ești cu adevărat, întrucât această lume, cu toată „poleiala" ei, este trecătoare. **Numai sufletul este veșnic.**

Femeie sensibilă versus Femeie-bărbat

Femeia sensibilă este caldă, delicată și are permanent nevoie de un umăr pe care să se sprijine la nevoie. Este afectuoasă cu cei din jur, tandră și deosebit de discretă, își dezmiardă soțul și copiii, le vorbește blând, nu ridică tonul, iubește și are nevoie, la rândul ei, de multă iubire. Se simte bine în mijlocul naturii și, mai presus de orice, își acordă timp pentru rugăciune. Se roagă profund, curat și din inimă pentru toți cei dragi – copii, soț, părinți, rude și prieteni – și este nelipsită din viața liturgică a Bisericii. Sigur că o astfel de femeie se preocupă și de carieră, însă nu aceasta se află în prim-planul grijilor ei, ci pacea, armonia și stările de bine din familie.

În schimb, femeia-bărbat vrea să dețină numai ea controlul și inversează rolurile, preluând și sarcinile bărbatului. Se implică în foarte multe lucruri, iar la finalul unei zile istovitoare se simte obosită și devine nervoasă și irascibilă. Cu toate acestea, în sinea ei este mândră de ea însăși și de performanțele acelei zile. O astfel de persoană se defeminizează cu timpul, își pierde din tandrețea și din delicatețea specifice unei femei iubitoare. Prin atitudinea ei, femeia-bărbat uită de marile daruri primite de la Dumnezeu: sensibilitate, candoare și tandrețe.

Nu spun că femeia nu poate sau nu trebuie să aibă o carieră de succes ori să se afle într-un post de conducere, dimpotrivă; astfel de persoane sunt de admirat. Însă chiar şi atunci femeia trebuie să-şi păstreze delicateţea şi candoarea, iar când se întoarce de la serviciu, să fie în continuare feminină, să se abţină să acţioneze în locul bărbatului ei, confundând astfel casa cu slujba şi impunându-se în mod autoritar şi în familie cu orice preţ.

Aşa cum spuneam, fiecare dintre cei doi soţi are rolul lui în familie, iar aceste roluri nu trebuie confundate. Bărbatul a cărui soţie preia şi îndatoririle lui devine cu timpul inactiv, frustrat și solitar. Un astfel de om începe să se simtă inferior soţiei sale, iar ea, de vreme ce îi vede pasivitatea la care a ajuns şi din vina ei, îl desconsideră şi-i preia rând pe rând toate prerogativele de soţ, de tată, de stâlp al casei.

Dar ce se întâmplă cu acele femei singure care sunt nevoite să se ocupe ele însele de bunul mers al gospodăriei? Cum îşi pot păstra ele gingăşia în condiţiile în care nu au niciun sprijin din partea vreunui bărbat şi duc tot greul pe umerii lor? Ei bine, ajutorul pentru astfel de femei vine în primul rând de la Hristos Domnul. El este Cel Care Se coboară în inimile lor primitoare şi le dă putere să meargă mai departe pe cărările întortocheate ale vieţii. La cârma existenţei lor nu se află un bărbat neînfricat şi cu braţe puternice, ci Însuși Domnul, Atotputernicul, grabnic-Ajutătorul şi Ocârmuitorul lumii. Acest sprijin este unul real, mai întâi prin pacea, încrederea, curajul, optimismul, limpezimea în luarea deciziilor, viziunea asupra treburilor de rezolvat pe care le primesc în suflet ca urmare a credinţei lor în Dumnezeu, dar şi mai concret prin oamenii care, din purtarea de grijă a lui Dumnezeu, ajung să le înconjoare şi devin pentru ele mâinile iubitoare ale Părintelui ceresc.

Mi-a povestit o enoriașă cum își creștea singură copilașii, din pricină că soțul ei o părăsise cu mulți ani în urmă. Muncea mult să le asigure un trai decent, se ocupa de creșterea și de educația lor, îi ocrotea și îi povățuia la fiecare pas. Singură ducea tot greul casei, fiind și mamă, și tată deopotrivă, și tot singură lupta cu o boală autoimună pe care o descoperise de curând. Părinții îi muriseră demult, iar așa-zisele prietene o părăsiseră și ele. De ce? Pentru că nu le mai putea întâmpina cu zâmbete și cu voie bună – așa cum se așteptau ele –, ci avea mereu câte o suferință grea care o împovăra, ochii îi erau înlăcrimați și se simțea neputincioasă în fața atâtor greutăți ale vieții. Doar câteva rude mai răspundeau la chemările ei disperate, însă și acestea aveau multe greutăți și erau tare bolnave.

M-a impresionat mult povestea acestei doamne și m-a făcut să mă gândesc la multe alte femei brave care, ca și ea, au ales să-și crească singure copiii în loc să-și refacă viața și să se gândească mai mult la binele lor decât la al celor pe care i-au născut. Am încercat să o încurajez, deși în fața unor astfel de situații cuvintele aproape că sunt de prisos. I-am spus că nu este singură, ci Îl are alături pe Hristos, Mântuitorul nostru. El este mereu acolo, lângă ea, o însoțește la slujbă și îi înlesnește munca, o veghează în drum spre casă, îi dă putere să înfrunte necazurile, o ajută să găsească cele mai bune soluții și să ia deciziile potrivite pentru ea și pentru copii. Iar dacă asupra ei sau a celor mici s-ar abate vreo suferință, să nu uite că Dumnezeu nu o va părăsi niciodată. Am mai sfătuit-o să citească zilnic *Acatistul Domnului nostru Iisus Hristos* și să-L cheme pe El în ajutor de fiecare dată când se simte neputincioasă. Cu Hristos în inima-i curată nu-și va pierde delicatețea, gingășia, deși rolul ei este dublu, de femeie și de bărbat în același timp; pe o astfel de ființă greutățile o determină să prindă aripi şi îi dau putere să meargă mai departe pe urcuşul vieţii.

Dragă cititoare, dacă te regăseşti cumva în aceste rânduri, să nu deznădăjduieşti! Hristos Domnul este soluţia tuturor problemelor noastre existenţiale!

Femeie jertfitoare versus Femeie egoistă

Femeia jertfitoare iubeşte, iartă şi pune binele celorlalţi pe primul plan. Este empatică şi trăieşte doar pentru cei dragi, cărora le oferă pace, iubire şi stabilitate. Tot ea veghează la căpătâiul celui suferind din familie, îl încurajează şi-i oferă toată susţinerea de care este în stare. În clipe de grea încercare, bărbatul şi copiii se pot sprijini pe umărul unei astfel de fiinţe calde şi iubitoare, dispuse să facă sacrificii uriaşe ca să le fie bine.

La polul opus, se află femeia egoistă, cea care doreşte să deţină controlul, vorbeşte mult, foloseşte un ton ridicat şi îi cicăleşte pe cei din jur, considerând că ea şi numai ea are dreptate şi că deţine adevărul absolut. Este persoana care se pune pe sine pe primul loc, se laudă, îşi bârfeşte prietenele, se consideră pe sine perfectă, le trădează, cade uşor în păcatul desfrânării, îşi înşală soţul, întrucât îi pasă prea puţin de el şi de eventualii lor copii, pe scurt, se concentrează în special asupra nevoilor şi fericirii proprii.

Ce trebuie să facă femeia egoistă ca să scape de patimile care îi umbresc viaţa? Să se îndrepte urgent spre „scaunul" Spovedaniei şi, cu ajutorul unui duhovnic, să încerce să-şi schimbe viaţa în bine.[97] Egoismul este unul dintre cele mai grave păcate ale omenirii. El generează

97 „Când intră Hristos în inimă, patimile se mistuie. Nu mai poţi nici să înjuri, nici să urăşti, nici să te răzbuni, nici, nici... Unde să se mai găsească urile, antipatiile, osândirile, egoismele, frământările, întristările?" (*Ne vorbeşte părintele Porfirie*, Ediţia I, Galaţi, Editura Egumeniţa, 2003, p. 171)

dezbinarea dintre oameni, ura, antipatia, întristarea.[98] Cu cât se afundă mai mult în păcatul egoismului, cu atât omul se înstrăinează de tot ce este mai sfânt și mai curat pe acest pământ, dar și de viața veșnică din ceruri. Or, dacă își va mărturisi păcatele, dacă le va regreta din adâncul inimii, dacă va încerca să le repare și să renunțe să le mai facă, adică dacă se va pocăi sincer și va ieși din noianul greșelilor, omul Îl va primi pe Hristos în sufletul lui curat, astfel că patimile nu vor mai avea putere asupra lui.

A venit odată la mine o tânără să-mi vorbească despre drama prin care trecea și să-mi ceară un sfat. Era prima dată când cerea ajutorul unui preot. Pentru ea, Dumnezeu era o prezență rară, iar la biserică mergea cu ocazia anumitor evenimente din viața familiei ei sau a prietenilor – cununii, botezuri sau înmormântări.

M-am bucurat mult că în cele din urmă a decis să se apropie de Dumnezeu și am întrebat-o ce anume a determinat-o să facă acest pas important din viața ei. Așa am aflat că trăise până atunci mânată de orgoliu și de egoism. A încercat din răsputeri să obțină o slujbă bine plătită – și a reușit –, și-a dorit mereu să avanseze profesional – și așa s-a și întâmplat –, apoi și-a ales soțul ideal, a visat la o casă superbă pe care a și reușit să o achiziționeze. Cu timpul însă a realizat că nimic din toate astea nu o mulțumea. A început să-și neglijeze soțul, chiar să-l înșele, de copii se ocupa tot mai puțin și inventa tot felul de motive ca să lipsească nopțile de acasă. Față de prietenele ei începuse să se comporte tot

98 Egoismul ne scufundă în iad, în vreme ce „simțirea sănătoasă și smerită a nimicniciei noastre ne înalță la Dumnezeu." (Moise Aghioritul, *Pathoktonia [Omorârea patimilor]*, Atena, Ed. Εν πλω, 2011)

mai distant, le desconsidera, le ignora și se vedea numai pe sine femeia perfectă. Toate aceste capcane din viața ei îi fuseseră întinse de două mari patimi ale femeii moderne – egoismul și mândria.

A trăit așa câțiva ani buni fără ca cei din jur să bage de seamă zbuciumul ei sufletesc. Soțul încerca din răsputeri să o apropie și o înconjura cu multă dragoste, însă ea îl ignora și îl îndepărta tot mai mult, pretextând tot felul de neajunsuri. La un moment dat nu a mai putut să continue așa. A început să plângă amarnic și să-și dorească o schimbare în viața ei. Nu știa însă cum și ce anume să facă, nu avea curajul să se confeseze nimănui, cu prietenele de care se înstrăinase nu putea vorbi, se simțea foarte singură și abandonată. Până într-o bună zi când o minune s-a petrecut în viața ei. Se afla la birou. Luând în mână un teanc de hârtii, a observat că s-a desprins ceva dintre ele și a căzut chiar lângă ea. Era o iconiță. Când a ridicat-o, a văzut că era o icoană a Sfântului Ierarh Nicolae. (A aflat mai târziu că fusese pusă acolo de o colegă de-a ei evlavioasă.) A încremenit. S-a îndreptat iute spre computer și a căutat informații legate de acest mare sfânt despre care auzise doar cu prilejul onomasticii unor prieteni. A citit povestea vieții sfântului și apoi s-a interesat despre lăcașurile de cult din București care îl au ca ocrotitor. Așa a ajuns la bisericuța mea. Mi-a mărturisit printre lacrimi că nu mai putea trăi mânată de egoism, de orgoliu și în desfrânare. Se simțea sufocată, întinată de păcat, nu-și mai putea privi soțul și copiii în ochi, îi era rușine de tot ce făcuse și dorea cu orice preț să-și schimbe viața. Povestea acestei tinere m-a cutremurat. Într-adevăr, în viața ei Dumnezeu făcuse o minune, îi dăduse o șansă.

După ce și-a eliberat sufletul de păcate, ștergându-le cu lacrimi grele și cu multe suspine, femeia s-a liniștit. Am povățuit-o să citească *Acatistul Sfintei Maria*

Egipteanca și să se roage la ea, dar să înalțe rugăciuni și spre Sfântul Ierarh Nicolae, cel care îi îndrumase pașii spre scaunul pocăinței. I-am mai dat câteva sfaturi părintești, apoi am binecuvântat-o și am îndemnat-o să păstreze până la trecerea din lumea aceasta legătura vie cu Dumnezeu. M-am bucurat să o revăd apoi în biserică alături de soțul ei și de copilași. Am aflat că i-a mărturisit acestuia toate greșelile și tot răul pricinuit lui și celor dragi. O altă minune a lui Dumnezeu a fost aceasta: soțul ei, bun și iubitor, a iertat-o și astfel au pornit împreună pe calea mântuirii.

Din acest exemplu poți vedea că drumul către renunțarea la felul egoist de a trăi este deschis oricui înțelege cât rău îți provoci singur atunci când te iubești pe tine însăți. Așadar, fie că ești căsătorită sau nu, fie că ai copii sau nu, te îndemn **să îți iei bucuria din bucuria celorlalți**, din dăruirea de sine pentru ei, nu exclusiv din satisfacția măruntă pe care ți-o oferă atingerea unor obiective autoimpuse. Te rog să faci măcar o vreme următorul exercițiu: încearcă să aduci în fiecare zi fericirea pe chipul cuiva, renunță puțin la comoditatea ta pentru binele celui/celor de lângă tine și vei descoperi câtă fericire vei avea la sfârșitul zilei aceleia!

Femeie înduhovnicită versus Femeie superficială în relația cu Dumnezeu

Femeia care li se dedică cu totul celor din jurul ei are și o legătură specială cu Hristos. Ea este – așa cum am mai spus – candela aprinsă a familiei. În inima ei caldă rodește dragostea de Dumnezeu, fapt pentru care îi îndeamnă pe toți ai casei să îngenuncheze la rugăciune și să meargă în fiecare duminică la Sfânta Liturghie. Creștină adevărată, își crește copiii în casa Domnului, le îndreaptă pașii spre Sfintele Taine, îi învață rugăciuni și le transmite valorile morale care stau la temelia unei întregi generații de oameni echilibrați și bine orientați în viață.

Femeia înduhovnicită este împodobită cu cele mai alese virtuți – este plină de dragoste, cinstită, curată, smerită, caldă și milostivă, iartă și se jertfește pentru ceilalți. Pe umărul ei se sprijină toți ai casei, la ea se confesează toți. Știe să păstreze o taină, să dea sfaturi bune, să aline suferințe, să mângâie și să îndrume. O astfel de femeie se află la cârma morală a familiei și, chiar dacă bărbatul mai greșește, are puterea să-l ierte și să-l ajute să se îndrepte. În plus, femeia înduhovnicită acordă o importanță deosebită și culturii; citește mult, îi place să meargă la teatru ori la operă, este nelipsită din pelerinaje sau din excursii tematice și își îndeamnă și copiii să facă la fel.

De cealaltă parte, se află femeia superficială în relația cu Dumnezeu. Ea acceptă cu ușurință păcatul și pune mai mult preț pe aspectele materiale ale vieții – bani, bijuterii, proprietăți, haine etc. O persoană ca ea nu se preocupă de cele sfinte și își petrece o bună parte din timp în locuri în care ispitele sunt la tot pasul. Iar dacă se roagă, face acest lucru în grabă, superficial, fără să trăiască intens rugăciunile. Or, **rugăciunea sinceră, profundă și curată este modalitatea prin care noi, oamenii, comunicăm cu Dumnezeu.** Dialogul nostru direct cu Iisus Hristos, cu Maica Domnului și cu toți ceilalți sfinți mijlocitori înseamnă multă rugăciune. Sufletul care nu se roagă nu este fericit, nu trăiește în lumină și nu se bucură de prezența tainică a lui Dumnezeu: „Un suflet care nu se știe ruga nu va ști ce-i fericirea, chiar de ar avea toate bogățiile pământului." (ÎPS Justinian Chira)[99]

---

99 http://basilica.ro/zece-citate-celebre-ale-ips-arhiepicop-iustinian-chira.

O îndemn pe femeia modernă să aleagă fericirea sufletului mai mult decât bunăstarea și bucuriile trecătoare, să nu fie superficială, grăbită în relația cu Dumnezeu, ci să se roage mai mult și mai profund, oferindu-I lui Hristos un loc central în inima ei. Știu că astăzi, când există atâtea ispite și piedici, e tare greu, însă cu atât mai mult Dumnezeu apreciază truda noastră spre înduhovnicire, ne vede dorința de schimbare în bine și ne înțelege neputințele. Este suficient să pornim cu pași mici, dar siguri pe calea mântuirii sufletelor noastre, apoi glasurile de rugăciune vor deschide cerurile și Domnul Însuși ne va ajuta să depășim mai ușor ispitele cu care ne confruntăm zi de zi. Prin dialogul direct cu Dumnezeu, inima femeii se va umple de o bucurie tainică, iar patimile care o împresoară la tot pasul nu-și vor mai găsi locul.

Femeia de azi, mereu pe fugă, presată, acaparată de multe probleme, ar trebui să știe că nu e nevoie neapărat de un timp îndelungat pentru rugăciune. **Importantă este intensitatea cu care te rogi.** De aceea, câteva minute dimineața, peste zi și seara sunt suficiente ca să intre în comuniune cu Dumnezeu prin pogorârea Duhului Sfânt în sufletul ei. Un gând curat înălțat către Dumnezeu în timpul zilei aduce multă binecuvântare în viața ei. Deși se află mereu pe fugă, poate totuși să rostească rugăciuni scurte și puternice – cum este *Rugăciunea inimii*, despre care am mai vorbit, sau „Preasfântă Născătoare de Dumnezeu, miluiește-ne pe noi!” – ori poate asculta rugăciuni, acatiste și paraclise, precum și muzică bizantină atât în mașină, în drum spre locul de muncă, cât și acasă, în timp ce pregătește masa pentru cei dragi sau face alte treburi casnice. Toate acestea o vor ajuta să se umple de har și să-și recapete pacea mult dorită.

Mi s-a întâmplat să fiu întrebat de unele enoriașe de ce nu le este ascultată rugăciunea și de ce Dumnezeu nu le împlinește dorințele. Ei bine, Domnul cunoaște tot parcursul vieții noastre, de la naștere până la trecerea din această lume, așa încât știe tot ce este cu adevărat bine pentru noi. Două sunt aspectele pentru care credem că Tatăl ceresc nu ne ascultă rugăciunile: fie pentru că ceea ce Îi cerem noi nu este un lucru folositor pentru sufletele noastre (în acel moment), fie pentru că nu ne rugăm suficient de mult sau cu starea potrivită. Și încă ceva: pentru ca rugăciunea să se îndrepte mai repede spre cer și să răsune ca un dangăt de clopot în Împărăția lui Dumnezeu, chemând în ajutor harul Duhului Sfânt asupra noastră, ar trebui să fie însoțită de **post** și de **fapte bune** – „cele două aripi ale rugăciunii", cum le numea părintele Sofian Boghiu[100]. Dacă, de pildă, ai de dat un examen și, în afara faptului că înveți bine, te rogi fierbinte la Dumnezeu să te lumineze și miluiești un sărman, vei avea, cu siguranță, mai mult succes decât dacă nu faci aceste lucruri.

Am mai fost întrebat de multe credincioase ce să facă atunci când mintea se abate asupra altor aspecte ale vieții, când gândul zboară și nu se mai pot concentra la rugăciune, rostind doar niște vorbe goale, fără să simtă adânca taină a prezenței Duhului Sfânt. Înțeleg aceste situații. Cauzele abaterii minții de la rugăciune sunt multiple: oboseala, grijile multe, stresul cotidian, dar și cursele vrăjmașului. În astfel de momente recomand multă răbdare, evlavie, o pază continuă a minții și, bineînțeles, reluarea textului rugăciunii – dacă aceasta este citită.

Luptă cu gândurile rele, preaiubită cititoare! Nu te lăsa influențată de ele, alungă-le prin rugăciune neîncetată, iar truda ta duhovnicească va fi răsplătită de Hristos Domnul și Mântuitorul nostru!

---

100 Constanța Costea, Ioana Iancovescu, *Părintele Sofian*, ediția a II-a (revizuită și adăugită), București, Editura Bizantină, 2012, p. 101.

Revenind la întrebările de la începutul acestui capitol, am nădejdea că femeia modernă va înțelege în cele din urmă că zbuciumul cotidian în care trăiește o privează de harul Duhului Sfânt, o tulbură și îi aduce multă suferință sufletească și trupească. Și așa își va îndrepta, poate, pașii spre adevăratele valori ale acestei lumi: credința, dragostea de Dumnezeu și de aproapele, jertfa de sine și mila creștină. Dacă o va lua drept model pe Maica Domnului și se va apleca mai mult asupra modului în care au trăit sfintele femei de-a lungul timpului, în curăție, în pace și în rugăciune, va deveni, la rândul ei, călăuză pentru generațiile viitoare, răsădind sămânța iubirii și a păcii în inimile celor din preajma ei.

PARTEA A III-A

ROLUL BĂRBATULUI ÎN FAMILIE

Fericit bărbatul care n-a umblat în sfatul necredincioşilor şi în calea păcătoşilor nu a stat şi pe scaunul hulitorilor n-a şezut. (*Psalmi* 1, 1)

Atunci când ne gândim mai atent la felul în care a luat fiinţă omul pe pământ, ne cuprinde o emoţie sfântă. Din chiar primele pagini ale *Vechiului Testament* aflăm că Dumnezeu – Artistul Desăvârşit – l-a făcut pe om „după chipul şi după asemănarea Sa" (*Facerea* 2, 7). Adam a fost plăsmuit dintr-un bulgăre de pământ şi înzestrat apoi prin „suflarea de viaţă" a lui Dumnezeu, cu raţiune, voinţă şi sentimente. În omul primordial se sălăşluiau toate aspiraţiile Creatorului, iar menirea lui pe pământ era aceea ca, prin liberă voinţă şi efort, să ajungă de la *chip* la *asemănare*. Acesta era Adam – omul dintru început, făptura făurită dintr-o mână de lut, dar plină de har dumnezeiesc. De atunci şi până astăzi toţi urmaşii lui Adam – alcătuiţi şi din carne, şi din duh, şi din pământ, şi din cer – trăiesc între aceste realităţi contradictorii: unirea cu Dumnezeu versus dependenţa de materie, preocuparea pentru lucrurile spirituale versus frământarea neîncetată doar pentru traiul de zi cu zi, căutarea bucuriilor sufletului versus împlinirea prioritară a plăcerilor trupului.

Dintr-o infinită iubire, Tatăl ceresc i-a oferit omului posibilitatea de îndumnezeire, însă nu oricum, ci cu două condiții: ca el să-și dorească sincer aceasta și să depună un efort susținut în acest sens. Altfel spus, ca să poată deveni „dumnezeu după har", omul trebuie să parcurgă drumul înduhovnicirii, care, de cele mai multe ori, este unul anevoios. În acest proces, ne transformăm, sau mai bine zis suntem transformați în mod necesar din oameni trupești în oameni duhovnicești, din slujitori ai materiei în diverse feluri și grade în căutători ai înveșnicirii noastre împreună cu Dumnezeu. E nevoie, deci, de tot acest parcurs care este important în sine, deoarece transformarea nu are loc la sfârșitul drumului, ci „pe cale".

Calea mântuirii[101] ar fi fost, cu siguranță, mult mai ușoară, dacă omul nu ar fi căpătat această înclinație spre patimi în urma păcatului strămoșesc.[102] Căderea lui Adam, cauzată de lașitate, de neascultare și mai ales

---

101 Mântuirea, dragii mei, înseamnă „eliberarea de rău, de întuneric, de ură, de tot ceea ce este rău cu adevărat". Omul care vrea să pornească spre Împărăția lui Dumnezeu trebuie „să se elibereze și să intre în lumină, în lumina lui Dumnezeu". Acesta este scopul nostru suprem: „Pentru aceasta trăim noi, oamenii, pentru această mântuire." (Constanța Costea și Ioana Iancovescu, *op. cit.*, p. 167)

102 Sfântul Nicolae Velimirovici identifică trei aspecte legate de păcatul trămoșesc, și anume: „funcționarea defectuoasă a minții, adică mintea a încetat să mai funcționeze normal; identificarea minții cu rațiunea care, într-un fel, a dus la divinizarea rațiunii; și, în final, supunerea minții față de patimi, frică și condițiile înconjurătoare. Iată adevărata moarte a omului, destrămarea sa totală, moartea sa lăuntrică." (Nicolae Velimirovici, în Mitropolit Hierotheos Vlachos, *Boala și tămăduirea sufletului în tradiția ortodoxă*, București, Editura Sophia, p. 21)

de mândrie, i-a complicat enorm întregul proces de îndumnezeire. În loc să-şi lucreze virtuţile şi să devină tot mai luminos, asemănându-se astfel Fiinţei divine, a ajuns rob al păcatului şi al neputinţelor, tocmai pentru că a preferat răul (mai plăcut în aparenţă şi mai facil) în locul binelui – care cere statornicie şi stăpânire de sine. Căderea în prăpastie a avut, aşadar, urmări catastrofale şi a creat premise pentru următoarele căderi. Adam deschide uşa păcatului, a falsităţii, a slăbiciunii, iar de aici se vor năpusti apoi asupra vieţii pământenilor toate celelalte rele. Odată cu acest prim păcat, omul intră prima dată şi în dialogul nefericit cu demonul, cel care va continua să atragă în prăpastia patimilor sufletele vulnerabile şi deschise să guste din propunerile lui otrăvite.

Dar pentru că „Dumnezeu este iubire" (*I Ioan* 4, 8), nu a putut rămâne indiferent la zbuciumul omului, ci l-a ajutat – chiar şi după ce acesta Îl trădase – şi i-a acordat şansa să revină la frumuseţea şi la lumina dintru început. Gestul de iubire al Părintelui ceresc a schimbat radical faţa lumii căzute, a pus un nou început istoriei omenirii[103] şi a adus pe pământ două mari daruri sfinte: *iubirea* şi *iertarea*.

Mesagerul acestei iubiri divine şi, totodată, modelul suprem al omului desăvârşit este Însuşi Iisus Hristos[104],

---

103 La întrebarea cum ar trebui să trăim noi pe pământ, ca să răscumpărăm păcatul strămoşesc, părintele Ilie Cleopa a răspuns: „Mai întâi trebuie să ne botezăm în numele Preasfintei Treimi, deoarece Sfântul Botez deschide împărăţia cerurilor. (...) După botez, avem datoria să ne păzim de păcate şi să luptăm împotriva lor, fiind ajutaţi de harul lui Dumnezeu, cel primit la Sfântul Botez." (*Ne vorbeşte Părintele Cleopa 4*, ediţia a II-a, Ediţie îngrijită de Arhimandrit Ioanichie Bălan, Vânători-Neamţ, Editura Mănăstirea Sihăstria, 2004, pp. 25–26)

104 Vezi Arhimandritul Timotei Kilifis, *Hristos, Mântuitorul nostru*, Galaţi, Editura Egumeniţa, 2007.

Fiul lui Dumnezeu. Născându-Se pe pământ, trăind printre oameni şi învăţând prin faptă şi prin cuvânt, Iisus a devenit reper pentru bărbatul care îşi doreşte să pornească pe calea mântuirii. În El regăsim atât cumulul de virtuţi care să-l ridice pe om la îndumnezeire, cât şi modalităţile prin care să lupte cu ispitele şi piedicile care apar de-a lungul existenţei pământeşti.

Ce ar trebui să preia bărbatul de la Hristos Domnul? În primul rând, **sfinţenia**. Sfinţenia se primeşte prin acumularea continuă de har care îl transformă pe om din fiinţă obişnuită în fiinţă îndumnezeită. Însuşi Domnul ne-a îndemnat să căutăm sfinţenia, fiindcă ea este singura cale prin care putem ajunge să ne asemănăm şi să ne unim cu El: „Fiţi sfinţi, pentru că Eu sunt Sfânt." (*I Petru* 1, 16)

Uneori, când auzim cuvântul „sfinţenie", ne gândim că obţinerea ei este imposibilă astăzi pentru cei mai mulţi dintre noi. Or, acest lucru nu este adevărat. Vedem din *Vieţile Sfinţilor* că sfinţenia acestora nu a însemnat întotdeauna facerea de minuni, o viaţă ireproşabilă de la un capăt la altul sau perfecţiune pe toate liniile. Sfinţenia înseamnă strădanie, preocupare continuă pentru îndumnezeire, veghe constantă pentru curăţia sufletului tău, este un mod de viaţă care presupune trăirea creştinească în aspectele mici şi mari ale existenţei. Ea înseamnă în primul rând despărţirea de păcat şi, în acelaşi timp, acumularea de har printr-o viaţă de rugăciune, de filantropie, de jertfire de sine. Şi în vieţile sfinţilor au fost momente de ezitare, de îndoială, de cădere poate. Însă ceea ce este de remarcat la ei, ca o caracteristică dominantă, e preocuparea neîncetată de a se întoarce mereu cu faţa spre Dumnezeu, de a repara repede prin Spovedanie greşeala făcută, de a relua legătura cu Dumnezeu pe care gândul rău, cuvântul rău sau fapta rea o întrerupsese.

Aşadar, calea mântuirii nu este închisă. Pentru fiecare bărbat care doreşte să-şi mântuiască sufletul şi, după trecerea din această lume, să ajungă în Împărăţia lui Dumnezeu este suficient **să-L pună pe Hristos la cârma vieţii lui.** Numai aşa va dobândi virtuţile de care are nevoie ca să devină cetăţean al cerului încă din viaţa aceasta pământească. Cheia care deschide frumosul drum al sfinţeniei este *smerenia.* Omul care parcurge calea spre îndumnezeire nu-şi „contabilizează" atât de mult reuşitele, nici nu se laudă în sine însuşi ori înaintea altora; el nici măcar nu conştientizează progresul său, ci doar se bucură de parfumul sfinţeniei, mereu altul la fiecare nouă etapă străbătută.

Smerenia te menţine mereu în echilibrul atât de necesar acestui parcurs spiritual în care există pericole şi de o parte, şi de alta. Ea te ajută să nu te lauzi peste măsură cu reuşitele tale şi să pierzi astfel cu uşurinţă ceea ce ai câştigat, dar nici nu te lasă să te afunzi prea mult în momentele de eşec, de cădere. Smerenie înseamnă, deci, realism şi echilibru, adică să fii la mijloc, între trufie şi deznădejde, între încrederea prea mare în sine şi lipsa de încredere, între iluzie şi deziluzie.

De-a lungul istoriei, au existat nenumăraţi bărbaţi care L-au luat drept model pe Iisus. Începând cu Sfinţii Apostoli, continuând apoi cu martirii şi mărturisitorii de credinţă, cu cuvioşii, cu doctorii fără de arginţi, cu preoţii şi ierarhii, toţi aceştia nu au făcut altceva decât să-L urmeze pe Iisus. Aşa au primit de la Bunul Dumnezeu lumină în suflet şi har. Chiar dacă presărată uneori cu multe suferinţe – persecuţii, trădări, lovituri cumplite, carcere şi chiar moarte martirică –, viaţa lor a fost totuşi un rai încă de pe pământ prin unirea lor profundă cu

Hristos Domnul. Deşi au fost oameni ca noi, faptul că L-au avut pe Hristos drept model desăvârşit şi L-au urmat cu dragoste i-a transformat în sfinţi, iar astăzi sunt prezenţi în *Sinaxarul* Bisericii şi cinstiţi cu evlavie de noi toţi. Iată, în continuare, câteva modele de bărbaţi sfinţi care L-au aşezat pe Hristos în centrul existenţei lor; prin El au ajuns de la deznădejde la nădejde, de la patimă la sfinţenie, de la întuneric la lumină.

Îmi amintesc cu emoţie de *dragostea de vrăjmaşi* a Sfântului Arhidiacon Ştefan, de *curajul* Sfântului Apostol Pavel, de *credinţa neclintită* a Sfântului Apostol Petru, de *biruinţa asupra răului* a Sfântului Mare Mucenic Gheorghe, de *dragostea lucrătoare* a Sfântului Ierarh Nicolae şi a Sfântului Ioan cel Milostiv, de înţelepciunea Sfântului Ierarh Spiridon şi a Sfântului Ioan Gură de Aur, de *asceza cu sine* a Sfântului Vasile cel Mare, de *diplomaţia* Sfântului Împărat Constantin, de *cumpătarea* Sfântului Ioan Postitorul, de *curajul de a înfrunta pustia şi de a birui demonii* pe care l-au avut Sfântul Antonie cel Mare, Sfântul Sava cel Sfinţit, Sfântul Teodosie cel Mare, precum şi toţi cuvioşii şi pustnicii ce s-au nevoit în post şi rugăciune. Mergând pe urmele lor, putem şi noi să ne străduim mai mult să spunem un „Nu!" hotărât păcatului atunci când se furişează în viaţa noastră, să îmbrăţişăm ca ei calea postului, care aduce atâtea beneficii sufletului şi trupului nostru, să ne „antrenăm" prin rugăciune mai multă, rostită din suflet, pentru noi şi pentru cei pe care îi avem aproape.

Şi istoria poporului român este împodobită cu chipuri de bărbaţi bravi, repere de sfinţenie şi pentru noi, cei de azi. Îl amintesc aici doar pe Sfântul Voievod Neagoe Basarab, ctitor a nenumărate biserici şi mănăstiri – Catedrala de la Curtea de Argeş e un exemplu măreţ în acest sens –, dar şi pe Ştefan cel Mare şi Sfânt, voievodul moldovean care îşi încununa fiecare victorie cu zidirea

Și noi putem fi «ctitori», oameni care lasă urme luminoase. Ctitoriile noastre pot fi lucrurile bune pe care le facem pentru ceilalți, gesturile mari sau mici prin care îi sprijinim pe cei din jur, cuvintele bune pe care le rostim, textele pe care le scriem, gândurile de rugăciune pe care le înălțăm pentru alții sau simplul fapt că nu facem sau spunem ceva rău atunci când am avea prilejul să o facem. Toate acestea sunt în sine gesturi care schimbă cumva viața celor din jur și ne apropie tot mai mult de sfințenie.

unei mănăstiri, fapt ce explică şiragul de aşezăminte monahale de pe meleagurile Bucovinei. Şi noi putem fi „ctitori", oameni care lasă urme luminoase. Ctitoriile noastre pot fi lucrurile bune pe care le facem pentru ceilalţi, gesturile mari sau mici prin care îi sprijinim pe cei din jur, cuvintele bune pe care le rostim, textele pe care le scriem, gândurile de rugăciune pe care le înălţăm pentru alţii sau simplul fapt că nu facem sau spunem ceva rău atunci când am avea prilejul să o facem. Toate acestea sunt în sine gesturi care schimbă cumva viaţa celor din jur şi ne apropie tot mai mult de sfinţenie.

De asemenea, Sfinţii Martiri Brâncoveni – domnitorul Constantin Brâncoveanu, „boier vechi şi domn creştin", împreună cu cei patru fii ai săi: Constantin, Radu, Ştefan şi Matei, şi cu sfetnicul Ianache Văcărescu – reprezintă un model de jertfă pentru credinţa strămoşească. Cei şase martiri ai neamului românesc au fost ucişi la Constantinopol, „pe malul Bosforului", de către sultanul Ahmed al III-lea în ziua de 15 august 1714, chiar la praznicul Adormirii Maicii Domnului şi la ceas aniversar pentru domnitorul muntean. Ceea ce i-a transformat din oameni obişnuiţi în sfinţi încununaţi cu lumină a fost tocmai dorinţa lor neclintită să moară mai bine „în legea creştinească" şi să se încredinţeze cu totul în mâinile lui Dumnezeu, decât să se salveze, trădându-şi însă credinţa şi neamul.[105] A fost un act de curaj şi o alegere cu care şi noi ne întâlnim (în alte feluri) în viaţa noastră cotidiană. Ceea ce alegi la fiecare asemenea „intersecţie" te apropie de sfinţenie sau te îndepărtează de ea. Alegerea este exclusiv a ta!

Prin urmare, nu putem vorbi despre un bărbat integru fără să ne referim la felul în care se raportează el la sfinţenie şi la viaţa duhovnicească. Bărbatul credincios

105 Vezi „Balada lui Constantin Brâncoveanu", în Vasile Alecsandri, *Poezii populare ale românilor*, Bucureşti, Editura Litera, 1998.

este bărbatul ideal, pentru că el are principii şi valori care îi călăuzesc în aşa fel viaţa, încât ajunge o lumină şi o bucurie pentru prieteni, colegi şi familie. **Bărbatul credincios nu trădează dragostea şi încrederea celor din jur, îşi respectă cuvântul dat, este un om pozitiv, constructiv şi proactiv şi se jertfeşte pentru oamenii dragi lui.** La zugrăvirea acestui portret realizabil contribuie în primul rând legătura lui permanentă cu cerul, fiindcă de acolo primeşte putere să devină o versiune tot mai bună a sa.

Reţine de aici, dragul meu cititor, că este esenţial să fii conectat permanent la tot ceea ce e mai bun şi mai frumos pe pământ: *dobândirea harului lui Dumnezeu*! Şi, odată pogorât harul în inima ta, viaţa îţi va fi un lung şir de binecuvântări, iar paşii ţi se vor îndrepta uşor, uşor spre Veşnicie.

CAPITOLUL II

Iisus Hristos – modelul bărbatului desăvârşit

Ni se întâmplă deseori să rezumăm activitatea Mântuitorului nostru Iisus Hristos la faptul că a venit pe pământ să salveze neamul omenesc de rău şi de păcat. Şi totuşi, odată cu realizarea acestui scop înalt, Domnul a fost şi *un model de bărbat desăvârşit*. Prin lucrarea Sa, ne-a arătat permanent ce ar trebui să facem şi de ce ar fi bine să ne ferim, ca să ne putem bucura încă de acum de viaţa cea veşnică. Fiecare gest, fiecare cuvânt, fiecare tăcere a Mântuitorului are o profundă semnificaţie pentru viaţa noastră de zi cu zi, fiindcă El nu a săvârşit doar nişte fapte istorice, ci ne-a oferit prin acestea pilde concrete din care noi să învăţăm cum să trăim frumos.

Mai întâi să ne amintim că, imediat după Naşterea lui Iisus în cetatea Betleemului[106], Dumnezeu a rânduit ca Pruncul, împreună cu mama Sa, Fecioara Maria, şi cu bătrânul Iosif, să se ascundă în Egipt de furia lui Irod (*Matei* 2, 13-14). Gestul plin de înţelepciune al Părintelui ceresc a împiedicat un potenţial pericol –

106 Scopul întrupării dumnezeieşti este ca noi „să devenim dumnezei după har, nemuritori" (Arhimandritul Timotei Kilifis, *op. cit*, p. 32).

uciderea Pruncului Sfânt –, iar nouă, oamenilor, ne-a arătat că este important şi înţelept uneori să fugim din calea primejdiilor iminente şi, odată salvaţi, să putem să ne înălţăm spiritual prin fapte bune, prin gesturi de dragoste faţă de Dumnezeu şi de aproapele şi prin credinţă nestrămutată.

În relaţia dintre oameni, pasul înapoi poate fi o hotărâre greu de luat, însă de cele mai multe ori se dovedeşte a fi o decizie înţeleaptă şi salvatoare. De ce spun asta? Pentru că poate fie să anuleze, fie măcar să tempereze furtuni care apar în momentul în care spiritele se încing. Şi psihologii recomandă ca, atunci când există o provocare ce riscă să cauzeze reacţii pe care nu le mai poţi controla, să te retragi pentru câteva clipe, să nu spui nimic şi, după ce te vei fi liniştit, să reacţionezi calm şi echilibrat.

Apoi, când postim, să nu uităm că Însuşi Domnul nostru Iisus Hristos a postit patruzeci de zile, timp în care nu a făcut decât să Se roage în tăcere pentru omenirea aproape pierdută şi să înfrunte ispitele ce veneau de la diavol. Aşadar, **postul ne întăreşte pentru lupta cu demonii, ne dă putere să-i biruim şi ne ajută să simţim parfumul raiului.** Bărbatul care posteşte, care se înfrânează de la tot ce ar putea să îl afecteze sufleteşte şi trupeşte, capătă control asupra sa şi devine stăpânul propriilor decizii. El nu mai acţionează instinctual, provocat de stimuli din afară, ci face ceea ce trebuie pentru el şi pentru cei din jur. E foarte important să înveţi să poţi să-ţi spui „Da" când trebuie, să ai suficientă determinare pentru a face lucrurile necesare şi să poţi spune „Nu", când răul te ademeneşte să accepţi un compromis plăcut care te-ar vătăma apoi.

În plus, atitudinea blândă şi împăciuitoare a Mântuitorului faţă de cei care Îl ponegreau ar trebui să fie un îndemn pentru noi toţi. Oricât am fi de atacaţi, de umiliţi, de invidiaţi sau de batjocoriţi, să ne străduim să ignorăm răul care vine asupra noastră şi, mai presus de toate, *să-i iertăm* şi *să ne rugăm din inimă* pentru cei ce ne urăsc. La rândul nostru, vom primi iertarea promisă de Dumnezeu şi ne vom bucura de El în Veşnicie.

Dar iată mai jos câteva dintre marile virtuţi ale Mântuitorului nostru Iisus Hristos, care sper că te vor ajuta să-ţi reaşezi viaţa în lumină!

Iubirea

Într-unul dintre dialogurile cu ucenicii Săi, Iisus le-a vorbit acestora despre *iubirea jertfitoare*[107]: „Mai mare dragoste decât aceasta nimeni nu are, ca sufletul lui să şi-l pună pentru prietenii săi." (*Ioan* 15, 13) Din iubire pentru om, Fiul Omului a vindecat mii şi mii de oameni – orbi, şchiopi, muţi, slăbănogi –, a mângâiat sărmani, a plâns pentru durerile lor trupeşti şi sufleteşti, a dăruit, a înmulţit pâinea, a hrănit şi a adăpat suflete, a ridicat din morţi şi le-a dat speranţă tuturor celor care L-au urmat. Însă iubirea Lui nemărginită[108] pentru noi se vădeşte cel mai bine în jertfa Sa supremă pentru păcatele omenirii – Pătimirile şi moartea pe Cruce. Iisus S-a răstignit şi a murit ca omul să fie eliberat de sub jugul păcatului. Aşadar, a venit pe pământ pentru noi, şi nu pentru El.

---

107 Iată ce spune părintele Porfirie Kafsokalivitul despre iubire: „Iubirea pe toate le înţelege şi se jertfeşte pe sine. (...) Iubirea atrage harul lui Dumnezeu." (*Ne vorbeşte părintele Porfirie*, ediţia I, Galaţi, Editura Egumeniţa, 2003, p. 163).

108 „Dumnezeu te iubeşte pentru ceea ce este în tine lumină, pentru ce ai tu bun, nu pentru păcatele, petele, întunecimile, tale." (Preotul martir Constantin Sârbu, *Lacrimă şi har*, Bacău, Editura Bonifaciu, 2010, p. 177)

La fel ar trebui să facă și bărbatul de azi: să trăiască pentru cei dragi mai mult decât pentru sine, să se jertfească din iubire, să aline suferințe, să aducă pâinea pe masă, să bucure cu prezența și cu lumina lui, să fie un soț, un părinte și un prieten bun, după modelul hristic.

Dacă Hristos a iubit atât de mult lumea, încât a murit pentru ea, iubește și tu, cititorule drag, lumea ta înconjurătoare, pune-te în slujba ei, jertfește-te pentru ea! Și astfel te vei apropia tot mai mult de Domnul Iisus și vei înțelege că scopul pentru care ai fost trimis pe pământ este tocmai acesta: **să îți obții bucuria din bucuria celorlalți.** „Dăruind vei dobândi!”, ne amintește și părintele Nicolae Steinhardt.[109]

Creștinul autentic îi înconjoară pe toți ceilalți cu *o iubire infinită*. Este acea iubire curată ce izvorăște din *relația vie cu Hristos* și care se manifestă în toată ființa lui, mai cu seamă în fapte decât în vorbe.

Iertarea

În timpul misiunii Sale pe pământ, pe lângă vindecările trupești, Iisus le oferea oamenilor și darul sfânt al *iertării păcatelor*[110], însă cu o condiție: ca aceștia să creadă sincer în puterea Lui tămăduitoare și să se lase modelați de harul Duhului Sfânt: „Și văzând Iisus credința

109 Vezi opera integrală, Nicolae Steinhardt, *Dăruind, vei dobândi*, Editura Mănăstirea Rohia.

110 „Niciodată nu veți avea pace și liniște sufletească dacă nu veți iubi și ierta ca Hristos. Noi nu știm să iertăm. Tu, care vii la biserică – eu pentru tine vorbesc –, tu, care știi că Dumnezeu vrea pace, tu prin tăcere să dezarmezi pe cel care a pornit cearta, căci din dușman poți să ți-l faci prieten. Această comportare arată diferența dintre tine, care intri cu folos în biserică, și cel ce nu vine sau vine numai cu trupul.” (Preotul martir Constantin Sârbu, *op. cit.*, p. 12)

lor, i-a zis slăbănogului: «Fiule, iertate îți sunt păcatele tale.»" (*Marcu* 2, 5)

Aflat pe Crucea Golgotei, abandonat și însângerat, Domnul a avut puterea să strige la Tatăl ceresc și să-L roage să-i ierte pe toți aceia care Îi pricinuiseră atât de mult rău: „Părinte, iartă-le lor, că nu știu ce fac." (*Luca* 23, 34) Și, contrar logicii umane, care cerea pedepsirea făcătorilor de rele, Iisus l-a făcut pe un tâlhar primul cetățean al raiului: „Adevărat grăiesc ție, astăzi vei fi cu Mine în Rai" (*Luca* 23, 43), ca răsplată a întoarcerii lui pe calea mântuirii prin pocăință sinceră: „Pomenește-mă, Doamne, când vei veni în împărăția Ta!" (*Luca* 23, 42) Apoi, la numai câteva zile după ce Petru se lepădase de El cu jurământ, spunând: „Nu cunosc pe omul acesta" (*Matei* 26, 72), Domnul Hristos nu doar că l-a iertat, ci l-a și făcut mai mare peste apostolii Săi. Iar la Cincizecime Petru a fost cel care le-a vorbit mulțimilor, propovăduind Cuvântul Domnului și reușind să convertească la creștinism primii 3 000 de oameni.

La rândul lui, bărbatul care dorește să meargă pe calea virtuților nu poate face asta decât dacă cere iertare atunci când greșește și dacă îi iartă din inimă pe cei ce îi greșesc. Mai mult, iertarea pe care o cere de la oameni trebuie mereu dublată de iertarea pe care I-o cere lui Dumnezeu prin Spovedanie.[111] Fiecare greșeală

111 „Dumnezeu este tatăl de obște al tuturor. Pe toți ne iubește ca pe niște adevărați fii ai lui și nu poate răbda milostivirea lui cea iubitoare de oameni să ne aflăm pururea în ticăloșii și în nevoi, ci numai așteaptă rugăciunea noastră; ia aminte să auză glasurile noastre; stă pururea cu urechile deschise, pentru ca să ne asculte, îndată ce vom chema numele lui cel sfânt." (Antim Ivireanul, *Didahii, Cuvânt de învățătură la octomvrie, 26, în ziua Sfântului și marelui mucenic Dimitrie, Izvorâtoriului de mir asupra cutremurului*, ed.: Antim Ivireanul, *Opere*, ed. G. Ștrempel, București, 1997)

față de un om este și o rănire a dragostei lui Dumnezeu față de noi și față de omul pe care l-am supărat prin purtarea noastră. Orice păcat al tău are efecte pe mai multe planuri: te afectează pe tine, îi afectează pe cei din jur, dar afectează și relația ta cu Dumnezeu, de Care te îndepărtezi alegând răul.

S-a dovedit științific că iertarea produce modificări la nivelul ADN-ului ființei umane prin „ștergerea programului patologic". Iertarea generează în ființa noastră un fel de resetare totală (inclusiv fizică și chimică) care anulează efectele negative pe care tensiunea neiertării le cauzează în ființa noastră. Altfel spus, dacă iertăm și iubim, vom putea birui răul din viața noastră și ne vom putea vindeca nu doar sufletul, ci și trupul de boli grave moștenite din generație în generație.

Prin urmare, dacă îți dorești să fii un bărbat încununat cu virtuți, după modelul Domnului nostru, iartă și tu din inimă celor ce ți-au greșit! În schimb, omul justițiar, care rămâne neînduplecat în opiniile și hotărârile sale, care își caută mereu justificări pentru atitudinile sale, sfârșește prin a se izola și a fi trist.

În pofida a ceea ce auzi uneori spunându-se despre tine, e mai degrabă un gest bărbătesc să treci peste ranchiună și peste ură și să ierți decât să rămâi înverșunat și inflexibil neiertând celor care ți-au greșit. Să cedezi sau să ierți nu e semn de slăbiciune, ci de forță lăuntrică și de prezență a harului în sufletul tău. Chiar și când dreptatea e de partea ta, chiar și când ai suferit un neajuns fără să fii în niciun fel vinovat, încearcă să ierți, pentru că asta te va elibera. Nu purta în suflet povara grea a neiertării care îi ține departe pe oameni și creează prăpăstii tot mai adânci între ei! Cu cât întârzii mai mult momentul unei discuții deschise și nepătimașe cu cel care ți-a greșit sau căruia i-ai greșit, cu atât împăcarea este mai greu de realizat. Atunci când ierți, Dumnezeu revarsă în sufletul tău mult har și bucurie. Un pas către a ierta pe cel care ți-a greșit este să nu te răzbuni, să nu faci rău înapoi. Să încerci să fii generos și bun cu cel care „nu merită" este o jertfă care aduce mult har peste tine, dar și peste cei din jur, și înmoaie inimile împietrite și încrâncenate.

Cât privește relația dintre soț și soție, se întâmplă adesea ca primirea iertării să fie condiționată de felul în care tu ai iertat înainte. Cu alte cuvinte, **dacă ierți ușor, vei fi iertat ușor.** În caz contrar, nu vei primi iertarea mult dorită și vei trăi alături de jumătatea ta în tensiune, neliniște și suspiciune.[112] Încearcă să faci tu primul pas spre iertare și împăcare! Nu aștepta să fii mereu rugat sau implorat! Nu fi rece sau crud în astfel de momente! Să iubești cu adevărat înseamnă și să ierți. Nu lăsați soarele să apună peste supărările voastre! Culcați-vă împăcați! Faceți-vă chiar un obicei din a vă cere iertare seara, înainte de culcare. În acest fel veți rămâne în starea de har atât de necesară înțelegerii în familie.

Ascultarea

Potrivit lui F. M. Dostoievski, *ascultarea*, alături de post și de rugăciune, este una dintre „cărările ce duc spre adevărata libertate"[113]. Afirmația pare cumva de neînțeles. Cum să fii cu adevărat liber atunci când asculți de cineva? În *Sfânta Scriptură* ni se spune deseori

---

112 Părintele Nicolae Tănase ne sfătuiește: „Calitățile celuilalt trebuie puse alături de greșelile noastre, de defectele noastre, în doi desagi, în față. Greșelile celuilalt și calitățile noastre, în ceilalți desagi, în spate. În felul acesta nu vom vedea în fața noastră decât calitățile celuilalt și defectele noastre." (Părintele Nicolae Tănase, *De la prietenie la iubire. Căsătoria, taina iubirii creștine*, Făgăraș, Editura Agaton, 2011, p. 27)

113 Feodor M. Dostoievski, *Frații Karamazov*, vol. I, ediția 1, Editura Adevărul Holding, 2011.

că ascultarea de Dumnezeu ne va face liberi. Numai ascultând de Dumnezeu devenim cu adevărat autentici, originali, creativi, pentru că această stare ne eliberează de toate limitările pe care păcatul le cauzează în viața noastră. Iată cum ceea ce pare a fi un gest de libertate și de independență – păcatul – devine o formă de înrobire, iar ceea ce pare a fi o formă de înrobire – ascultarea de Dumnezeu – este de fapt un gest al eliberării celei mai autentice. Pilda fiului risipitor (vezi *Luca* 15, 11-32) este foarte ilustrativă pentru raportul dintre libertate-păcat-ascultare.[114]

Ascultarea de Dumnezeu se face cu multă smerenie, cu răbdare și cu dragoste. Iar modelul suprem al acestei ascultări, care presupune smerenie (acceptarea benevolă a autorității altcuiva), răbdare (parcurgerea fiecărei etape chiar și atunci când sensul acesteia pare greu de înțeles sau absurd) și dragoste (primirea fiecărei porunci dumnezeiești ca semn al iubirii și al grijii Lui părintești față de noi și răspunsul nostru însoțit tot de iubire), ni-l oferă Însuși Iisus Hristos, Care acceptă Să Se facă om, din *ascultare* de Tatăl ceresc. De altfel, toate cuvintele Mântuitorului reprezintă mesaje transmise de Părintele lumii: „Arătat-am numele Tău oamenilor pe care Mi i-ai dat Mie din lume. Ai Tăi erau și Mie Mi i-ai dat și

---

114 În această pildă este cuprinsă toată *Evanghelia*, după cum spunea părintele arhimandrit Teofil Părăian: „Eu să știți că pilda cu fiul risipitor aș numi-o mai bine pilda cu tatăl primitor. De ce? Pentru că nu învățăm atâta de la fiul risipitor – mai ales că a fost risipitor și că s-a întors la tatăl, asta-i bine să învățăm –, ci mai ales învățăm de la tatăl primitor, cât de bun a fost tatăl cu fiul risipitor. E toată Evanghelia cuprinsă aici în pilda aceasta cu fiul risipitor. Pentru că fiul risipitor îl închipuie pe omul păcătos, fiul care a rămas acasă îl închipuie pe omul drept care se încrede în dreptatea lui, iar tatăl este Dumnezeu, care e bun și primitor." (Arhimandrit Teofil Părăian, *Veniți de luați bucurie*, Ediția a 2-a, Cluj-Napoca, Editura Teognost, 2007, p. 96)

cuvântul Tău l-au păzit. Acum au cunoscut că toate câte Mi-ai dat sunt de la Tine." (*Ioan* 17, 6-7)

Şi totuşi, aflat în Grădina Ghetsimani, în faţa suferinţei cumplite pe care o prevedea, omul din El a tresărit o clipă şi I-a cerut Tatălui să-I aline durerea: „Părintele Meu, de este cu putinţă, treacă de la Mine paharul acesta!". Dar virtutea ascultării a biruit în cele din urmă: „Însă nu precum voiesc Eu, ci precum Tu voieşti." (*Matei* 26, 39) Iată exemplul suprem de ascultare!

Să urmăm şi noi modelul hristic de Fiu ascultător, să ne identificăm misiunea pe care Tatăl ne-a hărăzit-o pe pământ şi să trăim în ascultare faţă de El! Ascultarea de Dumnezeu se reflectă cel mai bine în viaţa de zi cu zi, în relaţia cu soţia, cu copiii, cu părinţii, cu duhovnicul şi, în general, cu toţi oamenii pe care îi întâlnim.

În primul rând, nu te poţi numi om virtuos, dacă nu îţi asculţi cu dragoste persoana iubită şi nu te apleci asupra nevoilor ei concrete. Ascultă-i cu răbdare punctele de vedere, iar dacă acestea sunt mai bune decât ale tale, smereşte-te şi dă-i dreptate! În acest caz, a asculta înseamnă mai întâi *să auzi* ce ţi se spune, *să reflectezi* sincer la ceea ce ţi se spune şi să încerci *să pui în practică* ceea ce ţi se spune, atunci când consimţi că lucrul respectiv este bun sau necesar.[115]

115 „Dacă ne apropiem de ascultare cu dragoste, dacă reuşim să depăşim în noi mândria luciferică, dacă putem vedea în celălalt un slujitor al lui Hristos şi îl ascultăm cu gândul la Hristos şi la restabilirea dragostei dintre noi, atunci putem readuce în noi starea pe care am pierdut-o, starea în care se vor afla toţi oamenii şi îngerii în Împărăţia lui Dumnezeu, când, împreună, în armonie desăvârşită, se vor bucura de dragostea şi lumina cea veşnică." (Ieromonah Savatie Baştovoi, *Singuri în faţa libertăţii*, Bucureşti, Editura Cathisma, 2009, p. 11)

Ce înseamnă, aşadar, ascultarea în căsnicie? Permanentul dialog şi atenţia la nevoile, la neputinţele şi la slăbiciunile celuilalt. **Secretul unei familii fericite este ascultarea reciprocă izvorâtă din iubire.** Multe eşecuri şi multe prilejuri de reproş apar atunci când oamenii se încăpăţânează să îşi impună punctul de vedere cu orice preţ, ignorând sfaturile, observaţiile sau criticile celor din jur. Apoi, pentru că omul nu reuşeşte întotdeauna să pornească de unul singur pe calea minunată a mântuirii, are nevoie de o călăuză care să-l însoţească şi să-l povăţuiască pas cu pas, iar această călăuză poate fi duhovnicul lui. Duhovnicul are menirea să-l îndrume pe om, să-i vegheze paşii spre mântuirea sufletului, să-i dea curaj în lupta cu răul şi să-l ajute să nu se poticnească. Important este ca omul să asculte de sfaturile duhovniceşti, fiindcă ele nu sunt altceva decât mesaje de la Tatăl ceresc pentru el.

Bărbatul iubitor se smereşte într-atât, încât are puterea să-şi îndrepte atenţia şi spre cei mai în vârstă din anturajul lui – bunici ori părinţi – şi să le ceară sfatul. Argintul de pe tâmple şi bogata lor experienţă de viaţă îi îndreptăţesc pe aceştia să poată fi de mai multe ori buni sfătuitori în luarea unor decizii. Întrucât sunt mai experimentaţi şi, deci, mai cumpătaţi şi mai înţelepţi, ei pot ajuta mult atunci când sunt consultaţi şi când poveţele lor bune sunt respectate cu sfinţenie.

Ia aminte, dragul meu: nu există mântuire în afara ascultării de Dumnezeu, de duhovnic şi, în general, de oamenii înţelepţi din jurul nostru şi de cei care au mai multă experienţă decât noi! Primeşte cu multă smerenie faptul că nu suntem perfecţi şi că avem nevoie să ne raportăm la cei care au o autoritate mai mare sau mai multe cunoştinţe decât noi, la cei care ne doresc binele – uneori mai mult chiar decât ni-l dorim noi înşine.

Blândețea

O altă mare virtute a lui Iisus este *blândețea*. Ce înseamnă să fii blând? Să fii **pașnic, binevoitor, prietenos** cu cei din jur, **răbdător** în suferințe, din inima ta să izvorască bunătate, iar chipul să-ți fie senin și neumbrit de mânie: „Blândețea sufletului este înfrânarea mâniei, îmblânzirea iuțimii și a nu căuta răzbunare (...). Blândețea înseamnă a nu vătăma pe cineva nici cu cuvântul, nici cu fapta, nici cu porunca, ci a câștiga inima fiecăruia prin puterea ta."[116]

Însuși Hristos Domnul – „Mielul lui Dumnezeu" – le spunea adesea ucenicilor Săi: „Învățați-vă de la Mine, că sunt blând și smerit cu inima." (*Matei* 11, 29) Asaltat de mulțimi, a avut o nesfârșită răbdare cu toți cei ce Îl împresurau, le vorbea blând, îi povățuia, îi vindeca. Și toate acestea, pentru că îi iubea pe toți nespus de mult. Așadar, blândețea – o virtute rară a zilelor noastre – izvorăște tot din iubire, în timp ce mânia, furia și răutatea sub toate formele ei, atât de prezente astăzi, sunt consecințe ale neputinței omului de a iubi și de a ierta.

Alături de smerenie, de răbdare și de dragoste, blândețea poate deschide inima fratelui nostru întru Hristos, fiind totodată o alinare, un ajutor pentru neputințele lui. De vei fi blând, vei putea să faci mult mai multe lucruri minunate decât dacă te vei lăsa condus de furie. Cu blândețe vei reuși de pildă să ajungi la inima persoanei iubite și să rămâi acolo pentru tot restul vieții. Blândețea te va ajuta să-ți construiești o relație de dragoste frumoasă și trainică, în vreme ce mânia te va îndepărta de persoana dragă și va crea o prăpastie uriașă între voi. Bunăoară, atunci când deții un adevăr, împăr-

116 Arhimandrit Serafim Alexiev, *Viața duhovnicească a creștinului ortodox*, Ediția 1, București, Editura Sophia, 2003, p. 67.

tăşeşte-l cu blândeţe, cu răbdare şi cu iubire, ca să poată fi primit şi să rodească mai mult în inima persoanei dragi.

Fii blând, frate drag! Nu-ţi judeca aproapele cu asprime, nu te certa cu el, nu-l invidia şi nu-i răni inima cu spinii vorbelor! De vei fi blând şi răbdător, vei plăcea Domnului şi vei putea gusta din dulceaţa sfinţeniei, iar cei dimprejurul tău îţi vor dărui cele mai de preţ sentimente – iubirea, preţuirea şi admiraţia lor.

Lupta cu păcatul

Păcatul este consecinţa acceptării ispitelor din viaţa noastră. În relaţiile dintre soţi (şi nu numai), omul abuzează adesea de liberul arbitru, alege să asculte de glasul ispitei şi să facă voia proprie, fără să ţină seama şi de dorinţa celor de lângă el – persoana iubită, părinţi, copii etc. şi fără să anticipeze sau să îi pese de consecinţe.[117] Păcatele se aşază precum spinii în inima omului, îl izolează de ceilalţi şi îl afundă tot mai mult. De aceea, rostul nostru pe pământ este să ne păzim de rău şi să optăm permanent pentru calea luminoasă a binelui.

Cum să facem asta? Mai întâi, e important să conştientizăm că păcatul este cauza răului din viaţa noastră şi apoi să ne luptăm să smulgem spinii patimilor şi să ne împodobim inima cu virtuţile cele mai alese. În esenţă, a-L iubi şi a-L urma pe Hristos înseamnă să păzim cu sfinţenie poruncile. Aceasta este dovada cea mai vie a iubirii faţă de Cuvântul lui Dumnezeu. În plus, lanţurile păcatului vor slăbi şi se vor rupe dacă alegem să ne

117 Nu este nimeni vinovat pentru păcatele noastre, ci noi înşine: „Când cineva nu e liber de păcat, să nu pună vina pe altcineva. Să nu pună vina nici pe stat şi nici pe împrejurări, ci pe sine însuşi, pe lipsa tăriei sale în credinţă, pe lipsa dragostei sale faţă de Dumnezeu. Că întotdeauna, cei ce au trăit în păcat au pus vina pe alţii. Aceştia-s mereu cu cârteala pe buze." (Părintele Arsenie Boca, *Despre durerile oamenilor*, vol. 1, Editura Credinţa strămoşească, 2012, p. 63)

îndreptăm cât mai des spre scaunul Spovedaniei, să ne mărturisim sincer greșelile, să le regretăm din inimă și să renunțăm definitiv la ele.[118] Apoi, odată deștelenit ogorul inimii, ne vom putea uni cu Hristos Domnul prin Sfânta Taină a Euharistiei, căci numai cu Hristos înlăuntrul nostru vom reuși să biruim ispitele și cursele întinse de diavol.

Lucrarea virtuților se află, așadar, în strânsă legătură cu viața Bisericii. Omul virtuos își duce existența după rânduiala Bisericii: ține post, se roagă, participă la sfintele slujbe, se implică în acțiuni filantropice, le oferă sfaturi bune celor dragi, fapte ce îi modelează comportamentul de zi cu zi și îl apropie tot mai mult de har.

Deși a trăit treizeci și trei de ani printre păcătoși, Iisus nu a fost întinat de rău, ci dimpotrivă, le-a transmis oamenilor din sfințenia Sa. De-a lungul misiunii Sale pământești, a învins demonii pe Muntele Carantania, S-a împotrivit nedreptăților făcute în Templul sfânt de către schimbătorii de bani, a respins și a condamnat public ipocrizia și fățărnicia, păcate ce-l despart pe om de Dumnezeu, i-a acuzat pe farisei și pe cărturari că nu pun în concordanță vorbele cu faptele, i-a iubit pe păcătoși și i-a primit la Sine, cerându-le însă de fiecare dată să renunțe la păcat, ca să poată rămâne cu El. Iisus nu a făcut niciun compromis cu păcatul, ci a luptat permanent împotriva lui. De aceea, și bărbatul de azi ar trebui să preia modelul Mântuitorului și să înțeleagă că înălțarea la cer, în Împărăția veșnică, nu se poate face decât prin îndepărtarea de patimi.

118 Într-un interviu în care vorbește despre pocăința sinceră, doctorul Virgil Stroescu amintește de „Regula celor 4 R: recunosc, regret, repar și renunț."

Dragă frate în Domnul, te sfătuiesc cu iubire să fugi cât poți de păcat, să alungi gândurile rele care vin asupra ta ca norii negri ai unei furtuni și să alegi calea luminoasă a virtuților. Așa vei dobândi nu doar mântuirea sufletului tău, ci și pe cea a soției tale și a copiilor voștri. Trăiește zilnic cu preocuparea să nu-L întristezi pe Hristos, să nu-ți superi ființa iubită și să nu alungi de la tine Duhul cel Sfânt! Îți garantez că vei fi mai fericit decât cei care aleargă după oricare dintre valorile efemere ale acestei lumi.

Smerenia

Nu a existat pe pământ o persoană mai smerită decât Iisus. Deși avea asupra Sa întreaga putere dumnezeiască, nu s-a folosit de ea ca să Se apere sau să scape din calea prigonitorilor. S-a smerit până la moartea pe Cruce, a răbdat totul cu multă demnitate și, mai presus de orice, i-a iubit și i-a iertat pe cei ce I-au pricinuit atât de mult rău.

Felul de a fi al Mântuitorului era dat, pe de o parte, de bunătatea Lui atât de mare, încât nu putea fi atinsă de răutatea celorlalți, iar, pe de altă parte, de înțelegerea faptului că răutatea celorlalți este doar o neputință, un efect al unei slăbiciuni sau al unor influențe care pot fi până la urmă depășite și reparate. O asemenea privire pozitivă asupra celor ce ne fac rău ne-ar ajuta să rămânem buni, indiferent cum sunt ceilalți cu noi, păstrându-ne astfel pacea și bucuria interioară și ajungând să fim noi cei care-i influențează în bine pe ceilalți. Am reuși astfel să-i înțelegem mai mult pe cei ce ne greșesc și să acceptăm că aceștia au fost, la rândul lor, victime, că poate au suferit un neajuns în trecut care i-a făcut să gândească și să procedeze așa. Dacă le vom găsi mereu circumstanțe atenuante celorlalți și vom încerca să observăm și părți bune la ei (dincolo de răul de moment), nu vom mai reacţiona la rău cu rău şi vom putea restabili apoi o relaţie paşnică cu ei, fără să fim tulburaţi şi atraşi în vârtejul nesfârşit pe care răul îl cauzează.

Un tablou semnificativ din viaţa Mântuitorului, care ilustrează smerenia Sa dumnezeiască, dar şi bunătatea Sa înţelegătoare faţă de neputinţele oamenilor, este cel din Grădina Ghetsimani. Petru, plin de mânie, a scos sabia şi a rănit-o pe sluga arhiereului. Văzând aceasta, Iisus i-a spus: „Întoarce sabia ta la locul ei, că toţi cei ce scot sabia, de sabie vor pieri. Sau ţi se pare că nu pot să rog pe Tatăl Meu şi să-Mi trimită acum mai mult de douăsprezece legiuni de îngeri?” (*Matei* 26, 52-53) De aici înţelegem că adevărata smerenie înseamnă să nu te foloseşti de puterea cu care ai fost înzestrat, ca să le faci rău celorlalţi. Dimpotrivă, smereşte-te, fii înţelept în toate situaţiile din viaţa ta şi arată înţelegere şi compasiune pentru cei care sunt victime ale răului!

Forţa fizică ar trebui să te ajute doar să te aperi în situaţii de grea încercare, când nu există alte soluţii şi când viaţa ta sau a altcuiva este ameninţată. De pildă, de-a lungul istoriei, poporul român a intrat în lupte nu ca să atace, să nimicească alte popoare, să cotropească, să dărâme biserici, să omoare preoţi – aşa cum au făcut alte popoare –, ci cu un scop nobil: să apere „sărăcia, şi nevoile, şi neamul” (Mihai Eminescu). Sutele de mii de eroi căzuţi pe câmpurile de bătălie au apărat cu propria viaţă acest neam greu încercat, credinţa creştină, limba şi datinile străbune. La capătul acestui drum însângerat, asemenea celui de pe Golgota, a fost ridicată în urmă cu mai bine de un secol Crucea de pe Caraiman, iar astăzi Catedrala Naţională a devenit simbolul visului de veacuri al românilor – acela de a fi uniţi în jurul credinţei în Dumnezeu. Prin urmare, *smerenia* și *jertfa de sine* au, ca destinație, învierea și *viața veșnică* în ceruri.

Așa cum am spus, Iisus S-a smerit, la rândul Lui, atât de mult. Toată viața Sa pământească a fost sub semnul smereniei. A ales să Se nască într-o peșteră întunecată, să stea la masă cu păcătoșii, să plângă pentru oameni și chiar să moară pe cruce, ca noi să fim răscumpărați. Împăratul cerului a devenit Prunc purtat în brațe de o Fecioară neprihănită în vârstă de numai cincisprezece ani! Ce fapt gingaș! Și ce poate fi apoi mai delicat decât asumarea suferinței de către Iisus Domnul – deși ar fi putut să o evite? Iisus a făcut toate acestea ca să ne arate că la capătul smereniei se află biruința; că orice gest de iubire, de răbdare, de compasiune, de sacrificiu pentru o altă persoană are sens și valoare în imediatul vieții, dar și în Veșnicie. Indiferent de forma sub care apare smerenia în viața noastră, vom avea mereu de câștigat de pe urma ei. Așadar, de vom alege calea smereniei, ne vom împodobi și noi astăzi sufletele cu multe virtuți care ne vor duce, cu siguranță, spre mântuire.

Prin venirea Lui în lume, Dumnezeu ne-a oferit un model; virtuțile lui Iisus ar trebui să fie model pentru noi, cei de azi. Important este să ne dorim sincer să-L urmăm, apoi să ne deschidem inima, să o pregătim ca să-L putem primi și păstra înlăuntrul nostru pe Fiul lui Dumnezeu.

Omul îndiuhovnicit este acela în a cărui inimă poposește Dumnezeu-Cuvântul. Și doar smerenia este cea care oprește zgomotul asurzitor al propriei mândrii și te face să auzi glasul șoptit al Duhului Sfânt în inima ta, glas care te îndeamnă să alegi unirea cu Hristos în detrimentul valorilor trecătoare ale lumii acesteia. Numai ascultând glasul Domnului vei înțelege nenumăratele beneficii ale urmării Lui și îți vei dori tot mai mult să trăiești în unire cu El. Iar ca să rămâi unit cu El, trebuie să te pocăiești, iar pocăința nu înseamnă altceva decât să te smerești, să zdrobești egoismul și fala dinlăuntrul tău, să înlături barierele spre adevăratul tău sine și să-l primești înăuntru pe Hristos, Care te va călăuzi pentru a te uni cu El.

Înțelepciunea

Alături de dreptate, de bunătate, de dragoste și de mila creștină, înțelepciunea este cea mai frumoasă podoabă cu care trebuie să se înveșmânteze omul, ca să devină fiu iubit al lui Dumnezeu și să se bucure de veșnicie, iar „cine le dobândește pe acestea viețuiește în ceruri", după cum spunea Sfântul Talasie Libianul.[119] Iisus Hristos este modelul celei mai înalte Înțelepciuni, cuvintele Lui sunt pline de înțelesuri mântuitoare pentru viața noastră, adevărată hrană pentru sufletele oamenilor din toate timpurile, repere esențiale pentru existența noastră și soluție la toate problemele noastre.

Cum Și-a manifestat El înțelepciunea? Mai întâi, le-a transmis oamenilor Adevărul pe înțelesul lor, prin pilde, prin învățături, prin cuvinte pline de har și de dragoste. Iisus nu doar le vorbea celor ce Îl ascultau, ci, cu multă înțelepciune și iubire, le picura în inimi lumina Adevărului. Cuvântul Lui a fost înțeles nu doar de contemporanii Săi, ci de oamenii din toate timpurile și din toate locurile, fiind recunoscut și primit ca un Cuvânt ziditor care a modelat atâtea generații de când ele au fost rostite.

În plus, Mântuitorul nostru a știut cum să Se apropie de mulțimi și să empatizeze cu ele. I-a adunat pe oameni în jurul Lui, considerându-i pe toți

---

119 Vezi *Filocalia*, vol. 4, Sibiu, Editura Tipografia Arhidiecezană, 1948, p. 18.

„prieteni" sau „frați". Nu a făcut niciodată diferențe, nu i-a învrăjbit pe oameni, dimpotrivă, a încercat să-i unească și să aprindă flacăra iubirii între pământeni. Le împărtășea oamenilor multă iubire și îi privea cu empatie; le înțelegea neputințele, temerile și le întindea mâna Sa dumnezeiască în ajutor care-i ridica din întuneric.

În fața lui Iisus nimeni nu se simțea în inferioritate, fiindcă Se apropia în egală măsură de oamenii buni și cinstiți și de cei cu o reputație îndoielnică, de cei respectați și integrați social și de persoanele cele mai vulnerabile ale acelor vremuri: vameși, farisei, desfrânați, orbi, șchiopi, muți, ologi cărora, din dragoste frățească, le întindea o mână și îi ajuta să înțeleagă că Dumnezeu nu-Și va întoarce niciodată fața de la ei. În plus, le dădea încredere, spunându-le că au primit vindecare trupească și sufletească datorită credinței lor profunde: „Credința ta te-a mântuit, mergi în pace și fii sănătoasă de boala ta." (*Marcu* 5, 34) Pentru mulți, a fost suficient să-L întâlnească o singură dată ca să rămână cu gândul la El întreaga viață. Întâlnirea cu Mântuitorul lumii a avut un impact atât de puternic în inimile lor, încât și-au schimbat felul de a fi, devenind capabili chiar să moară pentru Cel Care le-a redat pacea, integritatea și speranța.

Înțelepciunea lui Iisus Hristos reiese și din felul în care făcea minuni. Le dăruia oamenilor iertarea și sănătatea, însă nu oricum, ci cu un scop: să-i apropie de adevărurile divine. Îl ilumina pe om, îl umplea de har și, astfel, îl pregătea pentru lupta cu răul și îl ajuta să-și poarte crucea mai ușor. Misiunea Sa pe pământ a fost să-l ridice pe om, să-l înalțe spiritual și să-l transforme din ființă păcătoasă în om luminat de Har.

Preaiubite frate, adapă-te şi tu din izvorul înţelepciunii lui Iisus! Ai atâtea de învăţat din cuvintele şi din atitudinea Lui, încât vei găsi în *Evanghelii* un model de urmat pentru orice situaţie din viaţa ta. Dacă vei deprinde înţelepciunea divină ilustrată în toate paginile *Sfintei Scripturi*, vei învăţa cum să reacţionezi în toate situaţiile concrete ale vieţii, vei căpăta încet, încet echilibru şi înţelepciune în cuvinte, luciditate în luarea deciziilor, discernământ când vei fi pus în faţa unor alegeri dificile, calm şi reţinere în situaţiile tensionate, determinare în momentele de acţiune, cumpătare în toate. Cultivă mai mult virtutea înţelepciunii şi nu te lăsa copleşit de neajunsurile vieţii acesteia! Nu lăsa spinii mâniei să-ţi înăbuşe inima! Încearcă să fii blând şi cumpătat, răbdător şi înţelept cu toţi aceia care îţi ies în cale! Şi astfel, prin asemănarea cu Domnul Hristos, vei câştiga pacea pe pământ şi te vei putea întâlni cu El în Împărăţia cea veşnică.

Cum ai putea să faci toate acestea? În primul rând, este important să-ţi adaptezi discursul la nivelul de înţelegere al interlocutorului tău. Dacă vrei ca mesajul tău să ajungă acolo unde trebuie şi să rodească asemenea seminţei bune, transmite-l pe înţelesul lui şi, în acelaşi timp, nu-ţi crea aşteptări! Nu pune presiune pe ceilalţi şi nu-ţi face iluzii ca să nu suferi apoi deziluzii. Investeşte proiectele în care te implici cu încrederea ta şi cere mereu ajutorul şi călăuzirea lui Dumnezeu. **Fii exigent cu tine, caută să te perfecţionezi tot mai mult, dar fii tot mai înţelegător cu ceilalţi!** Renunţă cât de mult poţi să-i mai critici pe cei din jurul tău şi fii tu însuţi un exemplu pozitiv şi un sprijin pentru ei! Devino tu o călăuză pentru cei ce au nevoie de sfaturile tale atât în situaţii concrete de viaţă, cât şi în chestiuni care privesc latura ei duhovnicească! Iar atunci când simţi că sufletul ţi-a obosit, caută-ţi odihna în braţele mult iubitoare ale Domnului nostru: „Veniţi la Mine toţi cei osteniţi şi împovăraţi şi Eu vă voi odihni pe voi." (*Matei* 11, 28)

Omul cu adevărat înţelept şi iluminat de harul Domnului are capacitatea să-l despovăreze pe cel împovărat, să-l ilumineze pe cel fără de lumină şi să aducă pacea acolo unde ea lipseşte. Când îţi întâlneşti aproapele, gândeşte-te mai întâi cum ai putea să-i fii tu de folos, nu invers! Ne folosim prea des de cei din jur ca de nişte instrumente pentru plăcerea sau împlinirea nevoilor noastre! În schimb, de te vei pune în sprijinul altora, vei primi, cu siguranţă, har de la Duhul Sfânt şi le vei încălzi inima celor de lângă tine, aşa cum făcea şi Hristos Domnul cu miile de oameni ce-L urmau pretutindeni. Cuvintele tale bune să fie mereu însoţite și de fapte bune izvorâte din iubire de Dumnezeu şi de semeni. Ele te vor apropia nu doar de fraţii tăi de aici, de pe pământ, ci mai ales de cetele sfinţilor din ceruri. Precum Iisus, Care a luptat permanent cu forţele răului, cu păcatele, fără să facă nici măcar un compromis, alungă și tu cu înțelepciune umbrele din viața ta!

Cât priveşte relaţia cu familia, te sfătuiesc să-ţi asculţi cu înţelepciune soţia şi să accepţi cu smerenie partea ei de dreptate. E un semn de înţelepciune să ştii când e bine să vorbeşti şi când e bine să taci. E foarte grav să confunzi aceste momente între ele! Pentru copii, fii mereu un far în mijlocul furtunii! Ascultă-i, vorbeşte des cu ei, fă-ţi timp să intri în universul lor, supraveghează-i fără să se simtă stânjeniţi sau controlaţi, dozează înţelept fermitatea şi blândeţea, sfătuieşte-i cum să lupte cu tentaţiile tot mai irezistibile ale acestei vieţi şi nu te grăbi să-i judeci ori să-i pedepseşti când greşesc! În faţa unor abateri ale copiilor, nu te aşeza în mod arogant în poziția de judecător și nu-i pedepsi aspru, ci apleacă-te asupra neputințelor acestora, încearcă mai întâi să le înțelegi, să le descoperi cauzele și să găsești soluții pentru ca greșelile să nu se repete! **Povățuiește-i pe copii, oferindu-le exemple concrete de viață!** Fii tu mai întâi așa cum ai vrea să devină ei sau străduiește-te măcar să nu fii așa cum nu ți-ai dori să fie! Înțelepciunea este, așadar, o virtute vitală pe care însă omul o capătă numai dacă rămâne aproape de Hristos și preia de la El felul în care să se raporteze corect la lume și la viață, în genere.

CAPITOLUL 12

Bărbatul – liderul slujitor al familiei

Dacă în primul capitol al acestei părţi am identificat câteva dintre virtuţile Mântuitorului nostru Iisus Hristos, virtuţi care pot fi preluate şi de bărbatul modern, în continuare voi arăta cum ar putea fi ele aplicate în viaţa de zi cu zi. Locul în care bărbatul îşi poate pune în lucrare toate virtuţile este familia – pentru bărbatul căsătorit –, mănăstirea – pentru cel care a ales să îmbrace haina monahală –, precum şi „familia cea mare", comunitatea sau universul prietenilor – pentru bărbatul necăsătorit care trăieşte în lume.

În ceea ce-l priveşte pe bărbatul căsătorit, familia este scena pe care se joacă piesa vieţii lui. Aici vor ieşi la lumină toate virtuţile şi darurile lui Dumnezeu pe care le-a dobândit, însă tot aici slăbiciunile, patimile, căderea în noianul păcatelor îi pot pricinui multă suferinţă atât lui, cât şi celor din jur – soţie şi copii. Totul depinde de alegerea pe care el o face şi de cât de mult se lasă inspirat de învăţătura şi trăirea creştină. Cu cât devine un creştin mai autentic, cu atât va fi un soţ mai bun şi un tată mai bun. Viaţa în familie poate fi cadrul ideal pentru bărbat în care să poată creşte el însuşi spiritual ajutat de ceilalţi membri ai familiei sau de dragul lor, dar şi să-i ajute pe ceilalţi să crească şi să ajungă oameni tot mai buni. *Familia* este laboratorul în care se poate lucra zi de zi împreună la creşterea spirituală a fiecărui membru al ei. Prin jertfă şi prin iubire de semeni, omul trăieşte în har, cu inima larg deschisă spre ceilalţi şi cu gândul la Hristos – soluţia tuturor problemelor din viaţa întregii familii.

Aproape fiecare tânăr îşi doreşte să întemeieze o familie – un lucru absolut firesc de altfel –, să fie iubit, să aibă, la rândul lui, cui să ofere iubire sinceră, curată şi cui să i se dăruiască. Aşadar, aleasa inimii lui devine fiinţa în care îşi investeşte toate aspiraţiile, toate sentimentele bune şi încrederea că vor merge împreună spre veşnicie.[120] În calitate de păstor de suflete al multor tineri, am identificat câteva aspecte de care ar trebui să ţină seamă bărbatul, ca să atingă acest mare ideal – *mântuirea lui şi a familiei lui*. Le voi detalia mai jos şi le voi ilustra cu poveşti de viaţă în care te-ai putea regăsi şi tu, cel care citeşti aceste rânduri.

Fericirea soţiei

Mai presus de toate, bărbatul, odată ce s-a căsătorit, are menirea să-şi facă soţia fericită: „Happy wife, happy life” – spune englezul. Ce poate fi mai frumos decât chipul senin, zâmbetul cald şi ochii luminoşi ai fiinţei dragi?! Toate acestea sunt semne clare că bărbatul ei îşi doreşte să o facă fericită, iar gesturile şi faptele lui au, ca scop principal, bucuria iubitei. Gingăşia, tandreţea, surâsul şi jocul nevinovat a doi îndrăgostiţi ce se plimbă pe aleea unui parc sub un soare blând de primăvară sunt o dovadă clară de dragoste şi de fericire conjugală.

120 Vezi Preot dr. Vasile Gavrilă, *Cununia – viaţa întru Împărăţie*, Bucureşti, Fundaţia „Tradiţia Românească”, 2004.

Din păcate însă, acest tablou idilic este uneori umbrit de ignoranța unor bărbați care uită repede că rostul lor este să-și facă soțiile fericite, să le însenineze viața și să le fie sprijin în toate. La puțin timp după căsătorie, aceștia se comportă asemenea unor vânători: după ce își cuceresc „prada", adică ființa iubită, încep să o ignore, să se distanțeze de ea și să-și trăiască viața în continuare ca și cum ea nu ar exista. Or, odată ce s-au căsătorit și au promis iubire până la moarte și dincolo de ea în fața Sfântului Altar, nu mai sunt deloc singuri; sunt una cu ființa aleasă și au *datoria morală* să o facă fericită.[121] **Bărbatul virtuos nu-și neglijează niciodată soția.** Dimpotrivă, îi acordă o atenție deosebită, se apleacă asupra universului ei, empatizează cu ea, o bucură în fiecare clipă a vieții lor. Desigur, toate acestea cu condiția ca și ea să răspundă cu tot atâta dragoste la gesturile bărbatului.

Dacă vrei să vezi ce fel de bărbat este un prieten sau un apropiat de-al tău, privește în ochii soției lui! Chipul unei femei fericite este luminos, zâmbetul o înseninează. În plus, este mereu binedispusă, veselă, ceea ce înseamnă că bărbatul ei își îndeplinește cu adevărat rolul de soț iubitor. Însă, dacă se întâmplă ca femeia să fie tristă, abătută, nefericită, lucrul acesta are cu siguranță legătură și cu relația cu soțul ei. Pe de o parte, el poate fi chiar cauza acestei stări, pe de altă parte, neimplicarea soțului poate face ca răul produs de alții să persiste și să crească, asta deși el are datoria morală să-i fie soției sale alături în toate împrejurările vieții și să o ajute să treacă peste momentele dificile. Cum? Cu o acțiune concretă, cu un sfat, cu o vorbă bună, cu o îmbrățișare. Să fie el umărul pe care să se poată sprijini în clipele grele. Să fie

121 „În Taina Cununiei, [omul] crește duhovnicește, după vocația împărtășită de Dumnezeu în Rai." (Preot dr. Vasile Gavrilă, *op. cit*, p. 158)

el acela care intră cu dragoste în lumea nevoilor ei și le împlinește. Să fie el acela care identifică în mod înțelept cauza suferințelor ei, încercând chiar să i le rezolve, dacă acest fapt îi stă în putință. Atenția pe care soțul i-o acordă soției sale îi readuce acesteia pacea lăuntrică, echilibrul interior, liniștea de care are atâta nevoie, altfel spus, o face fericită. Chiar și când nu poate înlătura motivele pentru care soția este tristă, faptul că îi este aproape contează mult pentru ea, e un sprijin important care ajută ca legătura dintre soți să se sudeze și mai mult. **O greutate dusă pe patru umeri e mult mai ușor de suportat decât atunci când e purtată doar pe doi!**

Am stat de vorbă cu un tânăr căsătorit de câțiva ani. Deși înduhovnicit – era nelipsit din casa lui Dumnezeu, postea, se ruga, se spovedea și se împărtășea des –, totuși avea o apăsare care nu-i dădea pace: soția lui, la rândul ei o ființă foarte evlavioasă, se cufunda adesea în tristețe. Ceva o neliniștea, nu părea deloc împlinită, cu toate că, după spusele bărbatului, acesta făcea în general tot posibilul ca să-i fie pe plac. Realitatea nu era însă chiar așa. Tânărul mi-a mărturisit că, atunci când soția lui se întorcea supărată de la serviciu, o lăsa singură, fără să încerce să afle motivele stării ei proaste. Considera că în felul acesta îi respecta intimitatea. Or, nu făcea altceva decât să-i dea de înțeles – fără să vrea – că nu îi este un sprijin real în clipe grele.

L-am sfătuit părintește să fie mai atent la nevoile ființei iubite, să încerce să se apropie mai mult de ea, să discute despre problemele pe care le întâmpină și, cu delicatețe, să-i dea sfaturi și să o ajute să depășească acele stări. A ținut cont de povețele mele și așa a aflat că ceea ce îi lipsea soției sale de viață era chiar sprijinul lui moral. Tânăra a început să-i destăinuie frământările şi să plângă pe umărul lui: nu era deloc împlinită la locul de muncă, avea colegi care o invidiau şi, din cauza unor intrigi, nu putea să evolueze în plan profesional. Toate acestea o măcinau cumplit. Susţinerea morală a bărbatului ei, sfaturile lui, atenţia pe care acesta a început să i-o acorde, atitudinea lui caldă şi împăciuitoare şi, mai presus de toate, rugăciunile fierbinţi pe care le înălţa zilnic pentru soţia lui au reuşit în cele din urmă să o liniştească pe femeie şi să-i readucă speranţa pierdută. Sprijinul soţului ei a ajutat-o să depăşească mai uşor toate acele neîmpliniri.

Fire delicată, gingaşă ca o floare[122], femeia trăieşte prin emoţii: se întristează uşor, este mai sensibilă decât bărbatul la durerile trupeşti şi sufleteşti, se tulbură mai repede de o veste mai puţin bună, plânge uşor. Acest lucru nu este un semn de slăbiciune, dimpotrivă, este semnul unei suflet sensibil care vibrează, este atent şi trăieşte intens fiecare lucru ce se petrece în jur. De aceea, femeia are nevoie în permanenţă de umărul soţului ei pe care să se sprijine, de braţul lui puternic care să o susţină în clipele în care se clatină, de mâna-i drăgăstoasă care să-i şteargă lacrimile. Fii foarte atent la toate aceste stări ale soţiei tale! Stai de vorbă cu ea, ascultă-i problemele, frământările şi încearcă cu multă înţelepciune şi atenţie să-i oferi un ajutor în acest sens, un sfat, o vorbă bună, o încurajare! Atenţia ta îi va da putere şi o va face fericită. Mai mult chiar, încearcă să identifici pasiunile soţiei tale şi ajut-o să şi le cultive! Cum poţi face asta? Dacă, de pildă, îi place să picteze, oferă-i în dar un şevalet sau o paletă de culori! Dacă e pasionată de muzică, fă-i cadou un bilet la concertul artistului ei preferat! Dacă lectura este marea ei pasiune, adu-i în dar cărţi de calitate, iar dacă florile

122 Părintele Arsenie Papacioc, în *Apostolat în Ţara Făgăraşului*, nr. 18/iulie 2008, p. 9.

sunt preferatele ei, transformă casa într-un loc minunat, încărcat de parfum şi culoare! Astfel o vei bucura mult, îi vei arăta că eşti interesat de starea ei de bine, îi vei aduce lumină pe chip, iar ea te va răsplăti cu dragostea ei. Nu ignora universul soţiei tale! Ascult-o când îţi vorbeşte despre ceea ce-i place să facă, acordă-i atenţie, admir-o pentru reuşitele ei şi încurajeaz-o să meargă mai departe chiar şi atunci când are unele neputinţe!

Le spun mereu enoriaşilor mei că nu doar aspectele materiale o fac pe femeie fericită, ci mai cu seamă atenţia, grija faţă de nevoile ei sufleteşti, empatia, disponibilitatea la dialog – despre care am vorbit în prima parte a acestei cărţi –, precum şi iubirea devotată faţă de ea şi de copii.

Viziunea asupra vieţii

În familie, bărbatul trebuie să aibă o viziune inspirată asupra vieţii şi, împreună cu soţia lui, să elaboreze prin dialog deschis proiecte pe termen mediu şi lung pentru copii şi pentru întreaga familie. Bărbaţii cu un orizont larg le oferă soţiilor lor siguranţă, echilibru şi pace sufletească. Ele ştiu că se pot baza oricând pe deciziile lor, că astfel de bărbaţi se vor strădui întotdeauna să găsească soluţiile cele mai bune pentru întreaga familie.

Bărbatul inspirat are întotdeauna planuri pentru bunăstarea spirituală şi materială a familiei. În plus, este permanent deschis spre comunicare şi-i destăinuie soţiei ideile lui, punctele lui de vedere, fiindcă numai împreună vor lua cele mai bune decizii, prin sfat şi prin rugăciune. Iar dacă se întâmplă ca ideile ei să fie mai bune decât ale lui, bărbatul înţelept recunoaşte cu inima deschisă aceasta şi le adoptă cu smerenie. Un astfel de om este mereu o sursă de inspiraţie pentru cei dragi. El stă la originea bunăstării căminului.

Nu doar faptul că are idei frumoase îl face să fie virtuos, ci şi disponibilitatea la comunicare – discută cu soţia sa şi chiar cu copiii despre problemele stringente ale casei şi caută împreună cele mai bune soluţii.

Din nefericire, unii bărbaţi, căzuţi în patimi şi păcate, îşi îngustează mult orizontul existenţial, cedează iniţiativa, nu mai sunt proactivi şi încetează să mai contribuie creativ la bunul mers al familiei. În astfel de situaţii, femeia, având o viziune mai aplicată asupra nevoilor vieţii şi nefiind cuprinsă de patimi, se vede nevoită să preia ea conducerea familiei. Mai mult decât atât, bărbaţii cufundaţi în propriile patimi şi total lipsiţi de maturitate nu doar că nu sunt de folos la bunul mers al lucrurilor din căsnicie, ci devin ei înşişi problema familiei. Îşi ignoră soţia, copiii, familia extinsă şi nu se mai interesează de nevoile stringente ale căminului, trăind doar în micul lor univers întinat de patimă.

A venit la mine o enoriaşă care părea tare necăjită. Se vedea pe chipul ei că suferă cumplit. Mi-a povestit că trăia cele mai grele clipe din viaţa ei. Soţul, pe care îl iubea nespus de mult şi în care îşi pusese toată încrederea, era copleşit de viciul băuturii. Ajunsese să nu mai ia în serios nevoile familiei, nu-i mai păsa de copii, iar pe ea o ignora total. Pentru el, casa devenise un hotel în care venea doar să ia masa şi să se odihnească. Nu mişca un ac în gospodărie, se comporta cu indiferenţă faţă de toate problemele care se iveau. Ba mai mult, ameţit de aburii alcoolului, era mereu pus pe ceartă şi îi jignea pe toţi cei din jurul lui. Ceea ce îi adâncea şi mai tare suferinţa femeii era faptul că bărbatul o împiedica să ia decizii şi se împotrivea la toate propunerile ei. Cât despre copii, aceştia – un băiat şi o fată de şcoală primară

– sufereau cumplit, fiindcă tatăl lor nu le mai acorda nici cea mai mică atenţie; nu se interesa de educaţia lor, nu-i păsa dacă luau note bune sau mai puţin bune, dacă erau sănătoşi ori dacă era nevoie de medicamente sau de sfatul vreunui medic pentru starea lor. Toate acestea căzuseră pe umerii nevestei. Răpus de patima alcoolului, bărbatul risipea puţinii bani ai familiei pentru propriile plăceri, în vreme ce copiii nu aveau zile la rând un leu în buzunar să-şi cumpere un covrig în drum spre şcoală. Şi, fiindcă banii nu îi ajungeau, bărbatul se mai şi împrumuta la prieteni, încărcând bugetul familiei cu datorii. Biata femeie! Nici nu mai ştia ce să facă! Şi cu toate acestea continua să-l iubească. Păstra în inima ei amintirea acelui bărbat minunat pe care îl cunoscuse în urmă cu vreo unsprezece ani şi spera că într-o bună zi acest coşmar se va sfârşi.

Impresionat de drama prin care trecea, am sfătuit-o să încerce o vreme să ignore comportamentul imatur al bărbatului ei şi să compenseze prin jertfă de sine lipsa lui din sânul familiei. Şi – cel mai important aspect, de altfel – am îndemnat-o să se roage neîncetat la Dumnezeu pentru sufletul lui şi să citească *Acatistul Maicii Domnului „Potirul nesecat"*. De asemenea, i-am spus ca în relaţia directă cu el să încerce să nu-i reproşeze nimic, ci să descopere în mod înţelept nevoile, frustrările, frământările lui lăuntrice, pe scurt, motivele reale ale comportamentului său deviant. Am mai sfătuit-o să aleagă cu atenţie momentul potrivit în care să aibă o discuţie serioasă cu el – folosind un ton calm, dar ferm – şi să-i pună următoarea condiţie: vor continua să meargă mai departe pe drumul căsniciei numai dacă el va renunţa definitiv la patima care a provocat atât de multă suferinţă întregii familii.

Aşa a şi făcut sărmana femeie. Auzind condiţia pusă de soţie şi observând fermitatea cu care i-a vorbit, bărbatul a înțeles că trebuie să schimbe lucrurile în viața sa, ca să nu-și piardă de tot familia, așa că și-a revenit... o vreme... A încetat să mai bea și a renunțat chiar să se mai vadă cu așa-zișii prieteni care îl îndemnau să consume mult alcool. Bărbatul și-a venit dintr-odată în fire, fiind din nou așa cum era la începutul relației. Femeia mi-a mărturisit că era tare fericită, la fel și copilașii, care nu se mai săturau să se joace cu tatăl lor și să-i povestească ce au făcut la școală. „Părinte – mi-a spus credincioasa –, mi-am recăpătat soțul mult iubit. Acum este ca la început și asta mă face tare fericită. Vă mulțumesc pentru sfaturi și pentru rugăciuni, părinte!" „Slavă lui Dumnezeu!" i-am răspuns. „Lui să-I mulțumești pentru tot binele din viața ta, căci rugăciunea fierbinte ți-a readus bărbatul pe calea cea bună!"

Din păcate, demonul nu se lasă învins cu una, cu două. Încearcă mereu să ne abată de la calea sfințeniei și se cuibărește în gândurile noastre. Fără o pază a minții, fără o viață duhovnicească, devenim inevitabil victime ale răului și cădem ușor în prăpastia patimilor. Așa s-a întâmplat și cu personajul nostru. După un timp – destul de scurt –, patima l-a copleșit din nou. S-a întors în cercul de prieteni viciați, fiindcă se pare că ei erau „cauza" comportamentului său, și s-a lăsat iar pradă băuturii. Și așa, suferințele și tensiunile s-au abătut din nou asupra acestei familii greu încercate.

Femeia a venit iar la mine să mă întrebe ce ar putea să mai facă: „Mai există vreo șansă, părinte?". „Sigur că există. Niciodată să nu-ți pierzi nădejdea în Bunul Dumnezeu", i-am răspuns eu. De data aceasta, am sfătuit-o să schimbe puțin strategia în lupta cu păcatul: să fie mult mai fermă în discuțiile cu soțul ei și să-i spună că este pregătită să ia legătura cu un avocat, deoarece nu mai e dispusă să facă nici măcar un compromis în relația cu el. I-am mai spus să se roage și mai mult, să participe la Taina Sfântului Maslu și să nu-și piardă speranța că într-o bună zi soțul ei își va vindeca sufletul. În relația cu el era nevoie de mai multă fermitate, de rugăciune, de răbdare și de nădejde.

Femeia a intrat iar în luptă cu patima soțului ei. A stat de vorbă cu el pe un ton calm, dar ferm, spunându-i acestea: „Dragul meu, nu te mai recunosc. Tu nu ești bărbatul de care m-am îndrăgostit în urmă cu mai bine de zece ani. Te-ai schimbat mult în rău. Din iubirea pe care încă ți-o port și din dragoste pentru copii, ți-am dat o șansă, dar se pare că minunea nu a ținut mai mult de trei zile. De aceea te anunț cu durere în suflet că voi lua legătura cu un avocat în cel mai scurt timp. Din păcate, tu ai ales așa. Ai ales băutura și prietenii, iar eu nu pot sta în calea «fericirii» tale."

Pesemne că bărbatul a reflectat cu atenție la cuvintele soției lui, fiindcă de data aceasta a renunțat definitiv la alcool și și-a recăpătat statutul de soț și de tată iubitor. Din discuțiile ulterioare pe care le-au avut, femeia a aflat că adevăratul motiv care a stat la baza comportamentului său deviant era o stare de presiune pe care o avea la locul de muncă, fapt ce se repercuta, fără ca el să poată controla acest lucru, și în familie. În plus, și așa-zișii prieteni aveau o influență mare asupra lui, însă a renunțat să se mai întâlnească cu ei. Își umplea acum timpul cu treburile casnice, își ajuta soția, le acorda atenție copiilor, se preocupa de viitorul lor și, mai presus de toate, a început să vină la biserică și să dea slavă lui Dumnezeu pentru ajutorul primit. Cu timpul, și-a schimbat viziunea asupra vieții, a început să se intereseze de viitorul celor mici, de bunul mers al căminului, dar și de evoluția sa în plan profesional. Era cu totul altul, și asta datorită răbdării de care a dat dovadă soţia lui, precum şi milei lui Dumnezeu revărsate asupra acestei familii de creştini.[123]

Prin urmare, bărbatul responsabil, cu o viziune largă asupra vieţii îşi manifestă permanent curiozitatea, este dornic să ajute, să se implice în găsirea de soluţii atât în familie, cât şi în universul prietenilor ori la locul de muncă. E un izvor nesecat de idei înţelepte, de soluţii ce provin în mod cert din bagajul mare de cunoştinţe despre lume, din experienţa de viaţă, dar şi din relaţia vie cu Dumnezeu. Un astfel de bărbat este inspirat de har în luarea celor mai bune decizii.

Trăirea în adevăr

Iată ce ne spune psalmistul David: „Fericit bărbatul care n-a umblat în sfatul necredincioşilor şi în calea păcătoşilor nu a stat şi pe scaunul hulitorilor n-a şezut." (*Psalmi* 1, 1) Înţelegem de aici că viaţa bărbatului trebuie să fie curată, neîntinată de patimi şi încununată cu virtuţi alese, dintre care *adevărul* ocupă un loc foarte important, alături de demnitate, de dragoste, de credinţă şi de nădejde în Dumnezeu. Iar „întâia temelie pentru ca omul să desluşească şi să deosebească adevărul este smerenia."[124] Femeia are o intuiţie extraordinară dăruită de Dumnezeu; ea simte dacă bărbatul ei trăieşte sau nu în adevăr, dacă are inima deschisă sau, dimpotrivă, dacă ascunde de ea anumite patimi. Aşadar, simte dacă o minte sau nu. De aceea, ca să eviţi tensiunile din casă, te îndemn să alegi să trăieşti în adevăr.

Din nefericire, există bărbaţi care se abat de la calea adevărului; aceştia îşi mint soţiile, le desconsideră,

---

123 Ia aminte: noi, oamenii, nu suntem responsabili doar pentru păcatele noastre, ci şi pentru cele ale semenilor noştri, dacă nu intervenim cu dragoste şi cu blândeţe în vieţile lor şi nu îi ajutăm să se întoarcă pe calea mântuirii (F.M. Dostoievski, *op. cit.*).

124 Părintele Porfirie Kafsokalivitul, *op. cit.*, p. 161.

le înşală, ignoră iubirea lor curată şi recurg la păcate care le zdrobesc inimile. Bărbatul care alege să trăiască în minciună şi să-şi trădeze soţia nici măcar nu conştientizează câtă suferinţă şi nelinişte sufletească îi provoacă. Şi nu doar ei, ci întregii familii – copii şi părinţi deopotrivă. În momentul în care bărbatul face un pas greşit, harul lui Dumnezeu Se depărtează de el şi Se aşază lângă victimă, adică lângă fiinţa trădată, abandonată, tristă şi înlăcrimată.

Atenţie! Bărbatul îşi poate minţi soţia, însă nu şi pe Dumnezeu! Tatăl ceresc va ridica harul de la trădător, iar viaţa lui va deveni un lung şir de insuccese: va pierde din punct de vedere material, cheltuind nesăbuit, îşi va pierde prietenii, iar copiii se vor îndepărta şi ei de el. Aceste lucruri sunt urmarea alegerii greşite şi efectul pierderii harului care îl călăuzea şi îl ajuta în toate acţiunile sale. Pe scurt, din momentul în care începe să înşele, bărbatului nu-i va mai merge deloc bine. Iar dacă vei întâlni bărbaţi care vor contrazice afirmaţia mea, te asigur că, deşi aparent se simt bine păcătuind, sufletul le este departe de Dumnezeu şi chinuit de patimă şi de remuşcări. Deşi se bucură de plăcerile trupeşti, aceştia consumă multă energie şi timp în mod inutil. Iar când se vor trezi din ignoranţă, vor constata că de fapt nu au avut parte de iubire adevărată şi că doar interesele au fost acelea care au animat relaţia păcătoasă.

Legat de cumplitul păcat al infidelităţii, despre care am vorbit şi în prima parte a acestui volum – vezi Capitolul 3 –, le recomand femeilor înşelate să încerce să-l ierte pe cel care a căzut în această mare neputinţă, însă numai cu două condiţii: să renunţe definitiv la relaţia extraconjugală şi să se pocăiască. După cum am mai spus, problemele apărute în căsnicie se rezolvă cel mai uşor prin dialog deschis, ca dovadă a iubirii sincere, dar şi prin şansa unui nou început, însoţită de promisiuni ferme din partea celui care a greşit.

Ia seama, dragul meu cititor! **Nu trăirea în minciună rezolvă neajunsurile din viaţa ta, ci sinceritatea, respectul pentru fiinţa iubită, adevărul şi dragostea!**

Bisericuţa în care slujesc este plină, duminica şi la sărbători, de familii tinere pe ale căror chipuri se citesc iubirea, preţuirea şi *sinceritatea reciprocă*. Ceea ce îi ţine strâns uniţi este, în mod cert, legătura lor cu Hristos care potenţează şi consolidează dragostea dintre ei. Viaţa Bisericii este viaţa lor. Trăiesc după modelul Mântuitorului, al Maicii Domnului şi al sfinţilor, trăiesc, deci, în adevăr şi asta le aduce multă fericire. Îmi bucură inima să-i văd cum se roagă împreună, cum îşi aduc copilaşii în braţe spre Sfântul Altar ca să-i împărtăşească cu Trupul şi cu Sângele lui Iisus, cum îşi zâmbesc unii altora, cum se bucură de prieteni la liturghia de după Liturghie – un tablou luminat de prezenţa harului lui Dumnezeu.

Am stat de vorbă odată cu un credincios care mi-a povestit că are momente când nu poate să-i spună adevărul soţiei lui şi că îi ascunde diverse lucruri mărunte de teamă ca nu cumva aceasta să se supere, să ridice tonul şi să-i facă morală, fapte ce vor conduce inevitabil la o stare de tensiune între ei. Totuşi, intuiţia feminină o făcea să simtă şi să descopere până la urmă „minciunelele nevinovate" ale soţului ei, moment în care îşi manifesta nemulţumirea, ţipa şi îi reproşa diverse lucruri. Şi, din această pricină, între cei doi plutea neîncrederea.

Ce ascundea bărbatul de femeia lui? „Nimicuri" – după cum le numea el; preţul unui telefon mobil, o întâlnire cu prietenii la bere, faptul că a zgâriat uşor maşina etc. Toate acestea nu erau deloc „nimicuri". De altfel, nu există nicio scuză pentru minciună, fiindcă minciuna este de la diavol, iar „adevărul se mărturiseşte doar în Duhul lui Dumnezeu."[125]

„Dragul meu – i-am spus –, ţi-e teamă de reacţia soţiei tale, pentru că ai ales să trăieşti în minciună. Părintele Paisie Aghioritul spunea aşa: «Frica este consecinţa minciunii.»[126] Alege, deci, calea adevărului! Şi încă ceva: deşi ascunzi de soţia ta diverse lucruri, de Dumnezeu nu poţi ascunde nici măcar un gând!" L-am sfătuit să nu-şi mai mintă soţia, ci să-i spună totul folosind un ton calm, cu blândeţe şi cu răbdare. Şi aşa starea de tensiune dintre ei va dispărea treptat, iar femeia va aprecia în cele din urmă sinceritatea bărbatului ei şi-şi va recăpăta încrederea în el. „Minciuna aduce cu sine starea tensionată din familie care, la rândul ei, va conduce la o fisură ce va putea avea efecte neplăcute pentru voi pe termen lung" – am adăugat eu.

În urma discuţiei pe care am avut-o, bărbatul s-a spovedit şi a primit iertarea păcatelor, apoi s-a întors acasă plin de harul Duhului Sfânt. I-a cerut iertare persoanei iubite şi i-a promis că de acum înainte îi va spune numai adevărul, însă cu condiţia ca şi ea să fie înţelegătoare în anumite privinţe, să nu mai ridice tonul din orice şi să nu-i mai reproşeze diverse lucruri. Au procedat întocmai, iar cu timpul relaţia lor s-a schimbat în bine.

Dacă vei fi virtuos şi vei avea o relaţie vie cu Dumnezeu, îi vei oferi soţiei tale de viaţă cel mai mare dar: încrederea – izvorul stării de bine dintre voi. În concluzie, renunţă la minciună, fie ea cât de mică!

---

125 Părintele Rafail Noica, în *Colecţia de citate* a prof. dr. Radu Românaşu de la Facultatea de Istorie, Relaţii Internaţionale, Ştiinţe Politice şi Ştiinţele Comunicării, Oradea.

126 Cuviosul Paisie Aghioritul, *op. cit.*, p. 139.

Adevărul este rădăcina tuturor virtuţilor şi a fericirii căminului vostru.

Bărbatul gospodar

Cuvântul „gospodar" vine din slavonă şi înseamnă „domn al casei". Potrivit *Dicţionarului explicativ al limbii române*, gospodarul este „bărbatul care are priceperea să conducă *bine* (s.n.) o gospodărie" şi să fie capabil să rezolve problemele care apar în casă.

Din păcate, în unele familii se ivesc nenumărate certuri din cauză că bărbatul lasă nerezolvate diferite aspecte legate de casă ori le amână la nesfârşit, punând tot greul pe umerii soţiei. Chiar dacă nu se pricepe să repare defecţiunile apărute, el este cel care ar trebui să ia urgent legătura cu un specialist, şi nu femeia. Tată şi soţ deopotrivă, bărbatul are o identitate aparte; este deopotrivă pragmatic şi iubitor, întreprinzător şi cumpătat, ferm şi blând şi dă permanent dovadă de implicare, indiferent de natura problemei ivite. Aşadar, *liderul slujitor al familiei* este mereu acolo unde e nevoie de el şi nu se eschivează niciodată.

Vă mărturisesc cu tristeţe că nu toţi bărbaţii sunt aşa cum i-am creionat mai sus. Aud zilnic poveşti de viaţă impresionante; mi se plâng multe credincioase că bărbaţii lor sunt imaturi şi că nu-şi înţeleg adevărata menire. Aceştia consiseră că este suficient să muncească la serviciu, aducând în casă veniturile necesare, şi că apoi pot să se bucure exclusiv de timp liber pe care şi-l petrec fie în faţa televizorului, fie pe terenul de fotbal, fie cu prietenii la bere sau în sălile de jocuri de noroc, ignorând nevoile reale ale familiei. Sigur că şi bărbatul are dreptul să-şi petreacă timpul liber într-un mod plăcut, dar fără să priveze şi familia de prezenţa lui binefăcătoare. Şi încă ceva: nu toate activităţile de *loisir* sunt benefice pentru el şi pentru familia lui. Prin urmare, te poţi bucura de hobby-urile tale – care să nu fie în afara moralității – numai după ce ți-ai îndeplinit rolul de soț și de tată.[127]

Așa cum spuneam, mi se plâng multe doamne de indolența bărbaților pe care i-au ales să le fie soți. Pentru ei, gospodăria este apanajul femeii. Nu se ating de nimic prin casă, lasă totul să se deterioreze, nu schimbă nici măcar un bec. Cât despre ajutor oferit femeilor lor, nici vorbă. Ele sunt cele care se ocupă de problemele din gospodărie: fac cumpărăturile, plătesc facturile, iau legătura cu instalatorul sau cu electricianul, merg cu copiii la medic și multe altele de acest fel. În tot acest timp bărbații „se odihnesc", fiindcă „muncesc foarte mult la serviciu". Ba le mai și mustră pe bietele femei că nu se ridică la nivelul așteptărilor lor.

Sărmanele de ele! De fiecare dată când le întâlnesc, mi se rupe sufletul de milă! În ochi nu li se citește nici măcar o urmă de fericire, ci numai deznădejde, oboseală, epuizare... Ce vină au ele că și-au pus nădejdea în niște bărbați iresponsabili? Mă rog la Bunul Dumnezeu să-i întoarcă la calea cea dreaptă pe soții aceștia rătăciți și indolenți. La fel le sfătuiesc și pe ele: să se roage și să aibă răbdare, multă răbdare cu ei. Și le mai spun ceva: să fie sigure că jertfa lor va fi răsplătită cândva de Părintele ceresc, Cel Care vede tot ce se petrece pe pământ și răsplătește pe fiecare după faptele sale.

De asemenea, le îndemn să încerce să-și apropie soții cu blândețe și cu dragoste. Și tot astfel să le ceară să se implice în lucrurile mărunte din gospodărie.[128] Cu

127 Vezi și Pr. Evghenie Șestun, *op. cit.*, pp. 58–59.

128 În fond, bărbatul nu trebuie obligat să se implice în treburile casei, va face asta din plăcere și din dragoste pentru soția lui, simțind că este o datorie morală față de ea (Pr. Evghenie Șestun, *op. cit.*, pp. 58–59).

ajutorul lui Dumnezeu, sunt sigur că bărbații vor începe încet, încet să se dedice familiei și vor prelua o mare parte din grijile soțiilor lor.

Bine ar fi ca povara gospodăriei să fie dusă de amândoi, fiecare participând la activitatea la care este mai bun, căci *nu suntem egali, ci suntem complementari.*

Blândețea

Deși bine ancorat în realitate, bărbatul ar trebui să fie deopotrivă delicat, sensibil și blând, să aibă inima bună și să fie un izvor de iubire și de bucurie pentru toți cei din jurul lui – soție, copii, părinți, prieteni și colegi. Femeia este un bulgăre de energie, de sensibilitate, de dragoste și de căldură, fapt pentru care are nevoie să fie înconjurată cu multă blândețe, cu tandrețe și cu iubire. În plus, bărbatul nu ar trebui să uite că micile gesturi, precum o îmbrățișare, un mesaj de dragoste, o floare sau o plimbare mângâie inima femeii, îi dă încredere și o face fericită. În dialogul cu copiii și cu soția, vocea bărbatului trebuie să fie nu tunet, ci izvor de bunătate și de blândețe.

În schimb, soțul care este o brută – ridică tonul, înjură, își agresează verbal femeia și copiii – nu face altceva decât să transforme viața de familie într-un adevărat iad. Am întâlnit multe cazuri de acest gen, familii în care bărbatul, asemenea unui torționar, le făcea mult rău soției și copiilor lui care, cu timpul, s-au îndepărtat de el. În plină suferință, femeia și-a găsit liniștea și fericirea alături de un alt bărbat. Acesta din urmă, mai tandru și mai atent la trăirile ei, a făcut-o cu adevărat fericită. Și așa a apărut fisura în căsnicie.

Prin urmare, dacă nu ești delicat, blând și atent la nevoile soției tale și devii o povară mult prea grea pentru sufletul ei, riști să o faci să te înlocuiască cu un altul. Iată, deci, unde duc brutalitatea, violența, răutatea și asprimea bărbatului: la suferință cumplită, la durere trupească și sufletească, la destrămare și chiar la pierderea echilibrului vieții!

Bărbatul delicat, tandru și afectuos este considerat uneori mai slab, însă nu e deloc așa. În urma dialogului cu cerul, acesta primește harul Duhului Sfânt[129], putere din puterea dumnezeiască, lumină din Lumina veșnică și devine, la rândul lui, izvor de bunătate pentru cei dragi: „Fericiți făcătorii de pace, că aceia fiii lui Dumnezeu se vor chema." (*Matei* 5, 9)

De vei alege să fii blând și iubitor de pace, vei cuceri inima soției tale și nu numai: „Blândețea înseamnă a nu vătăma pe cineva nici cu cuvântul, nici cu fapta, nici cu porunca, ci a câștiga inima fiecăruia prin puterea ta."[130]

Mi-a povestit o credincioasă că soțul ei nu-și putea stăpâni mânia; era foarte agitat, folosea un ton ridicat atât în relația cu ea, cât și cu copiii, pe care îi pedepsea aspru, își înjura colegii și multe alte răutăți de acest fel. Sărmana fată! Era tare nefericită! Nu știa ce să facă, cum să-și aducă soțul pe calea blândeții, a bunătății și a iubirii de semeni – altfel spus, pe calea firească.

Impresionat de situație și de dorința ei sinceră să-și schimbe în bine omul drag, în pofida purtării lui urâte, i-am spus: „Preaiubită doamnă, blândețea este o podoabă a sufletului care vine dintr-o relație sinceră și curată cu Dumnezeu. Altfel spus, nu ai cum să fii blând,

129 „Blândețea este rodul lucrării Duhului Sfânt. Izvorul și rădăcina ei este smerenia. (...) Smerenia este trupul, iar umbra trupului este blândețea. (...) (Gheronda Iosif Vatopedinul, *Dialoguri la Athos*, traducere din limba greacă și note de Nicușor Deciu, Iași, Editura Doxologia, 2012, pp. 106–108).

130 Arhimandritul Serafim Alexiev, *op. cit.*, p. 67.

necertăreț, calm și iubitor, dacă nu Îl ai pe Hristos în inima ta. Încearcă să-ți apropii soțul de calea credinței și vei vedea că ușor, ușor sufletul lui va fi cuprins de bunătate. Nu va mai vedea atunci nimic rău în jurul lui, fiindcă, după cum spunea starețul sârb Tadei, «celui smerit și blând, așezat chiar și în iad, îi este bine.»[131] Iar ca să-l apropii de Dumnezeu, deschide-ți tu mai întâi inima către cer! Fii luminoasă când te întorci de la biserică, arată-te blândă și răbdătoare! Și astfel bărbatul tău va înțelege cât de bine îi este omului în comuniune cu Hristos și cât de frumos devine cel care se unește cu El."

M-am bucurat tare mult să-i văd peste un timp venind împreună la biserică. Am observat că bărbatul certăreț, mânios și crud de odinioară devenise blând și luminos și se bucura acum de cei dragi. Iată cum, odată pătruns în inima omului, Hristos încălzește și cel mai ascuns colț al ei în care s-ar putea cuibări răul și înlătură de acolo și cea mai mică urmă de păcat! De aceea te îndemn ca, atunci când ești cuprins de răutate, când simți nevoia să ridici tonul la cineva, să-ți exprimi furia, să-ți aduci aminte o clipă de blândețea Mântuitorului și să strigi la Dumnezeu: „Pacea Ta dă-mi-o mie, Iubitorule de oameni!" și „Inimă curată zidește întru mine, Dumnezeule, și duh drept înnoiește întru cele dinlăuntru ale mele!" (*Psalmi* 50, 11)

Împodobește-te, dragă frate întru Hristos, cu aceste mari virtuți: „smerenia vameșului, răbdarea lui Iov, blândețea lui David, dragostea care niciodată nu cade, tăcerea *și* nemânierea", după cum spunea părintele Salafiil de la Noul Neamț[132], și te asigur că vei avea o viață senină aici, pe pământ și vei dobândi mântuirea veșnică!

---

131 Starețul Tadei, *Cum îți sunt gândurile, așa îți este și viața*, Ediția a 3-a, București, Editura Predania, 2010, p. 147.

132 Ieromonahul Savatie Baștovoi, *Dragostea care nu cade niciodată*, București, Editura Cathisma, 2010.

Disponibilitatea la jertfă

După cum am arătat şi în primul capitol al acestei părţi, menirea Mântuitorului Iisus Hristos pe pământ a fost jertfa de Sine pentru binele celorlalţi. Din dragoste, El S-a pus în întregime în slujba celor buni, dar şi a celor răi, ca să-i ajute să ajungă şi să rămână în lumina Lui mântuitoare. Domnul Hristos S-a împovărat cu greul lumii pentru a-i despovăra pe toţi cei care nu mai găseau ieşirea din situaţiile lor.

Preluând modelul hristic, **bărbatul trebuie să încerce să se sacrifice pentru aleasa inimii lui şi, în general, pentru întreaga familie:** „Bărbaţilor, iubiţi pe femeile voastre, după cum şi Hristos a iubit Biserica, şi *S-a dat pe Sine pentru ea* (s. n.)." (*Efeseni* 5, 25) Ar trebui să facă acest lucru mai ales atunci când cei din jur au nevoie (urgentă) de sprijinul lui, dar ar putea avea el însuşi iniţiative de acest fel care să facă viaţa familiei (mai) funcţională şi (mai) fericită. Pentru aceasta e nevoie să fie mai întâi atent la ce se întâmplă în jur şi la nevoile exprimate sau nu ale membrilor familiei. Trebuie să renunţe uneori la confortul personal, la propriul punct de vedere ori la dreptatea sa şi să iasă din egoism pentru a empatiza cu cei ai casei şi cu nevoile lor concrete.

Disponibilitatea bărbatului la jertfă se vede cel mai bine în modul în care acesta depăşeşte greutăţile vieţii alături de persoana iubită. Omul al cărui suflet este luminat de har înfruntă cu seninătate toate necazurile şi nu îşi pierde nicio clipă nădejdea în Dumnezeu, nici dragostea pentru cea lângă care a ales să petreacă întreaga viaţă aici, pe pământ, şi dincolo, în Împărăţia cerurilor.

Am fost invitat la nunta de aur a unor prieteni dragi, o familie frumoasă, veselă și spirituală. M-am bucurat mult să-i văd zâmbind. Erau la fel de fericiți ca în perioada în care s-au cunoscut. Impresionat de povestea lor de dragoste, i-am întrebat care este secretul longevității, iar bărbatul mi-a răspuns zâmbind: „Sacrificiul, părinte! În toți acești ani m-am jertfit pentru soția mea minunată și pentru copiii noștri. La rândul ei, soția mea iubită s-a jertfit mult pentru noi și sunt tare bucuros că am rămas uniți în iubire."

Așadar, puterea ta de sacrificiu, cititorule drag, ar trebui să te determine să te gândești mai mult la nevoile celor de lângă tine decât la ale tale, fapt ce îți înfrumusețează caracterul și îți dă dreptul de viitor cetățean al raiului. Cum să faci asta? Iată câteva exemple concrete: dacă în seara în care ți-ai propus să mergi cu prietenii la fotbal soția ta nu se simte bine, renunță la întâlnire și rămâi lângă ea! Dacă la un moment dat, în timpul liber, tu ai vrea să te ocupi de un proiect personal, ceva drag ție, și totuși un membru al familiei îți cere sprijinul pentru o chestiune urgentă, ar fi un gest nobil să amâni puțin lucrul tău și să ajuți atunci când e nevoie. O formă de sacrificiu e să renunți la preocupările tale curente și să te așezi lângă copilul tău mic pe covor, să te joci cu el „pe limba lui". Sau să o ajuți pe soție să le pregătească celor mici sendvișul, ghiozdanul și hăinuțele pentru școală, să îi conduci și tu la cursuri și, în general, să te implici în creșterea și educația lor! Vei simți astfel o mare bucurie în suflet, iar soția și copiii vor fi foarte fericiți.

Deși nu este ușor să renunți la propriul egoism, te asigur că, punându-te în slujba celor care au atâta nevoie de tine, vei primi în schimb nu doar aprecierea lor, ci și răsplată de la Bunul Dumnezeu, Care te-a trimis cu un rost pe pământ. De altfel, unul dintre marile secrete ale unei relații fericite este să fii în așa fel, încât soțul tău/soția ta să simtă că îți pasă de ceea ce simte și trăiește el/ea, că asculți în mod activ ceea ce îți spune și că te implici trup și suflet să găsești soluții exact atunci când e nevoie.

Familiile copleșite de necazuri mari nu sunt deloc puține în zilele noastre. Întâlnesc zilnic oameni ale căror chipuri sunt brăzdate de suferință trupească și sufletească, însă ceea ce mă impresionează la mulți dintre ei este forța cu care își duc crucea, fiindcă rareori se plâng de ceva.

Într-una din zile, a venit la mine un bărbat între două vârste; avea ochii înlăcrimați, mâinile tremurânde și vocea aproape stinsă. A îngenuncheat în fața icoanei Mântuitorului – pe care o țin lângă mine când stau de vorbă cu oamenii – și, stând așa, a început să-mi vorbească. Lacrimile îi curgeau șiroaie pe obraz. Atât a putut să spună: „Părinte, unicul meu fiu, de doar 18 ani, va pleca curând la Domnul. Suferă de o boală gravă, iar medicii nu-i mai dau nicio șansă. Tot ce îmi doresc este să vă rugați pentru el la Bunul Dumnezeu, să-i ierte păcatele și să-l primească în Împărăția Lui."

M-a cutremurat povestea acestui creștin și mai ales atitudinea lui în fața suferinței și a morții iminente a fiului. Am aflat apoi că își crescuse singur băiatul, fiindcă soția îi murise cu mulți ani în urmă. Mi-a mai spus că își sacrificase totul ca să-și salveze băiatul: vânduse mașina, casa și toate bunurile pe care le mai avea și muncise din zori și până în noapte, ca să strângă banii necesari spitalizărilor. Din păcate, boala nu putea fi oprită din evoluție, iar el simțea că își va pierde în curând copilul. „Nu e al meu, părinte, mi-a spus tatăl îndurerat. E al lui

Dumnezeu. El mi l-a dat și, dacă vrea să mi-l ia la ceruri, facă-Se voia Lui. Mi se sfâșie inima de durere, dar nu-mi pierd nădejdea în Domnul, Cel Care știe ce face cu noi în fiecare clipă a vieții!"

Povestea acestui bărbat mi-a amintit de Avraam din *Vechiul Testament* și de credința lui nestrămutată în Bunul Dumnezeu. Asemenea lui Avraam, care a fost dispus să-și sacrifice unicul fiu, pe Isaac, pentru Dumnezeu – vezi *Facerea* 22, 2-3 –, tot astfel și omul nostru își lăsa singurul copil în mâinile Părintelui ceresc. Într-adevăr, în scurt timp băiatul a plecat la ceruri, iar tatăl a ales la puțin timp după aceea să îmbrace haina monahală, ca să-I slujească și mai mult lui Dumnezeu.

Am mai fost impresionat de puterea de jertfă a unui alt bărbat evlavios. Soția lui suferea de o boală gravă la rinichi. A îngrijit-o ani la rând cu răbdare, cu dragoste și cu pricepere. Muncea mult ca să facă rost de bani pentru tratamente, o însoțea mereu la spital, se ocupa el de gospodărie când femeia se simțea rău, avea grijă de copii, mergea după medicamente chiar și târziu în noapte, dacă se ivea vreo urgență. Pe scurt, era trup și suflet lângă soția lui iubită și lângă copii. Până într-o zi, când medicii i-au spus că, din nefericire, rinichii femeii sunt pe punctul să cedeze și că este nevoie urgentă de un transplant.

Din dragoste pentru soția lui, la gândul că ar dura foarte mult până când s-ar găsi un donator, dar și inspirat de harul lui Dumnezeu – fiindcă bărbatul acesta era nelipsit din biserică și se ruga mult –, a luat hotărârea să-i doneze el un rinichi. Au făcut testele de compatibilitate și, din fericire, intervențiile chirurgicale au fost un succes. Atât el, cât și soția lui se simțeau bine după operație. Încet, încet, au început să-și revină și astfel viața lor s-a schimbat în bine.

Femeia nu știe nici astăzi cum să-i mulțumească bărbatului ei iubit pentru toată dragostea și jertfa lui. „Părinte", mi-a spus ea odată printre lacrimi, „soțul meu este înger pe pământ pentru mine și pentru copilașii noștri. Nu voi uita niciodată clipele grele prin care am trecut și nici dragostea cu care mă înconjura de fiecare dată când eram neputincioasă. Petrecea nopți întregi la căpătâiul meu, alinându-mi durerile, se ruga pentru mine, plângea alături de mine și se bucura pentru mine în puținele zile când mă simțeam mai bine. Și peste toate acestea, muncea mult, foarte mult, ca să nu ne lipsească nimic. Îi mulțumesc lui Dumnezeu că mi-a dat un suflet atât de bun! Simt că suferința ne-a unit și mai mult și ne-a dat putere să ducem mai departe crucea grea a vieții acesteia."

Vorbele femeii confirmă o dată în plus afirmația părintelui Paisie Aghioritul: „Înlăuntrul durerii se ascunde mai multă dragoste decât în dragostea firească. Căci, dacă suferi pentru celălalt, îl iubești puțin mai mult. (...) Fiindcă dragostea care îmbrățișează, dragostea duhovnicească cu durere, dăruiește făpturilor lui Dumnezeu mângâiere dumnezeiască, (...) slobozește suflete și vindecă răni cu balsamul dragostei lui Hristos pe care îl revarsă."[133]

Stau și mă întreb: oare câți bărbați din zilele noastre sunt capabili de atâta jertfă ca cei doi amintiți mai sus? Mai este oare dispus bărbatul modern să renunțe la propriul confort și să-și dedice viața celor din jur? Gesturile pline de jertfă și de dragoste ale celor doi reprezintă un model pentru bărbatul comod de astăzi.

133 Cuviosul Paisie Aghioritul, *Patimi și virtuți. Cuvinte duhovnicești*, vol. V, București, Editura Evanghelismos, 2007, pp. 225–226.

Acesta ar trebui să înțeleagă faptul că, după o Golgotă asumată, există întotdeauna Învierea.

Vom ajunge toți la Judecata de Apoi. De aceea, pune-ți întrebarea aceasta: oare pe cine va așeza Hristos de-a dreapta Sa, pe bărbatul mândru, comod și egoist sau pe cel iubitor și jertfitor? Meditează o clipă la aceste aspecte și vei afla unde te situezi! Iar ca să-ți iei resurse interioare care să te ajute să-ți asumi starea de jertfă, privește des chipul blând și răbdător al lui Iisus în fața suferinței de pe Golgota! Să fii sigur că suferințele tale sunt infinit mai mici decât ale Lui. De aceea, bărbatul virtuos își asumă toate lucrurile care i se întâmplă, știind că au un sens, își ia puterea de a merge mai departe din credința în Dumnezeu, nu se plânge nicio clipă, nu fuge din calea suferinței și a responsabilităților, nu abandonează lupta cu răul, ci se smerește și își poartă crucea cu demnitate. Poartă-ți și tu crucea cu răbdare și cu smerenie, chiar dacă ți se pare grea! Numai așa vei ajunge în vârf, adică spre mântuirea veșnică.

Iar când simți că necazurile te copleșesc, nu abandona lupta, nu ceda! Mergi la Hristos și cere-I Lui putere din puterea dumnezeiască! Roagă-L pe El să te ajute să-ți duci mai departe povara și să poți să te jertfești pentru cei dragi, iar El îți va alina suferința, va fi Simon Cirineul pentru tine. Important este să te încrezi în El![134]

Sfințenia vieții

Nu uita că în fiecare moment al vieții cei din zona ta existențială te observă, sunt atenți la fiecare gest al tău, la fiecare cuvânt, îți urmăresc privirea, reacțiile,

---

134 „Iisus este dulce, iar celui care își varsă amărăciunea durerii înaintea Lui, aceasta i se preface în sirop dulce." (Cuviosul Paisie Aghioritul, în *Părinți Aghioriți, flori din Grădina Maicii Domnului*, București, Editura Evanghelismos, 2004, p. 159.

atitudinile în diverse împrejurări. Asta înseamnă că îi influențezi în mod direct și că poți fi pentru ei un bun exemplu de viață sau, dimpotrivă, un model negativ. De aceea este esențial **să fii atent la conduita ta morală,** fiindcă printr-un gest, printr-un cuvânt sau printr-o faptă, poți schimba viața oamenilor de lângă tine.

Ghidează-te după cuvântul lui Hristos, Care a schimbat lumea prin învățătura Sa: „Așa să lumineze lumina voastră înaintea oamenilor, încât ei să vadă faptele voastre cele bune și să-L slăvească pe Tatăl vostru Cel din ceruri." (*Matei* 5, 16)

De-a lungul istoriei, au existat nenumărați bărbați cu viață sfântă – martiri, pustnici, cuvioși, preoți –, despre care am amintit și la începutul acestei părți. Pentru ei, Hristos a fost modelul suprem. Trăiau fiecare clipă nu pentru ei, ci cu gândul la Dumnezeu și la semeni, se rugau, posteau și se puneau în slujba aproapelui. Erau smeriți, blânzi și răbdători în suferințe, asemenea lui Hristos.

Îi mulțumesc lui Dumnezeu și Maicii Sfinte că mi-au dat privilegiul să fiu crescut și educat de bunicii mei materni, Traian și Aurica Bădărău, modele autentice de viață creștină. Pentru mine, bunicul Traian (Tătăica) a fost un om sfânt. În casa noastră era o atmosferă caldă, plină de pace, propice dialogului duhovnicesc. Se vorbea mereu despre Dumnezeu, fiindcă El făcea parte din familia noastră.

Tătăica mi-a vegheat creșterea îndeaproape, mă dojenea când era cazul, mă mângâia când eram trist și mă învăța frica de Domnul în toate. Povățuit de el, am învățat primele rugăciuni, iar atunci când se întâmpla să fac o năzbâtie – ca orice copil – mă îndemna să-mi plec genunchiul la icoană şi să cer iertare lui Dumnezeu şi Maicii Domnului pentru fapta mea. Blândeţea era cuvântul de ordine în casa noastră, iar iubirea de Hristos şi de semeni, mila creştină şi iertarea erau sfinte.

Tătăica a trăit toată viaţa lui înconjurat de foarte mulţi oameni: consăteni sau veniţi din localităţi îndepărtate, copii, tineri sau bătrâni, femei sau bărbaţi, toţi îl căutau pentru un sfat, o vorbă bună, o mângâiere şi o binecuvântare. Oamenii simţeau prezenţa Duhului Sfânt pogorât asupra bunicului meu şi veneau să se adape şi ei din „apa vieţii”, iar Tătăica îi primea cu dragoste, cu blândeţe şi cu multă răbdare. Avea pentru fiecare câte o povaţă şi nu se întâmpla vreodată ca cineva să plece trist de la el.

Îi iubea mult pe oameni. În glasul şi în privirea lui se citeau pacea şi dragostea, răbdarea şi bucuria duhovnicească. Felul său direct în care le vorbea oamenilor – fără ocolişuri, fără pierderea în amănunte, pe înţelesul lor – era, cu siguranţă, un dar primit de la părintele Cleopa, de care îl lega o frumoasă şi veche prietenie. Acest mod viu de a comunica cu oamenii mi-a fost transmis şi mie fără ca eu să am vreun merit, iar astăzi simt o bucurie nespusă când stau de vorbă cu enoriaşii mei şi încerc să le ofer cele mai bune sfaturi sub inspiraţia harului Duhului Sfânt.

Bunicul meu fusese ani la rând ucenicul părintelui Cleopa de la Sihăstria şi, la rândul lui, devenise „dascăl” pentru numeroşi tineri care îşi doreau să urmeze cursurile Seminarului Teologic sau pe cele ale Facultăţii de Teologie. Mulţi dintre preoţii prahoveni de astăzi au fost formaţi la „şcoala” de rugăciune şi de trăire duhovnicească a bunicului Traian. De altfel, bucuria lui şi a întregii familii era ca măcar unul dintre urmaşi să ia calea preoţiei.

Privind cu maturitatea duhovnicului de astăzi, înţeleg că bunicul a avut o viziune în ceea ce priveşte viaţa mea; a pus la temelia formării mele ca om şi ca preot educaţia creştină bazată pe rugăciune, pe lectură biblică, pe smerenie şi pe jertfă de sine. Disponibilitatea la jertfă de la el am învăţat-o. El îmi spunea să nu refuz pe nimeni niciodată, fiindcă modelul nostru suprem, Domnul Iisus Hristos, a spus: „Pe cel ce vine la Mine nu-l voi scoate afară." (*Ioan* 6, 37) În lupta cu păcatul, bunicul era ferm, fapt ce m-a ajutat să înţeleg mai târziu taina vieţii lui: ura păcatul, care îl desparte pe om de Dumnezeu, dar îl iubea pe păcătos, care trebuia salvat din ghearele morţii duhovniceşti.

Făcând o punte peste timp, din vremea copilăriei mele înţeleg acum – mai bine decât atunci – că am crescut în casa unui om sfânt. Cum am simţit eu sfinţenia lui Tătăica? În primul rând, prin faptul că preocupările lui erau exclusiv duhovniceşti – programul zilnic cuprindea foarte multă rugăciune şi citire din cărţi sfinte, trăia viaţa Bisericii ca pe viaţa proprie, participa la hramuri, la agape şi le adresa mereu oamenilor cuvinte duhovniceşti. Ceea ce m-a convins cel mai mult de sfinţenia vieţii lui a fost faptul că aduna pe lângă el foarte mulţi oameni care, simţind parfumul sfinţeniei vieţii lui, doreau să-i stea în preajmă şi mai ales să devină, la rândul lor, oameni cu viaţă sfântă. Îi inspira să fie şi ei buni, generoşi, iertători, rugători şi apropiaţi de Biserica lui Hristos. În plus, avea o permanentă disponibilitate spre jertfă – le era alături celor aflaţi în suferinţă şi îi mângâia cu rugăciunile lui – pansament pentru rănile lor trupeşti şi sufleteşti.

Prin urmare, sfinţenia vieţii nu este ceva de neatins. Îndreaptă-ţi şi tu existenţa prin faptă, prin vorbă, prin atitudine şi prin comportamentul de zi cu zi! Dacă vei trăi viaţa Bisericii ca pe propria viaţă, cei din jurul tău vor simţi asta şi te vor urma cu dragoste, fiindcă „Biserica este atelierul sfinţeniei."[135] Important este ca semenii să te vadă împlinit, luminat de har, blând şi deschis la dialog duhovnicesc şi te vor urma bucuroşi. Şi încă ceva: însoţeşte-ţi fiecare activitate cu o scurtă rugăciune, şi acea activitate se va sfinţi! „Sfinţiţi-vă viaţa!" – ne îndeamnă şi Sfântul Paisie Aghioritul. „Când gospodina, făcând treburile casei, se roagă, totul se sfinţeşte; se sfinţeşte nu numai mâncarea, ci şi cei care o mănâncă" – mai spune el.[136]

„Omul are atâta sfinţenie câtă rugăciune are în el."[137]

---

135 Sfântul Iustin Popovici, *Biserica Ortodoxă şi Ecumenismul*, Ediţia 1, Neamţ, Editura Fundaţia Justin Pârvu, 2012, p. 66.

136 ****Cum să întemeiem o familie ortodoxă*, Bucureşti, Editura Cartea Ortodoxă, 2007, p. 41.

137 Adrian Alui Gheorghe, *Cu părintele Iustin Pârvu despre moarte, jertfă şi iubire*, Piatra Neamţ, Editura Conta, 2006, p. 187.

CAPITOLUL 13

Bărbatul modern și ispitele lui

Bărbatul zilelor noastre este ținta atâtor tentații și propuneri păcătoase, încât cu greu poate să reziste și să-și păstreze statutul de lider slujitor al familiei. Dintre ispitele bărbatului modern, cele mai grave sunt: *consumul de alcool, fumatul, consumul de pornografie, atașamentul de bani și de alte bunuri materiale*, dar și *jocurile de noroc* sau *cele pe calculator*, precum și *drogurile*. Toate acestea îi provoacă multă suferință atât lui, cât și membrilor familiei. Îl pot transforma din ființă liberă și plină de har în rob al patimii, din om integru în persoană imorală, din model de urmat în antimodel, din bărbat sănătos, virtuos și în putere în om neputincios la suflet și la trup. Din ce cauză se lasă bărbatul păcălit de tentațiile societății? Din slăbiciune, din imaturitate, din lipsa unui autocontrol, dintr-o greșită alegere a modelelor, din cauza influențelor anturajului și mai ales din lipsa unei relații autentice cu Dumnezeu, relație ce se cultivă prin rugăciune profundă, prin faptă și prin cuvânt bun.

Trist este că patimile pun stăpânire pe om încă din adolescență. Cunosc multe cazuri de tineri care au intrat în anturaje viciate și și-au distrus viața, alegând să bea nemăsurat, să se drogheze, să aibă o viață sexuală dezordonată și să ducă o existență întunecată de păcat, departe de Hristos și de tot ce înseamnă binele pentru dezvoltarea lor armonioasă.

Consumul de alcool

Tot mai mulți bărbați își găsesc „alinarea" în alcool, considerând că așa vor trece mai ușor peste necazurile acestei vieți, peste situațiile dificile sau peste unele eșecuri. Găsesc alcoolul drept un refugiu confortabil, cu rol de anestezic, ca o perdea care se trage pentru câteva clipe în fața realităților neplăcute. Acest viciu „social" este practicat de multe ori (situație valabilă mai ales în cazul celor tineri) din teama de a nu fi excluși sau din dorința de a fi acceptați mai ușor în anumite grupuri și colectivități, presiunea anturajului jucând aici un rol determinant. Potrivit ultimelor statistici, țara noastră se află pe locul cinci în Europa în ceea ce privește consumul excesiv de alcool, după Belarus, Republica Moldova, Lituania și Rusia.

Atenție însă! Nu beția rezolvă problemele vieții, cum cred cei ce se refugiază în această patimă! În momentele de cumpănă, ca să găsească soluții și să supraviețuiască din punct de vedere mental și emoțional, omul are nevoie de cel puțin două lucruri cu adevărat eficiente: de **credință** și de **atenția celor dragi.** Altfel spus, când simte că necazurile îl apasă și că nu poate să găsească singur o ieșire din impas, să strige la Dumnezeu din toată inima lui și să-și caute alinarea pe umărul ființei iubite, pe cel al unor prieteni buni ori pe cel al unor membri apropiați ai familiei, nicidecum în băutură!

Alcoolul, alături de tutun și de alte câteva patimi, pricinuiește foarte mult rău atât pentru suflet, cât și pentru trup. Băutura este rea și pentru că îl împinge pe om spre alte mari păcate, cum ar fi desfrânarea ori violența fizică și verbală: „Ochii tăi vor privi la femei străine și gura ta va grăi lucruri meșteșugite." (*Pilde* 23, 33)

Legat de modul în care alcoolul afectează sănătatea trupească, este important de amintit aici că majoritatea situațiilor de deces din lume sunt cauzate de boli cardiovasculare. La rândul lor, acestea sunt generate în mare parte de consumul de alcool, de fumat, de excesul de zahăr, dar și de sedentarism.

O persoană este considerată alcoolică în momentul în care viața ei se rezumă la băutură. Preocuparea pentru a obține și a consuma alcool este din ce în ce mai acaparatoare în cazul celui dependent de alcool, încât devine greu spre imposibil să se abțină să mai bea un timp. De obicei, o astfel de persoană consumă alcool încă de dimineață. Alcoolicul împătimit se ascunde de familie sau de cei care l-ar putea judeca și critica sau ar încerca să îl oprească. El devine din ce în ce mai izolat, necomunicativ, recalcitrant și își neglijează aspectul fizic. În majoritatea timpului, un astfel de om nu mai poate purta un dialog serios cu cei din jur, fiindcă mintea i-a fost furată de patimă. Așadar, alcoolul – un mare păcat – devine patimă – o cumplită boală a sufletului ce pune stăpânire pe om și îl transformă din ființă liberă în rob.

Bărbatul care a ales să-și dedice întreaga existență acestui viciu nu conștientizează că de fapt se sinucide lent – mă refer atât la bolile trupești cauzate de băutura în exces, cât și la suferințele în plan spiritual. Alcoolicul trăiește adevărate drame personale, își chinuie sufletul, se zbate între bine și rău și, fiind neputincios, alege în cele din urmă răul.

A nu se înțelege că pledez aici pentru îndepărtarea totală a băuturii din viața noastră. Ca în multe alte cazuri, folosirea (exagerată și deformată) a unui lucru este adevărata problemă! Sigur că fiecare dintre noi poate închina la o masă festivă cu soția sau cu prieteni dragi un pahar cu vin; este un gest absolut firesc ce ne creează tuturor o stare de bine. Însă e important să nu se întreacă măsura, iar bucuria întâlnirii cu persoanele dragi să se transforme într-o atmosferă tensionată și să conducă chiar la dispute din cauza excesului de alcool. În chiar *Sfânta Scriptură* stă scris următorul aspect legat de acest obicei: „Vinul veselește inima omului." (*Psalmi* 103, 16) De altfel, cuvântul *vin* este amintit de 160 de ori în *Biblie* – de 60 de ori cu sens pozitiv și de 100 de ori cu sens negativ. Și această diferență poate fi considerată un semnal de alarmă și un îndemn la moderație.

Trebuie, așadar, să fim mereu vigilenți, pentru că de la consumul ocazional de alcool până la obicei și chiar la abuz este doar un pas. Acesta e marele pericol în cazul substanțelor care schimbă funcționarea firească a organismului nostru și în special cea a percepției creierului. Se alunecă repede spre dependență, dacă nu există un autocontrol exersat. Iar acest autocontrol trebuie exercitat înainte să fie prea târziu, înainte să fie deja amorțit și slăbit de aburii alcoolului. De aceea, e important ca fiecare bărbat să fie mereu atent să nu cadă în acest viciu periculos, iar, dacă obișnuiește să bea, să se analizeze cu mare atenție și să vadă dacă este sau nu dependent de alcool, pentru a apela cât mai repede la acele soluții posibile până nu e prea târziu: „Beția este icoana morții."[138] De la un punct încolo patima aceasta devine din ce în ce mai greu de oprit și de vindecat. Iar dacă nu reușește să facă această evaluare de unul singur, cei din jur – soția, copiii, părinții, chiar prietenii apropiați – îi pot da semne sau îi pot chiar spune când simt că întrece măsura în această privință. De altfel, ei au datoria morală să-l avertizeze și să îl sprijine cu dragoste, cu răbdare, dar și cu fermitate. În cazul în care băutura a devenit un *modus vivendi*, iar bărbatul începe să bea încă din prima parte

138 Sfântul Ioan Gură de Aur, în Pr. prof. Dumitru Irina, *Puterea Credinței*, vol. 7. *999 de sfaturi duhovnicești*, Neamț, Editura Biserica Sfinții Apostoli, p. 80.

a zilei, așa cum spuneam mai sus, înseamnă că patima a început să pună stăpânire pe el.

Iată ce ne învață Solomon: „Nu te uita la vin cum este el de roșu, cum scânteiază în cupă și cum alunecă pe gât, căci la urmă el ca un șarpe mușcă și ca o viperă împroașcă cu venin." (*Pilde* 23, 31-32) Din nefericire, majoritatea alcoolicilor nu recunosc că sunt stăpâniți de acest viciu cumplit sau nu consideră că ceea ce fac este un mare păcat care afectează atât viața lor, cât și pe a celor din jur, și că ceea ce pare a fi un deliciu de moment le poate aduce în realitate sfârșitul, dacă nu se opresc la timp.

Mulți spun sau cred că alcoolul – o plăcere imediată și „nevinovată" – le dă curaj, încredere, putere să învingă neplăcerile de tot felul. Sigur că toate acestea sunt doar aparențe, fiindcă în realitate băutura îl transformă pe om în rob, nu în erou; ea doar amână rezolvarea problemelor, nu le face să dispară, agravează dificultățile, nu le soluționează.

Gândirea alcoolicului este, așadar, o capcană tipică pentru modul în care lucrează răul în om. Odată acceptat în viața ta, el creează un cerc vicios din care se iese apoi foarte greu. Pentru că plăcerea pe care păcatul ți-o oferă este foarte scurtă și e urmată întotdeauna de o mare durere (revenirea la realitate) și de regret, ajungi să crezi că soluția pentru a scăpa de această durere este să mărești doza de plăcere și, în felul acesta, intri de fapt într-un circuit care alimentează de la sine patima și îți face tot mai grea ieșirea din ea. De aceea, îți recomand părintește să fii foarte atent să nu cazi în această capcană care, iată, aduce atât de mult rău.

Cauze

Așa cum spuneam, motivele pentru care bărbații aleg să bea sunt diverse: unii vor să scape de o angoasă, de o frustrare, de o neîmplinire în plan profesional – de pildă, nu sunt apreciați la locul de muncă –, material – nu au suficienți bani ca să-și poată întreține familia sau să-și împlinească unele dorințe – ori familial – au diverse probleme cu părinții, cu soția sau cu copiii. Alții „își îneacă amarul" în alcool după un mare necaz, cum ar fi o boală gravă a lor sau a cuiva din familie, moartea cuiva drag ori pierderea locului de muncă sau a unei proprietăți. De asemenea, mulți bărbați sunt antrenați de prieteni sau de colegi să bea fără măsură atât la serviciu, cât și în timpul liber și, ca să nu fie excluși din anturaj sau ca să se facă plăcuți celorlalți, cad în această capcană. Există și persoane care beau pur și simplu din plăcere, întrucât au crescut printre alcoolici și au fost obișnuiți încă de mici cu gustul băuturii. Studiile arată că foarte mulți dintre cei care beau în exces respectă obiceiul din familie. Mai ales în mediul rural există tradiția ca cei mici să fie obișnuiți de la vârste fragede cu un „păhărel" de vin „aducător de bucurie și de sănătate". Din păcate, în aceste situații adulții nici măcar nu conștientizează cât rău le pricinuiesc copiilor, căci aceștia vor face, poate, din băutură un mod de a trăi, replicând în propriile vieți ceea ce au văzut și au experimentat încă de mici.

Mai cad în patima băuturii și acele suflete private de iubire și de atenție din partea celor din jur. Mă refer la acei oameni care mai ales în copilărie au fost judecați, certați, umiliți, răniți sau pedepsiți aspru fără motive concrete. Unor astfel de ființe nu li s-au recunoscut adevăratele valori, așa încât cu timpul și-au pierdut stima de sine și au devenit introverte, frustrate și solitare. Tocmai de aceea îi îndemn mereu pe părinți să-și aprecieze copiii, să-i încurajeze mereu, să le spună cu blândețe când greșesc și să țină cont și de părerile lor. Când confirmarea și aprecierea vin la timpul lor și de unde trebuie, copiii nu le mai caută în altă parte și nici în forme-surogat, de multe ori extrem de periculoase. Apoi, în familiile în care există relații tensionate, în care lipsesc dialogul și respectul reciproc se întâmplă uneori ca mai ales bărbații să ajungă să consume alcool. Acest lucru apare și pentru că membrii familiei, în special soția, nu intervin să stopeze la timp aceste tendințe spre alcoolism. Totodată, în această atmosferă tensionată din casă, în care soția poate că pune asupra bărbatului tot felul de presiuni – îi reproșează mereu lucruri, este cicălitoare, nemulțumită, nu îi acordă atenția sau respectul firesc, este extrem de posesivă și nu îi lasă suficientă libertate –, bărbatul se simte neînțeles și abandonat și recurge la această „consolare" falsă pe care i-o oferă alcoolul.

Un alt aspect care a favorizat consumul de alcool în România ultimilor ani este și fenomenul migrației. Numeroase femei au ales să plece din țară ca să contribuie la bunăstarea familiei, aducând venituri pe care aici nu le-ar fi putut obține. Însă de multe ori dorința lor sinceră de la început se transformă în suferință pentru soții și copiii lor. Multe femei își refac viața în străinătate și, încântate de noul trai, își uită familia din România. Abandonați și triști, bărbații își găsesc „mângâierea" sufletească în alcool și/sau în brațele altor femei. La rândul lor, copiii abandonează școala și intră în anturaje în care se întâlnesc cu patima și cu răul. Așadar, viața tihnită de la începutul relației devine încetul cu încetul un iad, iar copiii sunt victime ale acestui lung șir de patimi.

O credincioasă mi-a vorbit odată despre copilul ei – un adolescent de vreo 17 ani. Femeia era tare necăjită că băiatul o luase pe o cale greșită: intrase într-un anturaj primejdios, începuse să fumeze, să consume alcool, abandonase școala, ba chiar fura bani de acasă să-și cumpere băutură și țigări. Femeia mi-a mărturisit că tânărul avusese un model negativ în familie; soțul ei

Omul smerit trăiește în adevăr, este sănătos mental și spiritual și iartă din toată inima, fiind conștient de faptul că prin iertare poate să vindece și să se vindece, în vreme ce omul mândru se poziționează permanent deasupra celorlalți și nu poate ierta greșelile aproapelui, fiind permanent supărat.

murise în urmă cu doi ani din cauza unei come alcoolice. Fusese un bărbat cuprins de multe patimi; era violent cu ea și cu băiatul, consuma zilnic foarte mult alcool și era nelipsit din sălile de jocuri. Tot venitul familiei se risipea din pricina patimilor lui. Ce să vadă bun la tatăl său tânărul de 17 ani? Pentru el, viciul era o normalitate, așa că și-a urmat părintele și s-a lăsat copleșit de rău și de păcat.

Am sfătuit-o pe biata femeie să se roage mult pentru copil și am încredințat-o că Dumnezeu, în marea Lui iubire pentru oameni, nu-l va lăsa în ghearele răului și îi va întinde o mână, așa cum a făcut cu atâtea și atâtea suflete pierdute. De asemenea, i-am spus să încerce să-i vorbească despre Hristos și despre binele pe care îl simte ea când vine în casa Domnului – fiindcă trebuie să vă spun că era cu adevărat credincioasă. Şi pentru că rănile sufletești se vindecă mai greu, e nevoie de rugăciune și de terapie îndelungată, așa că am îndrumat-o să ia legătura și cu un psiholog creștin.

După un timp, am avut marea bucurie să-l cunosc pe acest tânăr. A început să vină la biserică împreună cu mama lui, mai întâi din curiozitate, însă cu timpul a început chiar să-i placă atmosfera de aici. Într-una din zile, s-a îndreptat spre mine, vrând să-mi vorbească. A început să plângă și mi-a spus că regretă tot ce a făcut. „Părinte, mă doare sufletul că mi-am întristat mama, ființa cea mai dragă, însă nu am avut un reper în viață. Petreceam foarte mult timp acasă cu tata, căci ea era plecată la serviciu, așa că am preluat fără să vreau modul lui de a trăi. Regret din inimă și vreau să-mi vindec rănile sufletești. Ajutați-mă, părinte!"

L-am spovedit și l-am împărtășit, iar de atunci și până astăzi e nelipsit din biserică. Între timp s-a căsătorit și are doi copii frumoși. Cât despre alcool, anturaje și alte vicii, nici vorbă. Le-a uitat pentru totdeauna, fiindcă a descoperit adevăratul model după care să-și rânduiască viața, și anume pe Iisus Hristos, modelul desăvârșit.

Capcanele bărbatului dependent de alcool

Patima beţiei atrage după sine nenumărate prejudicii nu doar în plan spiritual, ci şi fizic. Alcoolicul va dezvolta boli de ficat, îşi va îmbolnăvi creierul, inima şi alte organe vitale, fapt ce va conduce, cel mai probabil, la un deces timpuriu. Aşadar, omul căzut în patima băuturii se sinucide lent, îşi periclitează viaţa pe care a primit-o ca dar de la Bunul Dumnezeu, ceea ce este un mare păcat!

De asemenea, în plan social, bărbatul dependent de alcool ajunge să fie exclus din sânul familiei – soţia îl părăseşte, copiii nu vor să mai audă de el –, dar şi din cercurile de prieteni ori de la locul de muncă. Este abandonat de toţi şi devine o fiinţă nefericită, solitară, tristă. Pentru omul care bea mult viaţa începe să devină un iad. Ajunge să trăiască în sărăcie, în mizerie, în desfrânare, se înstrăinează de toţi şi de toate, ca urmare a căderii în capcana întinsă de cel viclean.

Anii copilăriei mi-au fost marcaţi de această grea patimă; tata, altminteri un om bun, devenea adesea rob al băuturii. Îmi aduc aminte că mă trimitea în fiecare zi la 11.05 să-i cumpăr tărie – Ceauşescu interzisese vânzarea băuturilor alcoolice mai devreme de ora 11.00. Îl rugam să mă lase să-mi iau şi eu o eugenie, însă el îmi interzicea cu desăvârşire, „ca să nu fac risipă". În mai puţin de o oră, bea o sticlă de alcool şi din acel moment viaţa alături de el devenea un iad: îi vorbea urât mamei în prezenţa noastră şi ne certa din nimic. Dacă se întâmpla să aibă loc vreo şedinţă cu părinţii, mă rugam la Dumnezeu să nu vină cumva tata.

Mă durea iarăşi foarte tare că nu ţinea cont de dorinţele noastre, de planurile noastre. De exemplu, mă afecta foarte tare dorinţa lui să mă facă cu orice preţ electrician ca şi el, nicidecum preot, aşa cum visam eu.

Cu toate acestea, în puținele clipe de luciditate tata era un om minunat. Mă rugam cu lacrimi fierbinți pentru el, deoarece conștientizam că era vorba de o neputință și că avea nevoie de sprijinul nostru moral, de rugăciunea și de dragostea noastră.

Pentru că atât noi, cei cinci frați, cât și mama suferеam cumplit alături de tata, ea a ales să divorțeze, iar eu am fost crescut de bunicii materni în casa cărora L-am cunoscut pe Dumnezeu și am aflat ce înseamnă raiul pe pământ. Verile mi le petreceam la mănăstire, unde învățam cu râvnă cuvântul *Sfintei Scripturi* și, povățuit de bunicul meu, am intrat la Seminar, dând slavă lui Dumnezeu pentru acest mare vis împlinit.

Din păcate, nu am putut face prea multe pentru tata; a plecat la Domnul, iar noi am rămas cu durerea că nu l-am putut ajuta mai mult. Nimeni nu poate să treacă peste voința omului. Când nu există nici urmă de dorință de schimbare, toți ceilalți sunt neputincioși.

Îi îndemn pe copiii al căror tată este alcoolic să se roage pentru el și să-l iubească neîncetat, iar atunci când este treaz să-i dea ocazia să facă ceva bun pentru ei. În felul acesta, se va simți și el util și va realiza cât de bine este să le poți fi de folos celor dragi. Viața lângă un alcoolic este un adevărat iad, deoarece patima pune stăpânire pe el și-l transformă în torționar: devine violent verbal și chiar fizic, ajunge să distrugă bunurile din casă sau le vinde ca să facă rost de bani pentru băutură și altele de acest fel. De aceea, e de datoria noastră să ne apropiem cât putem cu căldură de un astfel de om și să încercăm să-l sprijinim cumva.

Ca păstor de suflete, am cunoscut mulți oameni dependenți de băutură, printre care și artiști valoroși care mi-au mărturisit că, până nu beau o jumătate de sticlă de vin, nu pot fi creativi. Prin alcool, nu făceau altceva decât să-și genereze o stare de euforie care le dădea aripi, însă care nu dura prea mult. Or, nu cu râuri de băutură se stimulează creativitatea, ci prin resursele interioare ale fiecăruia. Inspirația vine de la Dumnezeu și se coboară asupra noastră prin harul Duhului Sfânt. Așadar, nu patima este dătătoare de artă, ci Dumnezeu Însuși, prin puterea Sfântului Duh.

Soluții

În urma experienței mele de duhovnic, am identificat câteva soluții[139] care să-l ajute pe bărbatul de azi să lupte împotriva acestei cumplite patimi. Sunt mai degrabă sfaturi pentru a nu ajunge stăpânit de viciul băuturii, pentru că, odată ajuns alcoolic, e mult mai greu să ieși din patimă. Iată mai jos aceste soluții:

- *Stabilirea limitelor proprii.* După cum spuneam, este suficient să bem un pahar – cel mult două – cu familia sau cu prietenii, ca să nu ne lăsăm robiți de licoarea lui Bacchus. Un cuvios părinte ne dă următoarea pildă: se afla la o agapă cu câțiva frați întru Domnul. A fost servit cu vin și a băut doar două pahare, apoi a întors paharul cu gura în jos. Întrebat de ce face asta, părintele a spus: „Îl întorc eu pe el, ca să nu mă întoarcă el pe mine. Primul pahar e al Domnului, al doilea al omului, iar al treilea, al celui rău", a adăugat el. Așadar, măsura este cea care contează.

- *Atenție la anturajul păcătos!* Patima beției se dezvoltă în anturaj, de aceea este bine ca bărbatul să-și selecteze cu grijă prietenii. Subiectele de discuție din timpul întâlnirilor cu amicii nu trebuie să facă parte din zona imoralității – alcool, desfrâu, bancuri deșănțate etc. În caz contrar, bărbatul ar trebui să-și schimbe numaidecât

139 Vezi și Monahia Siluana Vlad, *Deschide Cerul cu lucrul mărunt*, Iași, Editura Doxologia, 2013, p. 152.

grupul de prieteni și să evite locurile în care se bea mult. Un rol important în acest sens îl poate avea soția iubitoare; ea poate să-l convingă pe soț – sigur, folosind un ton calm și cu multă dragoste – să nu se mai vadă cu așa-zișii prieteni. Numai așa bărbatul se va păzi de contextele păcătoase în care se cultivă patima beției și își va păstra imaginea de lider slujitor al familiei.

- *Identificarea nevoilor personale.* Este important ca bărbatul zdrobit de frământări sufletești – frustrări, emoții, trăiri, angoase etc. – să vorbească deschis despre ele cu un om bun, sensibil la suferința lui – fie soția, fie un prieten de nădejde, fie chiar duhovnicul care, inspirat de Duhul Sfânt, îi poate oferi soluții pentru ieșirea din impas, fie un psihoterapeut competent. Cu siguranță că, datorită rugăciunilor duhovnicului, Dumnezeu Își va întoarce fața spre acel suflet căzut și cu mare mila Sa îl va scoate din robia patimii. Este important să precizez că, odată ce alcoolicul a hotărât să se îndrepte spre scaunul Spovedaniei, să-și mărturisească păcatul, să se pocăiască din inimă și să renunțe la viciu, un mare pas spre mântuire a fost deja făcut. Primește astfel iertarea de la Tatăl ceresc și i se dă șansa unui nou început.

Aș vrea să reiau un adevăr pe care l-am mai spus: nimeni nu are dreptul să-l judece pe cel păcătos! Un om robit de patima beției – și nu numai – este vrednic mai degrabă de mila noastră: „Vai de cei ce dis-de-dimineață aleargă după băuturi îmbătătoare, vai de cei ce până târziu seara se înfierbântă cu vin!” (*Isaia* 5, 11) Datoria noastră morală este să înțelegem că o astfel de persoană este extrem de vulnerabilă, are o problemă sufletească, o neîmplinire care l-a împins, poate, aici și, în măsura în care ne stă în putință, să îi oferim un ajutor concret.

Marii păcătoşi ai lumii – desfrânaţii, tâlharii, schimbătorii de bani –, cu toţii au primit iertarea Mântuitorului Iisus Hristos, aşa încât ce drept avem noi, nişte bieţi nevrednici, să ne judecăm fratele întru Domnul? Mai bine ar fi să-i privim cu compasiune şi cu multă iubire. Iubirea încălzeşte inimi, iubirea schimbă vieţi, iubirea alungă răul din celălalt. De aceea, când avem de-a face cu un om robit de patima beţiei, să nu-l judecăm sau să-l stigmatizăm, ci să-l înconjurăm cu iubire şi cu rugăciune.

Au venit la mine în biserică mulţi bărbaţi beţi, iar eu i-am primit cu braţele deschise, i-am rugat să se aşeze pe scaun şi i-am lăsat să-şi deschidă sufletul. Aşa am aflat câtă durere ascundeau de fapt aceşti oameni, câte neîmpliniri, câtă presiune, câtă suferinţă. Au cerut ei înşişi să se spovedească, au plâns şi I-au promis lui Dumnezeu că vor renunţa la această mare patimă. Unii dintre ei chiar au învins în lupta cu răul, alţii însă nu; s-au afundat tot mai mult în prăpastie şi au sfârşit tragic, lăsând în urma lor amărăciune şi durere.

În situaţiile în care soţul a ajuns deja să bea foarte mult, soţia are un rol extrem de important pentru o posibilă salvare a lui din ghearele acestei patimi. Să încerce ea să aline cu dragoste şi cu blândeţe suferinţele soţului ei, să aprecieze şi să evidenţieze mai mult lucrurile bune pe care le face acesta, pentru a-i ridica moralul şi încrederea în sine, să-i dea responsabilităţi şi să-i răsplătească ajutorul – oricât de mic – cu dragoste curată, să încerce să vorbească cu el despre această problemă, să caute împreună soluţii pentru depăşirea acestui viciu şi, eventual, să apeleze la ajutor specializat când lucrurile au evoluat atât de mult, încât situaţia riscă să scape de sub control. De exemplu, grupurile de suport „Alcoolicii Anonimi" sunt recunoscute pentru activitatea pe care o desfăşoară în acest domeniu sensibil. E un lucru dovedit de experienţă că bărbatul înconjurat de iubire va renunţa mai uşor şi mai repede la patimă decât cel abandonat, jignit şi stigmatizat de toţi cei din jur. Nu reproşurile, nici ameninţările nu dau roade în astfel de cazuri, ci iubirea, cuvintele calde, dar şi sprijinul concret din partea persoanei iubite.

În plus, femeia trebuie să se roage neîncetat la Bunul Dumnezeu pentru soţul ei căzut în patima beţiei, să-l atragă cu bunătate spre frumos, spre minunăţiile naturii, să-l implice în activităţile casnice şi să-l aprecieze pentru tot ceea ce face.

- *Umplerea golurilor existenţiale cu activităţi benefice.* Bărbatul care alege să-şi afunde viaţa în patima băuturii are, cu siguranţă, unele goluri existenţiale – se simte singur, cade în deznădejde (în depresie) sau are frici pe care nu le poate depăşi altfel. Golurile de acest fel pot fi împlinite cu numeroase activităţi benefice pentru el, dintre care amintesc sportul, plimbările în natură, audiţiile muzicale, îngrijirea unui animal de companie, implicarea în activităţi filantropice/de voluntariat şi, mai presus de toate acestea, postul, metaniile, rugăciunea din inimă, mărturisirea şi împărtăşirea cât mai des posibil. Timpul pe care îl are bărbatul la dispoziţie să fie spre folosul celorlalţi: să se dăruiască pe sine, să se jertfească pentru semenii lui. În felul acesta, va sta departe de patimi şi de păcate şi îşi va regăsi pacea de care are atâta nevoie.
- *Rugăciunea şi pocăinţa sinceră.* Am cunoscut nenumărate cazuri de bărbaţi robiţi de această grea patimă. În unele cazuri mi-au vorbit despre ei soţiile sau copiii lor, iar în altele au venit chiar ei să-mi ceară sfaturi, fiindcă se simţeau neputincioşi. Biserica are câteva soluţii pentru ei. Mai întâi, eu recomand *Acatistul Maicii Domnului*

„Potirul nesecat”. Există şi o icoană superbă în care Pruncul Sfânt este zugrăvit într-un potir. Le îndemn pe soţiile celor răpuşi de acest păcat să se roage la Maica Domnului şi la Mântuitorul Iisus Hristos şi astfel îşi vor „adăpa” soţii cu Hristos, Care este Apa Vieţii.

Apoi, ar fi bine ca bărbatul dependent de băutură să se îndrepte spre scaunul Spovedaniei, însă nu oricum, ci cu frângerea inimii, adică să regrete sincer, să plângă pentru faptele sale şi să promită în faţa lui Dumnezeu că nu va mai păcătui. Spovedania şi împărtăşirea cât mai des posibil îl vor menţine pe păcătos într-o relaţie vie cu Dumnezeu: „Dacă nu veţi mânca trupul Fiului Omului şi nu veţi bea sângele Lui, nu veţi avea viaţă în voi. Cel ce mănâncă trupul Meu şi bea sângele Meu are viaţă veşnică, şi Eu îl voi învia în ziua cea de apoi. Trupul este adevărata mâncare şi sângele Meu, adevărata băutură.” (*Ioan* 6, 53-55) Pot da mărturie despre mulţi bărbaţi alcoolici care, odată ce au ajuns în casa Domnului şi au luat contact cu harul lui Dumnezeu, şi-au îndreptat viaţa şi au renunţat treptat la viciul lor.

De asemenea, este important ca dependentul de alcool să fie pus la Taina Sfântului Maslu şi chiar să participe fizic la slujbă, dacă îşi doreşte acest lucru. Foarte importantă în acest sens este şi rugăciunea către Cuviosul Moise Arapul: „Ascultă, Cuvioase Moise, rugăciunea noastră. Goneşte-l de la cei traşi la pierzare pe diavolul, dăruieşte-le putere să-şi biruiască patima, adu-i pe calea binelui, slobozeşte-i din robia beţiei, izbăveşte-i din pierzarea băuturii fără măsură ca înnoindu-se întru trezvie duhovnicească şi întru minte luminată să îndrăgească toată înfrânarea şi buna credinţă şi veşnic să proslăvească pe Dumnezeu Cel Atotbun, Care pururea mântuieşte zidirea Sa, Căruia se cuvine slava, cinstea şi închinăciunea în vecii vecilor. Amin.”

Puterea rugăciunii este, aşadar, foarte mare, fiindcă prin ea se stabileşte o legătură directă cu Dumnezeu. Rugăciunea este dialogul omului cu cerul, este izvor de lumină, de har şi de tămăduire trupească şi sufletească.

Şansele ca un alcoolic să fie salvat sunt, din păcate, foarte mici, însă ele există şi Bunul Dumnezeu poate face minuni în viaţa celui robit. Important este ca toţi cei apropiaţi să se roage pentru sufletul lui şi să-l ajute într-un fel sau altul prin implicarea lor. Felicit iniţiativa celor care fac parte din grupurile „Alcoolicii Anonimi"! Foarte multe cazuri şi-au găsit rezolvarea în urma activităţilor întreprinse de ei. Totuşi, un rol esenţial l-au avut familiile celor neputincioşi care i-au contactat din dorinţa de a-şi salva soţii sau părinţii.

Dragul meu frate întru Hristos, te îndemn să fii ponderat şi plin de înţelepciune şi să nu te laşi dominat de această patimă care a pricinuit mult rău atâtor familii; a adus boli, lacrimi şi chiar moarte. Roagă-te la Bunul Dumnezeu să-ţi dea o măsură în toate şi alege binele şi frumosul din viaţa ta! Iar dacă se întâmplă să ai în preajmă un suflet robit de patima beţiei, ajută-l cât poţi de mult să se ridice! Înalţă rugăciuni din inimă pentru el şi vorbeşte-i despre Dumnezeu, fiindcă aşa ne îndeamnă şi psalmistul David: „Învăţa-voi pe cei fără de lege căile Tale şi cei necredincioşi la Tine se vor întoarce!" (*Psalmi* 50, 14) Însă nu uita să contribui la vindecarea lui şi cu ceva concret: du-l la dezalcoolizare, convinge-l cu prietenie să accepte sfatul unor specialişti, dar şi să-şi îndrepte paşii spre pocăinţă!

Fumatul

O altă mare ispită a bărbatului o reprezintă *fumatul*[140]. De altfel, nu doar bărbaţii au acest viciu, ci şi

140 Omul care fumează o ţigară săvârşeşte un păcat, însă dacă fumează mai multe ţigări şi dacă această activitate devine un obicei în

multe femei. Or, nu ar trebui să uităm niciodată că trupul nostru este „templu al Duhului Sfânt” și că Dumnezeu ne-a creat ca să devenim ca El, adică ființe îndumnezeite, pline de virtuți, libere de patimi, cu suflet luminos și cu trup curat și sănătos. În cazul în care ne lăsăm pradă viciilor, ne distrugem propriul corp, ne facem rău și nouă înșine, și celor din jur, iar lui Dumnezeu Îi pricinuim o mare tristețe.

Ca și alcoolul, tutunul este declanșator de boli grave, afectând în primul rând plămânii, organe vitale ale omului. Organizația Mondială a Sănătății a arătat că mor anual aproximativ 5 milioane de persoane din cauza afecțiunilor asociate fumatului – o cifră îngrijorătoare!

Am cunoscut un domn în vârstă de 68 de ani care mi-a povestit că a intrat în urmă cu ceva timp în stop cardiorespirator. A fost dus de urgență la spital, iar medicii au exclamat uimiți: „Bine că nu e fumător, căci altfel nu mai supraviețuia!” Explicația: datorită faptului că plămânii acelui bărbat erau sănătoși, au preluat ei funcția vitală pe care inima nu mai putea să o susțină. Iată, așadar, cât de importanți sunt plămânii! De ce să-i otrăvești cu tutun?

Studii recente au arătat că fumul de țigară conține 7 000 de substanțe chimice, dintre care 250 periculoase, iar 69 cancerigene, ceea ce înseamnă că un fumător, ca și un alcoolic de altfel, se sinucide lent. Și mai trist este faptul că tot mai mulți copii de 10-12 ani încep să fumeze. Motivele? Anturajul, dorința de a încerca ceva nou sau plăcerea de moment.

---

viața lui, atunci se cheamă că a căzut într-o mare patimă, „o practică nejustificată în existența umană”. (Arhimandrit Teofil Părăian, *Veniți de luați bucurie*, Ediția a 2-a, Cluj-Napoca, Editura Teognost, 2007, p. 50)

Revin la educație, sau mai degrabă la lipsa ei. În urmă cu mai bine de un secol, părinții îi încurajau pe copii să fumeze. Educația defectuoasă din familiile de odinioară a fost surprinsă de scriitorul Ion Luca Caragiale în schițele sale. De pildă Ionel, protagonistul operei literare *Vizită...*, un băiețel de doar opt ani, este admirat de mama lui în timp ce fumează: „Și... dumnealui... mi se pare că-i cam place. (...) Să-l vezi ce caraghios e cu țigara-n gură, să te prăpădești de râs... ca un om mare."[141]

În prezent, copiii, influențați de colegi și de prieteni, fumează pe ascuns, fără să conștientizeze că își fac un mare rău. În doar câțiva ani vor apărea disfuncții ale organelor vitale, cele mai afectate fiind, așa cum am mai spus, plămânii și inima.

Am stat de vorbă cu un fumător și l-am întrebat ce anume l-ar determina să renunțe la această patimă. Omul mi-a răspuns fără să stea o clipă pe gânduri: „Copiii mei, părinte." I-am amintit atunci răul pe care i-l provoacă tutunul și l-am sfătuit să ia urgent legătura cu un medic care să întărească spusele mele. Așa a făcut și, după un timp, a renunțat la fumat, fiindcă își dorea să trăiască cât mai mult și să se bucure de copii și de nepoți. Așadar, „nu fuma și nu bea, dacă vrei să ai o bătrânețe luminoasă!", ne îndeamnă și profesorul Virgil Stroescu.

Biserica condamnă acest păcat pentru că, așa cum am spus, produce boli și deteriorează sănătatea fumătorului și a celor din jur. În plus, fumatul, ca orice dependență, este periculos, fiindcă pune stăpânire pe tine și te înrobește, încât ți-e din ce în ce mai greu să te lași de el, te face să crezi că nu poți începe ziua fără să fumezi, că nu poți să te concentrezi fără să fumezi, că țigara te ajută

141 Ion Luca Caragiale, *Momente și schițe*, București, Editura Gramar, 2017, p. 45.

să te calmezi şi să scapi mai uşor de stres şi de emoţii, ceea ce e, desigur, fals. Toate acestea sunt mai degrabă urmarea autosugestiei decât a unui efect real al fumatului. În acelaşi timp, fumatul este ceva vătămător şi pentru că cel aservit patimii cheltuieşte numeroase resurse ale familiei ca să-şi întreţină plăcerea.

Soluţii

Şi pe fumători îi primim cu dragoste şi încercăm să le fim alături şi să-i ajutăm cum putem noi mai bine. Ca preot, îi îndemn să se spovedească şi să se împărtăşească mai des – cel puţin o dată la patruzeci de zile – şi, îndată ce primesc Trupul şi Sângele Domnului, cu siguranţă că patima fumatului nu mai are atâta putere asupra lor.[142] De asemenea, îi sfătuiesc să încerce să fumeze din ce în ce mai puţin şi să-şi stabilească anumite zile în care să nu se atingă de ţigară – de pildă, duminica sau la marile praznice. În felul acesta fumătorul îşi testează voinţa şi stăpânirea de sine şi se eliberează treptat de păcat.

Un aspect important în ceea ce priveşte combaterea fumatului îl reprezintă postul, ca mijloc general de înfrânare a pornirilor trupeşti, a păcatelor şi a patimilor noastre, dar şi ca instrument eficient pentru abţinerea şi îndepărtarea de viciul fumatului. El este de fapt o asceză continuă a trupului şi a sufletului, un exerciţiu de voinţă în primul rând, un continuu antrenament duhovnicesc, o atenţie asupra gândurilor şi a influenţelor exterioare, care toate readuc stăpânirea de sine şi curăţia interioară în vederea unirii cu Dumnezeu. Cum să poţi spera la unirea cu Dumnezeu, Care este Sfinţenia Însăşi, câtă vreme eşti

---

142 Servit odată de un negustor cu o ţigară, Sfântul Siluan Athonitul i-a spus acestuia: „Domnule, înainte de a fuma o ţigară, rugaţi-vă, ziceţi un *Tatăl nostru*!" Răspunsul l-a uimit pe negustor, însă sfântul a continuat: „Deci tot lucrul înaintea căruia nu merge o rugăciune nesilită mai bine nu-l faci." (Arhimandritul Sofronie, *Cuviosul Siluan Athonitul*, traducere din limba rusă de Ieromonah Rafail Noica, Suceava, Editura Accent Print, 2013, p. 501)

plin de patimi și de păcate? Ca să-L putem primi pe Hristos în inimile noastre este impetuos necesar să avem trupurile și sufletele neîntinate, curățite prin pocăință. Numai un om eliberat de patimi va putea primi pe deplin harul Duhului Sfânt și va simți parfumul sfințeniei, în vreme ce robul păcatelor se va lega de pământ prin lanțurile răului și nu se va putea elibera de ele decât printr-un efort duhovnicesc susținut. Bucuria noastră este totuși aceea că orice lanț poate fi până la urmă rupt prin stăruință, prin luptă cu păcatul, printr-o încordare a voinței și, mai ales, prin puterea harului lui Dumnezeu. Prin urmare, inclusiv fumatul, ca patimă, ca dependență, poate fi înlăturat din viața ta, dacă lupți cu instrumentele pe care ți le dă Dumnezeu.[143] De aceea îi îndemn pe enoriașii mei să țină post nu doar de mâncare, ci și de tutun, de alcool, de alte patimi, precum și de gânduri viclene. „Omul care postește este un om liber", spunea părintele Teofil Părăian[144], așa încât când ținem post, trebuie să fim liberi de orice, mai ales de păcate.

Poate că nu îți vine să crezi, dar a existat și un sfânt care în timpul tinereții sale s-a luptat cu acest viciu. A avut o existență zbuciumată, chinuită de patimă, de ispite, de încercări din partea celui rău, însă, din fericire, binele a învins. Este vorba chiar despre Sfântul Ioan din Kronstadt care, deși era preot și-L slujea pe Hristos, căzuse la un moment dat în ispită. Cu toate acestea, pocăința sinceră, rugăciunea cu inima frântă, smerenia și lacrimile fierbinți i-au adus izbăvirea de această mare încercare: „Fumatul tutunului este un capriciu. De la el sunt durerile de picioare și depresia. Că diavolul este tatăl fumatului am simțit-o

143 La întrebarea „Cum să mă las de fumat?", maica Siluana răspunde: „Să-L rogi pe Dumnezeu să te lase. (...) Prima întâlnire de dragoste între Dumnezeu și om este *nu pot*. Cât timp vei spune *pot*, ești departe de Dumnezeu." (Monahia Siluana Vlad, *Meșteșugul bucuriei*, vol. 2, Iași, Editura Doxologia, 2009, p. 215)

144 Arhimandrit Teofil Părăian, *Veniți de luați bucurie*, p. 50.

în mod deosebit azi: o influență rea, negativă a crescut în mine până la culme. Am simțit că vrăjmașul s-a cuibărit în coastele și în inima mea și cum mi se împotrivea cu insistență, împiedicându-mă să zic ecteniile și rugăciune, speriindu-mă, slăbănogindu-mă, întristându-mă până la păcat."[145]

Pornografia și păcatul desfrânării

Până nu demult, cei care doreau să-și dezvolte gândirea, să-și îmbogățească cultura generală și să se destindă într-un mod constructiv căutau nectarul cunoașterii în cărți de bună calitate; bibliotecile erau pline de tineri studioși și nu era casă în care să nu existe măcar câteva volume de referință. Se citea mult, se urmăreau filme de bună calitate, se admirau opere de artă – picturi, sculpturi, biserici și monumente de o rară frumusețe –, se priveau cu mult interes sfintele icoane, dar și colțuri încântătoare din Creația lui Dumnezeu. Altfel spus, privirea și interesul omului erau îndreptate spre cunoașterea frumosului, a adevărului și a binelui. Și, odată cu ochiul, se bucura și sufletul de minunățiile văzute, iar ființa umană creștea în plan spiritual și își dezvolta gândirea, memoria, imaginația și creativitatea.

Astăzi, din nefericire, trăim într-o lume dezorientată, cu puține repere sigure, fără valori morale, o lume secularizată care L-a părăsit pe Dumnezeu și în care cu greu rămâi integru sufletește, căci compromisurile sunt parcă tot mai multe și mai apăsătoare. Odată cu această desacralizare treptată a vieții, adusă de modernitatea care a produs o schimbare majoră a gândirii, înțeleasă ca emancipare de sub orice autoritate și ca triumf al libertății, pentru bărbatul modern a mai apărut o tentație: mediul online. Acesta este, desigur, o șansă uriașă pentru

145 Din *Jurnalul duhovnicesc* needitat al Sfântului Ioan din Kronstadt (www.doxologia.ro).

omenire, o cucerire care deschide infinit mai multe oportunități de cunoaștere și de informare, însă este și un mediu periculos, pentru că de multe ori amestecă adevărul cu minciuna, binele cu răul, realul cu imaginarul ş.a.m.d. Ca să țină pasul cu societatea, bărbatul modern își trăiește o mare parte din existență în mediul online; își îndreaptă privirea tot mai mult spre canalele de socializare de unde așteaptă confirmări și aprecieri pentru ceea ce postează, „se hrănește" din postările altora, pe care de multe ori le analizează critic pentru a găsi vulnerabilități și defecte, ajunge să își invidieze prietenii sau colegii care distribuie fotografii din vacanțe în locuri deosebite sau care surprind anumite reușite și împliniri personale ori profesionale. Este acaparat, sufocat de imagini în mișcare, de mesaje ce instigă de multe ori la violență, de știri false, de nenorociri; lumea toată – cu frământările, cu viciile și cu tot răul ei – este doar la „un clic distanță", iar bărbatul, din slăbiciune, din imaturitate și din lipsă de discernământ, devine dependent de tehnologie, sub forma ei dăunătoare. Petrece ore în șir butonând televizorul[146], telefonul, tableta sau laptopul și, din păcate, nu de puține ori, în acest mediu în care lucrurile sunt amestecate, alege să privească urâciunile acestei lumi, dintre care pornografia cred că este cea mai dăunătoare ispită.

Pornografia și desfrânarea sunt fapte ale trupului care îl îndepărtează pe om de Dumnezeu și îl împing spre prăpastia întunecată a patimilor. Despre acest tip de păcat amintește și Sfântul Apostol Pavel în *Epistola* sa *către Galateni*: „Iar faptele trupului sunt: adulter, desfrânare, necurăție, destrăbălare." (*Galateni* 5, 19)

---

146 Părintele Sofian Boghiu era de părere că: „Televizorul, această unealtă modernă de comunicare, este și bun, și netrebnic. Este bun când știi să alegi ce este bun din el și este rău când transmite prin imagini niște lucruri care ne tulbură, tulbură mai ales viața tinerilor. Mă refer la imaginile filmelor necuviincioase sau chiar pornografice. [...] Se transmit deseori patimi pe această cale a undelor." (Constanța Costea și Ioana Iancovescu, *op. cit.*, p. 122)

Astfel de obiceiuri păcătoase alungă lumina de pe chip, aduc tulburare în sufletul celui care le practică, îl fac să-şi piardă harul Duhului Sfânt, să devină irascibil, nerăbdător, nepăsător la nevoile celuilalt şi să-i încolţească în inimă mândria şi egoismul.

S-a dovedit ştiinţific faptul că peste 90% dintre bărbaţii zilelor noastre sunt consumatori de pornografie, ceea ce le pricinuieşte foarte mult rău.[147] O mare parte din timpul lor, din energia lor creativă, din puterea de muncă şi de concentrare se consumă inutil, fiindcă aleg păcatul în defavoarea virtuţii.

O altă consecinţă a „privirii păcătoase" o reprezintă îndreptarea bărbatului spre păcate trupeşti şi mai grave – autosatisfacerea şi desfrânarea. Imaginile de acest fel (din mediul online) deformează în mod concret percepţia asupra propriei persoane, asupra relaţiilor cu persoanele de sex opus în general, asupra relaţiilor intime dintre soţi şi afectează comportamentul social al celui dependent de ele. Ceea ce vezi acolo nu îţi aparţine, nu are legătură directă cu ceva ce tu experimentezi sau vei experimenta, de aceea consumatorul de pornografie trăieşte într-o lume falsă, o lume a plăcerilor şi a bucuriilor aparente şi efemere. Or, iluzia stă tocmai în faptul că nu acolo sunt bucuriile reale ale vieţii, ci în relaţiile concrete, în interacţiunile directe cu alte persoane, în legăturile sufleteşti dintre doi oameni, în privirea chipului fiinţei dragi, în îmbrăţişarea ei caldă şi drăgăstoasă, în zâmbetul ei curat, în relaţia de iubire împărtăşită.

Sexualitatea degenerată care se naşte în acest mediu afectează atât persoanele necăsătorite, cât şi mulţi bărbaţi căsătoriţi. Dacă societatea modernă are o vibraţie foarte joasă este şi pentru că bărbatul se preocupă intens

---

147 Consumul de pornografie are nenumărate efecte asupra minţii omului. Vezi, în acest sens, un articol al pr. prof. univ. dr. Ioan C. Teşu publicat pe https://doxologia.ro/puncte-de-vedere/efectele-pornografiei-asupra-mintii-umane.

de satisfacerea egoistă a propriilor plăceri și optează pentru trăirea în patimă. În schimb, cel care își păstrează privirea curată își împodobește sufletul cu virtuți, își astâmpără pornirile trupești prin post și prin rugăciune și își concentrează întreaga ființă spre menirea cu care a fost trimis de Dumnezeu pe pământ. El își consumă energiile punându-se în slujba unor scopuri reale, benefice lui și celor din jur. Nu risipește timpul atât de prețios și nu își tulbură pacea poftind și visând la iluzii nerealizabile, care doar îi alimentează păcatul ce devine patimă de neoprit. Bărbatul virtuos, înfrânat, care are stăpânire de sine și înțelege capcana și amăgirea trăirii în aceste păcate, poate schimba în bine generații întregi, fiindcă în el au rodit cele mai de preț semințe: „dragostea, bucuria, pacea, îndelungă-răbdarea, bunătatea, facerea de bine, credința, blândețea, înfrânarea, *curăția* [s.n.]" (*Galateni* 5, 22-23). Dar oare mai are bărbatul modern astfel de repere? Și dacă da, mai este el dispus să le caute și să le urmeze? Dar să vedem mai întâi care sunt cauzele care duc spre păcatul acesta autodistructiv.

Cauze

Consumul de pornografie apare mai cu seamă din cauza lipsei preocupărilor duhovnicești și a relației strânse cu Dumnezeu, relație ce se manifestă îndeosebi prin rugăciune, prin post, prin stăpânire de sine, prin milă creștină și prin participarea regulată la viața Bisericii. Un tânăr fără repere creștine, care nu a aflat ce înseamnă bucuria întâlnirii cu Hristos, care nu a fost învățat să privească cu evlavie icoana și să prețuiască chipurile smerite ale sfinților, acela va fi ușor deturnat spre orice i se va părea captivant, indiferent de „costul" pe care îl presupune, și asta îl va duce pe neașteptate în apropierea prăpastiei adânci a patimii. Un astfel de om va alege să-și petreacă o mare parte din viață privind toate urâciunile lumii și va aluneca spre desfrânare și spre alte vicii care îi vor aduce multă suferință atât în plan spiritual, cât și în ceea ce privește sănătatea lui trupească. Omul fără Hristos nu are nicio direcție, merge haotic prin lumea aceasta întortocheată, fără o destinație clară, fără un țel; singurul lui scop este plăcerea de moment. Un suflet ca acesta e răpit de diavol și are nevoie de multă rugăciune din partea celorlalți, ca să se poată elibera din lanțurile vicleanului.

De asemenea, bărbații aleg să consume pornografie din lipsă de activitate concretă ori din trândăvie. (Auto) însingurarea și inactivitatea, dublate de navigarea exagerată pe internet, sunt premisele sigure ale unei căderi în păcatul privirii păcătoase, care duce la poftă și la patima desfrânării în diverse feluri. Abundența de imagini explicite cu conținut sexual la care se expune un bărbat generează în el o presiune atât de mare care conduce aproape inevitabil fie la autosatisfacere, fie la comportamente deviate, la agresiuni asupra soției, la relații extraconjugale, la nemulțumiri și certuri între soți. Astfel de bărbați, în loc să-și caute de lucru sau să se implice în acțiuni filantropice care să le bucure sufletul și să le vină în sprijin celor de lângă ei, își petrec timpul privind filme și imagini murdare care le aduc plăceri efemere și îi afundă în păcat. Acești oameni pierd contactul cu lumea înconjurătoate, își creează propriul univers – unul întunecat de rău –, își neglijează aproapele, nu mai răspund la nevoile lui stringente și se izolează de lume. Dintr-o doză uriașă de egoism, se canalizează asupra propriilor nevoi – în speță cele trupești.

Soluții

Am totuși o veste bună: bărbatul care e robit de consumul de pornografie și de patima desfrânării nu trebuie să deznădăjduiască, fiindcă există un tratament împotriva acestor mari tentații. Mai întâi de toate ar fi bine să conștientizeze că *alegerile îi aparțin*. Cu alte cuvinte, deși diavolul îl ispitește, îndemnându-l să privească imagini păcătoase, să acceseze site-uri sau canale video de acest fel, bărbatul ar trebui să știe că, printr-o încordare a voinței și prin perseverență, însoțite de harul primit în Spovedanie, are *puterea să nu se lase copleșit* și *să lupte cu ispita*. Nu vreau să se înțeleagă din tot ce am spus că susțin ideea potrivit căreia internetul și tehnologia prin care acesta ajunge la noi sunt în totalitate dăunătoare, dimpotrivă. Fiecare dintre noi poate să aibă o pagină de socializare, poate folosi internetul într-un mod constructiv – să comunice cu cei dragi, să afle noutăți relevante, să se documenteze, să vadă locuri și lucruri frumoase, să asculte muzică –, însă de noi depinde ce alegem să transmitem și să urmărim. Putem să ne abonăm la canale și resurse creștine, să privim icoane, să citim scrieri ale unor sfinți părinți și ale autorilor creștini contemporani, să urmărim emisiuni de cultură și de spiritualitate sau orice altceva care nu ne afectează pacea lăuntrică. Tot ce trebuie să facem este să fugim cât putem de cursele întinse de diavol prin pofta ochilor și așa vom putea trăi în pace, în curăție, în armonie și în dragoste, iar mântuirea sufletelor va fi tot mai aproape. Și încă ceva: să fim atenți să nu petrecem prea mult timp în mediul virtual, indiferent de scopul pentru care facem asta, în detrimentul rugăciunii, al comunicării cu ceilalți și al împlinirii îndatoririlor noastre de la serviciu sau de acasă.

În clipele de mari tentații, bărbatul ar fi bine *să se smerească* și să accepte că nu poate să depășească singur aceste încercări. Să îngenuncheze în fața *icoanei Mântuitorului* și să strige din toată inima lui: „Doamne, Iisuse Hristoase, Fiul lui Dumnezeu, nu mă lăsa pradă patimii! Izgonește de la mine ispita, dă-mi pacea Ta cea sfântă și ajută-mă să fac voia Ta!” Dacă își va însoți aceste cuvinte rostite din inimă de semnul Sfintei Cruci, cu siguranță, diavolul nu va mai avea nicio putere asupra lui. Gândul la Hristos și privirea unei icoane a Lui, pe care să o ai lângă tine, te vor păzi în momentul greu în care ispita îţi şopteşte apăsat să începi păcatul.

Şi *participarea frecventă la slujbe*, în special, şi *la viaţa Bisericii*, în general, ajută foarte mult. În casa lui Dumnezeu zidurile sunt împodobite cu chipurile smerite şi luminoase ale sfinţilor. Privindu-i, omul îşi şterge din minte imaginile indecente care îl robeau până deunăzi. În faţa icoanelor, diavolul se ruşinează şi nu mai are putere, iar omul îşi recapătă echilibrul pierdut. *Postul* este şi el un factor benefic pentru dezrobirea de acest mare viciu, mă refer la postul simţurilor care ar trebui să însoţească postul spiritual şi pe cel alimentar.

Un rol esenţial în combaterea consumului de pornografie îl are, în opinia mea, *educaţia* primită în familie, fiindcă ea este arta de a crea caractere. Influenţa părinţilor este însă limitată ca timp, fapt pentru care aceştia trebuie să încerce să aşeze în sufletele copiilor lor toate ingredientele necesare pentru alegerile de mai târziu în chiar prima perioadă de viaţă a micuţilor. Unul dintre aceste ingrediente este spiritul critic, pe care copilul trebuie să şi-l exerseze, ca să poată sesiza la timp pericolele care vin împachetate în ambalaje tentante şi inocente. Un copil care are o relaţie sinceră şi deschisă cu părinţii va avea curaj să vorbească cu ei chiar şi chestiuni delicate ori sensibile din viaţa lui. Ascultă-ţi copilul când doreşte să vorbească cu tine, fii dispus să intri în lumea gândurilor lui când încă vrea să te accepte în ea, pentru ca mai târziu, în adolescenţă, relaţia voastră să supravieţuiască marilor furtuni care vin inevitabil peste aproape toţi adolescenţii. Important este ca el să ştie înainte de această perioadă că tu eşti un sprijin pentru el, nici prea permisiv, nici prea critic cu el: un sprijin real.

Mai târziu, în etapa foarte dificilă a adolescenţei, de cele mai multe ori, tânărul se îndepărtează de familie, nu-şi mai ascultă părinţii, intră într-un anturaj viciat, îşi face o prietenă şi se gândeşte destul de repede şi la relaţiile trupeşti cu aceasta. Din păcate, viaţa sexuală începe astăzi la vârste extrem de fragede, ceea ce aduce multe consecinţe nefaste pentru cei doi copii care au ales să facă acest pas prea devreme. Mă refer atât la consecinţele de ordin medical – boli cu transmitere sexuală –, cât şi la cele din plan social – se izolează de părinţi şi pot deveni obiectul unor abuzuri – şi spiritual – se depărtează de Dumnezeu.

Adolescenţa este un moment-cheie în viaţa bărbatului: atunci apar instinctele trupeşti, iar tânărul trece printr-o serie de transformări la toate nivelurile. Într-un astfel de moment e nevoie de multă stăpânire de sine. Altfel spus, tânărul să nu lase trupul să-l stăpânească, ci să-ncerce să pună stavilă pornirilor trupeşti. Este un exerciţiu aproape ascetic ce generează în conştiinţa sa bucuria că poate să-şi stăpânească trupul. Ca să reuşească să ducă la îndeplinire această grea încercare, tânărul trebuie sprijinit de părinţi şi crescut de aceştia în dragoste de Dumnezeu.[148] Un rol important îl au participarea încă din fragedă pruncie la slujbe, mersul în pelerinaje la mănăstiri şi chiar petrecerea unui timp alături de călugări rugători care îi vor da un important model de înfrânare şi de rugăciune.

Adolescentul creează o prăpastie uriaşă între el şi cei care i-au dat viaţă, iar mama suferă cel mai mult din această pricină, dar se şi jenează să-şi abordeze direct băiatul cu privire la subiecte atât de delicate şi de intime. În astfel de situaţii trebuie să intervină tatăl şi să stea el de vorbă cu tânărul, să discute deschis despre subiecte legate de viaţa intimă, de vicii şi de anturaj şi să-i dea sfaturi care să prindă rădăcini adânci în inima lui. Fiecare copil este,

148 „Este deosebit de important ca adolescentul să se simtă prieten al Mântuitorului Iisus. (...) Asta înseamnă că trebuie să li se predea mesajul că Dumnezeu îi iubeşte, că sunt importanţi pentru El, că pot primi putere de la El şi se pot dezvolta astfel către maturitate." (vezi întreaga discuţie la Pr. Vasilios Thermos, *Primăvară înnegurată pentru o înţelegere a adolescenţei*, traducere din limba greacă de pr. Şerban Tica, Bucureşti, Editura Sophia, 2011, pp. 161–164).

desigur, un univers propriu, așa încât e nevoie de mult tact în discuțiile cu el, mai ales când acesta se află la vârsta adolescenței și este dornic să își impună propriile opinii și să experimenteze cotloanele întortocheate ale vieții.

Un tată responsabil, cu dragoste de Dumnezeu și cu Hristos la cârma existenței lui va putea să-și educe frumos băiatul și să-l țină departe de patima desfrânării și de nenumăratele riscuri pe care le presupune aceasta. Bărbatul înțelept își îndeamnă fiul să se păzească de păcatele trupești și să își tempereze nerăbdarea de a începe viața intimă, vorbindu-i despre riscurile și pericolele unei vieți sexuale dezordonate și premature: virusuri, posibile boli cu transmitere sexuală, o sarcină la o vârstă nepotrivită sau, opusul, pericolul de a nu mai putea avea copii la vârsta necesară, din cauza intoxicării corpului cu substanțe care previn sarcina, riscul ca mai târziu să nu poată rămâne fidel într-o relație stabilă din cauza experiențelor anterioare ce setează anumite așteptări și comportamente, posibilitatea apăsătoare de a fi cuprins de regrete și de amintiri care își vor lăsa amprenta pentru mult timp, pericolul de a înclina, în lipsa unei maturități necesare, spre o viață sexuală promiscuă etc. Viața sexuală prematură și în afara cadrului unei relații de iubire binecuvântate de Dumnezeu poate afecta dezvoltarea armonioasă a viitorului adult și poate provoca multe drame în sufletul unui tânăr.

Un tată înțelept își îndeamnă copilul să facă un sport sau o altă activitate care să îl ajute să-și consume din energia debordantă de la vârsta adolescenței, să aibă hobby-uri, dar și prieteni care să îl determine să fie activ și să se țină departe de contextele în care păcatul s-ar putea produce ușor. Mai mult chiar, îl îndrumă să-și întoarcă privirea spre frumusețile naturii, spre cărți adecvate cu interesele și vârsta lui, din care să desprindă învățături necesare pentru formarea personală și profesională. Cu siguranță că aceste sfaturi oferite la timpul potrivit cu multă dragoste și cu înțelepciune îi vor fi de folos întreaga viață și îl vor ajuta să își ghideze pașii după valorile morale și după credința în Dumnezeu.

În schimb, un tânăr lăsat să greșească, să experimenteze tot ce este rău – pornografie, relații trupești nelegiuite, droguri, alcool etc. – va continua să trăiască așa. În lipsa unui model în familie și a unei experiențe în acest sens, va găsi plăceri imediate în fața cărora nu va putea rezista, iar ispitele vor veni ca un tăvălug asupra lui dinspre anturaj, petreceri de noapte, filme și multe altele.

Păstrează-ți ochiul și trupul curat, frate drag, și vei avea o viață armonioasă și liniștită, propice întâlnirii cu Hristos Domnul! Iar dacă ai fost ispitit și nu ai reușit să te păzești de păcat, nu deznădăjdui! Aleargă la Hristos cu inima frântă! Pocăiește-te cât mai repede și luptă cât poți cu răul care vine asupra ta! Domnul te așteaptă răbdător cu brațele deschise. Depinde numai de tine ce alegi să faci mai departe...

Banul și atașamentul de materie

Astăzi, mai mult ca oricând, omul este împins spre aspectele materiale ale lumii acesteia, spre acumularea de averi, de terenuri și de alte posesiuni, considerându-le sinonime cu fericirea, cu împlinirea. Pentru mulți, ele sunt binele suprem spre care tind cu toată știința și forța lor. Totuși trebuie să nu uităm niciodată cât sunt ele de efemere și că, în plan spiritual, nu au nici cea mai mică valoare. Societatea bazată pe consum îl avântă pe om în lupta pentru cuceririle științei și ale tehnicii, fapt care îl epuizează, îi consumă multă energie și resurse, îl distanțează de familie, de prieteni și, mai grav, de Dumnezeu. Goana după ultimele modele de telefoane, de ceasuri, de mașini, competiția permanentă între prieteni și colegi îi provoacă bărbatului modern multă risipire, îl neliniștesc și, în unele cazuri, îl determină fie să recurgă la acțiuni ilegale, ca să facă rost de bani, fie să se izoleze, refuzând contactul cu ceilalți din teama de a nu fi judecat, ironizat, marginalizat.

O vorbă din bătrâni spune că „banul e ochiul celui rău". Ce înseamnă aceasta? Omul dependent de ban se îndepărtează de Dumnezeu și devine, fără să realizeze, rob al vrăjmașului. Un astfel de om nu știe că de fapt cu economiile pe care și le adună din lăcomie „își cumpără iadul", după cum spunea Sfântul Paisie Aghioritul.

Potrivit textelor biblice, „Nimeni nu poate sluji la doi domni, căci sau pe unul îl va urî și pe celălalt îl va iubi, sau de unul se va alipi și pe celălalt îl va disprețui." Cu alte cuvinte, omul nu poate să slujească și lui Dumnezeu, și lui Mamona în același timp (vei *Matei* 6, 24). Nu poți fi în slujba înveșnicirii false pe verticală și a înveșnicirii reale pe care o primim prin legătura cu Dumnezeu.

Dorința de înavuțire, goana după bani și după o poziție înaltă în societate îngheață inimi, destramă familii sau prietenii frumoase, schimbă vieți și provoacă multă durere printre oameni. Din păcate, acest tablou este tot mai prezent în zilele noastre. Fericirea multor bărbați este legată exclusiv de sumele pe care le au în conturi, de numărul caselor ori de mărcile mașinilor pe care le dețin, precum și de multe alte posesiuni. Se simt liniștiți când au suficienți bani și devin irascibili în momentele în care banii cheltuiți nesăbuit se epuizează. Întreaga existență a acestui tip de bărbat se rezumă la bani și la bunuri materiale; discuțiile cu prietenii au, ca temă principală, afacerile, proprietățile ori posibilitățile de înavuțire rapidă.

Mai grav este că banul a devenit mijloc de ascensiune profesională, în sensul că unii oameni foarte bogați se folosesc de posibilitățile lor financiare ca să-și atingă anumite scopuri în planul carierei. Prin urmare, cei căzuți în patima înavuțirii își pierd sufletul, fiind capabili de fapte în afara legii și a moralei noastre creștine. Mărturisesc cu tristețe că astfel de exemple nu sunt deloc puține. Am întâlnit numeroşi bărbaţi robiţi de bani; pentru ei, singurul scop era să strângă sume uriaşe de bani cu care să se laude în faţa cunoscuţilor şi să-şi împlinească diferite „nevoi”. Iată, aşadar, spre ce ne împinge banul, dacă îl lăsăm să ne domine el pe noi: spre patimi şi mai mari, spre slavă deşartă şi spre păcate trupeşti dintre cele mai grave.

Bogatul crede că este fericit, însă e o stare de fericire aparentă, fiindcă în realitate grijile sunt mult mai numeroase şi apasă greu pe umerii lui: „Bogăţia şi grijile aduse de ea răpesc bucuria vieţii pe care bogaţii cred că o au.”, spunea şi arhim. Epifanie Teodoropulos.[149]

Nu spun că banul nu are importanţa lui, însă ar trebui să fie doar un mijloc prin care să-i asigurăm familiei noastre bunăstarea şi liniştea zilei de mâine. Să nu facem din ban un scop în sine! Banul nu aduce fericirea, nici nu o cumpără. [150] Sunt alte lucruri mai importante, cum ar fi iubirea, înţelepciunea, cunoaşterea, care bucură cu adevărat sufletul omului. Rostul banului este să împlinească nevoile noastre de zi cu zi. El devine însă vrăjmaş al omului în momentul în care se transformă în patimă, adică îl acaparează, îl determină să-şi concentreze întreaga viaţă, întreaga energie asupra unui singur scop: să strângă cât mai multe avuţii. Or, la ce bun să aduni sume uriaşe în conturi, dragă cititorule, când nici nu ştii clipa în care Domnul hotărăşte să te ia la El? Ce vei spune la Judecata de Apoi, când Hristos te va întreba dacă ai

149 Vezi Arhimandrit Epifanie Theodoropulos, *Toată viaţa noastră lui Hristos Dumnezeu să o dăm*, Bucureşti, Editura Predania, 2010, pp. 42–43.

150 „Cu banii poţi cumpăra mâncare, dar nu şi pofta de mâncare. Poţi cumpăra perne moi, nu şi somnul. Poţi cumpăra medicamente, dar nu şi sănătate. Poţi cumpăra multe cărţi, nu însă şi minte. Poţi câştiga mulţi prieteni, nu însă şi credinţa şi prietenia lor statornică. (...) Poţi cumpăra cu bani multe desfătări şi lucruri lumeşti, dar nu poţi cumpăra cu ei fericirea cea adevărată şi mântuirea sufletului tău.” (Preot Iosif Trifa, *Mai lâng*ă Domnul meu, Sibiu, Editura Oastea Domnului, 2003, p. 29)

miluit pe vreun sărman, dacă ai alinat durerea vreunui om necăjit, dacă ai hrănit o pasăre a cerului din firimiturile rămase de la ospăţul tău? Ia aminte, dragă frate: nu pe pământ ar trebui să ne construim palate şi să luptăm pentru averi nemăsurate, ci în ceruri, căci acolo vom trăi veşnic!

Soluţii

Cum să ne facem averi în Împărăţia lui Dumnezeu? Mai întâi de toate, prin *milă creştină*, prin empatie şi dragoste pentru cel necăjit de lângă noi şi prin amintirea frumoasă pe care o lăsăm urmaşilor noştri. Din banii pe care cu ajutorul lui Dumnezeu i-ai obţinut alege să construieşti o casă pentru un frate întru Hristos care nu are acoperiş deasupra capului, cumpără medicamente pentru un bătrân cu chipul trist şi brăzdat de muncă, oferă o masă caldă unui copil abandonat, îmbracă un om gol, adapă un suflet însetat! Şi toate acestea fă-le cu gândul la Hristos Domnul, Care spune: „Flămând am fost şi Mi-aţi dat să mănânc, însetat am fost şi Mi-aţi dat să beau, străin am fost şi M-aţi primit." (*Matei* 25, 35)

Cel ce va face fie şi un mic gest de milostenie faţă de un nevoiaş, acela va fi asemenea samarineanului milostiv care s-a oprit din calea sa şi i-a întins o mână de ajutor celui aflat în necaz: „Şi, apropiindu-se, i-a legat rănile, turnând pe ele untdelemn şi vin, şi, punându-l pe dobitocul său, l-a dus la o casă de oaspeţi şi a purtat grijă de el. Iar a doua zi, scoţând doi dinari, i-a dat gazdei şi i-a zis: «Ai grijă de el şi, ce va mai cheltui, eu, când mă voi întoarce, îţi voi da»." (*Luca* 10, 34-35) Iar la Marea Judecată faptele cele bune vor cântări mai mult decât toate abaterile tale de la calea credinţei: „Cei ce au bogăţii, cât de greu vor intra ei în împărăţia lui Dumnezeu! Că mai lesne este să treacă o cămilă prin urechile acului decât să intre bogatul în împărăţia lui Dumnezeu.” (*Luca* 18, 24-25)

De-a lungul ultimilor ani, Patriarhia Română a dezvoltat, prin strădania Părintelui Patriarh Daniel, a numeroşilor slujitori ai Sfintelor Altare, dar şi a voluntarilor – majoritatea dintre ei fiind tineri –, o serie de proiecte care vin în sprijinul celor necăjiţi; s-au strâns sume importante de bani pentru hrana şi educaţia a sute de copii sărmani, s-au construit centre paliative pentru cei cuprinşi de boala trupească, au fost ridicate cantine sociale, dar şi biblioteci în unele sate din România. Implică-te şi tu, frate drag, în astfel de acţiuni filantropice[151] şi vei afla adevărata bucurie! Vei înţelege că ai un rol în această lume în clipa în care un copil înlăcrimat sau un bătrân cu vocea tremurândă îţi va mulţumi pentru gestul tău de dragoste şi îţi va spune, poate, că se va ruga pentru tine. Aşa arată adevărata bucurie; e bucuria pe care o primeşti din bucuria celuilalt.

În plus, contactul bărbatului robit de patima înavuţirii cu mănăstirea şi cu călugării este foarte benefic. Aşa va afla şi el că singura avere a monahilor este dragostea pentru Dumnezeu şi pentru aproapele lui. Aflat în faţa unei suferinţe, călugărul înalţă rugi fierbinţi la Bunul Dumnezeu, fiindcă ştie că numai de acolo îi vine tămăduirea, în vreme ce omul robit de bogăţie, disperat şi chinuit de boală, aruncă sume importante de bani în stânga şi în dreapta, ignorând însă puterea rugăciunii.

S-a dovedit ştiinţific că **rugăciunea şi încrederea în lucrarea lui Dumnezeu pot avea o mare putere tămăduitoare.** Erau odată doi oameni care

151 Vezi şi Demetrios J. Constantelos, *Filantropia bizantină şi asistenţa socială*, Iaşi, Editura Doxologia, 2014.

sufereau de aceeaşi boală; se aflau internaţi într-un spital din Statele Unite ale Americii. Familia unuia dintre ei a cheltuit până la ultima centimă ca să-l salveze, însă apropiaţii celuilalt, neavând mulţi bani, au încercat să-l ajute cum au ştiut ei mai bine: s-au rugat cu lacrimi în fiecare miez de noapte, având speranţa că numai Bunul Dumnezeu îl va ridica din patul durerii. Aşa s-a şi întâmplat: bărbatul pentru care s-au înălţat rugi fierbinţi s-a vindecat, pentru că şi-au pus toţi încrederea în Dumnezeu, iar celălalt nu a putut fi salvat, în pofida efortului financiar uriaş pe care familia îl făcuse în timpul spitalizării. Dumnezeu intervine grabnic acolo unde oamenii Îi cer ajutorul şi vor ca El să lucreze în viaţa lor. Şi în acest caz alegerea liberă este respectată de Creator, lăsându-l pe fiecare să aleagă dacă vrea ajutorul Său sau nu, dacă se încrede în puterea divină sau în propriile puteri şi resurse.

M-a sunat de curând un domn foarte bogat care suferea de o boală gravă. Mi-a povestit că şi-a cheltuit aproape întreaga avere pe tratamente şi pe investigaţii medicale atât în ţară, cât şi în străinătate, însă în zadar; niciun specialist nu-i dăduse şanse de supravieţuire. Omul era disperat. A plâns şi m-a rugat să-l pomenesc la Taina Sfântului Maslu. A venit el însuşi de câteva ori la slujbă şi s-a rugat în genunchi în faţa sfintelor icoane. Am citit pe chipul acelui om atât disperarea – îşi dorea mult să trăiască –, cât şi un licăr de nădejde în puterea tămăduitoare a lui Hristos, „Cel ce a şters toată lacrima de pe faţa tuturor” şi a vindecat mii şi mii de oameni.

Impresionat de povestea lui, am luat legătura cu un călugăr din Sfântul Munte, pe care l-am rugat să înalţe rugi la Maica Domnului pentru însănătoşirea lui. Iar pe el

[...] nu te poți numi un soț împlinit decât dacă soția ta e fericită. Nu poți să te consideri o femeie fericită decât dacă soțul tău este fericit alături de tine. Nu puteți fi părinți cu adevărat fericiți decât dacă copiii voștri sunt fericiți și se bucură de o viață tihnită. Și, în sfârșit, nu te poți considera un copil fericit decât dacă părinții tăi sunt fericiți alături de tine, dacă le mângâi sufletele cu reușitele tale, cu recunoștință față de ei.

l-am sfătuit cu dragoste părintească să participe mai des la viața Bisericii, să se spovedească și să se împărtășească cel puțin o dată la patruzeci de zile, dar și să facă milostenie cu cei nevoiași. Și astfel averea cea trecătoare de pe pământ se va transforma în lumină veșnică și se va depozita la banca din ceruri: „Bogăția pământească împărțită se împuținează. Bogăția cerească a harului se înmulțește la cel ce o împarte.”[152] Așa a făcut omul nostru, iar cu timpul și starea lui de sănătate a început să se amelioreze, semn că Dumnezeu Își făcuse simțită prezența în viața lui.

De asemenea, este esențial ca părinții să-și educe copiii cu gândul că **sclavia banului distruge relația cu Dumnezeu.** Păstrez și acum în inimă cuvintele bunicului meu pe care mi le-a spus când am plecat la Seminar: „Tată, fugi de ban, și banul va fugi după tine!” Cu alte cuvinte, este important să ne ducem la îndeplinire menirea pe care o avem de la Dumnezeu, să fim cinstiți, curați, să muncim și vom primi răsplată pentru tot efortul nostru. Și în situațiile în care simțim sau chiar suntem nedreptățiți să nu uităm că Dumnezeu vede totul și are grijă să primim cumva în compensație, sub o altă formă sau într-un alt moment din viața noastră, răsplata pentru munca nerăsplătită la timp. Și încă ceva: când ești muncitor și cinstit cu munca ta, Dumnezeu te ajută să administrezi bine chiar și puținul pe care îl primești și te ghidează tainic să folosești toate oportunitățile care apar în calea ta.

Prin urmare, *„nu strângeți bani pentru «zile negre»! Dezvăluiți-I Domnului durerea pe care o aveți și rugați-vă să orânduiască după voia Lui cea sfântă!”*[153] *„Nu-ți da inima banului, dragul meu, pentru că în felul*

152 Sfântul Serafim de Sarov, *Scopul vieții creștine*, Galați, Editura Egumenița, 2010, pp. 31–32.

153 Sfântul Teofan Zăvorâtul, *Sfaturi înțelepte*, Editura Cartea Ortodoxă, pp. 174–175.

acesta Îl uiți pe Dumnezeu”,[154] iar viața fără El este un lung șir de suferințe, de întristare și de boală sufletească și trupească!

Drogurile

Din nefericire, tot mai mulți adolescenți – abandonați de părinți sau influențați de anturajul din care fac parte – aleg astăzi să-și testeze limitele experimentând noi senzații cu ajutorul diverselor substanțe care le stimulează creierul: binecunoscutele droguri. Nu doar cei tineri sunt atrași de aceste stimulente facile care au efecte grave asupra funcționării organismului uman și creează una dintre cele mai toxice dependențe, ci și adulții. În toate cazurile, utilizatorii ajung în cele din urmă să-și transforme existența în iad, departe de normalul unei vieți, departe de oameni, de valori morale și de Dumnezeu. Ca tată și ca duhovnic, îi sfătuiesc pe părinți să fie foarte atenți la universul copiilor lor, să-i *supravegheze* discret, să le cunoască prietenii și să le dea povețe pline de dragoste și de înțelepciune.

Cauze

De ce ajung adolescenții să se drogheze?[155] De cele mai multe ori, se îndreaptă spre acest mare viciu

154 Cuviosul Paisie Aghioritul, *Cuvinte duhovnicești, vol. II. Trezire duhovnicească*, traducere de ieroschimonah Ștefan Nuțescu, ediția a doua, București, Editura Evanghelismos, 2011, pp. 284–285.

155 La această întrebare a încercat să răspundă și arhimandritul Ambrozie Iurasov. Iată ce a spus el: „Dacă în viața sa Biserica nu este prezentă, nu există pocăință și curățare de păcate și nu există rugăciune, atunci el încearcă să-și aline sufletul pe cale artificială: prin alcool, droguri sau muzică zgomotoasă, pentru a înăbuși vocea conștiinței.” *(Îndrumar creștin pentru vremurile de azi: convorbiri cu Părintele Ambrozie,* vol. II, București, Editura Sophia, 2009, p. 344)

persoanele private de dragoste, tinerii abandonaţi de părinţi, cei care au avut o decepţie şi sunt în depresie, cei plictisiţi de toate, care nu mai găsesc nimic atractiv în ceea ce îi înconjoară sau care caută iubirea şi aprecierea celor din jur, alegând să intre în tot felul de anturaje. În astfel de grupuri li se pare că pulsează viaţa, pot face orice, sunt apreciaţi aşa cum sunt şi pot experimenta lucruri nepermise care îi fac să uite de toate şi să se simtă bine pentru câteva clipe. Unii fac acest lucru din pură curiozitate, alţii ca să atragă atenţia asupra lor, iar alţii aleg să se drogheze ca o formă de protest, de revoltă faţă de părinţi sau ca să se adapteze „cerinţelor" şi presiunilor anturajului. Or, drogurile nu sunt şi nici nu ar trebui privite de cei ce le folosesc ca substitut al dragostei, nici ca o soluţie pentru a scăpa de probleme, deoarece ele nu doar că nu le rezolvă – ca şi în cazul consumului de alcool –, ci cauzează şi mai multe probleme. În realitate drogurile sunt catastrofale în viaţa omului, aduc multă suferinţă, boli cumplite şi chiar moartea timpurie.[156]

Cercetătorii au arătat că drogurile afectează iremediabil creierul omului, declanşează insomnii, lipsă de concentrare şi chiar pierderea memoriei. Dependenţa puternică produsă de droguri afectează dezvoltarea tânărului, îl îndepărtează de prieteni şi de familie, îl face să mintă, îl distrage de la lucrurile esenţiale, cum ar fi şcoala şi relaţiile cu ceilalţi. Şi, mai grav decât atât, dependentul de stupefiante ajunge să facă lucruri aflate în afara legii: fură ca să-şi cumpere doza necesară, intră în conflicte cu alţi tineri, abuzează sexual alte persoane, se apropie şi colaborează cu grupări infracţionale. Ajunge în cele din urmă să fie exclus din societate, rămânând singur, trist, neputincios, dar şi bolnav trupeşte şi sufleteşte. Devine

156 Vezi şi prof. dr. Dmitri Avdeev, *Tulburările psihice şi patologia Duhului*, traducere din limba rusă de Denis Chiriac, Iaşi, Editura Doxologia, 2018.

captiv, dependent doar de fericirea efemeră și falsă pe care i-o oferă doza plătită atât de scump.[157]

O cauză importantă a consumului de droguri o reprezintă, așa cum am spus, lipsa unei relații apropiate dintre tânăr și părinți. În situația tot mai întâlnită în care părinții, din pricina faptului că sunt foarte ocupați, îl lasă pe copil mult timp nesupravegheat, nu-i acordă atenție, nu se apleacă asupra trăirilor lui, acesta își creează un univers paralel și alege să-și umple golul din suflet cu păcate și patimi care îi distrug viața treptat. În schimb, dacă există și se întreține o punte de legătură între părinte și copil, acesta din urmă își va deschide mereu inima către părinte, iar el, cu răbdare și cu înțelepciune, îl va ajuta, semănând în sufletul copilului sământa cea bună a adevăratei educații bazate pe cunoaștere, pe adevăr și pe dragoste. Prin urmare, nu-ți jigni, nu-ți judeca și nu-ți pedepsi copiii, cititorule drag! Fii prietenul lor cel mai bun, fii confidentul căruia să îi poată împărtăși orice le trece prin cap, fă-ți timp să îi asculți cu adevărat și până la capăt, încearcă să-i înțelegi! Nu uita că dorința lor de a explora noi limite, izvorâtă din curiozitate, este specifică tânărului! Negarea oricărei autorități vine din dorința de a și-o afirma pe a lor, de aceea fii tu însuți un model și astfel le vei călăuzi pașii pe calea minunată a virtuților,

157 Potrivit unor studii recente, o persoană dependentă de droguri trece prin trei faze, iar fiecare fază este asociată cu activitatea unor zone ale creierului: prima fază se activează atunci când persoana încearcă să consume droguri pentru prima dată și observă că experiența o face să se simtă bine; în acest moment se activează zona motivației și a recompensei. A doua fază apare când drogul este folosit în mod regulat și activează zona creierului destinată emoțiilor, iar în cea de-a treia fază consumatorul este tot mai preocupat să obțină drogurile; acum sunt grav afectate funcțiile cognitive, în special memoria. (vezi Eugene Rubin și Charles Zorumski în *Psychology Today*: https://doxologia.ro/societate/terapie-pentru-suflet/fazele-dezvoltarii-dependentelor-creierul-consumatorului-de-drog)

ferindu-i de zonele care le-ar putea afecta dezvoltarea şi sănătatea sufletească şi trupească!

Şi lipsa credinţei şi a contactului direct cu Dumnezeu şi cu Biserica lui Hristos are legătură cu alegerea lipsită de discernământ sau cu incapacitatea de a refuza plăcerea care vine din patima consumului de droguri. Sufletul care nu este ţinut în lumina rugăciunii, în dulceaţa iubirii aproapelui, în respectul pentru valorile neamului şi în căldura entuziasmului cunoaşterii se va îndrepta către plăcerile imediate. Aceste plăceri, care îi aduc o stare aparentă de „euforie", îl vor face ca mai târziu să devină pe nesimţite dependent de ele.

Ispitele îi afectează omului voinţa fără de care nu poate să meargă pe calea binelui. Exersarea voinţei se face încă din copilărie prin exerciţiul disciplinei din casă și prin sublinierea efectelor pozitive ale acestei discipline. Din nefericire, părinţii, presaţi de societate şi antrenaţi în numeroase activităţi care le răpesc mult timp, uită să-i arate copilului ce înseamnă o viaţă echilibrată şi disciplinată. Tânărul înţelege greșit mersul lucrurilor, nu are pasiuni care să îl anime şi să îl bucure, rămâne captiv bucuriilor imediate care nu cer prea mult efort şi implicare şi consideră că normalitatea vieţii este... *boring* (plictisitoare) – e *boring* să citeşti, să faci un sport, să studiezi un instrument, să mergi la o piesă de teatru, să participi la slujba de la biserică etc.

Ceea ce-l determină pe tânăr să ajungă la această concluzie este, în primul rând, lipsa de disponibilitate la dialog din partea părinţilor lui. Aceştia nu au avut răbdarea necesară să se aplece asupra educaţiei lui şi să-i prezinte viaţa ca un cumul de eforturi în urma cărora vin bucuriile.

Soluții

Ca și în cazul dependenței de alcool, de fumat și de pornografie, și viciul acesta cumplit poate fi înlăturat mai întâi prin dorința sinceră a celui neputincios de a se schimba și de a pune un început bun în viața lui. Este nevoie, așadar, de o curățire a sufletului de noroiul patimii, de pocăință sinceră, de regret pentru comportamentul deviant și apoi de renunțare la patimă. Știu însă că aceste lucruri nu se pot face cu ușurință[158], mai ales când voința a fost afectată de acest interminabil carusel în care intri odată cu consumul de droguri. Nevoia tot mai mare și din ce în ce mai irezistibilă de substanțe paralizează reacțiile firești ale creierului în așa fel încât voința devine tot mai slabă. Chiar și când îți dai seama de răul pe care ți-l faci, chiar și când ajungi, poate, să vrei să schimbi lucrurile e foarte dificil să te și smulgi din strânsoare și să pui în practică gândul cel bun al schimbării. E mai greu decât în cazul altor patimi, pentru că în această situație efectele asupra creierului sunt printre cele mai grave. Pe de o parte, plăcerea creată de droguri este o amintire care trezește mereu dorință, pe de altă parte, voința însăși este din ce în ce mai afectată de consumul de stupefiante, de aceea e nevoie de ajutor constant și susținut din exterior. Cu alte cuvinte, nimic din toate acestea nu se poate face fără suportul moral al familiei și al prietenilor apropiați, fără rugăciunile lor. Văzând dorința reală de schimbare[159]

158 În viața omului există multe minuni, iar Dumnezeu îi întinde mâna celui cuprins de patimă prin Maica Domnului și prin sfinții mijlocitori; un exemplu în acest sens îl reprezintă Sfântul Efrem cel Nou, care, în urma rugăciunilor fierbinți ale unei mame îndurerate, i-a izbăvit fiul de patima drogurilor (vezi *Noi minuni ale Sfântului Efrem. Minuni cu copii născuți și nenăscuți*, Galați, Editura Egumenița, 2009, pp. 137–138).

159 Vezi și cazul unui tânăr dependent de droguri care s-a hotărât să meargă în Sfântul Munte și a rămas acolo, îmbrăcând haina monahală. (*Limonariul mirenilor, întâmplări de folos*, traducere de Cristian Spătărelu, Editura Cartea Ortodoxă, 2009, pp. 383–384)

a tânărului şi prin înţelepciunea şi puterea harică a duhovnicului, Dumnezeu va coborî, după mare mila Sa, Duhul Sfânt asupra omului, întărindu-i voinţa, şi vor apărea soluţiile în viaţa lui. Prin urmare, soluţiile nu vor apărea decât cu ajutorul puternic al familiei, al prietenilor şi al duhovnicului, încununate de harul lui Dumnezeu.

În astfel de momente delicate, ar fi bine ca unul dintre membrii familiei, cu care tânărul are o relaţie specială – bunica sau bunicul, de pildă –, să se apropie cu blândeţe şi cu dragoste de sufletul lui chinuit şi să încerce să-l sensibilizeze. Sfaturile unui om înţelept, trecut prin experienţe multiple, însoţite de promisiuni concrete, poate că vor rodi în inima tânărului tulburat de păcat şi-l vor ajuta să renunţe uşor, uşor la acest viciu cumplit. Din păcate, nu există garanţii în acest caz. Trebuie doar să speri că, ajutându-l pe cel afectat să nu se afunde şi mai mult, va ajunge la un moment dat şi după mult efort să poată să se agaţe de o margine oricât de fragilă ca să iasă din prăpastie. Important este să construieşti cu răbdare şi cu multă rugăciune acest mal pe care cel căzut să îl aibă ca reper.

Cunosc un astfel de caz: un tânăr de douăzeci de ani care începuse să se drogheze şi-a găsit alinarea şi vindecarea în chiar bunica sa care îl crescuse cu dragoste. În relaţia cu nepotul ei, aceasta a dovedit mult tact şi, cu iubire şi duioşie, a reuşit să şi-l apropie din nou ca în copilărie. Îl chema des la ea să o ajute la diverse treburi prin gospodărie, îi pregătea mâncărurile preferate de el în copilărie – plăcinte, gogoşi şi tot felul de bunătăţi – şi mai ales ştia cum să-i pună în valoare calităţile, lăudând fiecare efort depus de tânăr. În plus, bătrâna era foarte evlavioasă şi îi vorbea zilnic nepotului ei despre

Iisus Hristos, ba îl și lua cu ea la biserică – fie să-i care coșul cu colaci și colivă, fie să o sprijine pe drum. Încet, încet, băiatul, stând departe de anturajul păcătos și de viața plină de tentații a orașului, a renunțat la obiceiul primejdios – Slavă Domnului că nu devenise patimă! Sigur că un astfel de caz este foarte rar. În majoritatea situațiilor e nevoie de mult mai mult. Unii tineri ajung în secții de dezintoxicare, alții pierd chiar lupta cu viața, lăsând lacrimi și durere în urma lor.

Este bine ca sfaturile celor dragi să fie însoțite de exemple concrete din viața altor persoane care au fost răpuse de această mare patimă, exemple din care tânărul să înțeleagă primejdiile reale care îl așteaptă dacă nu va renunța urgent la droguri. În cazul în care patima a pus stăpânire pe sufletul lui există și (uneori *doar*) soluții extreme: cei apropiați trebuie să încerce să-l interneze într-o clinică de dezintoxicare sau în alte locuri specializate.

Este esențial ca gesturile concrete de sprijin pentru cel suferind să fie însoțite de multă rugăciune către Dumnezeu, către Maica Domnului, dar și către Sfântul Efrem cel Nou – cunoscut pentru ajutorul pe care îl dă celor prinși de această dependență –, de lectură biblică, de post și de participarea la sfintele slujbe – în special la Sfântul Maslu –, de implicare în acțiuni concrete de întrajutorare a cuiva. De asemenea, dependentului de droguri i se poate sugera mănăstirea ca loc de relaxare. Văzând traiul liniștit al călugărilor, departe de ispitele orașului, înconjurat de minunățiile naturii și chemat la rugăciune de dangătul clopotului, tânărul va fi părăsit treptat de demonul drogurilor și va înțelege că adevăratele bucurii ale vieții sunt: *virtuțile*, *trăirea în curăție* și în adevăr, *dragostea* și *pacea sufletească*.

Jocurile

Din cauza unor nemulțumiri, a unor frustrări ori a unor neîmpliniri – mai ales în plan material –, mulți bărbați se îndreaptă spre patima jocurilor de noroc și aleg să petreacă ore în șir în sălile special amenajate sau acasă, în fața calculatorului, uitând de soție, de copii, de bucuriile adevărate ale vieții, dar și de responsabilitățile pe care le au. În general, își îndreaptă atenția spre astfel de preocupări bărbații care se răzvrătesc împotriva destinului, a faptului că nu au avut parte de bucurii în viață. Ei ajung să se refugieze în jocuri fie din dorința de a primi apreciere și confirmare pentru valoarea lor, valoare care nu a avut încă suficientă recunoaștere, fie pentru a câștiga banii pe care nu i-au avut până atunci și pe care și-i doresc foarte mult, ca pe o cheie care deschide ușa fericirii și a împlinirii tuturor posibilităților care până atunci le-au fost refuzate în mod nedrept.

Astfel, din dorința de înavuțire rapidă, mulți bărbați din zilele noastre se îngrămădesc în sălile de pariuri și de jocuri de noroc și risipesc ultimii bănuți ai familiei, ignorând rugămințile și lacrimile disperate ale soției, ale copiilor și ale părinților. Ajunși într-o situație gravă, mulți împătimiți aleg chiar să se împrumute în mod inconștient și pun astfel o povară și mai mare asupra căminului lor. Cei care s-au lăsat ispitiți de aceste mari patimi își dau sufletul, fără să conștientizeze aceasta, în mâinile celui rău și își compromit mântuirea, aducând suferință celor dragi.

În plan spiritual, pierderea este și mai mare; sărmanul pătimaș ignoră cu desăvârșire orice efort duhovnicesc, nu se (mai) interesează de cele sfinte și, cu gândul la cum să facă mai repede avere, trece pe lângă biserică fără măcar să o vadă. Resortul interior îl împinge doar către obținerea de profit imediat. Își pierde, deci, rațiunea, după cum spunea și Sfântul Antonie cel Mare:

„După cum hainele mai mari decât măsura împiedică la mişcare pe cel ce se luptă, aşa şi dorinţa avuţiei peste măsură împiedică sufletele să lupte sau să se mântuiască."[160]

Cei împătimiţi de jocurile de noroc trebuie în primul rând să conştientizeze că sunt nenumărate cazuri de persoane care şi-au pierdut totul din dorinţa de a se îmbogăţi: casa, maşina, soţiile i-au părăsit, iar ei au ajuns să trăiască singuri, fără un acoperiş deasupra capului. Iată cum, din dorinţa de mai mult, pierzi şi ceea ce ai, care, la o privire mai atentă, nu era deloc puţin în comparaţie cu ceea ce (nu) ai obţinut, dând curs acestui imbold spre îmbogăţire pe calea aparent uşoară a jocurilor de noroc.

Cauze

Ceea ce îi determină pe bărbaţii zilelor noastre să-şi dedice viaţa jocurilor de noroc şi să piardă ore în şir la pariuri ori în faţa computerelor este, cu siguranţă, lipsa lor de maturitate, de responsabilitate faţă de cei dragi, dar şi de propria viaţă. Sfântul Cuvios Antonie cel Mare are un cuvânt foarte actual: „Cea mai mare virtute este măsura." Altfel spus, e nevoie de mult autocontrol dacă vrei să biruieşti această patimă. Împătimitul de jocuri trebuie să se gândească mai întâi la cei din familia lui – soţie, copii, părinţi, bunici – şi să le întindă o mână de ajutor. În primul rând, timpul petrecut în sălile de jocuri sau în faţa calculatorului este un timp mort pe care ar fi putut mai bine să-l transforme în timp roditor pentru cei dragi şi pentru viaţa proprie Apoi, bogăţia obţinută în felul acesta este o *Fata Morgana*, deci o iluzie. Este doar o risipă de timp şi bani în slujba a nimic!

Şi lipsa unui univers spiritual îl împinge pe bărbat la o patimă ca aceasta. Omul înduhovnicit nu-şi încarcă

---

160 Ala Rusnac, *Cugetări duhovniceşti din înţelepciunea sfinţilor*, vol. I, Chişinău, Editura Epigraf, 2009, p. 89.

timpul cu jocuri lipsite de valoare spirituală, ci caută să facă bine, să se roage, să-și ajute semenii, să se implice în sprijinul comunității din care face parte. Iar după o zi încărcată și luminată de har, nu mai are energie de consumat la jocuri; își pleacă mai bucuros genunchiul la icoană și înalță o rugăciune de mulțumire pentru ajutorul primit în ziua care tocmai se încheie.

Revin la anturaj: ca și în cazul celorlalte vicii, și aici cercul de așa-ziși prieteni îl pot împinge pe om spre patimă. De asemenea, societatea consumeristă și piața bazată pe câștigul imediat sunt mari ispite pentru bărbatul de azi. De ce spun asta? Pe de o parte, nevoia de a avea o situație prosperă este cumva percepută ca o obligație sau ca o garanție a fericirii. Pe de altă parte, inclusiv antreprenorii din zona afacerilor cu spații pentru jocurile de noroc, lipsiți de scrupule și de repere morale, au identificat această neputință a omului modern – lipsa de autocontrol și dorința de câștig imediat – și au transformat-o în sursă de profit. Ca și în cazul altor patimi – fumat ori alcool –, aceștia își atrag clienții cu reclame luminoase, cu mesaje false, frumos poleite, care vorbesc despre fericire imediată. Aparent, costul acestei fericiri este unul derizoriu, în realitate însă capcana în care se cade este fără fund. Sufletele năpăstuite care ajung să devină dependente de jocuri și nu numai nu conștientizează nici pe departe riscurile la care se expun și nici nu consideră că au cu adevărat o problemă. Totul li se pare firesc; jocurile sunt pentru ei doar un mod plăcut prin care își petrec timpul liber. Așa să fie oare?

Vin la mine mulți oameni cufundați în patima jocurilor și a pariurilor sportive. Sunt în general suflete bune, au familii frumoase, nu le lipsește nimic și consideră că jocurile sunt „relaxante". Mai spun că în sălile de pariuri le crește adrenalina, sunt mereu în suspans, „simt că trăiesc"... O, Doamne! Asta înseamnă pentru ei să trăiești! E trist că s-a ajuns până aici!

E nevoie de mult tact și de multă dragoste și pentru împătimiții de jocuri. Nici ei nu trebuie tratați cu dispreț, stigmatizați sau părăsiți, dimpotrivă.

Soluții

În primul rând, ceea ce l-ar ține mai mult alături de cei dragi și mai departe de tentații pe împătimitul de jocuri este ambientul familial cald. Soția și copiii sunt datori să-l primească lângă ei cu multă iubire, să nu-l judece, ci dimpotrivă, să-l aprecieze și să-l implice în diverse activități. Tot soția ar fi bine să programeze cât mai des întâlniri cu oameni dragi, cu prieteni buni, cu rude, dar și să-l convingă pe bărbat să facă milă creștină, mai ales în preajma sărbătorilor. La rândul lor, copilașii nu au de ce să se îndepărteze de tatăl lor. Să-l roage să petreacă timp împreună, să-i vorbească despre rezultatele lor bune de la școală, să-l cheme la ședințele cu părinții și multe altele de acest gen. În felul acesta, împătimitul de jocuri se va simți iubit, apreciat și implicat în bunul mers al familiei și poate că va renunța astfel la patima lui. Timpul petrecut în sălile de jocuri va fi ocupat cu acțiuni luminoase pentru ai lui și pentru semenii lor. Așa pot reveni pacea și bucuria în sânul familiei celui împătimit de jocuri. În plus, sfaturile soției, orizontul ei larg asupra vieții, planurile pe care le-ar putea avea pentru copii, precum și multe alte aspecte benefice casei lor îi pot oferi pasionatului de jocuri o alternativă sănătoasă la patimă. Mulți vor renunța, poate, la acest viciu și vor începe să strângă bani pentru viitorul copiilor.

Iubite frate, știu că ispitele societății moderne sunt atât de variate și aproape de nerefuzat, încât ar fi ușor să dăm vina pe ele pentru căderile noastre. Știm bine că nu e așa și că alegerea și responsabilitatea sunt exclusiv ale noastre! De aceea, pentru a te încuraja să lupți cu tentațiile, îți ofer în final un reper patristic al Sfinților Părinți de demult despre aceasta: „În vremurile din urmă, întrucât ispitele sunt atât de greu de refuzat, și plata celor care se luptă și izbândesc este pe măsură."[161] Cu alte cuvinte, în vremurile de demult nu erau atât de multe ispite, așa că și universul bărbatului era limitat. Omul ieșea să muncească ogorul, se îngrijea de bunăstarea familiei, iar în vreme de război ieșea la luptă, dovedind un curaj deosebit. Astăzi însă e nevoie de mult efort duhovnicesc ca să ne ținem departe de cursele întinse peste tot de diavol, așa că, deși ispitele sunt acum mai mari, și ajutorul lui Dumnezeu este pe măsura lor, la fel și răsplata pentru fiecare efort depus de tine pentru a rezista ispitelor. Vremurile de astăzi sunt și ele un timp al mântuirii.

Dacă vrei să iei în serios calea credinței și să fii un om liber, care cunoaște adevărata bucurie, împodobește-ți mintea cu vorbele frumoase ale Mântuitorului Iisus Hristos adresate celor care au ales calea mai îngustă a virtuților, nu pe cea largă a păcatelor: „Bucurați-vă și vă veseliți, că plata voastră multă este în ceruri." (*Matei* 5, 12)

161 Sf. Ioan Gură de Aur, *Omilii la I Corinteni,* XIX, 1 apud Jean-Claude Larchet, *Etica procreației în învățătura Sfinților Părinți,* trad. de Marinela Bojin, București, Editura Sophia, 2003, pp. 90–91.

EPILOG

MÂNTUIREA – DESTINAȚIA FINALĂ A FAMILIEI CREȘTINE

Dumnezeu ne-a creat din iubire, iar eforturile noastre, acumulate de-a lungul vieții și însoțite de răbdare, de dragoste și de jertfă pentru semeni, reprezintă răspunsul la această iubire nemărginită a Părintelui ceresc. Omul aflat pe calea mântuirii este cel care Îl caută neîncetat pe Dumnezeu și se lasă, la rândul lui, căutat de El. La capătul strădaniei duhovnicești a credincioșilor se află Iisus cu brațele deschise, Care spune: „Veniți, binecuvântații Tatălui Meu, moșteniți împărăția cea pregătită vouă de la întemeierea lumii." (*Matei* 25, 34) Minunat ar fi ca la finalul vieții pământești fiecare dintre noi să fie mângâiat de acest glas sfânt! Acolo, în Împărăția lui Dumnezeu, „unde nu este nici durere, nici suspin", ne dorim să ajungem toți. Calea până la ea nu este imposibilă, dar nici ușoară; e nevoie de mult efort duhovnicesc, de răbdare și de pace încununată cu podoaba virtuților.

Cel care ne-a oferit șansa la mântuire, ca dar suprem al lui Dumnezeu pentru noi, este Iisus Hristos. Prin Pătimirile Sale, prin moartea pe cruce și prin Învierea de a treia zi, Iisus l-a eliberat pe om din lanțurile morții veşnice şi i-a dat posibilitatea să se întâlnească cu Domnul la cina euharistică. Să trăim, aşadar, în lumină, în jertfă, în pace şi în dragoste[162], aşa cum ne-a învăţat Însuşi Mântuitorul nostru! Să-L urmăm cu râvnă şi să ne rugăm neîncetat la Maica Sa şi la sfinţi, ca să mijlocească pentru iertarea păcatelor noastre! În felul acesta, avem speranţa vie că, după mutarea din această lume, ne vom întâlni cu El. Sufletul nu poate aspira la întâlnirea cu Domnul dacă nu trăieşte după modelul Lui. El a iubit, şi noi să iubim! El Şi-a iertat duşmanii, şi noi să facem asta! El S-a jertfit pentru noi, şi noi să ne punem în slujba semenilor noştri! El a trăit în smerenie, şi noi să fim blânzi şi smeriţi! El nu a judecat pe nimeni, nici noi să nu ne judecăm aspru aproapele!

Pentru mirenii căsătoriţi, locul din care aceştia se pot îndrepta pe calea mântuirii este viaţa de familie; ea presupune jertfă, lepădare de sine, slujire neîncetată a soţului/soţiei şi a copiilor, dar şi asumarea crucii căsniciei. Alături de calea călugăriei[163], dar şi de trăirea în curăţie a celor necăsătoriţi, viaţa de familie aduce mântuirea mai aproape, cu condiţia ca aceasta să fie asumată corect, ca orice lucru bun şi folositor care rodeşte.[164]

Destinaţia finală a fiecărei familii este – sau ar trebui să fie – mântuirea sufletelor celor căsătoriţi.

---

162 Vezi şi Maxim Mărturisitorul, „Răspunsuri către Talasie", în *Filocalia*, vol. III, Editura Apologeticum, 2005, p. 35.

163 Potrivit părintelui Nicolae Tănase, „Sub aspectul dăruirii până la mucenicie, căsătoria este superioară călugăriei. Priviţi icoana Înfricoşătoarei Judecăţi sau icoana în care se arată stările de-o parte şi de alta şi veţi vedea ceata cuvioşilor, ceata mucenicilor, ceata apostolilor etc. Veţi vedea acolo că ceata mucenicilor este deasupra cetei călugărilor." (Părintele Nicolae Tănase, *De la prietenie la iubire. Căsătoria, taina iubirii creştine*, Făgăraş, Editura Agaton, 2011, p. 2)

164 Vezi Sfântul Teofan Zăvorâtul, *Mântuirea în viaţa de familie*, Bucureşti, Editura Sophia, 2004, pp. 5–6.

Scopul căsniciei este stimularea reciprocă spre mântuire.[165] Aşadar, în familie nu ne mântuim singuri, ci alături de ființa iubită. Uniți în rugăciune, în pace și în fapte bune[166], ne vom bucura împreună de întâlnirea cu Hristos Domnul, de Lumina veşnică și de Împărăția lui Dumnezeu: „Nimeni nu se mântuieşte singur, nici credinciosul, nici preotul, nici monahul. Toți ne mântuim în comunitate, în Biserica lui Hristos și fiecare este răspunzător pentru celălalt."[167]

Ceea ce ne ține aproape unul de celălalt și ne călăuzeşte paşii pe calea Învierii este *dragostea adevărată.*[168] Soții care trăiesc în iubire unul față de celălalt şi, împreună, Îl iubesc pe Dumnezeu și își cresc copilaşii în credință, aceştia vor avea nădejde că, în urma strădaniilor lor, Domnul le va mântui sufletele și le va odihni în veşnicie: „Eu te iubesc pentru veşnicie, nu pentru cei câțiva ani de căsnicie" – îi spunea o soție iubitoare soțului ei. Aşadar, soții credincioşi își asumă relația ca pentru veşnicie.

O altă cheie ce deschide poarta spre Împărăția veşnică este *disponibilitatea la efort.*[169] Și chiar dacă se întâmplă ca efortul unuia dintre soți să nu fie apreciat de

---

165 Arhimandrit Arsenie Papacioc, *Despre armonia căsniciei*, Constanța, Editura Elena, 2013, pp. 28–29.

166 Părintele Teofil Părăian, *Din ospățul credinței*, Craiova, Editura Mitropolia Olteniei, 2007, pp. 151–153.

167 Părintele Gheorghe Calciu-Dumitreasa, *Cuvinte vii*, Bacău, Editura Bonifaciu, 2009, p. 37.

168 Arhimandritul Arsenie Papacioc, *op. cit.*, p. 41.

169 „«Nimic nu-i place atât de mult lui Dumnezeu», spune Sfântul Ioan Gură de Aur, «ca o viață care aduce folos tuturor». Tocmai de aceea ne-a dat şi darul cuvântului, şi mâini, şi tărie trupească, şi minte, şi pricepere: ca să întrebuințăm toate acestea spre mântuirea noastră şi folosul aproapelui." (Sfântul Luca al Crimeei, *La porțile Postului Mare. Predici la Triod*, Alexandria, Editura Biserica Ortodoxă, 2004, p. 30)

celălalt, Dumnezeu vede totul și răsplătește El ostenenea la depusă, așa cum am mai spus.

Participarea la viața Bisericii[170] aduce și ea multă pace și mult echilibru în familie și îi ține pe cei doi soți și pe copii legați de cer, nu de pământ. Soții care stau aproape de duhovnic prin deasa Spovedanie și sfătuire au găsit secretul bunei viețuiri. În plus, căminul ar fi bine să fie ocrotit de Maica Domnului[171] și de un sfânt ales de cei doi la Cununie, ca model și sprijin în momentele grele ale căsniciei. O imagine dătătoare de speranță este cea a unei familii cu mai mulți copii care se îndreaptă spre Sfântul Altar ca să se unească cu Hristos prin Sfânta Taină a Euharistiei. Mă simt binecuvântat, ca părinte duhovnicesc, să văd duminică de duminică acest tablou plin de lumină!

Facem pași mici, dar siguri pe calea mântuirii cu fiecare cuvânt de alinare, cu fiecare faptă de sprijinire, cu fiecare gest delicat față de cei iubiți – soție și copii deopotrivă. Nu e nevoie de lucruri mari; Hristos ne așteaptă cu dragoste și cu răbdare. Depinde numai de noi dacă vrem să-L întâlnim sau nu. Se mântuiesc acele suflete răbdătoare în suferințe, care își duc crucea cu smerenie, cu pace și cu nădejde în Domnul și Mântuitorul nostru Iisus Hristos. Iată ce ne spune părintele Cleopa: „Pentru mântuire, sunt necesare trei lucruri: primul – răbdare –, al doilea – răbdare –, al treilea – răbdare. Da-ți mai trebuie ceva: milostenie și rugăciune."[172] Prin urmare, răbdarea și pacea lăuntrică trebuie să fie însoțite de multă

170 Părintele Arsenie Boca, *Despre durerile oamenilor*, vol. 1, Editura Credința strămoșească, 2012, p. 24.

171 diac. Ioan I. Ica jr., *Maica Domnului în teologia secolului XX și în spiritualitatea isihastă a secolului XIV: Grigorie Palama, Nicolae Cabasila, Teofan al Niceei*, Sibiu, Editura Deisis, 2008, p. 570.

172 Arh. Cleopa Ilie, *Mânca-v-ar Raiul*, vol. II, Neamț, Editura Mănăstirea Sihăstria, 2010, p. 108.

rugăciune și de fapte de milostenie pentru cei nevoiași din jurul nostru.

Subliniez faptul că la destinația finală – care este Împărăția lui Dumnezeu – nu vom ajunge niciodată singuri, ci alături de ființa iubită și de mână cu Mântuitorul nostru Iisus Hristos. Uniți în rugăciune și în fapte bune, ne vom putea bucura de viața veșnică din ceruri, iar aici, pe pământ, vom trăi în pace și în armonie.

Așadar, ca să rămânem pe cale, avem nevoie de câteva lucruri esențiale: de **unirea cu Domnul,** Care, prin Biserica Sa, revarsă har asupra noastră, și de **lucrarea celor mai de preț virtuți – iubirea și iertarea**. Iar dacă ni se întâmplă să fim tentați să facem dreptate, ar fi bine să judecăm cu iubire, și nu cu ură și cu asprime, așa cum se obișnuiește astăzi. De asemenea, pe calea mântuirii e nevoie de multă *smerenie*; în calitate de soț sau de soție, trebuie să-ți dorești sincer ca persoana iubită să strălucească, și nu tu; ea să fie pusă în lumină și să devină opera eforturilor tale de zi cu zi. O altă menire importantă a celor căsătoriți este să-i adune pe toți ai casei în jurul lui Dumnezeu prin rugăciune, prin fapte bune, printr-un comportament demn de urmat, dar și prin iubire de tot ce-i înconjoară. Mântuirea soților depinde foarte mult și de virtuțile lor. Fiecare dintre cei doi soți trebuie să trăiască în adevăr, în dragoste, să fie răbdător în suferințe și înțelegător cu neputințele celuilalt și să ierte din toată inima micile abateri ale ființei iubite – aspecte despre care am mai vorbit în această carte. Și ca să te asigur că familiile de creștini se pot mântui și pot trăi ca în rai încă de pe pământ, am să-ți vorbesc în continuare despre câțiva soți care au ales să trăiască cu Hristos de mână și au ajuns astfel în Împărăția Lui.

Sfinţii Acvila şi Priscila

Ucenic al Sfântului Apostol Pavel, Sfântul Acvila era originar din regiunea Pontului şi locuia la Roma, împreună cu soţia lui, Priscila. Întrucât erau „iudei necredincioşi”, cei doi au fost nevoiţi să plece din Italia în vremea împăratului Claudiu Cezarul şi să se refugieze în Corint. Iubirea reciprocă i-a făcut să rămână împreună şi în cele mai grele clipe ale vieţii lor. Acolo, Acvila era meşteşugar de corturi, iar Priscila îi dădea şi ea o mână de ajutor. Munceau mult şi duceau o viaţă grea.

Într-o bună zi, Dumnezeu S-a milostivit de ei şi le-a trimis, ca oaspete, pe însuşi Sfântul Apostol Pavel. Acesta, mergând de la Atena la Corint, propovăduia Cuvântul Domnului nostru Iisus Hristos. A poposit în casa lor şi a început să confecţioneze corturi împreună cu ei. Treptat, Apostolul Pavel i-a apropiat de Hristos şi i-a botezat. După un an şi jumătate, timp în care a convertit la creştinism multe suflete din Corint, Sfântul Pavel s-a urcat în corabie şi a plecat spre Siria, luându-i cu el şi pe cei doi soţi iubitori de Dumnezeu. Pe drum, Acvila şi Priscila au rămas în Efes, ca să-i înveţe şi pe efeseni Cuvântul Domnului. Prin urmare, au devenit, la rândul lor, apostoli ai lui Hristos.

După moartea lui Claudiu, Acvila şi Priscila s-au întors la Roma: „Sărutaţi pe Acvila şi Priscila, ajutătorii mei în Iisus Hristos, (...) cărora nu eu singur le mulţumesc, ci toate Bisericile neamurilor”, scria Sfântul Apostol Pavel în epistola sa către romani.

Cei doi soţi iubitori de Dumnezeu au continuat să aducă neamurile pe calea mântuirii în mai multe regiuni din Asia şi din Europa, au ridicat biserici, au hirotonit preoţi, dar au şi pătimit mult pentru credinţa creştină. Au trecut la cele veşnice ca martiri, fiind ucişi de păgâni, iar astăzi îi prăznuim cu multă evlavie în ziua de

13 februarie ca pe ocrotitori şi grabnic ajutători ai familiilor creştine.

De ce reprezintă aceşti doi sfinţi martiri de la începutul creştinismului un model pentru familia de azi? Pentru că L-au aşezat pe Hristos în centrul existenţei lor. Din momentul în care s-au botezat şi până la trecerea din această lume, nu au făcut decât să-L urmeze şi să propovăduiască Cuvântul Domnului, reuşind astfel să lumineze suflete întunecate, să aducă pe calea credinţei mii şi mii de oameni, să smulgă spinii păcatelor, să dărâme idoli şi să înalţe biserici.

În plus, cei doi sunt un exemplu de sacrificiu pentru semenii lor: „Pentru viaţa mea şi-au pus grumazul lor", scria Sfântul Apostol Pavel în epistola către romani. Puterea lor de jertfă, dragostea nesfârşită, devotamentul faţă de prietenul lor, Pavel, şi de Stăpânul lumii, toate acestea culminând cu moartea martirică, i-au transformat pe cei doi soţi într-o făclie de lumină pentru familia creştină de azi.

Sfinţii Petru şi Fevronia de Murom

Alţi sfinţi ocrotitori ai familiilor creştine sunt Petru şi Fevronia. Căsnicia lor a fost ca un fagure plin de virtuţi alese.

Fiu al cneazului Iuri Vladimirovici de Murom, Petru a devenit moştenitor al tronului, însă nu s-a putut bucura prea mult de statutul de cneaz, pentru că s-a îmbolnăvit de lepră. Cea care l-a vindecat de această mare suferinţă trupească a fost însăşi Fevronia, viitoarea lui soţie. Fecioară smerită şi plină de calităţi alese, Fevronia avea darul să vindece multe boli cu ajutorul plantelor medicinale. Aşa a ajuns şi la cneazul Petru, pe care l-a tămăduit de lepră.

Văzându-i delicateţea şi priceperea, cneazul s-a îndrăgostit de tânăra fată. I-a promis că o va lua de soție, însă nu s-a ținut de cuvânt decât abia după ce s-a îmbolnăvit din nou de lepră. Fevronia i-a vindecat și de data aceasta rănile trupului cu dragoste și cu răbdare, iar când s-a însănătoșit, Petru și-a ținut făgăduiala și a luat-o în căsătorie.

Odată căsătoriți, cei doi au trăit în dragoste și în pace, cu gândul la Hristos și la aproapele lor. Totuși, viața lor de familie nu a fost deloc ușoară: au fost nevoiți să plece în exil, din pricina răutăților venite din partea boierimii. Au trecut prin clipe grele, prin ispite mari, însă, cu credință și cu nădejde în Dumnezeu, și-au păstrat curăția sufletească și au rămas legați de Crucea lui Hristos.

Peste un timp, locuitorii din Murom, dându-și seama de greșeala făcută, i-au chemat înapoi pe cei doi, iar ei s-au întors cu dragoste să le fie alături oamenilor. Au început să facă milostenie cu toți supușii pe care îi considerau ca făcând parte din familia lor. Îi hrăneau pe cei flămânzi, le ofereau adăpost străinilor, îi sprijineau pe toți după puterile lor.

Spre sfârșitul vieții, Petru și Fevronia au ales calea monahală, devenind călugărul David și monahia Eufrosina. Dumnezeu le-a împlinit marea dorință – aceea de a pleca împreună din această viață; au murit în ziua de 25 iunie 1228 la aceeași oră și au fost înmormântați în același sicriu, ca simbol al dragostei ce i-a unit pe pământ și dincolo de mormânt.

Ce le-a adus acestor doi soți mântuirea? Iubirea față de Dumnezeu și față de aproapele lor, virtuțile cu care și-au împodobit inimile, dar și trăirea în har și în curăție. Toate acestea au fost încununate de faptele lor bune, de mila pentru cei necăjiți și de atenția deosebită pe care le-o acordau celor ce-i înconjurau. Și încă ceva: Petru și Fevronia nu s-au folosit nicio clipă de statutul lor social, deși erau cneazul și cneaghina de Murom. Au ales să trăiască simplu, cu smerenie și să-i considere pe toți ceilalţi fraţi întru Hristos, iar nu supuşi sau străini, aşa cum ar fi tentaţi cei de astăzi să-i perceapă pe semenii lor.

Sfinţii Xenofont şi Maria

Deşi una dintre personalităţile Constantinopolului, senator şi apropiat al împăratului, Xenofont era împodobit şi cu virtuţile cele mai alese, dintre care credinţa în Dumnezeu strălucea în inima lui ca un diamant de mare preţ. Era iubit de toţi cei din jur, fiindcă, la rândul lui, îi înconjura pe toţi cu multă iubire. Avea sufletul smerit şi se apleca mereu spre nevoile celorlalţi. Împărţea săracilor cu multă dărnicie şi nu era suflet pe care să nu-l miluiască cu dragoste şi cu blândeţe.

Xenofont avea alături o femeie tot atât de bună şi de milostivă, pe nume Maria, care respecta, întocmai ca şi soţul ei, poruncile Domnului. Dumnezeu le binecuvântase casa cu doi fii, Ioan şi Arcadie, pe care i-au crescut cu credinţă, călăuzindu-le paşii pe calea înţelepciunii şi a mântuirii. Şi-au trimis copiii la studii înalte în Beirut.

Multe minuni a făcut Domnul în viaţa acestor creştini autentici; bunăoară, când Xenofont a fost pe cale să plece la ceruri din cauza unei boli grave, acesta s-a rugat la Dumnezeu să-l lase în viaţă până îşi va vedea fiii desăvârşiţi în cunoaştere. Tatăl ceresc S-a milostivit de el şi, ca prin minune, s-a tămăduit de suferinţa trupească. Mai mult, în timp ce se aflau pe mare, călătorind spre Beirut, Ioan şi Arcadie au fost salvaţi din naufragiu, ca răspuns la rugăciunile lor fierbinţi. Deşi au scăpat cu viaţă, fiecare dintre ei a ajuns într-un alt loc şi au decis să îmbrace haina îngerească, devenind călugări.

Fiindcă nu mai aveau nicio veste de la copiii lor, Xenofont şi Maria au înălţat rugi fierbinţi la Dumnezeu, iar Acesta, în mare mila Sa, i-a îndrumat spre Ţara Sfântă. Tot Domnul a rânduit ca şi cei doi călugări să meargă la

Locurile Sfinte, unde familia s-a reunit cu mare bucurie. Dând slavă lui Dumnezeu pentru minunile din viața lor, Xenofont și Maria au ales și ei calea mănăstirii. Așa au plecat din această lume; I-au slujit lui Dumnezeu cu multă iubire, și astfel au dobândit cheile Raiului.

Spre sfârșitul vieții, tatăl le-a lăsat fiilor săi cea mai de preț comoară, spunându-le așa: „Întâi să vă temeți de Dumnezeu și viața voastră s-o îndreptați după ale Sale Sfinte porunci. Căci cele ce vă grăiesc vouă acum, nu din deșartă slavă vă grăiesc, ci ca să vă îndemn la fapta bună; pentru că de veți avea viața mea ca pildă, socotesc că nu vă va fi de trebuință alt învățător; căci învățătura cea din casă prin cuvinte și închipuită prin fapte mai folositoare este decât învățătura cea din afară."

Preaiubită cititoare/Preaiubite cititorule,

În cartea de față m-am ostenit să construiesc câteva trepte pe care să le urci împreună cu persoana iubită. Sunt trepte la capătul cărora veți descoperi amândoi mântuirea sufletelor voastre. Imaginea iubirii intratrinitare este imaginea iubirii din familie – tată-mamă-copil. Iubirea infinită a Sfintei Treimi să vă fie model în viață! Așa cum Tatăl Își iubește Fiul în Duhul, Duhul Îl iubește pe Tatăl prin Fiul, iar Fiul Îl iubește pe Duhul în Tatăl, tot astfel să vă iubiți și voi unul pe altul! Iubirea nu este individuală, ci strălucește numai dacă se răsfrânge asupra celuilalt. Altfel spus, nu te poți numi un soț împlinit decât dacă soția ta e fericită. Nu poți să te consideri o femeie fericită decât dacă soțul tău este fericit alături de tine. Nu puteți fi părinți cu adevărat fericiți decât dacă copiii voștri sunt fericiți și se bucură de o viață tihnită. Și, în sfârșit, nu te poți considera un copil fericit decât dacă părinții tăi sunt fericiți alături de tine, dacă le mângâi sufletele cu reușitele tale, cu recunoștință față de ei.

Iar când viața este ca o mare învolburată care zdruncină corabia căsniciei și o lovește de stânci, virtuțile care o pot ține întreagă sunt: credința puternică în Dumnezeu, vegheată de un părinte duhovnicesc, și iubirea infinită față de persoana dragă, care predispune la iertare.

Frate drag, te rog să mă ierți, dacă ți-am greșit cu ceva! Aceste rânduri au izvorât din dorința mea curată de a mă face util și de a te ajuta să conștientizezi importanța lui Dumnezeu în viața ta și a familiei tale. Fără Dumnezeu, familia nu poate să trăiască în bucurie, în pace și în tihnă. Am nădejde că ne vom bucura împreună în Împărăția lui Dumnezeu. Acolo însă nimeni „nu se mai însoară, nici nu se mai mărită", ci vom fi toți „ca îngerii" (*Marcu* 12, 25), lumină din Lumina cea veșnică.

Să vă binecuvânteze Dumnezeu casa, familia, copiii și să încununeze cu lumină legătura sfântă dintre voi! Amin!

CUPRINS

BOOKZONE